ANNA ROSENDAHL

ACHT ZIMMER, KÜCHE, MEER

Roman

WILHELM HEYNE VERLAG
MÜNCHEN

FSC
www.fsc.org
MIX
Papier aus verantwortungsvollen Quellen
FSC® C014496

Verlagsgruppe Random House FSC® N001967
Das für dieses Buch verwendete FSC®-zertifizierte
Papier *Holmen Book Cream* liefert
Holmen Paper, Hallstavik, Schweden.

Originalausgabe 04/2014

Dieses Werk wurde vermittelt durch die Literarische Agentur
Thomas Schlück GmbH, 30827 Garbsen
Redaktion: Eva Philippon
Umschlaggestaltung: Eisele Grafik·Design, München
Umschlagmotiv: © Henner Damke, Tilo G./shutterstock
Satz: KompetenzCenter, Mönchengladbach
Druck und Bindung: GGP Media GmbH, Pößneck

Printed in Germany
ISBN 978-3-453-41070-1

www.heyne.de

Für meinen kleinen Bruder
und meine große Schwester

Inhalt

1.

Es hat alles einen Sinn

Das kannst du immer haben, jeden Tag, sage ich mir. Du musst nur Ja sagen.

Ich atme die feuchte, angenehm salzige Luft ein und spüre den immer stärker werdenden Wind über meine Wangen streichen. Es sind nur noch ein paar Meter, weiter den Hügel hinauf, am kleinen Waldstück vorbei, dann ist es endlich so weit. Ich kann das Haus sehen. Ich bleibe einen Moment stehen und lasse das Bild auf mich wirken. Vor zwanzig Jahren war ich das letzte Mal hier, und nun bin ich wieder da.

In meiner Erinnerung schien mir das Haus größer zu sein, aber damals war ich gerade mal acht. In diesem Alter hat man wahrscheinlich einen anderen Blick auf die Dinge.

Das grauschwarze Reetdach hebt sich hübsch von der weißen Fassade ab, die, genau wie früher, aussieht, als sei sie gerade frisch gestrichen worden. Vor dem Haus steht noch immer die Bank, auf dem der Alte gerne Pfeife rauchend gesessen hat. Den breiten Schotterweg, den ich nun entlanggehe, gab es allerdings noch nicht, die Hauszufahrt bestand nur aus platt getretener Erde.

Ich fasse in meine Jackentasche und greife nach dem

Schlüssel. Dass der Alte mir das Haus vermachen will, kann ich einfach nicht glauben. Es könnte tatsächlich bald mir gehören; ich muss jetzt nur durch diese Tür hineingehen. Aber auf einmal macht sich ein mulmiges Gefühl in mir breit. Ich bin merkwürdig ergriffen. Was erwartet mich da drinnen?

Ich entschließe mich, den Schritt noch ein wenig hinauszuzögern, und werfe vorher lieber noch schnell einen Blick in den Garten. Er liegt hinter dem Haus und grenzt an den Steilhang, der direkt zum steinigen Ufer hinunterführt. Hier habe ich mich als Kind oft heimlich aufgehalten. Am liebsten bin ich auf den alten Apfelbaum geklettert, von wo aus ich das ganze Terrain gut im Blick hatte. Aber auch das Dach des Schuppens gleich neben dem alten Nussbaum war ein ideales Versteck. Wenn ich mich flach daraufgelegt habe, konnte man mich von unten nicht sehen.

In den zwanzig Jahren hat sich nicht viel verändert. Es sind lediglich ein paar Obstbäume gepflanzt worden, die dem knorrigen Apfelbaum Gesellschaft leisten.

Wir haben Anfang März. Die Buchen am Rande des Gartens, die nur in den Sommermonaten den Blick zum Meer versperren, sind noch immer blätterlos. Ich kann bis hinunter zum Wasser sehen, das die gleiche Farbe wie der Himmel hat. Der Horizont ist kaum auszumachen. Die Sonne hat sich hinter den Wolken versteckt, aber einige Strahlen finden doch den Weg durch das dichte Grau hindurch und lassen das Wasser einen Moment lang golden schimmern. Es scheint mir, als hätte ich nie etwas Schöneres gesehen. Ich schließe die Augen und versuche, meine Gefühle und Gedanken zu sortieren.

Möchte ich wirklich mein altes Leben gegen ein komplett neues eintauschen? Der Alte hat mir das Haus vermacht, aber die Bedingung gestellt, dass ich die nächsten fünf Jahre hier wohnen muss. Das heißt, ich müsste meinen Job in Frankfurt aufgeben, meine Wohnung, meine Freunde – und Philipp. Der wird wahrscheinlich nicht mit mir nach Rügen ziehen. Und schon gar nicht so weit abseits, in ein einsames, auf einem Hügel gelegenes Haus. Das nächste Dorf, Nardevitz, besteht nur aus ein paar Häusern. Meine Oma hat dort gewohnt. Und einen Großteil unserer Kindheit haben meine Schwester Katharina und ich bei ihr verbracht. Wir lebten damals nur etwa drei Kilometer entfernt, in Lohme. Nah genug, um Oma oft besuchen zu können. Und jetzt bietet sich mir auf einmal die Möglichkeit, für immer dorthin zurückzukehren.

Philipp liebt Frankfurt, braucht den Trubel der Großstadt. Aber was ist mit mir? Ich fühle tief in mich hinein. Und dann höre ich ihn plötzlich, den Klang des Meeres. Unten in der Bucht brechen die Wellen, wenn sie auf die Felsen treffen, im gleichmäßigen Rhythmus. Ich bleibe noch einen Moment stehen, um dem aufwühlend und zugleich beruhigend monotonen Geräusch zu lauschen, dann gehe ich zurück zum Haus.

Die dunkle Eichentür lässt sich leicht öffnen. Sie springt wie von selbst auf, obwohl sie aus schwerem Massivholz gearbeitet ist. Der Notar hat mir den Schlüssel offiziell ausgehändigt. Ich darf mich in aller Ruhe umschauen, bevor ich eine endgültige Entscheidung treffe. Genau eine Woche habe ich Zeit dazu, danach verfällt das Vermächtnis. Dennoch fühle ich mich, als hätte ich etwas Verbotenes vor. Mein Herz klopft laut, als ich den ersten Schritt in den dunklen Eingangsbereich setze. Grünbergers Wohnbereich liegt zur linken Seite. Rechts befindet sich eine kleine Einliegerwohnung, in der seine Haushälterin noch immer lebt. Allerdings hält die sich zurzeit in Stralsund bei Verwandten auf, wie mir der Notar mitgeteilt hat. Ich bin also ganz alleine hier. Trotzdem rufe ich vorsichtshalber laut: »Hallo, ist irgendjemand hier?« Erst als ich keine Antwort bekomme, setze ich meinen Erkundungsgang fort.

Das Wohnzimmer schaue ich mir zuerst an. Manchmal, wenn Grünberger unterwegs war, und ich mich als Kind besonders mutig fühlte, warf ich einen Blick durch eines der Fenster. Mir fallen plötzlich die vielen Bücher in den hohen Regalen wieder ein, aber ansonsten erinnere ich mich an nichts. Es ist wohl schon zu lange her …

Der Raum ist um die dreißig Quadratmeter groß und in L-Form geschnitten. Durch die drei kleinen Fenster fällt mit Sicherheit auch in den Sommermonaten nicht viel Licht. Die hohen Buchen vor dem Steilhang geben bei hohen Temperaturen zwar Schatten, was bestimmt ganz angenehm ist, wenn es draußen heiß ist. Aber ich mag es hell. Am besten wäre es, die Fensterfront durch einen schönen großen Wintergarten zu ersetzen. Das gäbe genug Licht – und in den kalten Monaten einen herrlichen Blick bis hinunter zum Meer. Wenn man dann die schweren orientalischen Teppiche entfernen und das Parkett darunter auf Vordermann bringen würde, wäre der Raum perfekt. Einige der Möbel, wie den alten Buffetschrank und den schönen schweren Eichentisch, könnte ich behalten, vielleicht auch das Bücherregal, das noch immer die komplette gegenüberliegende Wand einnimmt. Vor den Kamin in die Ecke könnte ich meinen gemütlichen Sessel und den massiven kleinen Tisch stellen, den ich mir vom Schreiner habe anfertigen lassen, aber bisher nur als Ablage für meinen Laptop und Papierkram benutzt habe. Hier würde er bestimmt gut zur Geltung kommen. Vor dem lodernden Feuer wäre der ideale Platz zum Lesen. Ob der alte Grünberger auch immer dort gesessen hat? Es ist verrückt: Vor gerade mal zwei Stunden habe ich von dem Vermächtnis erfahren, und jetzt richte ich mich gedanklich schon im Haus ein. Dabei weiß ich noch gar nicht, wie ich mich entscheiden soll. Ich weiß ja noch nicht mal, *warum* ich das Haus bekommen soll.

Ich trete ans reich bestückte Bücherregal und ziehe wahllos eines der Werke heraus: *Liebesgedichte* von Erich Fried. Ich habe mit Goethe, Lessing oder Schiller gerechnet, nicht aber mit einem Buch, das ich selbst zu Hause stehen habe. Ob er es geschenkt bekommen hat? Gespannt schlage ich die ersten Seiten auf, in der Hoffnung, vielleicht auf eine Widmung zu stoßen. Ich kann keine finden. Schnell klappe ich den Band wieder zu und stelle ihn in die Lücke zurück. Ich fühle mich wie ein Eindringling, der sich unerlaubt in die Privatsphäre eines ihm weitgehend unbekannten Menschen drängt. Im Raum liegt noch viel Persönliches herum. Auf dem Couchtisch stapeln sich alte Tageszeitungen, über einem Stuhl hängt eine graue, grob gestrickte Wolljacke …

Warum ausgerechnet ich?, frage ich mich wieder. Warum wollte er, dass ich sein Haus bekomme und hier wohnen soll? Er kannte mich doch kaum, hat mich als Kind nur ein paarmal gesehen.

Ich lasse einen flüchtigen Blick über die vielen Buchrücken schweifen und fühle mich ganz plötzlich irgendwie einsam. Schade, dass Katharina jetzt nicht bei mir ist. Ich habe vorhin versucht, sie zu erreichen, aber es ging nur ihre Mailbox an. Sie ist heute beruflich zu irgendeinem wichtigen Kongress unterwegs, über den sie berichten muss. Wenn sie gewusst hätte, dass ich das Grünberger-Haus bekommen soll, hätte sie den Termin ganz sicher abgesagt und wäre mit auf die Insel gekommen. Aber in dem Brief des Rügener Notars stand nur, dass ich im Testament eines Verstorbenen bedacht wurde und ich mich umgehend melden soll. Am Telefon hat er mir dann mitgeteilt, es handele sich um einen verschlossenen Brief, den er mir gemäß dem Letzten Willen des Verstorbenen persönlich übergeben müsse. Ich bin davon ausgegangen, es könne nur ein schlechter Scherz sein. Katharina konnte sich bei meinem ersten Anruf auch keinen Reim darauf machen, hat aber irgendeinen entfernten Verwandten dahinter vermutet. Immerhin sind wir auf Rügen aufgewachsen. Allerdings hätten wir dann eigentlich beide einen Brief bekommen müssen. Also entschied ich mich dazu, der Sache auf den Grund zu gehen. Und ich staunte vorhin nicht schlecht, als ich vom Notar erfuhr, dass es sich bei dem Verstorbenen um Curt Grünberger handelt – und dass er mir sein herrschaftliches Haus vermacht hat.

Katharina jetzt noch einmal anzurufen macht keinen Sinn. Sie sieht ja, dass ich es vorhin schon versucht habe, und ruft zurück, sobald sie Zeit dazu findet. Aber vielleicht kann ich die ganze Sache doch etwas beschleunigen, indem ich ihr schon mal einen kleinen Ausblick auf mein Vermächtnis schicke.

Ich öffne eines der Fenster, schieße mit dem Handy ein Foto und schicke es per Textnachricht meiner Schwester.

Es dauert keine Minute, da ruft sie mich an.

»Ich bin wieder zu Hause, Marina. Tut mir total leid, dass ich mich jetzt erst melde, aber ich hatte wirklich Stress. Was ist passiert? Warum bist du nicht gefahren?«

»Wieso, wie kommst du denn darauf?«

»Na, wegen des Fotos. Also, was ist passiert? Welches Grundstück sollst du da verschönern?«

Es dauert einen Moment, bis ich verstehe, was Katharina meint. Sie hat den Garten unserer Kindheit nicht wiedererkannt! Ich arbeite als Landschaftsgärtnerin, und jetzt denkt sie tatsächlich, ich sei in Frankfurt geblieben, weil ich kurzfristig einen Auftrag angenommen habe und sie darüber in Kenntnis setzen wollte.

»Nein, nein, ich bin hier, auf Rügen. Kannst du dich noch an das alte Haus erinnern, nicht weit von Großmutters entfernt, oben auf dem Hügel?«, frage ich.

»Das große weiße mit dem Reetdach und den grünen Fenstern? Na klar! Wie könnte ich das jemals vergessen? Ich bekomme jetzt noch eine Gänsehaut, wenn ich daran denke, wie wir uns damals auf dem Dachboden versteckt haben. Du wärst fast gestorben vor Angst, als der Alte uns erwischt hat.«

Das ist wieder mal typisch meine große Schwester! Sie war diejenige, die sich vor Aufregung beinahe in die Hose gemacht hat. Außerdem war es definitiv ihre Schuld, dass wir entdeckt wurden. Wäre sie einfach still geblieben, hätte uns Grünberger mit Sicherheit nicht bemerkt.

Katharina war damals zwölf, ich acht Jahre alt, als wir beschlossen, uns heimlich auf seinem Dachboden umzusehen. Wie jeden Tag hatten wir erst stundenlang am Strand in den angeschwemmten Algen herumgewühlt, in der Hoffnung, wenigstens einmal ein kleines Stückchen Bernstein darin zu finden. Dann waren wir durch das angrenzende Waldstück am Bach entlang hoch zu unserem Beobachtungsposten gestiegen, den wir einige Tage vorher errichtet hatten. Unser Versteck bestand aus dicken Ästen, die wir so um eine alte Buche drapiert hatten, dass es aussah wie ein Wigwam. Von dort aus hatten wir einen guten Blick auf das Haus, dessen Tür meistens offen stand.

Der Alte war mit seinem Fahrrad in Richtung Dorf gefahren. Ich erkannte die günstige Gelegenheit und überredete Katharina, sich mit mir ins Haus zu schleichen. Ich erinnere mich noch ganz genau, wie die Treppenstufen knarrten, als wir Schritt für Schritt nach oben stiegen. Ich versuchte Katharina davon zu überzeugen, dass wir ruhig Krach machen könnten, weil uns ja sowieso niemand hören würde. Ich trampelte extra laut vor ihr die Stufen hoch und redete beschwörend auf sie ein, dass uns keiner erwischen würde. Grünberger fuhr regelmäßig zur gleichen Uhrzeit ins Dorf und kam etwa zwei Stunden später wieder zurück. Dann setzte er sich auf die Bank vor das Haus, paffte seine Pfeife und las die Zeitung. Ich hatte genau Buch geführt und die Dauer seiner Ausflüge notiert.

Vom oberen Geschoss aus konnte man über eine Holzleiter den Dachboden erreichen. Katharina war schon immer etwas ungeschickt und als Kind nicht gerade sportlich. Es kostete mich einiges an Überredungskunst, sie auf die wackelige Leiter zu kriegen.

Doch dann stellte sich heraus, dass ich mich irrte und meine akribischen Notizen leider keinen Pfennig wert waren. Wir hatten gerade erst unsere Erkundungstour auf dem Dachboden begonnen, als unten plötzlich die Tür ins Schloss fiel. Aus irgendeinem Grund war Grünberger unerwartet früh wieder zurückgekommen. Nur wenig später hörten wir, wie die Holzleiter, über die wir kurz davor selbst nach oben geklettert waren, gegen die Dachbodenluke polterte. Katharina blieb wie angewurzelt stehen, und ich zog sie geistesgegenwärtig hinter einen hoch aufgetürmten Stapel Kartons. Der Dielenboden knackte bedrohlich bei jedem Schritt, den der Alte auf uns zu machte. Ich lugte hinter den Kartons hervor und konnte genau sein grimmiges Gesicht mit den buschigen schwarzen Augenbrauen erkennen. Ich griff nach Katharinas Hand, hielt vor Aufregung die Luft an und schloss die Augen, aber dann entfernten sich auf einmal die Schritte. Der Alte war nur gekommen, um eine Luftpumpe aus einem Wandregal zu holen. Erleichtert atmete ich aus – so auch Katharina, sie allerdings wie ein vorlautes Ferkel.

»Du hast gegrunzt«, sage ich vorwurfsvoll in den Hörer, »wie ein kleines Schwein! Deswegen hat er uns auch entdeckt. Er konnte ja gar nicht wissen, dass wir da waren.«

»Ich hab nicht gegrunzt! Ich hab nur etwas lauter geschnauft, weil ich Heuschnupfen hatte und meine Nase verstopft war«, stellt meine Schwester mit Nachdruck klar. »Das wusstest du ganz genau. Und trotzdem hast du behauptet, ich hätte das mit Absicht gemacht! Dafür hätte mir jedoch der Mumm gefehlt. Ich hatte viel zu viel Angst vor dem unheimlichen Kerl. Du hast das Ganze ausgeheckt! Ich weiß es noch genau, du hast mir erzählt, Grünberger würde oben auf seinem Speicher kleine Kätzchen gefangen halten. Und ich habe dir geglaubt! Oma war stinksauer auf mich. So wütend hatte ich sie noch nie erlebt. Ich musste ihr hoch und heilig versprechen, dass wir uns nie wieder auch nur einen Schritt in die Nähe des Grundstückes wagen. Ständig musste ich als Ältere die Verantwortung für alles übernehmen. Oma hat mir immer aufgetragen, auf dich aufzupassen. Das war gar nicht so einfach. Du warst aus irgendeinem Grund total fasziniert von dem Ort, wie gebannt, wolltest nur noch hoch auf den Hügel und den Alten beobachten.«

»Er hatte wirklich einen Korb voller Katzenbabys. Ich habe ganz genau gesehen, wie er sie aus der Scheune ins Haus getragen hat!«, verteidige ich mich. »Das habe ich mir ganz bestimmt nicht eingebildet.«

»Marina, du hattest damals schon jede Menge Fantasie. Und zwar eine so lebendige, dass du wirklich an die Dinge geglaubt hast, die du dir eingeredet hast. Kannst du dich noch an deinen imaginären Freund, die Eiche, erinnern? Du hast dich damals tatsächlich mit dem Baum unterhalten. Du meintest, er fühle sich nicht wohl so ganz allein unter all den Buchen …«

»Katharina … Katta! Jetzt hör mir mal zu.« Meine Schwester kann es nicht leiden, wenn man sie unterbricht. Und sie mag es auch nicht, wenn ich ihren Namen abkürze, aber es ist der beste Weg, sie zum Schweigen zu bringen. Geschichten aus unserer Kindheit können wir uns ein anderes Mal erzählen. Jetzt brauche ich erst einmal ihren Rat.

»Die Fenster sind jetzt nicht mehr grün, sie sind weiß, so wie die Hausfassade. Es sieht schön aus, sehr schlicht und irgendwie doch edel. Und es passt unheimlich gut zu dem dunklen Reetdach.«

»Ja, und?«, hakt Katharina nach. »Du machst doch nicht so einen Wind nur wegen einer anderen Fensterfarbe! Es ist Ewigkeiten her, da ist es ganz normal, dass sich was verändert. Sag mal …« Katharina stutzt. »Marina, du bist da, nicht wahr? Du hast *seinen* Garten fotografiert. Ich fasse es nicht!«

»Du wirst mir das jetzt wahrscheinlich nicht glauben …« Ich lege eine bedeutungsvolle Pause ein, bevor ich weiterrede. »Ich glaube ja irgendwie selbst noch nicht daran, aber ich habe das Haus – geerbt. Ich muss nur noch unterschreiben.«

Katharina schweigt. Wahrscheinlich überlegt sie gerade, ob an der Sache was dran sein könnte oder ob ich mir einen Scherz mit ihr erlaube.

»Veräppelst du mich?« Ich kann ganz deutlich hören, wie sie aufgeregt im Raum umherläuft.

»Wie gesagt: Ich habe es geerbt. Oder besser gesagt, *er* hat es mir vermacht. Das heißt, er hat in seinem Testament bestimmt, dass ich es bekommen soll. Frag mich nicht, warum. Ich habe nämlich absolut keine Ahnung. Fakt ist, dass der alte Grünberger gestorben ist und ich das Haus bekommen soll.«

»Hm …«

»Glaubst du mir nicht?«

»Doch, natürlich. Es ist nur …«

»Was?« Ich sehe Katharina ganz deutlich vor mir. Bestimmt hat sie den Hörer unters Kinn geklemmt und ihre Daumen in den Gürtelschlaufen ihrer Jeans stecken. Und ganz sicher wippt sie jetzt mit den Fersen auf und ab, ein Zeichen dafür, dass es in ihrem Gehirn vor Fragen nur so rattert. Und dann geht es auch schon los.

»Ich weiß ehrlich gesagt nicht, was ich davon halten soll. Du erbst einfach so sein Haus? So etwas passiert doch nicht so ohne Weiteres. Außer vielleicht in irgendwelchen schnulzigen Filmen. Also, erzähl schon!«

»Genaugenommen habe ich es nicht *geerbt*. Alleinerbe ist sein Sohn, das heißt, ihm steht es zumindest erst einmal rechtlich zu. Von ihm kann ich aber die Erfüllung des Vermächtnisses fordern – vorausgesetzt, ich will es. Der Alte muss steinreich gewesen sein, der Sohn erbt wohl ein beträchtliches Vermögen.«

»Ich wusste gar nicht, dass er einen Sohn hat. Und du meinst, der ist damit einverstanden und überlässt dir einfach so das Haus?«

»Keine Ahnung, einfach so bestimmt nicht, er muss aber. Es war der Letzte Wille seines Vaters.«

»Und du hast keinen blassen Schimmer, warum ausgerechnet du das Haus bekommen sollst? Wann ist er denn gestorben? Er war doch damals schon steinalt. Zumindest habe ich ihn so in Erinnerung.«

»Vor sechs Wochen. Er ist sechsundsiebzig Jahre alt geworden. Das heißt, er war damals sechsundfünfzig, als er uns auf dem Dachboden erwischt hat. Hätte ich nicht gedacht, aber als Kind denkt man doch über jeden, der jenseits der fünfzig ist, er sei so gut wie scheintot.«

»Okay, da ist was dran. Weißt du noch, wie du Mutti mit ihrer ersten grauen Strähne geschockt hast? Sie war gerade mal neununddreißig, als du sie gefragt hast, ob sie nun auch eine Oma sei. Gleich am nächsten Tag hat sie sich die Haare getönt.«

»Das weiß ich gar nicht mehr.« Ich kann mich an viele Dinge aus unserer Kindheit nur ganz grob erinnern. Katharina jedoch kennt auch kleinste Details. Sie hat ein wahnsinnig gutes Gedächtnis. Und sie wollte immer schon alles ganz genau verstehen. Dass sie Journalistin geworden ist, passt also wie die Faust aufs Auge zu ihr. Jetzt kann sie ungezwungen ihren Drang ausleben, den Dingen auf den Grund zu gehen.

»Das ist ja echt der Hammer, dass er dir das Haus vermachen will. Und du hattest nie wieder etwas mit ihm zu tun? Oder hattet ihr zwischenzeitlich Kontakt miteinander? Warst du etwa irgendwann mal wieder auf Rügen und hast ihn getroffen? Aber das hättest du mir doch erzählt! Ich verstehe das nicht. Und warum hat er so ein Geheimnis daraus gemacht? Was sollte das mit dem Brief? Warum musstest du erst nach Rügen zu diesem Notar fahren, um davon zu erfahren? Das ist doch merkwürdig. Stand in dem Brief noch irgendwas drin?«

»Nein, nur das Vermächtnis, keine Erklärung. Glaub mir, ich verstehe es auch nicht. Ich war seit unserer Kindheit nie wieder hier und hab auch nichts von ihm gehört. Ich hab ihn vor zwanzig Jahren das letzte Mal gesehen, genau wie du. Ich bin selbst ganz überrascht. Ich habe die letzten Monate immer mal wieder an Rügen gedacht, an Oma, an Mutti, auch an das Haus. Und wie wir uns hier herumgetrieben haben. Aber das war's auch schon. Wieso sollte ich Kontakt zu ihm gehabt haben? Wir hatten doch gar nichts miteinander zu tun.«

»Und der Notar hat sich auch nicht weiter darüber ausgelassen?« Dass Katharina die ganze Sache nicht einfach so hinnehmen würde, war mir klar.

»Nein, gar nicht! Er hat mir vorhin den Brief ausgehändigt mit den Worten, ich müsse ihn gleich lesen, damit wir danach ein paar Einzelheiten besprechen können. Als ich den Inhalt endlich begriffen habe, habe ich den Notar erst einmal nur fassungslos angestarrt. Meine erste Frage war dann einfach nur »Warum ich?«, doch darauf hatte er keine Antwort. Katharina, ehrlich, ich hab mir den Kopf zerbrochen, aber ich finde keine Erklärung dafür. Und der Notar weiß entweder wirklich nichts oder er wollte mir nichts sagen, wobei ich vermute, er ist wirklich nicht eingeweiht. Der Kerl machte jedenfalls nicht den Eindruck, als wollte er mir was verschweigen.«

»Aber du bist dir sicher, dass alles mit rechten Dingen zugeht? Nicht dass du am Ende noch draufzahlen musst!«

»Ich müsste Erbschaftssteuer zahlen, und zwar eine ganze Menge. Der Wert des Hauses muss noch ermittelt werden. Da ich nicht verwandt bin, wird nur ein kleiner Freibetrag abgezogen. Den Rest müsste ich bei einem Steuersatz von dreißig Prozent versteuern, so viel steht auf jeden Fall fest. Das wird teuer! Wahrscheinlich kann ich mir die ganze Sache sowieso nicht leisten. Aber darüber mache ich mir momentan noch keine Gedanken. Ich muss das Ganze erst einmal sacken lassen. Stell dir vor, ich stehe gerade in Grünbergers Wohnzimmer und schaue runter aufs Meer. Ich kann es immer noch nicht fassen, dass ich wirklich wieder hier bin. Und diesmal auch noch ganz legal. Der Notar hat mir den Schlüssel gegeben, damit ich mich umschauen kann.« Ich klimpere mit dem Bund vor dem Hörer herum. »Mach dir keine Sorgen. Ich würde nie unterschreiben, ohne vorher die Bausubstanz überprüfen zu lassen. Und rechtlich werde ich mir natürlich auch einen Berater suchen.«

Mein Nachsatz scheint Katharina zu beruhigen. »Eine verrückte Geschichte. Aber wenn alles korrekt abläuft, dann freue ich mich für dich, ehrlich! Du hattest schon immer eine eigenartige Verbindung zu dem Haus. Es hat alles einen Sinn. Ganz sicher gibt es einen guten Grund dafür. Warte ab, es klärt sich bestimmt alles auf.«

Wir haben eine sehr innige, vertraute Beziehung zueinander, obwohl wir vom Wesen her sehr verschieden sind. Katharina war früher immer die Vernünftigere von uns beiden. Sie hat schon früh Verantwortung übernehmen müssen, nachdem unsere Eltern sich trennten. Zu diesem Zeitpunkt war ich sechs Jahre alt. Mutter arbeitete in einem kleinen Lebensmittelladen, und unser Vater hat sich nur unregelmäßig zu Hause blicken lassen. Er war als LKW-Fahrer viel unterwegs, was wohl auch der Grund für die Trennung der beiden war. Meine Eltern haben damals viel gestritten, weil er es anscheinend mit der Treue nicht so genau nahm. Als sie sich dann scheiden ließen, dachte ich zuerst, meine Welt würde zusammenbrechen. Aber ich stellte sehr schnell fest, dass das Leben angenehmer war ohne die vielen Streitereien und Spannungen. Dass es mir damals rasch wieder gut ging, habe ich in erster Linie meiner Schwester zu verdanken. Damals hat Katharina nicht einfach nur auf mich aufgepasst, wenn unsere Mutter bei der Arbeit war. Sie hat auch Hausaufgaben mit mir gemacht, für Klassenarbeiten mit mir geübt – und hat mich zum Arzt begleitet, wenn ich krank war. Natürlich hat sich auch Oma um uns gekümmert, sie wohnte ja ganz in der Nähe. Die Schulferien haben wir immer komplett bei ihr verbracht. Aber auch unter der Woche waren wir oft bei ihr.

»Ich bin mir sowieso noch nicht ganz sicher, ob ich das Erbe annehmen soll«, sage ich. »Es gibt nämlich Bedingungen. Das Haus gehört mir, wenn ich mich verpflichte, die nächsten fünf Jahre darin zu wohnen. Aber das ist noch nicht alles. Die Sache hat noch einen Haken …« Ich habe es noch nicht ausgesprochen, als plötzlich ein Windstoß die Tür des Wohnzimmers zuknallen lässt und ich vor Schreck fast das Handy fallen lasse. Irgendjemand muss die Haustüre aufgemacht haben, sonst hätte es keinen Durchzug gegeben. Ich habe sie jedenfalls ganz sicher geschlossen. Ob die Haushälterin aus Stralsund zurückgekommen ist? Und wenn es jemand anders ist? Instinktiv suche ich mit den Augen nach einem Versteck, das ich zur Not aufsuchen kann. Ich bin ganz alleine hier im Haus, das einsam oben auf dem Hügel steht. Das Fenster ist noch geöffnet, mit einem Satz könnte ich ganz einfach nach draußen verschwinden. Aber ich beschließe, genau dort stehen zu bleiben, wo ich bin, denn ich habe das Recht dazu. Der Notar hat mir den Schlüssel gegeben, damit ich mich in aller Ruhe umschauen kann. Ich unterdrücke also meinen aufkeimenden Fluchtinstinkt. Trotzdem ist es irgendwie beruhigend, Katharina am anderen Ende der Leitung zu wissen.

»Bleib kurz dran«, sage ich. »Leg bloß nicht auf, ja? Ich glaube, da ist jemand gekommen.«

»Es regnet!« Die zierliche alte Frau steht in Grünbergers Wohnzimmer und sieht mich vorwurfsvoll an. Sie schiebt sich eine ihrer nassen grauen Haarsträhnen aus dem Gesicht und steckt sie mit einer roten Blümchenhaarspange zur Seite. Ihr Gesicht ist faltig, aber durch die kleinmädchenhafte Frisur wirkt sie fast jugendlich. Sie trägt eine dunkelrote dicke Strickjacke über einem beige geblümten Kittel. Ihre Beine stecken in braunen Cordhosen, die Füße in gelben Gummistiefeln.

Erleichtert atme ich auf. Es ist bestimmt die Haushälterin, die hier noch wohnen soll. Natürlich hat sie einen Schlüssel für das Haus. Aber sie sieht nicht so aus, als wäre sie gerade von einer Reise zurückgekehrt, eher so, als hätte sie draußen gearbeitet. Aber eigentlich hätte ich sie dann doch sehen müssen. Auf jeden Fall habe ich nicht damit gerechnet, ihr zu begegnen. Sie hat mir einen ganz schönen Schrecken eingejagt.

Ich zwinge mich zu einem freundlichen Lächeln und strecke ihr meine Hand entgegen.

»Sie sind bestimmt Frau Hartwig. Ich bin Marina, Marina Beckmann.«

Die alte Frau lässt ihre Hände unverrichteter Dinge in den Taschen ihrer Strickjacke verschwinden. So viel zu unserer Begrüßung.

»Es regnet!«, wiederholt sie barsch. Dabei deutet sie mit dem Kopf zum Fenster.

»Schon wieder? Ach herrje, das habe ich gar nicht mitbekommen.« *Herrje*? Wann sage ich denn so was? Jetzt rede ich schon wie Oma. Herrje hat sie auch ganz oft gesagt.

Tatsächlich fallen dicke Tropfen vom verhangenen Himmel, noch vereinzelt, aber das wird sich gleich ändern. Schnell drücke ich das Fenster zu, doch der Griff lässt sich nicht mehr drehen.

»Das Ding klemmt.«

»Das Haus kann dich nicht leiden«, sagt die Frau, von der ich immer noch nicht hundertprozentig weiß, ob sie wirklich Frau Hartwig ist.

Dann tritt sie ans Fenster und schließt es ohne Probleme mit einer einzigen kantigen Bewegung. Als sie wieder langsam in Richtung Tür geht, sehe ich, dass ihr linkes Bein etwas kürzer zu sein scheint als das rechte, denn sie kippt bei jedem Schritt leicht zur Seite. Im Türrahmen bleibt sie noch einmal stehen. »Ich bin Josefine«, sagt sie. Dann dreht sie sich um und geht.

Ich schließe die Tür hinter ihr.

»Was war *das* denn?«, höre ich Katharina sagen. Die ganze Zeit über blieb die Telefonverbindung bestehen, und meine Schwester war Zeugin der Unterhaltung geworden.

»Das? Das war der eigentliche Haken an der Sache. Sie heißt Josefine, war Grünbergers Haushaltshilfe und hat lebenslanges Wohnrecht hier im Haus. Und so, wie ich das verstanden habe, hat sie ihn bis zu seinem Tod gepflegt. Bestimmt ist sie sauer auf mich, weil er nicht ihr das Haus vermacht hat.«

»Das heißt, du musst, wenn du das Erbe annimmst, fünf Jahre lang gemeinsam mit ihr unter einem Dach wohnen?«

»Ja, aber wir wären sozusagen nur Nachbarn. Sie wohnt in der Einliegerwohnung unten im Haus. Wir hätten allerdings zwei voneinander getrennte Eingangsbereiche.«

»*Nur* ist gut. Überleg dir das ganz genau, Marina. Wie alt ist sie denn?«

»Anfang, Mitte siebzig? Ich weiß es nicht genau. Der Notar hat ihr Geburtsdatum erwähnt, aber ich habe es in der ganzen Aufregung wieder vergessen.«

»Ein Haus, in dem jemand lebenslanges Wohnrecht hat, bekommst du so schnell nicht verkauft. So was tut sich in der Regel niemand freiwillig an. Ich bezweifle außerdem, dass du die fünf Jahre mit ihr aushältst. Du regst dich doch schon über deine Nachbarin auf, weil sie dir ständig in der Waschküche auflauert, um mit dir zu quatschen. Die Alte wird locker noch über zehn Jahre leben – wenn du Pech hast, sogar zwanzig.«

»Katharina!«

»Ach, komm schon. Du weißt doch, dass ich das nicht böse meine. Ich wünsche niemandem etwas Schlechtes, schon gar nicht irgendwelchen alten Damen. Aber du solltest unbedingt realistisch an die ganze Sache rangehen. Dreißig Prozent Erbschaftssteuer, das ist ja Wahnsinn! Wenn du das Haus verkaufen könntest, wäre das kein Problem. Aber so? Wo willst du das Geld denn hernehmen? Außerdem ist das Haus uralt; soweit ich mich erinnere, wurde es Anfang des neunzehnten Jahrhunderts gebaut. Da sind eventuell eine ganze Menge Kostenfaktoren, die du zusätzlich berücksichtigen musst. Guck dir auf jeden Fall das Dach und die Heizung an. Dass die Fenster klemmen, ist kein gutes Zeichen. Es wird teuer, wenn du sie auswechseln musst. Am besten holst du dir einen Fachmann, der das Ganze begutachtet. Und lass vor allen Dingen die Bausubstanz überprüfen!«

»Woher weißt du so genau, wie alt das Haus ist?« Ich bin überrascht, denn Katharina hat recht. Das Haus wurde im Jahr 1813 erbaut. Ich habe es vorhin im Vermächtnis gelesen.

»Keine Ahnung, warum ich mir das gemerkt habe, das hab

ich bestimmt mal irgendwo aufgeschnappt. Ich glaube, Oma hat mal darüber gesprochen. Ist doch auch unwichtig. Sag mal, überlegst du wirklich ernsthaft, nach Rügen zu ziehen? Wenn du Pech hast, ist Jahrzehnte über nichts am Haus gemacht worden, und dann wird es wirklich teuer. Außerdem, wie stellst du dir das vor, auf der Insel einen Job zu finden? Du weißt doch, wie die Rüganer sind. Die akzeptieren so schnell keine Zugezogenen. Und so, wie ich sie einschätze, erst recht niemanden, der die Insel vor so langer Zeit verlassen hat. Die lassen dich bestimmt nicht in ihren Parks und Gartenanlagen rumwerkeln. Und ohne Job schaffst du das finanziell nicht. Wir sollten unbedingt ausführlich über alles reden, bevor du irgendwas unterschreibst. Mach mir bloß keinen Blödsinn, ja? Wie lange willst du denn noch bleiben?«

»Ich nehme heute auf jeden Fall wieder wie geplant den Zug zurück nach Frankfurt. Morgen habe ich einen wichtigen Termin bei einem potenziellen Auftraggeber. Es geht um eine riesige Dachterrassenbegrünung am südlichen Stadtrand, vielleicht ist aber auch noch mehr drin. Mein Chef verlässt sich auf mich. Ich muss also auf jeden Fall morgen wieder arbeiten. Mein Zug fährt um zwei, gegen zehn Uhr abends bin ich wieder da. Was ist mit morgen? Sollen wir uns zum Frühstücken treffen?«

»Ja, gute Idee. Was hast du jetzt noch vor? Geh auf jeden Fall noch in den Keller, und sieh nach, ob die Mauern feucht sind.«

»Ja, ich wollte mir noch alles in Ruhe ansehen. Vielleicht kann ich auch noch mal mit der Haushälterin sprechen. Bestimmt weiß sie ja was. Immerhin hat sie all die Jahre hier mit ihm Tür an Tür gelebt. Und dann wollte ich noch einen Abstecher zum Hofgut in der Nähe von Nardevitz machen. In der Pension hat mir eine Frau erzählt, dass das Gut seit einiger Zeit ökologisch bewirtschaftet wird. Es gibt dort einen Hofladen mit Bioprodukten, den ich mir gerne mal ansehen würde. Die Frau hat voller Begeisterung von der Stutenmilch dort geschwärmt. Die würde ich mir gerne holen. Aber nur, wenn ich es zeitlich noch schaffe. Ich habe nur noch eine Stunde, dann muss ich mir ein Taxi rufen, das mich nach Sassnitz zum Bahnhof bringt.«

»Stutenmilch? Bah!«

»Nicht zum Trinken, als Badezusatz! Sie soll seidenweiche Haut machen.«

»Ach so, okay – dann bring mir auch welche mit, ja? Und pass bloß auf dich auf!«

»Mach ich immer – du kennst mich doch.«

»Eben! Deswegen weiß ich auch seit damals, dass dein Gehirn komischerweise nicht ganz richtig tickt, wenn es um dieses Haus geht. Was sagt eigentlich Philipp zu dem Ganzen?«

»Ehrlich gesagt, der hat noch keine Ahnung.«

»Du hast ein Haus geerbt und es ihm noch gar nicht erzählt?«

»Ich sag es ihm heute Abend. Wieso machst du denn jetzt deswegen so die Welle? Ich muss das alles doch erst einmal selbst verdauen, bevor ich mit ihm spreche. Ich weiß ja noch gar nicht, was ich machen soll. Ein Teil von mir will sofort hierbleiben, der andere will nicht aufgeben, was wir uns in Frankfurt aufgebaut haben.«

»Und was will dein Herz?«

»Das ist ja mein Problem. Du weißt, ich höre meistens auf meinen Bauch. Aber der will momentan beides. Ich kann mir aber nicht vorstellen, dass Philipp mitkommt. So wie es aussieht, werde ich mich entscheiden müssen. Und ganz egal, wie ich mich entscheide – ich werde es auf jeden Fall bereuen, das weiß ich jetzt schon.«

»Wie lange hast du denn Zeit? Bist du an irgendwelche Fristen gebunden?«

»Ich habe genau eine Woche. Und wenn ich mich dafür entscheiden sollte, habe ich drei Monate Zeit, um hier einzuziehen, bis zum Ersten des Folgemonats.«

»Dann wärst du spätestens ab dem ersten Juli auf der Insel; ist ja irre! Eine Woche zum Überlegen ist nicht lang, aber Zeit genug, um alles ganz genau überprüfen zu lassen. Soll ich Heike fragen, ob sie dir dabei hilft? Mit Erbgeschichten kennt sie sich bestimmt aus.«

»Gute Idee.« Heike ist Katharinas beste Freundin. Sie hat gerade mit Bravour ihr zweites Staatsexamen in Jura bestanden und wurde sofort von der Kanzlei übernommen, in der sie ihr Referendariat absolviert hat. Es würde mich nicht wundern, wenn sie mal, zielstrebig, wie sie ist, Richterin werden würde.

»Aber jetzt komm erst einmal wohlbehalten zurück. Und pass auf dich auf!«, sagt sie noch mal.

»Katta!«

Katharina seufzt. »Du bist und bleibst eben meine kleine Schwester. Manchmal vergesse ich, dass du für dich selbst verantwortlich bist.«

»Ich hab dich auch lieb.« Mit einem Lächeln im Gesicht beende ich das Gespräch.

2.

Das Haus kann dich nicht leiden

Unentschlossen bleibe ich am Fenster stehen. Der Regen wird von Minute zu Minute kräftiger. Schließlich prasselt er so laut gegen die Fensterbank, dass ich den aufgepeitschten Wellengang zwar sehen, aber nicht mehr hören kann. Der Himmel hat sich noch weiter zugezogen. Es ist richtiggehend dunkel geworden, obwohl es erst Mittagszeit ist. Ich schalte das Licht an und schaue mich noch einmal eingehend in dem Raum um.

Die dunklen Eichenmöbel und die weinroten Orientteppiche erinnern mich an den Stil meiner Großmutter. Sie war ähnlich eingerichtet. Ob sie etwas mit der ganzen Sache zu tun hat? Immerhin waren die beiden mehr oder weniger Nachbarn – und etwa im gleichen Alter. Wie gerne würde ich sie fragen, aber das geht nicht mehr. Meine Oma hatte Diabetes, und ich war neun, als sie in ein Zuckerkoma fiel, das sie nicht überlebt hat. Da war sie gerade mal achtundfünfzig Jahre alt. Damals habe ich nicht viel davon mitbekommen. Meine Mutter hat immer versucht, uns Kinder, so gut es ging, von schlimmen Angelegenheiten fernzuhalten. Und so weiß ich nur, dass es nach Omas Tod einen bitterbösen Streit mit dem Rest der Verwandtschaft gegeben hat – es ging wohl um

Geld – und ihr Haus umgehend verscherbelt wurde. An Mutters Schwestern Ingrid, Rosie und deren Kinder, also unsere Cousins und Cousinen, kann ich mich kaum erinnern, da wir damals von Rügen weg in den Westen, und zwar in die Nähe von Frankfurt, gezogen sind, wo eine Freundin unserer Oma damals lebte. Die hat uns auch in den ersten Monaten geholfen, Fuß zu fassen. Der Kontakt zur Familie ist daraufhin ganz abgebrochen. Wenn wir nachgefragt haben, wollte Mutter nicht darüber reden. Ihre – und somit auch unsere – Familie war zum Tabuthema geworden.

Und dann ist im Dezember letzten Jahres das Unfassbare passiert. Mutti machte einen Kurzurlaub an der Ostsee. Sie hat das Meer immer geliebt, auch in den kühleren Monaten. Auf dem Heimweg kam sie spät am Abend bei Dunkelheit und Aquaplaning von der Fahrbahn ab und landete mit dem Wagen im Graben. Von der Straße aus war die Unfallstelle gut einsehbar, doch da die Gegend recht einsam war und um diese Uhrzeit nicht viel befahren, hat es zwei Stunden gedauert, bis jemand anhielt, um ihr zu helfen. Aber da war es schon zu spät. Katharina war die Erste, die es erfuhr. Sie hielt sich zu diesem Zeitpunkt beruflich in München auf und versuchte verzweifelt, mich telefonisch zu erreichen. Aber wir haben keinen Festnetzanschluss, und mein Handy hatte ich in der Nacht ausgeschaltet, weil ich seit einiger Zeit zu den unmöglichsten Uhrzeiten irgendwelche dubiosen Werbeanrufe bekam. Also rief sie Heike an, die sich dann sofort auf den Weg zu mir machte und mich aus dem Bett klingelte. Ich dachte im ersten Moment, Katharina sei etwas passiert, als Heike völlig verheult vor unserer Tür stand. »Marina, eure Mutter …«, stammelte sie. »Es tut mir so wahnsinnig leid …«

Wochenlang habe ich mich wie in Trance gefühlt und sehr

viel geweint. Auch die kleinsten Arbeiten fielen mir unheimlich schwer und kosteten mich viel Kraft. Ich war ständig müde und hätte am liebsten den ganzen Tag nur geschlafen.

Es ist jetzt drei Monate her, und ich kann es immer noch nicht glauben, dass sie nicht mehr da ist. Ganz oft habe ich das Gefühl, sie würde jeden Moment an der Tür klingeln und in unsere Wohnung kommen. Sie fehlt mir, die Gespräche mit ihr fehlen mir. Und gerade jetzt im Moment wünschte ich, sie könnte bei mir sein. Vielleicht könnte sie mir das alles erklären oder mir wenigstens raten, was ich tun soll.

Zu ihrer Beerdigung ist keine ihrer Schwestern erschienen, obwohl wir sie in Kenntnis gesetzt haben. Seitdem ist die Verwandtschaft ganz aus unserem Leben gestrichen. Es gibt nur noch Katharina und mich – und unseren Vater, der mit seiner zweiten Frau in der Nähe von Lübeck lebt und nach wie vor wenig Kontakt zu uns pflegt. Aus den Augen, aus dem Sinn, wie Katharina immer zu sagen pflegt, wenn es um Vati geht. Er hat eine neue Familie gegründet und seine alte dabei weitgehend vergessen. Seine Frau hat einen Sohn aus erster Ehe, der bei ihnen aufgewachsen ist und ihm anscheinend nähersteht als wir. Ich habe mich oft gefragt, wie es passieren konnte, dass wir uns so sehr voneinander entfernt haben. Katharina meint, dass seine Frau dahintersteckt. Sie war zwar immer freundlich zu uns, aber es wirkte aufgesetzt, richtig herzlich war sie nie. Und so haben wir uns, wenn wir unseren Vater in den Ferien besucht haben, dort nicht willkommen gefühlt, nur geduldet. Vielleicht ist an der Vermutung was dran, dass sie immer eifersüchtig war, und zwar nicht nur auf Mutti, sondern auch auf uns. So wurden unsere Besuche immer seltener, und irgendwann haben wir nur noch telefoniert. Zu seiner angeheirateten Verwandtschaft hatte Vater sowieso nie ein gutes Verhältnis. »Hört mir bloß auf mit diesen engstirnigen Insulanern«, hat er geantwortet, als wir ihn fragten, ob er wüsste, warum alle untereinander schon so lange zerstritten sind. Vati ist in Stralsund aufgewachsen. Er ist Mutti zuliebe damals nach Rügen gezogen, hat sich dort aber niemals richtig eingelebt.

Ich kann mir nicht vorstellen, dass ich mich mit meiner Schwester mal so streiten werde, dass wir nicht mehr miteinander reden. Katharina ist der liebste Mensch, den ich kenne. Sie ist total fürsorglich, denkt immer erst an andere, bevor sie auch mal an sich denkt. Sie freut sich wirklich über meine überraschende Erbschaft, das weiß ich sicher.

Ich versuche die Traurigkeit zu verdrängen, die sich in mir breitmachen will, und rufe mir die Worte meiner Schwester in Erinnerung: *Es hat alles einen Sinn. Ganz sicher gibt es einen guten Grund dafür.* Aus irgendeinem Grund hat der alte Grünberger mir nicht nur sein Haus und das komplette Inventar vermacht – sein Letzter Wille war es auch, dass ich hier wohnen soll.

Ich könnte mich durchs Dorf fragen, denn es lassen sich sicher noch einige ältere Bewohner finden, die unsere Familie kennen. Der Name Tögel war zumindest damals hier sehr bekannt, unsere Oma hatte viele Freundinnen. Erschwerend ist nur, dass es so schüttet. Ich bin mit dem Taxi gekommen; das Haus liegt eineinhalb Kilometer von Nardevitz entfernt. Zu Fuß ist man eine Viertelstunde bis dorthin unterwegs, bis nach Lohme braucht man eine gute halbe Stunde. Bei dem Regen jedoch bin ich innerhalb einer Minute durchgeweicht. Ich sollte die Zeit also lieber nutzen, um mich vor Ort noch ein wenig umzuschauen.

Mein Blick bleibt an dem Kamin hängen, und das Thema

Heizung fällt mir wieder ein. Ob der Ofen ausreicht, den ganzen Raum zu beheizen? Er ist bis unter die Decke mit türkisfarbenen Kacheln gefliest. Das trifft zwar nicht unbedingt meinen Geschmack, aber irgendwie passt es zu dem Raum, der ganz funktionell und ohne viel Schnickschnack eingerichtet ist. Man merkt, dass hier ein Mann gelebt hat. Interessiert schaue ich mich weiter um. Unter einem der Fenster befindet sich ein klobiger Heizkörper, der nicht gerade modern aussieht. Er könnte zumindest einen neuen Anstrich gebrauchen. Und als ich ihn aufdrehe und meine Hand eine Weile auf den Metallrippen ruhen lasse, stelle ich fest, dass er nicht warm wird. Ob Josefine den Heizkessel abgestellt hat?

Wenigstens klemmt der nicht, denke ich und drehe den Temperaturregler mühelos zurück. Wie meinte Josefine noch gleich? *Das Haus kann dich nicht leiden.*

»Aber ich mag dich«, sage ich laut. »Und jetzt mache ich mich auf den Weg in den Keller und schau mir deinen Heizkessel an.« Und danach will ich einen Blick in die restlichen Zimmer werfen. Eigentlich wollte ich sofort einen Rundgang durchs komplette Haus machen, aber dann bin ich gleich im Wohnzimmer hängen geblieben, fasziniert von der herrlichen Aussicht hinunter zum Meer.

Das Haus kam mir vorhin, als ich es aus der Entfernung sah, irgendwie kleiner auf seinem Hügel vor, als es jetzt tatsächlich ist. Es ist großzügig geschnitten und besteht aus zwei Etagen. Das Erdgeschoss umfasst insgesamt hundertfünfundzwanzig Quadratmeter, wie mir der Notar erklärt hat. Davon gehören fünfundsiebzig zu dieser Wohnung und fünfzig zu Josefines Wohnbereich. In der ersten Etage kommt man aufgrund der Dachschräge auf etwa hundert Quadratmeter. Das heißt, ich hätte ungefähr hundertfünfundsiebzig Quadratmeter ganz für mich alleine – oder für Philipp und mich, wenn er sich denn breitschlagen lässt.

Die beiden ans Wohnzimmer angrenzenden Erdgeschossräume halten keine besonderen Überraschungen für mich bereit. Der Fußboden der Küche ist mit praktischem Linoleum ausgelegt, die alten Einbauschränke sind mit Eichenfurnier beklebt, das sich an den Ecken wellt und teilweise ablöst. Die in einem grässlichen Orange und Türkis karierte Wachstischdecke passt optisch zu den Kissenbezügen von Eckbank und Stühlen. Das ist so geschmacklos, dass es fast schon wieder gut ist. Recht schön ist aber dafür die große, schlichte Tonschüssel, die wohl für Obst gedacht ist und mitten auf dem Tisch steht. Der altertümliche Gasherd ist blank poliert, so als hätte noch nie jemand darauf gekocht. Auch der Kühlschrank sieht fast aus wie neu, obwohl es sich eindeutig um ein älteres Modell handelt. Er ist ausgeräumt und steht offen. Bestimmt hat Josefine ihn abgetaut und sauber gemacht. All diese Arbeiten waren sicher nicht leicht für sie. Als ich gemeinsam mit Katharina die Wohnung unserer Mutter aufgelöst habe, haben wir beide unentwegt damit gerechnet, sie würde zur Tür reinkommen und uns überraschen. Es waren gerade die alltäglichen Dinge, wie das halb volle Glas auf der Spüle oder der angeschnittene Brotlaib, die uns in Tränen ausbrechen ließen, weil wir einfach nicht wahrhaben wollten, dass wir sie nie wiedersehen würden …

Und hier in der Speisekammer sieht es ähnlich aus. Der kleine, mit umlaufenden Regalen bestückte Raum ist vollgepackt mit haltbaren Lebensmitteln. Ich ziehe wahllos eine Dose heraus und halte *Dicke Bohnen* in der Hand, eine der wenigen Gemüsesorten, mit denen man mich jagen kann. Schnell stelle ich sie wieder zurück und schaue mich noch einmal in der Küche um. Sie ist geräumig und hell. Man könnte durchaus was daraus machen, wenn man sich von den alten Einbauschränken trennen würde. Eine große Glastür führt direkt nach draußen. Sie ist wunderschön und aus vielen kleinen Scheiben zusammengesetzt. Fasziniert streiche ich über die bleiernen Verstrebungen. Im Sommer könnte man wunderbar vor dem Haus frühstücken und sich bei einer Tasse Kaffee die Morgensonne auf die Nase scheinen lassen. Eine Terrasse gibt es nicht, die Tür führt direkt auf die Wiese vor dem Haus. Aber das könnte man durch ein paar Holzdielen schnell ändern.

Im Schlafzimmer, das ebenfalls sehr funktional eingerichtet ist, steht das Bett mittig an der Wand, daneben ein Abstelltischchen mit einer Leselampe. Der Raum liegt nach hinten raus, wie das Wohnzimmer. Das heißt, man kann sich bei geöffnetem Fenster vom Meeresrauschen in den Schlaf wiegen lassen.

Ob der alte Mann immer alleine hier geschlafen hat? Das Doppelbett ist immerhin für zwei Personen gedacht. Es ist ohne Schnörkel und aus massivem Eichenholz gebaut, wie auch alle anderen Möbel, die ich bisher gesehen habe, mit Ausnahme der Küchenschränke. Bestimmt hat Grünberger die schönen Stücke eigens von einem Tischler anfertigen lassen. Oder war er vielleicht handwerklich so geschickt, dass er sie selbst hergestellt hat? Vielleicht war er Schreiner oder Zimmermann gewesen? Ich weiß noch nicht einmal, was er beruflich gemacht hat, aber der Gedanke, er könne mit Holz gearbeitet haben, gefällt mir irgendwie. An der Kopfseite des Bettes befinden sich mehrere kleine, sehr schöne und ungewöhnlich bunte Kissen, die akkurat nebeneinander drapiert sind. Sie wirken wie Fundstücke aus *Tausendundeiner Nacht* und passen so gar nicht zu der sonst eher geradlinigen Einrichtung. Federbetten gibt es nicht, stattdessen liegt eine dicke, dunkelrote Tagesdecke ordentlich über den Matratzen. Ich fahre mit der flachen Hand über den weichen Stoff. Ob Grünberger in diesem Bett gestorben ist? Der Tod des fremden Mannes reißt alte, immer noch nicht verheilte Wunden wieder auf.

Ich bin nicht gut darin, den Verlust geliebter Menschen zu verarbeiten. Ich will einfach nicht wahrhaben, dass meine Mutter nicht mehr da ist. Als Oma damals starb, hat Mutti uns erzählt, sie sei jetzt bei den Engeln im Himmel. Wir wurden als Kinder getauft und auch konfirmiert, aber ich weiß, dass Mutter nie wirklich an Gott geglaubt hat und der Himmel so für sie gar nicht existierte. Natürlich wird sie immer in meinem Herzen weiterleben, aber das ändert nichts an der Tatsache, dass sie einfach nicht mehr bei uns ist. Und das will nicht in meinen Kopf hinein. Ich habe wahnsinnige Angst davor, dass auch Katharina etwas zustoßen könnte. Wahrscheinlich würde ich dann durchdrehen. Als Mutter wäre ich bestimmt die absolute Oberglucke. Philipp möchte Kinder, wie er mir letztens eröffnet hat, am liebsten drei oder vier. Und ich? Ich möchte momentan viel lieber selbst wieder Kind sein, die Zeit zurückdrehen, in die lachenden Augen meiner Mutter blicken und ihr sagen, wie sehr ich sie liebe. Das habe ich viel zu selten getan.

Traurig lasse ich mich auf der Bettkante nieder und schließe kurz die Augen. Nicht schon wieder heulen, denke ich. Schau nach vorn, Marina!

Als ich den Kopf hebe, fällt mir auf, dass eine Tür der gegenüberliegenden Schrankwand offen steht. Das passt gar nicht zu dem Raum, in dem sonst große Ordnung herrscht.

Zögernd trete ich einen Schritt näher und werfe einen Blick auf die Kleidungsstücke, die dort akkurat auf Bügeln hängen. Das ruft mir wieder ins Bewusstsein, dass hier bis vor Kurzem noch ein Mann gelebt hat, den ich so gut wie gar nicht kannte. Er hat mir sein Haus vermacht. Ich weiß zwar noch nicht, warum, aber ich werde das bestimmt noch rausfinden. Jetzt ist erst einmal wichtig, dass er an mich gedacht hat. Er wollte, dass *ich* es bekomme. Ganz egal, wie ich mich entscheide – ich sollte dankbar sein.

Behutsam schließe ich die Schranktür, verlasse das Schlafzimmer und begebe mich weiter auf Erkundungstour.

Die Kellertür ist verschlossen. Mir bleibt nichts anderes übrig, als bei Josefine anzuklopfen, um sie nach dem Schlüssel zu fragen. Ihre Wohnung liegt auf der anderen Seite des langen, dunklen Flures, der nachträglich durch eine dünne Rigipswand in zwei separate Bereiche getrennt wurde.

»Josefine?« Ich klopfe an die Tür mit dem Keramikschild, auf dem in geschwungenen Buchstaben der Name *J. Hartwig* steht. Kurz darauf höre ich schlurfende Schritte. Unter normalen Umständen würde ich die alte Frau siezen, aber sie hat mich auch geduzt und sich mir nur mit Vornamen vorgestellt.

»Kannst du mir sagen, wo ich den Schlüssel für den Keller finde? Ich würde mir gerne mal den Heizkessel ansehen.«

»Da wirst du keinen Kessel finden.«

»Oh, wo steht er dann?«

»Im Wohnzimmer.«

»Im Wohnzimmer? Du meinst doch nicht etwa den Kamin, oder?«

»Was sollte ich denn sonst meinen? Es ist ein wasserführender Kaminofen, der mittels Rohren die Heizungen versorgt und somit das ganze Haus wärmt.«

»Dann wird hier nur mit Holz geheizt? Das heißt, dass der Kamin immer angefeuert werden muss? Was ist, wenn mal niemand da ist und das Ding ausgeht?« Eigentlich weiß ich, was Josefine darauf antworten wird, aber trotzdem möchte ich meinen Verdacht bestätigt wissen. Dass ein so großes Haus allein durch einen zentralen Holzofen beheizt wird, kommt mir doch irgendwie seltsam vor.

»Dann wird es kalt.« Genau damit habe ich gerechnet. Wahrscheinlich läuft Josefine deswegen mit dicker Strickjacke über dem Kittel herum. Die Gummistiefel hat sie inzwischen gegen Pantoffeln eingetauscht. Wir haben maximal fünf bis sechs Grad draußen, in der Nacht ist es wesentlich kälter. Dazu kommt noch die Nässe durch den ständigen Regen.

»Das Wetter ist scheußlich. Ist dir nicht kalt? Warum hast du den Kamin eigentlich nicht angemacht? Du hast doch einen Schlüssel.«

»Ich friere nicht so schnell. Außerdem habe ich meinen eigenen Ofen.«

»Ach so. Das ist bestimmt gemütlich.« Ich würde mich gerne noch weiter mit Josefine unterhalten, über das Haus – und über den Mann, den sie so gut kannte, da sie sich ja bis zu seinem Tod um ihn gekümmert hat. Die Frau scheint jedoch überhaupt kein Interesse an einem Gespräch mit mir zu haben.

»Ich hab zu tun«, sagt sie unmissverständlich und macht Anstalten, die Tür einfach vor meiner Nase zu schließen.

Aber so leicht lasse ich mich nicht abwimmeln. Falls ich mich dazu entscheiden sollte, hier zu leben, müssen wir beide irgendwie miteinander klarkommen. Ich gehe also beherzt einen Schritt auf sie zu, sodass ich mit einem Bein fast in ihrer Wohnung stehe. Dann starte ich einen neuen Versuch. »Josefine, ich habe keine Ahnung, wieso ich das Haus geerbt habe. Ehrlich gesagt habe ich gehofft, du könntest mir ein wenig über Herrn Grünberger erzählen. Kennst du vielleicht seinen Sohn?«

»Kennen? Nein. Er war ein Kleinkind, als ich ihn das letzte Mal gesehen habe. Danach war er nie wieder hier.« Oh, was ist denn da passiert? Ob sein Vater etwa auch nichts mit ihm zu tun haben wollte? Automatisch solidarisiere ich mich mit dem unbekannten Sohn.

»Trotzdem, immerhin ist es sein Sohn«, sage ich. »Ich verstehe nicht, warum ich das Haus bekommen soll. Ich kannte Herrn Grünberger doch gar nicht.«

Josefine verschränkt die Arme vor der Brust. »Er war anscheinend nicht mehr bei Sinnen, als er das Testament aufgesetzt hat.«

»Wenn ich das Erbe ausschlage, fällt der ganze Besitz an die Kirche. Hast du das gewusst?« Genaugenommen nehme ich Josefine nichts weg, sie hätte das Haus sowieso nicht bekommen. Ob sie vielleicht Geld geerbt hat? Das richtige Testament habe ich ja nicht gesehen, das hatte mit dem Vermächtnis nichts zu tun und wurde unabhängig davon erstellt. Der Notar hat mir lediglich mitgeteilt, dass der Sohn ein beträchtliches Vermögen geerbt hat. Aber unter Umständen ist Josefine ja auch nicht leer ausgegangen. Dass das Haus andernfalls an die Kirche und nicht an seinen Sohn gehen soll, wundert mich im Nachhinein doch sehr. So wie es sich anhört, hatte der alte Grünberger ja kein sehr gutes Verhältnis zu seinem Sohn. Oder hatten sie überhaupt keines? Damit habe ich zwar gar nichts zu tun, aber trotzdem habe ich dem Sohn gegenüber ein schlechtes Gewissen. Sein Vater ist gestorben, doch ich bin diejenige, die jetzt hier im Haus seine persönlichen Sachen inspiziert. Irgendwas muss da doch vorgefallen sein! Da gibt es so viele Fragen, die ich Josefine gerne stellen würde, aber mit ihr ist nicht zu reden. Sie rümpft die Nase und schließt kurz die Augen. Dabei vertiefen sich die Falten in ihrem Gesicht, und zum ersten Mal habe ich das Gefühl, eine Frau vor mir zu haben, die tatsächlich um die siebzig ist. »An die Kirche, pah! Ich sag doch, er war nicht bei Sinnen.«

»Vielleicht kommt ja dann ein christliches Mutter-Kind-Heim hier rein. Oder eine Anstalt für schwer erziehbare Jugendliche.« In dem Moment, in dem ich es ausgesprochen habe, bereue ich es auch schon. Josefine hat jahrzehntelang in diesem Haus gelebt – kein Wunder, dass sie mich als Eindringling ansieht. Wer weiß, welcher Art ihre Beziehung zu dem alten Mann wirklich war? Vielleicht haben sich die beiden geliebt? Und dann komme ich, die potenzielle neue Hausbesitzerin, und mache auch noch blöde Bemerkungen. Das ist nicht nett. Ich habe keinen blassen Schimmer davon, was hier vorgefallen ist. Ich sollte mich also lieber zurückhalten.

»Es tut mir leid, das war gemein. Entschuldige«, sage ich und lächle sie an.

Josefine zeigt keine Regung. »Die Jugendlichen wären keine schlechte Wahl«, kontert sie. »Hier gibt es viel zu tun. Es muss jede Menge Holz gehackt werden, denn der Winter soll noch länger anhalten in diesem Jahr. Bestimmt schneit es auch noch einmal. Der Weg den Hang hinunter braucht eine neue Befestigung, das Reetdach muss ausgebessert werden. Es ist alt und fängt an zu faulen. Der Keller ist feucht. Er sollte ausgeschachtet und schleunigst trockengelegt werden. Körperliche Ertüchtigung ist gut für junge Leute. Das bringt sie auf andere Gedanken.«

Ob sie das mit Absicht macht? Will sie mich davon abhalten, hier einzuziehen? Von der Feuchtigkeit im Kellergeschoss habe ich vorhin nichts bemerkt. Nun ja, ich bin ja auch nur bis vor die Tür gekommen … Ich beschließe, mich nicht von Josefines Reparaturdrohungen beeindrucken zu lassen. Ob Josefine auch dann noch das lebenslange Wohnrecht behält, wenn der gesamte Besitz an die Kirche fällt? Ich kann mich nicht erinnern, darüber etwas gelesen zu haben. Aber sie werden die alte Frau sicher nicht einfach so vor die Tür setzen. Und wenn doch?

»War er denn sehr gläubig?«, frage ich.

»Er war Genforscher. Gott hat für ihn nicht existiert.«

Genforscher? Mit einem Wissenschaftler habe ich nicht gerechnet. Ich bin davon ausgegangen, dass er, wenn er schon nicht Tischler war, irgendeinen anderen handwerklichen Beruf ausgeübt hat. Vielleicht weil ich ihn irgendwie groß und robust in Erinnerung habe.

»Aber warum dann ausgerechnet an die Kirche?«

»Er hat gerne mit dem Pfarrer über Gott und die Welt gestritten. Er war sein einziger Freund.«

»Der Pfarrer hier im Dorf?«

»Wo denn sonst?«

Das ist gut zu wissen. Vielleicht kann er etwas Licht in die Angelegenheit bringen. Das Gespräch mit Josefine führt momentan jedenfalls in eine Sackgasse. Sie igelt sich immer mehr ein, und ihre Stimme klingt immer unfreundlicher. Außerdem habe ich nicht mehr viel Zeit. Spätestens in einer Viertelstunde muss ich mir ein Taxi rufen. Ich sollte die letzten Minuten besser dazu nutzen, mir das Haus noch ein wenig anzusehen, wie auch Katharina mir geraten hat. Ich habe keine großartigen Ersparnisse, die ich in eine Sanierung stecken könnte.

»Dann schaue ich mir jetzt schnell noch die Zimmer oben an und gehe danach runter in den Keller«, sage ich und will mich auf den Weg machen. Es interessiert mich brennend, was ich in der ersten Etage vorfinden werde.

»Moment.« Josefine verschwindet in ihrer Wohnung und lässt mich draußen im Flur stehen. Kurz darauf erscheint sie wieder und drückt mir ein längliches transparentes Plastikpaket in die Hand.

»Hier, nimm.« Ich habe mit dem Kellerschlüssel gerechnet, nicht aber mit einer noch originalverpackten Zahnbürste.

»Danke.« Ich wage nicht zu fragen, was ich damit anfangen soll. Ich bin so perplex, dass mir die Worte fehlen. Außerdem bin ich mir sicher, von Josefine sowieso keine vernünftige Antwort zu bekommen, also lasse ich das merkwürdige Geschenk einfach in meiner Jackentasche verschwinden.

»Der Schlüssel hängt am Haken neben dem Küchenschrank. Da findest du auch alle anderen Schlüssel«, gibt mir Josefine mit auf den Weg.

Die Treppenstufen hinauf in die erste Etage knarren noch immer wie damals bei jedem Schritt. Zumindest das hat sich nicht geändert, außer dass sie etwas abgenutzter sind und ich an einer besonders blanken Stelle fast ausrutsche. Auf einmal finde ich den Gedanken beruhigend, Josefine unten zu wissen. Ich bin kein ängstlicher Mensch, aber das einzige Nachbarhaus in unmittelbarer Nähe ist baufällig und zurzeit nicht bewohnt. Darüber habe ich mir bisher überhaupt noch keine Gedanken gemacht. Sollte mal ein Notfall eintreten, findet man in dieser isolierten Lage so schnell keine Hilfe. Ob es Josefine gar nichts ausmacht, so ganz alleine und abgeschieden hier zu leben? Immerhin ist sie in einem Alter, in dem ihr bestimmt nicht mehr alles so einfach von der Hand geht.

Im oberen Geschoss befinden sich vier große Zimmer, jeweils mit eigenem Duschbad und WC ausgestattet. Die alten Möbel sind gepflegt, die Schränke sind aus einfachem furniertem Holz, wie in der Küche. Die Betten allerdings wurden, wie im Schlafzimmer unten, aus Massivholz gearbeitet. Alle vier sind frisch bezogen, so als könnten jeden Moment Gäste eintreffen. Mir war bisher nicht bewusst, dass in dem Haus auch Ferienunterkünfte vermietet wurden. Früher habe ich davon nichts mitbekommen – die Zimmer müssen also nachträglich dafür ausgestattet worden sein. Aber warum auch nicht? Es ist herrlich ruhig hier, der ideale Ort zum Entspannen fernab des Rügener Touristenrummels. Ich trete ans Fenster. Das Haus liegt wirklich sehr idyllisch. Hier oben auf dem Hügel wächst und gedeiht alles prächtig. Die Erde ist besonders fruchtbar, da die Sonnenstunden hier häufiger sind als in anderen Gegenden Rügens, was die Vegetation außerordentlich üppig wachsen lässt. Im Sommer ist alles grün, trotz des Windes, der in diesen luftigen Höhen ordentlich rumwirbeln kann.

Und die nötigen Wasservorräte für den Frühling werden ja momentan ausreichend angelegt, denke ich und schaue in den grauen Himmel.

Ob der Alte mich vielleicht doch damals dabei beobachtet hat, wenn ich mich hinter seinem Haus herumgetrieben habe? Ich habe den Garten in all seiner Vielfältigkeit immer geliebt. Vielleicht hat er das ja irgendwie mitbekommen und wollte deshalb, dass ich hier lebe? Eventuell war dieser Garten, wenn auch unbewusst, sogar einer der Gründe dafür, dass ich mich für eine Ausbildung zur Landschaftsgärtnerin entschieden habe. Sicher ist, ich könnte mich auf dem Grundstück gestalterisch so richtig austoben.

Von der Westseite des Hauses schlängelte sich seinerzeit ein kleiner, steiler Trampelpfad hinab ans Wasser. Ob Josefine ihn meinte, als sie eben erwähnte, der Weg den Hang hinunter benötige eine neue Befestigung? Früher konnte man dort im Sommer ungestört baden. Es war fast wie an einem Privatstrand. Ob das immer noch so ist? Vom Hochufer aus hat man jedenfalls auch heute noch einen herrlichen Panoramablick über die Ostsee, das hat sich wohl kaum geändert. Bei gutem Wetter kann man sogar bis Kap Arkona schauen, und wenn es dunkel ist, sieht man den Leuchtturm dort blinken. Hier ist der ideale Ort, um Urlaub zu machen! Das mulmige Gefühl, das sich eben noch angekündigt hatte, verflüchtigt sich wieder. Ein Gästehaus! Wenn ich hier leben würde, würde ich die Zimmer ein wenig moderner einrichten und sie regelmäßig vermieten. Eines der Zimmer wäre immer für gute Freunde reserviert – und natürlich für Katharina. Den Garten würde ich gründlich umgestalten, ein Teil könnte als Nutzgarten angelegt werden. Ich würde einen schönen Pavillon in der Nähe des Steilhangs bauen und wilden Wein daran hochranken lassen. Dort könnte man nachmittags gemütlich bei Kaffee und Kuchen sitzen und dem Rauschen des Meeres lauschen. Etwas weiter unten, ins hohe Dünengras, könnte ich einen Strandkorb stellen – natürlich zum Meer hin ausgerichtet.

Beschwingt von dieser Idee gehe ich wieder nach unten. Ich möchte Josefine fragen, ob die Gästezimmer häufig vermietet waren. Vielleicht weiß sie sogar, was sie jährlich in etwa einbringen. In den Wintermonaten ist die Nachfrage sicherlich nicht groß, aber von Frühling bis zum Spätsommer ließen sich zweifelsohne Abnehmer finden.

Aber Josefine ist für mich nicht mehr zu sprechen. Ihre Tür

ist verschlossen. Entweder ignoriert sie mein Klopfen und Rufen, oder sie ist wirklich nicht mehr da. Ich überlege, ob ich noch eine Runde um das Haus gehe. Vielleicht hält sie sich draußen auf. Aber ein Blick auf die Uhr sagt mir, dass ich mir jetzt schleunigst ein Taxi rufen muss. Die Zeit ist wie im Flug vergangen.

Vorhin habe ich mich am Fuß des Hügels absetzen lassen, weil ich die letzten Meter zum Haus laufen wollte, aber jetzt bestelle ich den Wagen direkt vor die Tür. Noch einmal gehe ich ins Wohnzimmer, setze mich kurz in den gemütlichen Sessel neben dem Kamin und lasse meinen Blick durch den Raum schweifen. Dann stehe ich auf und schaue noch ein letztes Mal aus dem Fenster. Der Blick ist wirklich herrlich! Und es hat auch aufgehört zu regnen. Hier auf der Insel wechselt das Wetter recht schnell. Der Wind vertreibt die Wolken, und bestimmt kommt sogar gleich die Sonne raus. Ich wäre verrückt, wenn ich Nein sagen würde, denke ich. Und auf einmal habe ich es eilig wegzukommen. Oder besser gesagt: Ich gehe lieber schnell, bevor ich mich noch spontan dazu entschließe, das Erbe ohne Umschweife anzunehmen und gleich hierzubleiben.

Zum Glück ist das Taxi schon kurz darauf da. Ich nehme mir felsenfest vor, mich nicht noch einmal umzudrehen, aber ich schaffe es nicht. Wir rollen gerade mal ein paar Sekunden, da höre ich mich sagen: »Können Sie bitte kurz anhalten?«

»Haben Sie was vergessen? Soll ich zurückfahren?«

»Nein, ich möchte nur noch mal einen Blick …«

Ich lasse die Scheibe runter und schaue mir noch einmal das Haus mit dem Reetdach an. Es ist wunderschön.

3.

Ich wäre verrückt, wenn ich Nein sagen würde

Der Zug hatte Verspätung. Nach fast zehnstündiger Reise stehe ich endlich in Frankfurt vor unserer Haustür. Während der Fahrt habe ich mir den Kopf darüber zerbrochen, was ich machen soll, aber ich konnte noch immer keine Entscheidung treffen. Ich habe sogar eine Pro-und-Kontra-Liste angefertigt, die mich aber letztendlich auch nicht weitergebracht hat. Ich weiß, dass ich mir die ganze Sache finanziell eigentlich gar nicht leisten kann. Wenn ich tatsächlich keinen Job auf der Insel finde, werde ich ganz sicher keinen Kredit bekommen, um die Erbschaftssteuer zu begleichen. Mit Einnahmen aus der Gästezimmervermietung könnte ich vorerst auch nicht rechnen. Die Zimmer müssten renoviert werden, wofür ich wiederum Kapital bräuchte. Andernteils ist Rügen landschaftlich natürlich sehr viel reizvoller als Frankfurt, das Klima ist besser, das Haus mit seiner strandnahen Lage wunderschön … Ich habe hin und her überlegt, kam aber immer wieder zum gleichen Ergebnis, ganz egal, wie lang die Liste wurde: Ich will Philipp nicht verlieren. Und genau deswegen muss ich ihn davon überzeugen, mit mir zu kommen. Also habe ich mir Gedanken darüber gemacht, wie ich Philipp das

Ganze am besten schmackhaft mache. Philipp arbeitet in einer angesagten Frankfurter Werbeagentur. Rund um Rügen gibt es bestimmt nicht viele interessante Jobangebote für ihn, aber er hat auch immer mal wieder darüber nachgedacht, sich selbstständig zu machen. Wir könnten eines der Gästezimmer für ihn als Büro herrichten. Außerdem bestünde auch die Möglichkeit, ein Büro auf der Insel zu mieten, vielleicht in Bergen. Natürlich ist das ein Risiko, wir beide ohne Job, aber ich würde notfalls auch die Schwimmbäder in den Hotelanlagen reinigen oder in einer kleinen Gärtnerei Blumenkübel bepflanzen und verkaufen. Es gibt doch immer eine Möglichkeit, wenn man nur will. Und wenn es dann gut läuft, könnten wir auch über Kinder nachdenken. Philipp ist zwei Jahre älter als ich und gerade dreißig geworden. Er hat in letzter Zeit immer wieder davon angefangen, über Familienplanung zu sprechen. Unsere Stadtwohnung ist viel zu klein für eine Familie. Sie geht über zwei Etagen, unten befinden sich Schlafzimmer, Wohnzimmer, Bad und eine winzige Küche. Über eine Treppe gelangt man nach oben, in ein offenes Galeriezimmer, in dem Philipp sich sein Homeoffice eingerichtet hat, wenn er mal von zu Hause aus arbeitet. Das müsste dann rosa oder hellblau gestrichen werden und als Kinderzimmer herhalten. Und ganz sicher würde ihm das so nicht gefallen. Für eine Familie wäre ein schönes großes Haus doch praktischer …

Die Frau, die neben mir im Zug gesessen hat, hat mich manchmal ganz komisch angesehen. Ich glaube, dass ich tatsächlich bei der Suche nach Argumenten leise mit mir selbst geredet habe. Das mache ich wohl ab und an, wenn mich etwas sehr beschäftigt. Philipp sagt, ich würde dann vor mich hin brabbeln. Und da Katharina seine Aussage grinsend bestätigt hat, ist an der Sache wohl was dran. Ein Knackpunkt werden Philipps Freunde sein. Das ist mir klar geworden, als der Zug am Bahnhof in Göttingen hielt. Philipp hat dort Grafikdesign studiert und jammert noch immer seinen Kumpels nach. Es hat eine Zeit gedauert, bis wir uns hier im Viertel einen netten Bekanntenkreis zugelegt haben. Wir haben die Maisonettewohnung vor eineinhalb Jahren gemeinsam gemietet. Philipp hat noch nie alleine gewohnt. In Göttingen lebte er im Studentenheim, davor bei seinen Eltern, danach ist er zu mir in meine kleine Bude gezogen. Und jetzt wohnen wir gemeinsam hier. Seitdem sein Arbeitskollege Mike Single ist, hängt der auch ständig hier rum. Aber ich hüte mich davor, den Vorschlag zu machen, ihn mit nach Rügen zu nehmen, sonst nimmt er am Ende das Angebot noch an.

All diese Dinge habe ich während der langen Zugfahrt ganz genau durchdacht. Und nun stehe ich hier vor unserer Haustür und gehe nicht rein, weil ich Angst vor Philipps Reaktion habe. Was, wenn er Nein sagt?

Ich bin mir nicht sicher, ob ich mich traue, die Sache notfalls auch ganz alleine durchzuziehen. Es ist zwar schön ruhig und idyllisch da oben auf dem Hügel, aber ich könnte mich vielleicht doch einsam fühlen. Auf Josefine kann ich bestimmt nicht bauen. Wenn ich Pech habe, ignoriert sie mich weitgehend, und wir gehen uns fünf Jahre lang aus dem Weg. Ein wenig eigenartig scheint sie ja auch zu sein, spricht von einem Gebäude, als hätte es Gefühle. Sie hätte doch gleich sagen können, dass sie mich nicht dahaben will, anstatt vorzuschieben, das Haus könne mich nicht leiden. Wer weiß, was sie sich noch alles einfallen lässt, wenn ich das Vermächtnis annehme?

Die Mutmaßungen helfen mir jetzt allerdings auch nicht

weiter. Vielleicht ist sie ja sogar ganz nett, wenn wir uns erst einmal richtig kennenlernen. Aber bevor es dazu kommen kann, muss ich mich erst einmal entscheiden. Und vor allen Dingen mit Philipp reden. Ganz in Ruhe.

Während ich die drei Etagen zu unserer Wohnung hochgehe, denke ich, dass mich das Treppensteigen sowieso immer genervt hat, besonders wenn wir unsere Wochenendeinkäufe hochschleppen müssen. Wieder ein Argument für Rügen: Da ist die Küche ebenerdig. Dass wir fünf Kilometer mit dem Auto zum nächsten Supermarkt fahren müssen, verdränge ich taktisch klug.

Ich versuche, die Tür möglichst leise aufzuschließen, weil ich insgeheim hoffe, Philipp könnte eingeschlafen sein und ich müsste erst morgen mit ihm reden. Ich habe ihm vorhin eine Nachricht geschickt, dass es später wird. Er wollte zwar auf mich warten, aber ich weiß ja, wie er tickt. Er braucht eine Couch, einen Film – und spätestens um elf fängt er an, leicht vor sich hin zu schnarchen. Das mit dem leisen Öffnen funktioniert ganz gut, wenn man die Tür beim Schlüsselumdrehen fest zu sich ranzieht. Als ich sie einen Spaltbreit aufdrücke, höre ich leise Pianomusik. Fast gleichzeitig nehme ich das warme Licht wahr, das die vielen Teelichter spenden, mit denen Philipp den Flur beleuchtet hat. Beim Anblick der sorgfältig aufgereihten Kerzen muss ich lächeln. Philipp hat den absoluten Hang zur Symmetrie. Bei ihm muss alles gleichmäßig sein. Es würde mich nicht wundern, wenn er die kleinen Lichter mit Hilfe eines Maßbands aufgestellt hätte, damit die Abstände exakt sind. Diese kleine Macke fasziniert mich immer wieder. Ich bin eher der chaotische Typ und mag Dinge, die nicht der Norm entsprechen. Auf unserer Anrichte im Flur stehen drei flache Schalen. Philipp schiebt sie immer in Reih und Glied nebeneinander, und ich rücke eine von ihnen irgendwann ein Stück nach vorn oder hinten. Und dann warte ich, bis es Philipp auffällt. Es hat eine Weile gedauert, bis er rausgefunden hat, dass ich das mit Absicht mache. Und nun ist es ein kleiner Spaß zwischen uns geworden. Ich schiebe die mittlere Schale ein Stück nach hinten und gehe gespannt den beleuchteten Flur entlang.

Am Anfang unseres Zusammenlebens hatten wir uns wegen unserer verschiedenen Ordnungsauffassung sehr oft in der Wolle. Philipp hat sogar die Spülmaschine umgeräumt, wenn ich das Geschirr nicht nach seinem System hineingestellt habe. Dabei hat er sich auch noch fürchterlich über mich aufgeregt. Heute lässt er den Kram einfach so, wie ich ihn hineingepackt habe – oder er räumt die Sachen klaglos neu ein. Das Schöne an unserer Beziehung ist, dass wir unsere kleinen Macken nicht nur akzeptieren, wir haben sie richtiggehend lieb gewonnen.

Die Kerzenparade führt in Richtung Schlafzimmer. Ich ziehe mir leise die Schuhe aus, husche schnell ins Bad, putze mir die Zähne und überlege kurz, ob ich mich ganz ausziehen soll, um nackt zu Philipp unter die Decke zu schlüpfen. Aber das wäre wohl sehr unpassend. Ich weiß immer noch nicht, wie ich Philipp beibringen soll, dass ich ernsthaft mit dem Gedanken spiele, nach Rügen zu ziehen, am liebsten natürlich mit ihm. Ich entscheide mich ganz unspektakulär für meinen warmen Flanellpyjama und mache mich auf den Weg ins Schlafzimmer.

Philipp sitzt im Schneidersitz in T-Shirt und Pyjamahose auf dem Bett, hält ein Buch auf dem Schoß und lächelt mich an. Neben ihm steht ein kleines Tablett mit einer Flasche Körperöl und einem kleinen, rauen Frotteehandtuch.

»Hi, *Honey!* Lust auf eine schöne Massage nach der anstrengenden Reise?«, fragt er und legt das Buch zur Seite. »Erzähl, was hast du uns mitgebracht – ein altes Gemälde oder einen staubigen Perserteppich?«

Ich stehe immer noch reglos vor dem Bett. »Tja, weißt du, es ist doch etwas mehr geworden.«

Philipp stellt das Tablett auf den Boden und streckt seine Hand nach mir aus. »Bist du jetzt etwa reich? Aber ich darf dich doch trotzdem massieren? Oder willst du jetzt nichts mehr von mir wissen?« Er grinst anzüglich.

»Es ist ein wunderschönes Haus, aber …«

Etwa eine Dreiviertelstunde später rufe ich Katharina an. »Gut, dass du noch wach bist. Kann ich bei dir schlafen?«

Meine Schwester hat eine große Kanne Pfefferminzmilch gekocht und sie mit einer ordentlichen Portion Honig gesüßt. Das Getränk haben wir von Oma immer vor dem Einschlafen bekommen. Ich kenne niemanden sonst, der Teebeutel in heiße Milch hängt, obwohl das wirklich lecker schmeckt. Ich umfasse mit beiden Händen die Tasse und nehme einen Schluck. »Mmh, das tut gut!«

Katharina sitzt in gleicher Pose da, die Tasse zwischen den Händen, die Ellbogen auf den Tisch abgestützt.

»Er will nicht mitkommen«, erkläre ich.

»Hast du was anderes erwartet? Das war doch eigentlich klar.«

»Ja, nein. Ich weiß es nicht, Katharina. Ich habe irgendwie gehofft, dass … Ich wäre verrückt, wenn ich ablehnen würde!«, bricht es aus mir heraus. »Du kannst dir nicht vorstellen, wie schön es dort jetzt um die Jahreszeit ist. Man müsste bestimmt eine ganze Menge am Haus machen, und Josefine ist auch nicht gerade pflegeleicht, aber überleg doch mal … So ein tolles Haus, direkt am Meer!«

»Und wenn du nur am Wochenende hochfährst?«

»Das geht nicht. Ich muss da richtig wohnen. So steht es im Vermächtnis. Ich könnte unter der Woche dort bleiben und am Wochenende nach Frankfurt kommen, oder Philipp nach Rügen. Wenn es nur für einen kürzeren Zeitraum wäre, könnte ich mir das vorstellen. Aber eine Fernbeziehung über fünf Jahre oder vielleicht für immer? Außerdem liegt es auch nicht gerade um die Ecke; es sind immerhin gut achthundert Kilometer, die fährt man nicht mal eben so. Und überhaupt! Mit Philipp war gar nicht zu reden. Für ihn steht fest, dass er nicht auf der Insel leben will, also muss ich in Frankfurt bleiben. Ich habe ihm vorgeschlagen, sich das Haus wenigstens mal anzusehen, aber er war total verbohrt. Er hat nicht einen Gedanken daran verschwendet, mir zuliebe umzuziehen. Die ganze Zeit hat er von seinen Chancen hier in Frankfurt geredet. Aber kein einziges Mal hat er die Chance erwähnt, die sich *mir* da bietet. Dabei ist mir dann klar geworden, dass ich auch ohne Philipp gehen muss. Weißt du, was das Problem ist? Wenn ich es nicht mache, werde ich es bestimmt bereuen und es Philipp für den Rest meines Lebens vorwerfen. Sollte ich gehen und ihn dadurch verlieren, werde ich natürlich auch unglücklich sein, aber du weißt ja, wie das ist. Irgendwann geht es vorbei. Wie sagst du immer so schön, wenn jemand Liebeskummer hat? Andere Mütter haben auch nette Söhne … Klingt das jetzt zu hart?«

Katharina lächelt mich an. »Nein, eher verzweifelt. Aber ich kann dich gut verstehen. Ich mag Philipp, das weißt du. Ich weiß aber auch, dass dich mit diesem Haus etwas ganz Besonderes verbindet.«

»Unabhängig davon finde ich auch den Gedanken schön, wieder zurück in die alte Heimat zu ziehen. Das Land unserer Kindheit! Und du bist doch beruflich sowieso ständig unterwegs. Und jetzt, da Mutti nicht mehr da ist … Du würdest mich doch ganz oft auf Rügen besuchen kommen, oder? Du könntest ein Gästezimmer beziehen und dort bestimmt auch ganz wunderbar arbeiten. Du wolltest doch schon immer mal ein Buch schreiben. Die Ruhe hättest du da jedenfalls. Was meinst du? Soll ich zusagen, auch wenn Philipp nicht mitkommt? Vorausgesetzt natürlich, dass Bausubstanz und rechtliche Geschichten nicht irgendwie dagegen sprechen.«

»Ich habe noch das Geld aus Muttis Aktienfonds. Bisher habe ich keinen Cent davon ausgegeben. Du kannst meine Hälfte haben. Dann müsstest du für die Renovierungskosten keinen Kredit aufnehmen.«

»Katharina, das ist echt total lieb von dir, aber es ist dein Anteil.« Ich bin ganz gerührt.

»Mutti hätte es so gewollt. Und ich will es auch. Ich kann es dir ja als zinsfreies Darlehen geben, wenn dir das lieber ist. Vielleicht kannst du auch noch einen Modernisierungskredit aufnehmen. Einer meiner Kollegen hat auch mal ein älteres Haus umgebaut. Er hat energiesparend saniert und dafür Fördermittel bekommen. Da musst du dich mal erkundigen. Und ja, natürlich komme ich dich besuchen. Vielleicht komme ich dir sogar entgegen und ziehe nach Hamburg. In Frankfurt habe ich sowieso nie gerne gewohnt.«

»Mensch, das wäre großartig!«

»Ich habe schon mal ein bisschen für dich gegoogelt. In Stralsund und Umgebung gibt es eine ganze Menge Landschaftsgärtnereien. Und auch auf Rügen gibt es ein paar. Die kümmern sich hauptsächlich um die Hotels und Parkanlagen.

Und was geeignete Jobs angeht, habe ich auf Rügen selbst zwar momentan nur eine Anzeige gefunden, in der eine Floristin gesucht wird, aber das heißt ja nix.«

»Du hast schon nach Stellen für mich gesucht?«

»Hier!« Katharina schiebt mir ein Blatt Papier zu. Ich schaue auf den fotokopierten Ausschnitt aus einer Tageszeitung mit einer Stellenanzeige, dann auf Katharina.

»Was guckst du so?«, fragt sie und grinst. »Es war doch wohl klar, dass du dazu niemals Nein sagen kannst. Ich kenne dich. Du kannst momentan keinen klaren Gedanken fassen, aber die Entscheidung musst du letztendlich alleine treffen. Ich kann dir nur helfen, indem ich dir anderweitig unter die Arme greife.«

»Danke! Du bist echt die Beste.«

Katharina lächelt mich an. »Wofür hat man große Schwestern?«

»Und du meinst, ich soll wirklich …« Die Sache mit Philipp geht mir doch ganz schön an die Substanz. Als ich ihn vor drei Jahren kennengelernt habe, stand ich kurz davor, eine Beziehung mit Fabian einzugehen, mit dem ich mich schon längere Zeit traf. Und dann sollte ich den Garten der Nachbarn von Philipps Eltern auf Vordermann bringen. Während ich bei tropisch anmutenden Temperaturen in der Erde wühlte, lag Philipp nebenan im Liegestuhl und sonnte sich. Ich warf ab und an mal einen heimlichen Blick auf den unverschämt gut aussehenden Kerl in kurzen Boxershorts, aber irgendwann war er dann verschwunden. Schade, dachte ich und staunte wenig später nicht schlecht, als er plötzlich mit zwei riesigen Eisbechern am Gartenzaun stand. Meine Freundin Tanja meinte damals, in dem Luxus, sich zwischen zwei Männern entscheiden zu können, würde sie auch mal gerne schwelgen. Aber mir ist die Sache verdammt schwergefallen. Nicht, weil ich keine Entscheidung treffen konnte, denn dass ich mich mehr zu Philipp hingezogen fühlte, war ganz klar. Aber ich brachte es nur schwer übers Herz, Fabian wehzutun, indem ich ihm eine Abfuhr erteilte. Und jetzt stehe ich vor einem ähnlichen Problem. Nur, dass es sich diesmal um einen Mann und ein Haus handelt.

»Du hast ja auch noch eine Woche Zeit«, lenkt Katharina ein. »Schlaf erst mal eine Nacht drüber. Ich hab dir das Bett schon bezogen. Einen Schlafanzug hab ich dir auch rausgelegt. Deine Zahnbürste habe ich allerdings letztens erst entsorgt. Die war schon total alt. Es ist Ewigkeiten her, dass du mal hier übernachtet hast.«

»Ist schon okay.« Auf einmal merke ich, wie müde ich bin. Kein Wunder bei den Ereignissen der letzten zwei Tage. Als ich aufstehen will, hält mich Katharina noch mal zurück. »Hast du dir eigentlich noch weiter darüber Gedanken gemacht, warum ausgerechnet du das Haus bekommen sollst?«

»Natürlich, was denkst du denn? Seitdem ich den Brief vom Notar bekommen habe, kreisen meine Gedanken um meine Verbindung zu dem alten Mann. Aber ich finde absolut keine Antwort darauf. Die Haushälterin hält sich bedeckt. Ich bin mir sicher, dass sie was weiß, aber sie rückt nicht mit der Sprache raus. Ich hab schon überlegt, ob es irgendwas mit Oma zu tun haben könnte. Sie hat immerhin auch in Nardevitz gewohnt. Und mal so im Nachhinein gesehen … Es ist ja jetzt schon total lange her, aber findest du nicht auch, dass sie damals total überzogen reagiert hat, als er uns auf dem Dachboden erwischt hat? Ich kann mich noch ganz genau daran erinnern, wie sauer sie war. Das passte gar nicht zu Oma.«

»Hm. Da könnte was dran sein. Soll ich mich mal umhören? Ich könnte doch ein bisschen recherchieren, was meinst du? Wenn Oma irgendwas mit Grünberger zu tun hatte, finde ich ganz bestimmt was raus. Ich könnte zum Beispiel unsere Tanten fragen. Es brennt mir sowieso schon die ganze Zeit unter den Nägeln, da mal nachzubohren. Irgendwas muss damals doch vorgefallen sein. Ich kann mir nicht vorstellen, dass es da nur um Geld ging.«

»Du willst in den alten Geschichten rumwühlen? Mutti hat bestimmt nicht ohne triftigen Grund mit allen gebrochen.«

»Eben!«

Katharina hat recht. Das Haus, Oma, unsere Familie. Das hat alles irgendwie miteinander zu tun. Der Alte hat mir nicht ohne Grund das Haus vermacht, so viel steht schon mal fest. Und wenn jemand was rausfindet, dann meine Schwester.

»Gute Idee! Und ich kümmere mich gleich morgen um die Bausubstanzprüfung. Ich habe keine Ahnung, wen ich da beauftragen muss und wie teuer das wird. Aber es muss auf jeden Fall noch in dieser Woche über die Bühne, damit ich zumindest in Bezug auf den Zustand des Hauses weiß, worauf ich mich da einlasse.«

Am nächsten Morgen habe ich Kopfschmerzen. Der Wecker hat mich viel zu früh aus dem Schlaf geklingelt. Ich werfe einen Blick in den Spiegel und stelle fest, dass ich verdammt schlecht aussehe. Meine blonden Haare stehen wirr nach allen Seiten ab. Ich habe Locken, die aus irgendeinem Grund in alle Richtungen wachsen, nur nicht nach unten. Deswegen trage ich sie entweder sehr kurz oder so lang, dass sie bis über die Schulter fallen. Dann hängen sie sich ein wenig aus. Philipp zuliebe habe ich mich zurzeit für die lange Version entschieden. Er liebt es, in meinen Haaren zu wühlen. Aber meistens binde ich sie doch aus praktischen Gründen zu einem Pferdeschwanz oder einem Dutt zusammen. Meine Augen sehen müde aus. Ich habe die Nacht kaum ein Auge zugebracht. Ich habe ein Haus geerbt, auf Rügen, direkt am Meer. Und genau deswegen werde ich Philipp verlieren. Ich massiere meine Schläfen, dann bewege ich meinen Kopf ein wenig. Ich bin total verspannt. Ob ich mich krankmelden soll? Und dann einfach wieder ins Bett schlüpfe, um mich richtig auszuschlafen? Heute ist Donnerstag, und wenn ich morgen auch zu Hause bleibe, habe ich zwei Tage, in denen ich mich um einen Bausachverständigen kümmern könnte. Die rechtlichen Fragen wollte ich auch klären. Und eventuell zur Bank gehen. Da ist so viel zu erledigen. Aber dann hätte ich ein schlechtes Gewissen meinem Chef gegenüber.

Ich schaue aus dem Fenster. Es ist kalt, aber trocken. Heute steht die Dachterrassenbegrünung auf dem Plan. Das heißt, zuerst ist eine ausführliche Außenbesichtigung fällig. Ich beschließe, dass die frische Luft mir guttun wird. Und die Arbeit auch. Dennoch muss ich so schnell wie möglich versuchen, Heikes Dienste als Rechtsexpertin in Anspruch zu nehmen. Was passiert zum Beispiel, wenn ich zusage, es aber keine fünf Jahre auf Rügen aushalte? Außerdem kann ja auch immer mal was passieren, das es mir unmöglich macht, dort weiterhin zu wohnen. Ich könnte zum Beispiel krank werden. Daran will ich zwar überhaupt nicht denken, aber ich möchte für alle Fälle gewappnet sein und wirklich hundertprozentig wissen, worauf ich mich einlasse. Ich muss also unbedingt das Kleingedruckte im Übereignungsvertrag überprüfen lassen, den der Notar mir mitgegeben hat.

Ich werfe Katharinas Kaffeemaschine an, dann springe ich

kurz unter die Dusche. Leider habe ich mir in letzter Zeit angewöhnt, im Stehen zu frühstücken. Unsere Küche ist sehr klein, besteht nur aus einer kurzen Zeile, die zum Kochen gerade eben so ausreicht. Ein Tisch passt nicht hinein. Hätte ich eine schöne Küche, vielleicht sogar eine Terrasse mit Blick zum Meer, würde ich ganz sicher jeden Morgen eine halbe Stunde früher aufstehen, um ganz in Ruhe frühstücken zu können. Aber ohne Philipp wird es nur halb so schön sein …

Ich hätte ihn gestern nicht so mit meinen Plänen überfallen dürfen, aber es ist nur so aus mir herausgesprudelt. Wie hätte ich denn reagiert, wenn Philipp mich völlig unerwartet zu einem kompletten Tapetenwechsel hätte überreden wollen?

Vielleicht kann ich Philipp doch noch dazu überreden, sich das Haus erst einmal anzusehen, bevor er die Möglichkeit eines Umzugs nach Rügen völlig ablehnt. Ich darf nicht zu schnell aufgeben und sollte es auf jeden Fall noch einmal versuchen. Es liegt nicht nur am Kaffee, dass ich mich nun energiegeladener fühle. Ich werde um Philipp kämpfen. Und ich fang jetzt gleich damit an. Philipp hat sich seit gestern Abend nicht bei mir gemeldet, kein Anruf, keine SMS. Würde es sich hier um einen normalen Streit handeln, würde ich nicht als Erste das Schweigen brechen, aber die Sache ist ernst. Also tippe ich ein schlichtes *Ich liebe dich* ins Handy und schicke die Nachricht auf die Reise.

Als ich die leere Tasse in die Spülmaschine räume, piepst mein Handy. *Ich dich auch, Honey,* schreibt er, *lass uns heute Abend noch mal in Ruhe reden.*

Erleichtert atme ich auf. Das ist ein gutes Zeichen!

Da taucht Katharina im Türrahmen auf. Sie sieht ganz zerknautscht aus und reibt sich die Augen.

»Oh, habe ich dich geweckt? Das wollte ich nicht«, sage ich.

»Nicht so schlimm. Ich muss heute eine ganze Menge erledigen.«

»Und ich erst!«

»Hat Philipp sich gemeldet?«

Ich nicke. »Wir versuchen's am Abend noch mal. Könntest du Heike fragen, ob sie heute spontan Zeit für eine Rechtsberatung hat? Es wäre gut, wenn ich vorher ein paar Fachfragen mit ihr klären könnte.«

»Ich ruf sie gleich an«, sagt meine Schwester und verschwindet ins Bad.

Als ich nach meiner Jacke greife, fällt etwas aus der Tasche. Erstaunt hebe ich es auf. Es ist das längliche Plastikpäckchen, das Josefine mir gestern in die Hand gedrückt hat. Daran habe ich gar nicht mehr gedacht.

»Das darf doch nicht wahr sein!«, rufe ich aus. »Das kann sie doch nie im Leben vorausgesehen haben.« Oder hat Josefine gewusst, dass ich eine Zahnbürste brauchen werde? Es soll ja Menschen geben, die gewisse Vorahnungen haben. Oder war es wirklich nur Zufall? Wie auch immer, ich kann sie auf jeden Fall gut gebrauchen, denke ich und stelle mich zu meiner Schwester ans Waschbecken.

4.

Worauf wartest du noch?

Am liebsten arbeite ich in der freien Natur. Ich kann stundenlang in der Erde rumwühlen und habe Spaß daran, den richtigen Platz für jede Pflanze zu finden. Ich mag meinen Beruf, auch wenn meine Hände rau wie Reibeisen und meine Fingernägel ständig abgebrochen sind. Da ich auch gut darin bin, neue Aufträge an Land zu ziehen, schickt mich mein Chef, Herr Totten, gerne zu neuen Kunden. Die erwarten in der Regel einen burschikosen Gärtner und sind dann überrascht, wenn eine junge Frau vor ihnen steht. Ich bin achtundzwanzig, aber alle sagen, ich würde wesentlich jünger wirken. Ich habe vor zwei Jahren meinen Bachelor mit dem Schwerpunkt Garten- und Landschaftsbau gemacht. Meine Abschlussarbeit drehte sich um die Revitalisierung von Stadträumen durch *Nature Living Walls*. Ich fand den Gedanken schön, Frankfurt durch vertikale Begrünung etwas lebendiger wirken zu lassen. Aber bisher habe ich in dieser Funktion außer für ein paar Gartenmauern und die Fassade eines Einfamilienhauses keine spektakulären Aufträge ergattern können.

Der Gebäudekomplex befindet sich im Frankfurter Süden. Noch während ich den firmeneigenen Kastenwagen in eine

Parklücke rangiere, sehe ich mit einem Blick, dass der vollkommen zugepflasterten Außenanlage eine frische Bepflanzung wirklich gut stehen würde. Um das festzustellen, muss man kein Experte sein. Ein Blick auf die Uhr am Armaturenbrett sagt mir, dass ich sogar etwas zu früh dran bin, perfekt! Ich beschließe, mich im Vorfeld noch etwas umzusehen. Die Eingangshalle ist hoch und hell. Hier könnte man sich gestalterisch richtig schön austoben. Durch eine vertikale Wandbegrünung würde der Bereich nicht nur optisch aufgewertet werden, es würde auch das Raumklima wesentlich verbessern. Aber heute soll es ja um die Bepflanzung der Dachterrasse gehen.

Wenn der Auftraggeber ganz konkrete Vorstellungen hat, liegt es letztendlich am Preis, ob wir den Auftrag bekommen. Vielleicht ist er aber noch völlig offen und lässt sich begeistern von meinen Vorschlägen. Ich habe keinen festen Stil, ich mag beides: entweder üppig und blumig, mit duftenden Gewächsen, Stauden und Sträuchern, die man gut auf einer großflächigen Dachterrasse platzieren kann. Oder auch schlicht, mit hochwachsenden Pflanzen wie Bambus oder Ziergräsern. Ich habe meistens ein gutes Gespür für Menschen und treffe intuitiv oft deren Geschmack. In dem Gebäude befinden sich die Räumlichkeiten einer großen Versicherungsgesellschaft. Die umherschwirrenden Mitarbeiter sind alle im Businesslook gekleidet. Ein bisschen Farbe wird der tristen Gesellschaft guttun …

Ich melde mich am Empfang und bin kurz darauf mit dem Fahrstuhl in die obere Etage unterwegs. Den Termin habe ich mit einem Angestellten aus der Marketingabteilung. Was Marketing mit der Bepflanzung zu tun hat, kann ich zwar nicht nachvollziehen, aber mir soll's recht sein.

Der Gang mit den vielen anliegenden Büros ist lang, doch ich habe das entsprechende Zimmer schnell ausgemacht: *A. de Bruyn,* hier bin ich richtig! Bevor ich jedoch anklopfen kann, wird die Tür plötzlich aufgerissen. Ich schaffe es nicht rechtzeitig, zur Seite zu springen, und eine kleine Frau mit kurzen, braun gelockten Haaren rennt mich fast über den Haufen. »Arschloch«, sagt sie wutentbrannt, und ein Stapel Papier segelt durch die Luft. Wir bücken uns gleichzeitig, um die Blätter aufzuheben. Dabei sieht sie mich an und grinst. »Entschuldigung, ich habe natürlich nicht Sie gemeint, sondern ihn.« Sie deutet mit dem Kopf hinter sich. Dort steht ein hochgewachsener, sehr gut aussehender Mann. Dunkles Haar, markante Gesichtszüge, Seitenscheitel, solariumgebräunt. Er könnte glatt aus einer der amerikanischen Anwaltsserien entsprungen sein, die Philipp sich so gerne ansieht.

»Nadja«, ruft er der Frau hinterher, »jetzt warte doch mal! Komm, lass uns wie vernünftige Menschen miteinander reden. Lauf doch nicht einfach weg ...«

»Dein Termin ist da, wie du unschwer erkennen kannst.« Die Frau setzt ein betont freundliches Lächeln auf und sagt zu mir: »Sie wollten doch sicher zu ihm, oder?«

»Ja, ich glaube schon.« Ich wende mich an den Mann, der wie versteinert in seinem Büro steht. »Sie sind doch Herr de Bruyn?«

»Ja, einen kleinen Moment noch bitte.«

»Soll ich vielleicht gleich noch mal wiederkommen?«, frage ich vorsichtig.

Die dunklen Augen der Frau blitzen, als sie ihre Arme in die Hüften stemmt. »Nein, nicht nötig, bleiben Sie ruhig. Ich bin auch schon weg!«

Na ganz toll, wo bin ich denn da hineingeraten?, denke ich, und mein Kopf fängt wieder an zu schmerzen.

»Tut mir leid«, sagt Herr de Bruyn. »Sie müssen Frau Beckmann sein.«

»Ganz recht, von der Firma Totten.« Ich beschließe, ganz professionell zu sein und den hitzigen Vorfall einfach zu ignorieren.

»Na dann wollen wir mal ...« Der Mann schnauft noch einmal tief durch. »Die Dachterrasse erreicht man über eine Treppe. Wenn Sie mir bitte folgen möchten?«

»Ist die Treppe breit?« Jetzt bin ich ganz in meinem Element. »Das wäre nämlich praktisch, um Baumaterialien und Pflanzen nach oben zu bringen. Und ein nicht unerheblicher Kostenfaktor. Wenn der Transport von außen über Aufzüge erfolgen muss, wird es wesentlich teurer.«

»Eine ganz normale Treppe, gleich hier neben dem Fahrstuhl.«

Als wir nebeneinander die Stufen hochgehen, muss ich plötzlich grinsen und wende mich schnell ab. Ich denke an die energische Frau mit den blitzenden Augen. Von ihrem Temperament könnte ich mir eine Scheibe abschneiden, zumindest wenn es ums Streiten geht. Bei Philipp ziehe ich in der Regel den Kürzeren. Er hat das Talent, mir die Worte im Mund herumzudrehen, sodass ich manchmal gar nicht mehr weiß, was ich ursprünglich gesagt habe. Dann wünsche ich mir, ich hätte ein Diktiergerät mitlaufen lassen, damit ich mir im Nachhinein noch einmal alles anhören kann. Und mir fallen meistens auch erst hinterher gute Antworten und Argumente ein. Beschimpft habe ich ihn allerdings noch nie. Ich hatte bisher keinen Grund dazu, es wäre aber auch gar nicht meine Art.

Was der Kerl wohl angestellt hat? Diese Nadja war auf jeden Fall ordentlich sauer auf ihn. Ich vermeide es, den potenziellen Auftraggeber anzusehen. Wenn er mein Grinsen entdeckt, wäre mir das mehr als peinlich. Zumal ich die blöde Angewohnheit habe, prompt rot anzulaufen, wenn mir etwas unangenehm ist und ich mich ertappt fühle.

Zum Glück sind wir schnell oben an der frischen Luft. Die Aussicht von der Dachterrasse ist wunderbar, wenn man davon absieht, dass man kilometerweit auf eine graue Städtelandschaft blickt. Was für ein Gegensatz zu dem herrlichen Blick auf das Meer hinaus! Wo kommt der Gedanke nun schon wieder her? Das kann man doch gar nicht miteinander vergleichen. Außerdem bin ich ja heute hier, um dem tristen Grau etwas entgegenzuwirken.

»Haben Sie schon konkrete Vorstellungen?«, frage ich Herrn de Bruyn und lächle ihn an. Herr Totten sagt immer, mein Lächeln sei herrlich entwaffnend, weil es von Herzen komme.

»Die Terrasse soll für Feiern oder sonstige Zusammenkünfte genutzt werden. Ansonsten sind wir in der Gestaltung noch völlig offen.«

Bei Versicherungsleuten denke ich automatisch an Mallorcareisen und Ballermannpartys. Ob eine künstlich geschaffene Beachatmosphäre gut ankäme? Nein, ich muss meine Vorurteile über Bord werfen und professionell bleiben.

»Fantastisch! Ich würde hier gerne ein etwas gediegeneres Entspannungsambiente schaffen, vielleicht mit ein paar wasserresistenten Sitzgruppen, die zwischen schönen duftenden Stauden platziert werden. Hier könnte man nett in den Mittagspausen einen Kaffee trinken und miteinander plaudern. Auf der anderen Seite der Terrasse, abgetrennt durch eine hohe Hecke, könnte man eine Ruhezone zum Entspannen errichten. Ein schönes Hochbeet würde sich gut machen als abgrenzender Sichtschutz. Und dazu ein paar bequeme Liegen in der Nähe eines schönen Kaskadenbrunnens oder eines Wasserspiels. Was meinen Sie?« Ich bin so in meinem Element, dass ich die merkwürdigen Umstände unseres Zusammentreffens fast vergesse.

»Hört sich gut an. Reichen Sie Ihren Vorschlag schriftlich ein – wir prüfen ihn dann.« Herr de Bruyn bleibt ganz Geschäftsmann.

»Abgemacht – liegt spätestens nächste Woche auf Ihrem Schreibtisch.« Da fällt mir die triste Eingangshalle wieder ein. »Sagen Sie, haben Sie schon mal was von *Living Walls* gehört?«

Das wäre ein schöner Auftrag, denke ich, als ich mich auf den Weg zurück zur Gärtnerei mache. Ich mag meinen Beruf und arbeite gerne für Herrn Totten. Er ist schon knapp über sechzig und hat mich vor zwei Wochen gefragt, wie es mit meiner Familienplanung aussehe und ob ich mir mehr Verantwortung im Betrieb vorstellen könne. Er suche eine kreative Leitung, wolle sich nach und nach mehr aus dem Berufsleben zurückziehen. Jedem anderen hätte ich wahrscheinlich geantwortet, mein Privatleben gehe ihn nichts an, aber in den letzten Monaten ist zwischen uns ein sehr vertrauensvolles Verhältnis entstanden. Herr Totten war für mich da, als Mutter letztes Jahr so unerwartet starb. Er hat mich einfach in die Arme genommen und gedrückt. Ich war erst überrascht, weil wir bisher keinen besonders persönlichen Umgang miteinander pflegten. Aber die aufrichtige Anteilnahme hat unheimlich gutgetan. Auch unsere Gespräche haben mir sehr geholfen. Mittlerweile weiß Herr Totten eine Menge Dinge über mich – und ich über ihn. Hilde, seine Frau, hat mich schon mehrmals zum Kaffeetrinken nach Hause eingeladen und dabei aus dem Nähkästchen geplaudert. Ich weiß jetzt zum Beispiel, dass Herr Totten ein ausgesprochener Morgenmuffel ist und man ihm bis acht Uhr tunlichst aus dem Weg gehen sollte, dass er gerne *Snooker* im Fernsehen sieht, wobei Hilde immer einschläft. Und dass er auf Milva steht, was ich keinem verraten darf. Anfangs dachte ich, es sei meinem Chef gar nicht recht, dass ich das alles weiß, doch dann kam heraus, dass er seiner Frau sozusagen aufgetragen hat, sich ein bisschen um mich zu kümmern, und sie ihm immer brühwarm alles erzählt. Hilde kann Geheimnisse nur ganz schlecht für sich behalten.

Nach meiner Ankunft in der Gärtnerei drückt mir Herr Totten eine große Tasse Kaffee in die Hand. Offensichtlich hat er auf mich gewartet. »Und?«

»Ein tolles Objekt. Ich habe den Terrassenentwurf bis nächste Woche zugesichert.«

»Ich meinte die andere Sache! Hast du was Schönes geerbt, Mädchen?«

Ich hole mein Handy raus, rufe die Fotogalerie auf und zeige ihm ein Bild vom Haus. »Es könnte meins sein …« In ein paar Sätzen erläutere ich meinem Chef die Bedingungen des Vermächtnisses.

Herr Totten hört aufmerksam zu, dann sagt er: »Auch wenn es mir schwerfällt, das zu sagen: Nimm das Haus, Mädchen, sei nicht dumm.« Er legt mir seine Hand auf die Schulter. »Und dann sieh zu, dass du endlich deine Träume verwirklichst. Entwirf üppig blühende Gärten. Auf Rügen! Verschwende dein Talent nicht damit, hier in Frankfurt öffentliche Freiflächen zu begrünen oder Dachterrassen zu bepflanzen.«

»Ich würde ein Gästehaus daraus machen. Die Lage ist wie geschaffen dafür. Die Räumlichkeiten auch. Der Garten ist jetzt schon wundervoll, er besticht allein durch seine fantastische Lage. Und gleich dahinter ist direkt das Meer! Aber man könnte noch eine ganze Menge mehr rausholen. Rosmarin und Lavendel, große Büsche, auf jeden Fall Hibiskusstauden. Das Klima dort eignet sich hervorragend dafür.«

»Dann fang mit *deinem* Garten an. Und danach suchst du dir eigene Kunden auf der Insel. Qualität setzt sich immer durch, du wirst sehen. Und wenn du wirklich vermietest, werden Hilde und ich deine ersten Gäste sein. Du kannst uns schon mal ein Zimmer reservieren, mit Meerblick!«

Ich lächle Herrn Totten an. »Das ist natürlich ein Argument.«

»Worauf wartest du noch?«

Im Moment weiß ich keine Antwort darauf.

Wahrscheinlich warte ich auf ein Wunder, das mit Sicherheit nicht eintreffen wird. Heike hat sich mittlerweile gemeldet, und ich habe alle offenen Fragen mit ihr klären können. Um es kurz auf einen Nenner zu bringen: Ich muss tatsächlich fünf Jahre lang in dem Haus wohnen und physisch anwesend sein. Ziehe ich vorher aus, auch unverschuldet und egal aus welchem Grund, geht es an die Kirche. Ich muss um die hunderttausend Euro Erbschaftssteuer zahlen, vielleicht auch mehr, je nachdem wie die Schätzung des Hauses ausfallen wird. Die Summe wird spätestens mit dem nächsten Steuerbescheid fällig werden. Wenn ich Glück habe, können wir den Wert des Hauses wegen Josefines Wohnrecht noch etwas mindern. Die gezahlten Steuern kann ich mir eventuell zurückholen, falls ich vor den fünf Jahren aussteige – von der

Kirche. Wenn das mal keine frohe Botschaft ist! Die Entscheidung muss fallen, es gibt keinen Mittelweg, aber das war mir ja von Anfang an klar.

Ich habe Bauchschmerzen, mir ist schlecht, und ich kann nicht still sitzen. Ich laufe wie ein aufgescheuchtes Huhn durch die Wohnung, bleibe vor den drei Schalen auf der Kommode im Flur stehen. Die mittlere steht immer noch leicht versetzt nach hinten. Als ich sie ordentlich in die Reihe zurückschiebe, kommen mir die Tränen. Und dann höre ich, wie Philipp die Tür aufschließt.

»Philipp, ich muss das Vermächtnis annehmen«, bricht es aus mir heraus. »Ich kann gar nicht anders. Es hat ganz viel mit mir zu tun, meine Wurzeln liegen dort. Rügen, meine Kindheit, das Haus … Es muss doch einen Grund dafür geben, dass ich es bekommen soll.«

Philipp schließt mich in seine Arme. »Ich weiß, *Honey*, ich weiß …«

»Aber ich will dich nicht verlieren …«

»Ich dich auch nicht, Marina. Ich habe auch den ganzen Tag darüber nachgedacht. Warum versuchen wir nicht, beide Orte miteinander zu verbinden? Lass es uns versuchen, zumindest eine Zeit lang. Wir wechseln uns ab. Ein Wochenende kommst du nach Frankfurt, das nächste ich nach Rügen. Was hältst du davon?«

Das entspricht zwar nicht ganz meinen Wünschen, ist aber besser als nichts. »Du könntest dir eine Fernbeziehung vorstellen?« Vielleicht machen wir uns damit etwas vor, aber das ist mir im Moment egal. Ich bin einfach nur froh, dass wir – vorerst – eine Lösung gefunden haben. »Vielleicht gefällt es dir ja auch so gut, dass du dann doch für immer auf der Insel bleiben willst. Wart mal ab, bis du das Haus siehst. Es ist wirklich sehr schön.«

»Das glaub ich dir. Aber lass uns drüben auf der Couch weiterreden.«

Ich nicke, und wir gehen ins Wohnzimmer. Auf der Couch haben wir bisher unsere besten Gespräche geführt. Man kann sie ausziehen, sodass man zu zweit bequem nebeneinander darauf liegen kann. Philipp ist ein ganzes Stück größer als ich, und ich kuschele mich gewöhnlich in seinen ausgestreckten Arm. Aber heute ist es anders. Philipp setzt sich aufrecht hin.

»Ich weiß, du hast momentan viel im Kopf, aber wir sollten auch darüber reden, wie wir das alles finanziell bewerkstelligen können.«

»Ist das deine größte Sorge?« Damit habe ich nicht gerechnet. Und ehrlich gesagt habe ich auch noch keinen Gedanken daran verschwendet, wie ich meinen Beitrag hier in Frankfurt weiterhin leisten kann.

»Na ja, du weißt, dass unsere Miete nicht gerade günstig ist. Und wenn du einen Kredit aufnehmen musst, wirst du schlecht deinen Anteil hier weiterzahlen können. Und alleine kann ich mir die Wohnung nicht leisten.«

»Auf Rügen könntest du mietfrei wohnen.« Das ist natürlich eine blöde Bemerkung. Und ausgerechnet in dem Moment rutscht sie mir heraus, als er mir entgegenkommt. Aber die Wendung des Gesprächs gefällt mir gar nicht.

»*Honey!*«

Auf einmal nervt mich Philipps *Honey*-Gesäusel. Vorhin im Flur hat er mich Marina genannt, was er ganz selten macht. Ihm ist es wahrscheinlich gar nicht aufgefallen, aber mir schon. Ich hätte mir eigentlich denken können, dass da noch irgendwas Unangenehmes folgt.

»Auf jeden Fall habe ich mir überlegt, dass ich dann auch hier ausziehen werde. Mikes Tante will ihr Haus vermieten, es ist ideal geschnitten für eine Vierer-WG. Bea hat schon zugesagt, Mike natürlich auch. Clara kann leider nicht, sie geht für ein Jahr nach London, da sie ein tolles Jobangebot von einer total angesagten Agentur hat, das sie nicht ablehnen kann. Aber eine vierte Mitbewohnerin finden wir bestimmt, bei der Lage!«

Ich bin sprachlos. Philipp verdient nicht schlecht. Er geht mittags oft mit seinen Kollegen irgendwo nett essen und gibt viel Geld für Klamotten aus, aber nicht so viel, dass er die Miete für die Wohnung hier nicht alleine aufbringen könnte. Ich weiß außerdem, dass er jeden Monat Geld auf irgendein Sparkonto einzahlt. So eng kann es also wiederum nicht sein. Was mich aber wirklich schockt, ist die Tatsache, dass Philipp sich innerhalb von einem Tag, ohne mir ein Wort zu sagen, eine neue Bleibe gesucht und unsere Wohnung im Geiste schon aufgelöst hat. Und dass ihm der Gedanke sichtlich Spaß zu machen scheint. Mike, Bea und Clara, seine Lieblingskollegen, oder wer auch immer. Zusammen wohnen und zusammen arbeiten? Zurück in die wilden alten Studienzeiten, die angeblich so wild ja gar nicht waren?

»Und ich darf dich dann am Wochenende in der WG besuchen?«

»Aber so was von gerne! Unser Bett nehme ich mit. Dann hast du deine Gesundheitsmatratze und kannst richtig gut schlafen, wenn du bei mir bist. Wenn wir dazu dann überhaupt kommen …« Er stupst mich in die Rippen.

Die besagte Matratze war teuer. Ich habe sie bezahlt, sie gehört also eindeutig mir und sollte logischerweise nach Rügen verfrachtet werden. Aber was denke ich da? So kleinlich hätte ich mich gar nicht eingeschätzt. Ich betrachte Philipp eingehend. Er kommt mir auf einmal merkwürdig fremd vor. Vor zehn Minuten lag ich noch weinend in seinen Armen! Und jetzt würde ich ihn am liebsten von der Couch schubsen.

»Was ist eigentlich mit der Einrichtung in deinem Inselhaus? Kannst du alles übernehmen? Oder musst du Möbel von hier mitnehmen?«

Musst? Philipp will im Ernst meine Möbel in seine WG stecken? Als wir uns damals hier eingerichtet haben, haben wir die klare Absprache getroffen, nichts gemeinsam zu kaufen. Damit wir gar nicht erst auf die Idee kommen, uns um Sachwerte zu streiten, falls wir uns mal trennen sollten – was wir uns natürlich nicht vorstellen konnten. Trotzdem haben wir uns immer daran gehalten.

Die Matratze gehört mir, die Couch, der kleine Eichentisch vom Schreiner, Muttis schöner Buffetschrank. Und letztens habe ich erst einen sündhaft teuren Wäschetrockner gekauft. Das einzige Stück, das ich mir von meinem Erbanteil geleistet habe. Jetzt bin ich froh, dass ich nicht noch mehr Geld ausgegeben habe. Eigentlich stand nämlich noch ein schickes Fernsehgerät auf der Wunschliste – auf Philipps ganz genau genommen. Wir haben nur noch auf das passende Schnäppchen gewartet.

»Du kannst alles behalten«, liegt mir auf der Zunge, aber das bereue ich vielleicht irgendwann. Meine Matratze nehme ich auf jeden Fall mit, natürlich auch Mutters Buffet …

»Können wir das auch morgen besprechen?«, frage ich. »Ich bin so unbeschreiblich müde.«

»Klar!« Philipp drückt mir einen Kuss auf den Mund, als wenn nichts gewesen wäre. Ich fasse es nicht. »Ich bleib noch ein bisschen auf.«

»Okay.«

Ich bin fast zur Tür raus, da sagt Philipp: »Wart mal ab, das wird bestimmt ganz gut. Es wird dir in der WG gefallen. Dann hast du wenigstens alle zwei Wochen mal ein bisschen Trubel und Abwechslung von der Ruhe und dir fällt nicht so schnell die Decke auf den Kopf.«

»Die Decke fällt mir nur auf den Kopf, wenn das Dach einstürzt. Warum bleibst du nicht einfach hier wohnen?«

»Ich bin nicht wie du, *Honey*, ich bin das Alleinewohnen nicht gewohnt. Ich brauche Menschen um mich herum.«

Aha, daher weht der Wind. Es geht also gar nicht nur ums Geld. Mit dreißig sollte man meiner Meinung nach, auch als Mann, in der Lage und reif genug sein, alleine klarzukommen. Ich jedenfalls werde bald alleine wohnen, von der Nachbarin Josefine mal abgesehen, in einem alten, einsamen Haus auf einem Hügel. Ich werde abends ohne Philipp ins Bett gehen und morgens ohne ihn aufwachen.

Das war's! Und ich muss eigenartigerweise noch nicht einmal heulen. Ich liege im Bett, auf meiner Gesundheitsmatratze, und verstehe die Welt nicht mehr, am allerwenigsten aber Philipp. Zuerst will beziehungsweise muss ich von ihm weg, dann kommt er mir zuvor und geht als Erster. Noch vor Kurzem hat er von Familiengründung gesprochen, und jetzt gründet er stattdessen eine WG. Er hat keine Sekunde ernsthaft darüber nachgedacht, für immer mit mir nach Rügen zu gehen. Stattdessen hat er nach einer Lösung gesucht, die ihm auch noch Spaß zu machen scheint. Unter der Woche Party und am Wochenende Ruhe mit mir, zumindest alle vierzehn Tage.

Als er sich später am Abend zu mir legt und sich an mich kuschelt, stelle ich mich schlafend. Philipp küsst mich ein letztes Mal auf mein Haar, dann dreht er sich um und fängt, wie nicht anders zu erwarten, in kürzester Zeit zu schnarchen an. Ich liege hellwach da. Um mich von den ganzen frustrierenden Gedanken abzulenken, die mir durch den Kopf schwirren, stelle ich mir den Rügener Garten vor. Ich überlege, wohin ich die Fliederbäume und den Hibiskus pflanze. Große Büsche Rosmarin und Lavendel setze ich auf jeden Fall in die Nähe der Fenster, damit der Duft bis ins Wohnzimmer wehen kann. Gemischt mit der Meeresbrise wird das ganz sicher ein Gedicht!

5.

Findus ist ein zähes Kerlchen

Als der Wecker am nächsten Morgen klingelt, fühle ich mich merkwürdig energiegeladen, obwohl ich kaum geschlafen habe.

Philipp wickelt sich in seine Decke und nuschelt irgendwas vor sich hin. Er steht immer eine Stunde später auf, da er erst um neun Uhr anfangen muss zu arbeiten. Ich weiß jetzt mit Sicherheit, dass ich ohne ihn gehen werde. Wenn er sich so schnell umorientiert, sollte ich auch keine Skrupel mehr haben, meinen Weg zu gehen. Aber bevor es so weit ist, habe ich noch eine ganze Menge zu erledigen. Zuerst muss ich einen Fachmann organisieren, der sich mit mir gemeinsam das Haus ansieht. Ich muss wissen, worauf ich mich einlasse und wie viel Geld ich aufbringen muss, wenn eine Sanierung ansteht. Renovieren und verschönern kann ich nach und nach, aber dafür muss die Substanz stimmen.

Heute ist Freitag, und wenn ich Glück habe, erreiche ich den Notar gleich telefonisch. Er wird bestimmt nichts dagegen haben, wenn ich mir das Haus noch einmal in Ruhe anschaue. Vielleicht kann er mir sogar einen Sachverständigen empfehlen.

Es ist sieben Uhr, noch zu früh, um zu telefonieren. Aber ich kann mir schon mal eine Zugverbindung raussuchen. Am besten telefoniere ich später von der Gärtnerei aus. Philipp möchte ich heute Morgen lieber nicht sehen – das zieht mich nur runter.

Nachdem ich den Notar erreicht und er mir ein Treffen am Montagnachmittag eingeräumt hat, rufe ich um zehn Uhr Katharina an. »Ich fahr morgen früh wieder hin. Mit dem Zug um sechs Uhr.«

»Was?«

»Ich treffe mich morgen um sechzehn Uhr kurz mit dem Notar. Den Schlüssel kann ich für den Rest der Wochenfrist, also bis Mittwoch, behalten. Und dann kommt noch ein Bausachverständiger. Und wenn der grünes Licht gibt, unterschreibe ich – ohne Philipp.«

»Wow! Ich komme mit. Können wir später fahren? Ich habe morgen um zehn ein Interview mit einem Umweltpolitiker, aber danach hätte ich Zeit.«

Katharinas Angebot klingt verlockend, und ich habe halbwegs damit gerechnet. Deswegen habe ich auch schon eine Antwort parat.

»Kannst du vielleicht in ein paar Tagen nachkommen? Ich würde gerne erst mal ohne Beistand dort sein. Schauen, wie sich das anfühlt. Immerhin will ich ja auch alleine da leben.«

»Wenn du meinst, natürlich … Willst du im Haus wohnen?«

»Nein, erst einmal in einer Pension in Sassnitz.«

»Und du bist dir wirklich sicher, dass ich nicht mitkommen soll?«

»Ja, ganz sicher …«

Josefine steht vor dem Haus, als ich aus dem Taxi steige, so als hätte sie auf mich gewartet.

Es ist fünf Uhr nachmittags. Ich bin schon seit heute Morgen um sechs Uhr unterwegs. Gegen halb drei bin ich in Bergen angekommen, dann kurz in die Pension nach Sassnitz, dann gleich zum Notar. Und jetzt bin ich endlich hier.

»Da bist du ja wieder«, sagt Josefine.

»Ja, es tut mir leid, der Notar hat versucht, dich telefonisch zu erreichen. Aber anscheinend stimmt irgendwas mit deiner Festnetznummer nicht.«

»Ist abgestellt und noch nicht neu angemeldet. Der Anschluss lief über ihn.«

»Ach so.« Wir stehen immer noch vor dem Haus. Josefine macht keine Anstalten, mich hereinzubitten. Das muss sie zwar nicht, denn ich habe ja die Schlüssel, aber es wäre trotzdem eine nette Geste gewesen.

»Sollen wir nicht reingehen?«, frage ich.

»Es ist dein Haus. Du kannst machen, was du willst.«

»Nein, noch nicht. Am Montag kommt erst einmal ein Sachverständiger, um sich die Bausubstanz ganz genau anzusehen.« Ich gehe an Josefine vorbei und schließe die Tür auf. Aber im Gegensatz zum letzten Mal springt sie nicht einfach so auf. Sie schleift schwer über den Boden.

»Das liegt an der Feuchtigkeit. Es hat die letzten Tage viel geregnet. Du musst sie anheben, dann geht es besser.«

»Danke.« Wenigstens schiebt sie es nicht wieder auf die Antipathie, die das Haus angeblich gegen mich hat.

»Ich bin Montag nicht da.« Josefine folgt mir ins Haus. »Ihr müsst ohne mich klarkommen.«

»Oh, das ist schade. Können wir dann vielleicht trotzdem in deine Wohnung? Es soll alles begutachtet werden.«

»Bei mir ist alles in Ordnung. Dach und Keller sind die Knackpunkte.« Das hat Josefine schon beim letzten Mal erwähnt. Aber da hatte ich nicht mehr genügend Zeit, mir alles anzuschauen. Außerdem war ich viel zu überwältigt von den ganzen Eindrücken, sodass ich gar nicht in der Lage war, alles objektiv zu betrachten. Ich habe mir vorgenommen, dass das heute auf jeden Fall anders laufen muss, unabhängig von emotionalen Befindlichkeiten.

Dass ich das schwer durchhalten kann, weiß ich in dem Moment, in dem ich alleine im Wohnzimmer stehe. Mir fällt sofort wieder die graue Strickjacke ins Auge, die immer noch über dem Stuhl hängt. Es geht hier nicht nur um das Haus, es geht auch um mich – und um ihn. Aber jetzt muss ich erst einmal die finanziellen Dinge im Auge haben und abschätzen, ob meine Pläne überhaupt realisierbar sind. Natürlich wäre ein Wintergarten sehr schön, aber es bleibt abzuwarten, ob ich diese Idealvorstellung verwirklichen kann.

Der Parkettfußboden müsste abgeschliffen und neu versiegelt werden. Die Wände sind glücklicherweise mit Raufaser tapeziert, da dürfte ein neuer Anstrich fürs Erste reichen. Der Kamin sieht funktionstüchtig aus; die Frage ist nur, ob ich das mit dem Heizen auch hinkriege. Immerhin müsste ich eine ganze Menge Holz hacken dafür. Ich ziehe Block und Stift aus der Tasche und mache mir Notizen, damit ich auch nichts vergesse. *Neue Heizung* schreibe ich ganz oben auf den Zettel. Man spürt förmlich den Regen der vergangenen Tage, dazu kommt die Kälte. Es ist wirklich ungemütlich hier im Raum, zumindest was die Temperatur angeht. Wie auf Kommando fängt es an zu schütten. Ich schalte das Licht ein und schreibe *Elektrik* auf. Dann setze ich mich auf die alte Ledercouch, die ich bisher noch gar nicht beachtet habe. Ich lasse mich nach hinten in die kalten Polsterkissen fallen. Sie ist gemütlich, irgendwie urig, zwar nicht für zwei Personen gedacht, aber das muss sie ja auch nicht. Auch die anderen Möbel sind eigentlich sehr schön. Es ist nur wahnsinnig vollgepackt. Würde man hier ordentlich ausmisten, den Raum schön hell streichen, auf Teppichböden verzichten, würde er mir schon eher gefallen. Vielleicht noch ein farbenfrohes Bild an die Wand, dann könnte es sogar richtig schön werden.

Die Küche würde ich am liebsten komplett umgestalten. Hier würde ich auf jeden Fall Muttis Buffetschrank reinstellen, die alten Einbauschränke rausschmeißen und durch schöne neue ersetzen. Auch den Küchentisch würde ich austauschen. Gasherd und Kühlschrank scheinen durchaus noch tauglich zu sein, aber dafür entdecke ich keine Spülmaschine. Für mich alleine würde ich auch ohne auskommen, aber wenn ich Zimmer mit Frühstück anbiete …

Ich erweitere die Notizen um die Rubrik *Möbel/Hausrat.* Philipp schien ja ganz scharf darauf zu sein, möglichst viele unserer Möbel mit in seine WG zu überführen. Vielleicht wäre es taktisch klug, wenn ich mich darauf einlasse. Das spart mir den Aufwand und die Transportkosten hierher, und ich habe das Gefühl, dass ich mich mit der Einrichtung hier weitgehend wohlfühle. Dann wäre es auch ein richtiger Neustart. Bis auf mein Tischchen, das ich schon beim letzten Mal gedanklich neben den Kamin platziert habe. Und natürlich Mutters alten Buffetschrank, darauf will ich auf keinen Fall verzichten. Dass sich das mit Philipp so von Knall auf Fall erledigen würde, hätte ich nie gedacht. »Wenn wir ehrlich sind, wissen wir doch beide, dass eine Fernbeziehung nur eine Trennung auf Raten für uns bedeuten würde«, habe ich gestern Abend noch zu ihm gesagt, nachdem ich ihm mitgeteilt habe, dass ich mich heute wieder auf den Weg mache. »Ja, aber Fernbeziehung klingt nicht so hart wie Trennung«, war seine ehrliche Antwort. Dann haben wir uns noch einmal ganz in Ruhe unterhalten.

Es ist schon komisch, wie schnell sich Abgründe auftun, die ich nie erwartet hätte: Vorgestern noch wollte ich nicht ohne Philipp gehen, und heute muss ich mir eingestehen, dass er irgendwie recht damit hat, dass wir beziehungstechnisch monatelang auf der Stelle getreten sind. Wir haben zwar über Familienplanung gesprochen, aber konkrete Pläne geschmiedet haben wir nie. Ich war entsetzt, als Philipp mir eingestand, dass er mich eigentlich nur nach Kindern gefragt hat, um die Lage zwischen uns zu checken, wie er es so nett formuliert hat. Er hatte schon länger das Gefühl, irgendwie sei die Luft raus zwischen uns. Dann starb meine Mutter, er wollte für mich da sein, und unsere Beziehungsprobleme traten in den Hintergrund. Ihm ist das auch alles erst richtig klar geworden, als ich ihn plötzlich mit meinen Inselplänen überfiel. Auch wenn es wehtut, muss ich mir eingestehen, dass er mit seiner Ehrlichkeit auch Mut bewiesen hat und ich es insgeheim genauso sehe. Wir sind viel zu verschieden, auch wenn genau das einer der Gründe dafür war, dass wir uns so voneinander angezogen fühlten. Für unsere Wohnung haben wir drei Monate Kündigungsfrist, so lange übernehme ich finanziell auf jeden Fall meinen Anteil, auch wenn ich früher nach Rügen ziehen sollte. Aber vielleicht können wir uns ja auch noch anders einigen, wenn ich ihm dafür die Möbel komplett überlasse. Ich hoffe nur, dass die Ortsbegehung am Montag einigermaßen positiv ausfällt. Wenn nicht, dann habe ich auf einmal ein ganz neues Problem. Ich kann mir nach gestern nicht mehr vorstellen, weiter mit Philipp zusammenzuwohnen. Dann wäre es besser, er würde trotzdem in seine WG ziehen. Wenn ich mich finanziell ein wenig einschränke, könnte ich die Wohnung in Frankfurt zumindest für eine Weile auch alleine mieten. Aber so weit möchte ich momentan gar nicht denken. Ich möchte hierbleiben, und genau deswegen setze ich meine Besichtigungstour fort.

Dabei inspiziere ich alles ganz genau und schreibe mir auf, was fehlt oder renoviert werden muss. Das Bad hat eine neue Toilettenschüssel bitter nötig, die Badewanne eine neue Beschichtung, der Fußboden neue, helle Fliesen. Die jetzigen braunen würden mich auf Dauer regelrecht depressiv werden lassen. Mein Bad soll hell und freundlich sein. Bett und Schrank im Schlafzimmer sind praktisch und schön – und meine Matratze ist mit ihren hundertvierzig Zentimetern viel zu klein für das Zweimeterbett. Philipp wird sich freuen …

Alles in allem könnte man zumindest den Wohnbereich hier unten mit relativ wenig Aufwand recht schnell gemütlich werden lassen. Ich muss ja nicht alles auf einmal erledigen oder neu erwerben. Die Gästezimmer oben könnte man durch wenige Handgriffe wohnlicher machen. Auch hier würden schon ein neuer Anstrich und das Abschleifen des Parketts Wunder wirken. Katharina wird mir bestimmt helfen. Und vielleicht kann ich auch Tanja fragen, ob sie mir ein paar Tage unter die Arme greift. Ihr habe ich noch gar nicht von meinen Plänen erzählt. Sie ist vor zwei Jahren der Liebe wegen nach Augsburg gezogen. Aber wir besuchen uns noch immer regelmäßig und mailen oder telefonieren oft. Das ist natürlich eine ganz schöne Strecke von Augsburg bis hierher, aber wenn ich ihr von dem Haus erzähle, wird sie schier ausflippen. Sie ist Tierarzthelferin, lebt mit Freund, Hund und zwei Katzen in einer Mietwohnung, träumt aber schon lange von einem Haus mit großem Grundstück, auf dem sie Schafe, Hühner und Gänse züchten könnte. Wäre sie nicht glücklich liiert, würde ich ihr glatt zutrauen, sie lässt alles stehen und liegen, um mit mir hier gemeinsam das Inselabenteuer zu leben. Der Gedanke gefällt mir, und ich spinne ihn weiter. Ich könnte auch Katharina und Heike überreden, hierherzuziehen. Das wäre Frauenpower pur. Ich weiß, dass das nur eine verrückte und völlig unrealistische Idee ist, aber sie gefällt mir. Dann hätte ich auch eine WG. Bei dem Gedanken muss ich grinsen. Gestern noch habe ich Philipp als völlig unreif eingestuft, weil er nicht alleine leben möchte. Und jetzt flüchte ich mich selbst in solche Gedanken. Aber bei mir bleibt es schließlich nur bei dieser Träumerei.

Beschwingt steige ich die Leiter zum Dachboden hoch. Josefine hat gesagt, das Dach sei eine Schwachstelle. Vielleicht kann ich ja selbst schon etwas entdecken. Die alte Holzleiter hat die letzten zwanzig Jahre wohl nicht überstanden, denn sie ist einer modernen aus Aluminium gewichen. Fast bin ich ein wenig enttäuscht deswegen, aber als ich oben auf den alten Holzdielen stehe, erfassen mich altbekannte Gefühle. Jetzt finde ich es doch schade, dass Katharina nicht bei mir ist. Diesen Moment hätte ich gerne mit ihr geteilt.

Es ist düster hier oben. Draußen ist es noch dunkler geworden, und durch das kleine Dachlukenfenster fällt kaum Licht. In einer Ecke jedoch kann ich mehrere aufeinandergestapelte Kartons erkennen. Es sind mit Sicherheit andere als damals, und in meiner Erinnerung kam mir alles hier oben viel größer vor, aber trotzdem schlägt mein Herz ein wenig schneller bei dem Gedanken daran, wie wir beide uns dort versteckt hatten und dann von Grünberger erwischt wurden.

Der Alte hat mein Handgelenk wie in einem Schraubstock

festgehalten und erst losgelassen, nachdem Katharina ihm unsere Namen genannt hat. Dabei bin ich mir sicher, dass er ganz genau gewusst hat, wer wir sind. Aber er wollte es unbedingt von uns hören. Dann hat er uns die Treppen runtergezerrt und mit ins Dorf zu Oma genommen. Die halbe Stunde Fußmarsch kam mir vor wie eine Ewigkeit. Katharina hat den ganzen Weg über kein Wort gesagt, aber ich konnte meinen Mund nicht halten, obwohl ich auch fast gestorben wäre vor Angst. Katharina hat also mit ihrer Äußerung vorgestern am Telefon gar nicht so unrecht gehabt. Insgeheim war ich mir aber sicher, dass nicht wir, sondern der Alte eine Menge Ärger bekam, wenn meine Großmutter die brennend roten Druckstellen auf unseren Handgelenken sehen würde. Ich versuchte also mit ihm zu verhandeln: Wir würden schweigen und nichts davon erzählen, dass er uns hier wehtat, wenn auch er dichthielte. Aber der Alte ließ sich nicht darauf ein. Ich kann mich noch ganz genau an seinen unbeirrten Blick aus hellen Augen unter buschigen Augenbrauen erinnern, die über der Nasenwurzel fast zusammenstießen. Sie waren tiefschwarz, was einen krassen Gegensatz zu seinem wirren weißblonden Haar bildete. Seine Haut war von der Sonne tief gebräunt, seine Zähne leuchteten genauso hell wie sein Haar. Nach diesem Erlebnis bin ich wochenlang oft schweißgebadet aufgewacht, weil ich wieder mal von dem unheimlichen Alten geträumt hatte. Vielleicht kann ich mich deswegen so genau an sein Aussehen erinnern?

Zu meinem Erstaunen interessierte sich unsere Großmutter damals jedoch gar nicht für meine Version der Geschichte. Sie beschimpfte stattdessen Katharina, weil sie die Ältere von uns beiden war und auf mich hätte aufpassen müssen. Sie verbot uns, wieder dorthin zu gehen, und bestrafte uns, indem sie eine ganze Woche nur das Nötigste mit uns redete. Bei Katharina wirkte die Methode, bei mir nicht. Mein Interesse an dem Haus war erst recht geweckt. Ich schlich mich, wenn ich nur irgendwie konnte, hoch auf den Hügel und trieb mich dort oben herum. Bei jedem meiner Besuche nahm ich etwas mit. Ich machte es mir zur Aufgabe, immer *Beute* zu machen. Mal mopste ich einen Apfel, dann Haselnüsse, oder ich ergatterte ein paar schöne Buchenzweige, an die ich mit bunten Schnüren meine gesammelten Strandfundstücke, wie Muscheln oder schöne Steine, band. *Wunschmobiles* nannte ich meine Kunstwerke. Damals war ich davon überzeugt, sie hätten magische Kräfte. Vielleicht habe ich mir schon als Kind gewünscht, das Haus würde mal mir gehören? Und das ist jetzt so greifbar nah …

Das Licht funktioniert nicht; ich habe es mehrmals probiert, aber langsam gewöhnen sich meine Augen an die Dunkelheit. Soviel ich erkennen kann, gibt es keine undichten Stellen im Dach, aber es riecht hier oben sehr streng, fast faulig. Ob der Geruch normal ist für ein Reetdach? Das kann ich mir nicht vorstellen! Ich gehe ganz nah ran und leuchte mit der Lampe meines Handys auf die dichten grauen Schilfrohre. Aber es hat keinen Sinn, da ich kaum etwas erkennen kann und sowieso keine Ahnung habe, auf was ich achten müsste. Allerdings nehme ich den eigenartig stechenden Geruch immer deutlicher wahr. Er scheint nicht vom Dach, das eher an den Duft feuchten Heus erinnert, auszuströmen. Vorsichtig gehe ich weiter. Der Gestank wird immer intensiver. Als der Mief fast unerträglich wird, halte ich mir die Nase zu und leuchte mit dem Handy den Boden ab. Dabei stoße ich auf einige ungefähr zehn Zentimeter lange, dunkle Stränge, die aussehen wie dicht zusammengedrehte Haare und Federn.

Und dann sehe ich – einen Kaninchenkadaver. Angewidert weiche ich zurück. Doch dann betrachte ich das tote, halb verweste Tier genauer. Es ist zerfleddert und macht den Anschein, als wäre es halb aufgefressen. Wurde es erlegt und hier abgelegt? Vielleicht gibt es Ratten? Oder das Fenster war mal offen, und ein Raubvogel hat es hier hereinbefördert? Am liebsten würde ich die Dachluke öffnen, um zu lüften, aber dann würde es hereinregnen. Draußen scheint es mittlerweile richtiggehend zu stürmen. Der Kadaver muss weg. Am besten suche ich unten nach einem Kehrblech und einem Plastiksack, um ihn zu entsorgen.

Ich bin schon fast an der Leiter, als ich so etwas wie ein Fiepen wahrnehme. Trotz des prasselnden Regens kann ich es ganz deutlich hören. Es kommt aus Richtung der Kartons auf der anderen Seite. Noch einmal leuchte ich den Boden ab, und der schwache Lichtkegel fällt auf eine abgemagerte Katze, die vor mir auf dem Boden liegt.

»Ach herrje, wer bist du denn?« Schnell ziehe ich meine Jacke aus und bette sie vorsichtig darauf. Ihre linke Vorderpfote sieht eigenartig verdreht aus, das Fell ist struppig und verklebt.

»Armes Ding!« Vorsichtig transportiere ich das verletzte Tier die Leiter hinunter. Schon auf der Treppe rufe ich nach Josefine.

»Josefine, kannst du mir helfen? Ich habe oben auf dem Dachboden eine Katze gefunden. Sie ist verletzt und anscheinend sehr schwach.«

Ihre Wohnungstür geht auf.

»Findus?« Josefine reißt die Augen auf.

»Ist das deine? Gehört sie dir?«

»Nein, *seine*. Es ist seine Katze. Ein Kater.« Der barsche

Ton in Josefines Stimme ist verschwunden, ihre Worte klingen auf einmal sehr weich. In ihren Augen sammeln sich Tränen, die ihr kurz darauf über die Wangen laufen. Als ich sie weinen sehe, muss ich schlucken, um nicht auch zu weinen.

»Oh, Josefine, das tut mir leid. Bestimmt können wir ihm helfen. Es gibt doch sicher irgendwo einen Tierarzt in der Nähe?«

»Eine Tierärztin. In Lohme.«

Ich lege Findus in Josefines ausgestreckte Arme und fische mein Handy aus der Tasche. »Ich rufe uns ein Taxi. Am besten wir fahren sofort los.« Ich bin froh, die Nummer des Taxiunternehmens gespeichert zu haben. Aber das hilft mir nicht viel, wie ich feststelle, denn mein Handy funktioniert nicht.

»Das gibt's doch nicht!«, schimpfe ich. »So ein Mist! Ich habe keinen Empfang. Was machen wir denn jetzt? Du hast doch keinen Festnetzanschluss.«

»Komm mit«, sagt Josefine, und ich folge ihr in ihre Küche. Vorsichtig legt sie Findus mitsamt meiner Jacke auf den Tisch.

»Pass auf, dass er nicht runterfällt. Ich bin gleich zurück«, sagt sie und verschwindet.

Der Kater gibt keinen Laut von sich. Er liegt ganz still da und sieht mich mit großen Augen ängstlich an. Das glaubt Katharina mir nie, dass ich jetzt doch ein Kätzchen vom Dachboden gerettet habe, zwanzig Jahre später!

»Alles wird gut, mein Kleiner.« Vorsichtig streichle ich über den mageren Körper. Dabei fällt mir auf, dass auf ihrem Küchentisch eine ähnlich auffällig gemusterte Wachsdecke wie nebenan liegt. Interessiert schaue ich mich um, ohne die Hand von Findus zu nehmen.

Die in einem cremigen Gelbton gestrichenen Wände sprechen eindeutig für eine weibliche Handschrift. Die Küchenzeile ist etwas kompakter und in einem schönen Holzton gehalten. Für Buche ist es etwas zu hell, es könnte Ahorn sein. Es ist aber auf jeden Fall massives Holz, das kann man sehr gut erkennen. An der anderen Wand steht ein wunderschöner, alter Buffetschrank, ähnlich dem meiner Mutter. Auf der marmornen Ablageplatte stehen mehrere verschieden große Flaschen, die mit handbeschrifteten Etiketten beklebt sind. Ob Josefine das Obst aus dem Garten zu leckeren Schnäpsen verarbeitet? Ich mache einen langen Hals, um die Beschriftung zu entziffern, aber aus der Entfernung gelingt es mir nicht. Und ich traue mich nicht, Findus loszulassen. Mein Blick schweift kurz über hübsch geflochtene Zwiebelstränge und getrocknete Kräuterbüsche, die an kleinen Eisenhaken an der Wand hängen.

Ich träume schon sehr lange von einer hellen, geräumigen Küche, die Platz zum Kochen und auch zum gemütlichen Beisammensein bietet. Alles nur eine Frage der Zeit, habe ich mir immer gesagt. Irgendwann hast du eine große Wohnung oder vielleicht sogar ein Haus.

Ich bin wirklich verrückt, wenn ich das Vermächtnis ausschlage, so schlecht kann die Bausubstanz doch gar nicht sein, denke ich plötzlich und schüttle unwillkürlich den Kopf. Ich werde hier meinen Traum wahr werden lassen. Ein Haus, mein Haus – am Meer! Ich finde auch ganz sicher einen Job. Und dann bekomme ich einen Kredit von der Bank, um das Haus auf Vordermann zu bringen. Landschaftsgärtner werden doch überall gesucht. Immerhin bin ich sozusagen fast auf Rügen aufgewachsen. Meine Oma hat schließlich bis zu ihrem Tod ganz in der Nähe gelebt. Was wohl aus dem Haus, das Opa gebaut hat, geworden ist? Es war nicht groß, aber sehr schön. Meine Wurzeln liegen hier, zumindest ein paar davon. Warum sollten die Rüganer mich also abweisen? Ich weiß zwar noch von früher, wie ablehnend die Insulaner gegen Zugezogene sein können, schließlich haben wir als Kinder da gerne mitgemacht, haben neue Nachbarskinder erst einmal einfach ausgeschlossen. Rüganer ist man nur, wenn man auf der Insel geboren wurde, die Zugezogenen werden Rügener genannt. Und die mussten sich die Zugehörigkeit erst einmal verdienen. Aber die Zeiten sind bestimmt längst vorbei.

»Du musst es unbedingt schaffen, dann habe ich hier oben wenigstens schon mal einen Freund«, sage ich zu dem Kater, der wie ein Häufchen Elend zusammengesunken daliegt. »Und dann machen wir es uns hier richtig gemütlich.«

»Ich bin mir nicht sicher, ob das Haus dich überhaupt will.« Josefine steht beladen mit Tüchern, Verbandsmaterial und einer braunen Glasflasche wieder neben mir in der Küche. Ich habe sie nicht kommen hören, und wie es aussieht, hat sie mitgekriegt, was ich gerade gesagt habe. Jetzt fängt sie wieder mit ihrer *Das-Haus-kann-dich-nicht-leiden*-Masche an. Diesmal lasse ich mich auf das Spielchen ein.

»Das liegt bestimmt daran, dass ich mir selbst bisher nicht sicher war«, erkläre ich. »Es hat nur die ganze Zeit meine Unentschlossenheit gespürt. Aber jetzt weiß ich, dass ich es wirklich will. Also wird es mich auch akzeptieren, ganz bestimmt.« Innerlich freue ich mich über den geglückten Schachzug, denn Josefine scheint tatsächlich darüber nachzudenken, ob an der Sache was dran sein könnte.

»Hm«, macht sie und zieht die Stirn in Falten.

»Konnte es dich denn von Anfang an gut leiden?«, frage ich.

»Ja«, antwortet Josefine schlicht. Sie scheint die Sache wirklich ernst zu meinen, und ich weiß nicht, was ich darauf noch erwidern soll. Aber dazu komme ich sowieso nicht mehr, denn in dem Moment versucht Findus sich aufzurichten, und ich ziehe meine Hand zurück. Er hebt seinen Kopf wenige Zentimeter vom Tisch, aber dann sackt er wieder zusammen und maunzt mitleiderregend.

»Meinst du, er packt es?« Ganz plötzlich bekomme ich eine Heidenangst, er könne es nicht schaffen. Ich fühle mich verantwortlich. Und ich möchte nicht, dass schon wieder jemand stirbt, auch wenn es sich hier nicht um einen Menschen handelt.

Josefine legt sanft ihre Hand auf den Kater. »Er wird schon wieder. Findus ist ein zähes Kerlchen.«

Und zum ersten Mal lächelt sie mich an.

6.

Der Alte hat überall Spuren hinterlassen

»Die Wunde muss zuerst gesäubert und dann gründlich desinfiziert werden. Dafür ist die Propolistinktur.« Josefine schraubt das kleine Fläschchen auf und schüttet eine braune Flüssigkeit auf einen weißen Frotteelappen. Dann krault sie Findus vorsichtig hinter den Ohren und beugt sich zu ihm hinunter.

»Das wird brennen«, sagt sie liebevoll und drückt das Tuch auf seine Pfote. Der Kater zuckt zusammen, gibt aber keinen Laut von sich.

»Propolis ist ein Harz, das von Bienen hergestellt wird«, erklärt Josefine. »Damit kitten sie ihren Bienenstock. Es wirkt entzündungshemmend und wundheilend. Man kann es äußerlich und innerlich anwenden. Es hilft auch ganz hervorragend bei einem verstimmten Magen. Eine Freundin von mir stellt es her. Sie betreibt eine Spezialitätenmanufaktur in Baldereck.«

Ich kenne die Wirkung von Propolis, schweige aber, weil ich mich darüber freue, dass Josefine nun etwas gesprächiger wird. Ich höre ihr also einfach nur zu.

»Dann muss ich da unbedingt bald mal hin«, sage ich.

Josefine nickt und widmet sich wieder dem Kater. »Das hier wird ihm nicht gefallen.«

»Kann ich irgendwie helfen?«, frage ich.

»Halt ihn gut fest. Ich schau mir jetzt mal die Verletzung etwas genauer an. So wie es aussieht, ist da auch was gebrochen. Ich bin mir aber nicht sicher.«

Diesmal reagiert Findus mit einem lauten Maunzen. Josefine drückt und schiebt vorsichtig an der Pfote herum. »Das kriegen wir leider alleine nicht hin. Die Wunde scheint tief zu sein. Bestimmt muss sie genäht werden«, sagt sie und seufzt. Dann wirft sie einen Blick aus dem Fenster. »Bei schlechtem Wetter funktionieren Mobiltelefone hier oben nicht. Das mit dem Taxi können wir also vergessen. Der Weg über den Hang ist zu Fuß bei der Witterung zu gefährlich. Man müsste am Ufer entlang, doch bis nach Lohme dauert es eine gute Stunde.«

Es schüttet nicht nur wie verrückt, es ist mittlerweile halb sieben, komplett dunkel draußen – und kalt! Ob Josefine etwa von mir erwartet, dass ich mich alleine auf den Weg mache? Die Strecke bin ich als Kind zwar häufiger gegangen, aber das scheint mir Ewigkeiten her zu sein. Noch einmal greife ich nach meinem Handy und überprüfe den kleinen Balken auf dem Display, der mir unmissverständlich anzeigt, dass ich noch immer keinen Empfang habe.

»Ich weiß nicht, ob ich mich das alleine traue«, gebe ich zu.

Josefine wirft mir einen kritischen Blick zu, dann schaut sie wieder auf Findus. »Nein, das musst du auch nicht. Das wäre wirklich zu gefährlich. Bei diesem Wetter ist das so gut wie unmöglich.«

Erleichtert atme ich aus. Aber dann habe ich eine Idee. »Meinst du, dass auf dem Biohof jemand ist? Das ist nur eine

Viertelstunde von hier, wenn man über die Felder runtergeht. Die haben doch sicher ein Telefon und unten wohl auch Empfang.«

»Du hast recht! Dass ich nicht selbst daran gedacht habe. Dort ist eigentlich immer jemand. Gute Idee! Am besten, wir betten Findus in einen Korb. So können wir ihn gut transportieren. Halt ihn noch einmal fest. Ich schau, was ich habe.«

Als Josefine nach draußen geht, bemerke ich wieder ihren leicht zur Seite gekippten Gang. Sie hat Schwierigkeiten mit dem Gehen. Vielleicht hat sie sogar Schmerzen. Und am Ende rutscht sie auf dem aufgeweichten Feld aus und verletzt sich auch noch. Das muss nicht sein.

»Bis zum Hof kann ich auch alleine laufen«, sage ich schnell, bevor ich es mir wieder anders überlege. Der Gedanke, raus in dieses Unwetter zu müssen, behagt mir gar nicht. »Und wenn das Taxi da ist, kommen wir euch holen. Was meinst du?«

Josefine überlegt einen Moment. »Nein, nimm Findus besser gleich mit. Wenn du Pech hast, schafft die Taxe den Weg nicht hier hoch. Der Weg ist sehr rutschig. Es schüttet ja schon seit Tagen.«

Keine Viertelstunde später stehe ich im Regen, im Arm einen Weidenkorb mit dem verletzten Kater, den wir auf ein flauschiges Kissen gebettet haben. Er sieht mich mit großen Augen schicksalsergeben von unten herauf an.

Josefine hat mir eine groß geschnittene, warme Wetterjacke mit Kapuze gegeben. Der leichte Tabakduft, der noch im Futter hängt, ist mir sofort in die Nase gestiegen, als ich sie angezogen habe.

Stimmt ja, der Alte hat Pfeife geraucht, erinnere ich mich,

als ich in die Innentasche greife und das Ding heraushole, das mir gegen die Brust drückt. Dass Grünberger nicht mehr lebt, kann ich mir nur schwer vorstellen. Der Alte hat überall Spuren hinterlassen. Durch die ganze Aufregung um Findus hatte ich schon fast vergessen, weswegen ich eigentlich hier bin. Und nun kann ich den Alten förmlich riechen. Ich mag den süßlichen Duft des Tabaks; er gibt mir das Gefühl von Geborgenheit. Ich weiß zwar nicht, warum, aber ich fühle mich jetzt irgendwie mutiger. Ich umfasse fest den Korb, den Josefine zum Schutz vor dem Wetter noch in eine große Plastiktüte gepackt hat. Durch das Luftloch wird bestimmt einiges an Regen fallen, aber das ist nicht zu ändern.

Ich will gerade los, da fällt mir ein, dass ich Josefine noch etwas sagen wollte. »Oben auf dem Dachboden hat es ganz fürchterlich gestunken. Irgendwie ist ein halb aufgefressenes Kaninchen dorthin gekommen. Und außerdem lagen da so komische haarige Stränge, die fast aussahen wie Würste. Ich glaube, es war Kot.«

»Dann haben wir einen Marder zu Gast.«

Dass ich darauf nicht selbst gekommen bin! In Omas Haus nistete damals auch einer. Er hat fürchterlich genervt, wenn er nachts über den Dachboden getippelt ist. Oma hat alles Mögliche versucht, um ihn wieder loszuwerden. Sie hat sogar mal eine ganze Nacht Musik auf dem Speicher laufen lassen, um ihn mit Lärm zu vertreiben. Am nächsten Tag waren wir alle total müde, nur der ungebetene Hausgast nicht. Bei dem Gedanken muss ich lächeln. Solch glasklare Erinnerungen an früher habe ich selten. Mir fällt sogar eines der Lieder wieder ein, das ich in dieser Nacht mehrmals gehört habe: *Mamma Mia*. Ob Oma tatsächlich neben dem Rekorder gesessen hat, um die Kassette ständig umzudrehen? Oder bilde ich mir das jetzt doch nur ein, und es lief die ganze Nacht das Radio? Das muss ich bei nächster Gelegenheit Katharina fragen.

Ich drehe mich noch einmal zu Josefine um, winke ihr zu, dann marschiere ich beherzt los, den kleinen Weg zwischen den Buchen entlang, quer über die kahlen Weizenfelder, bis ich endlich weiter unten die Straße sehen kann. Dabei habe ich die ganze Zeit die ABBA-Melodie im Kopf.

»Gleich haben wir es geschafft«, sage ich und werfe einen Blick auf den Kater, der bewegungslos im Korb liegt. »He, nicht schlappmachen!« Ich berühre mit meinen kalten Fingern vorsichtig Findus' Nase. Er bewegt daraufhin leicht seinen Kopf, und ich gehe beruhigt weiter. Der Boden ist schlammig, und ein paarmal rutsche ich fast aus, aber ich schaffe es ohne weitere Zwischenfälle bis zu dem kleinen Bach, der die Straße abgrenzt.

»Mist!« Mit dem Korb im Arm kann ich schlecht darüberspringen, denn dabei verliere ich mit Sicherheit das Gleichgewicht. Ich gehe ein Stück den Bach entlang, um zu überprüfen, ob es eine schmalere Stelle gibt, aber es sieht überall gleich aus.

Da meine Sneakers sowieso schon ganz durchweicht sind, wate ich kurz entschlossen durchs eiskalte Wasser. Natürlich sind jetzt auch Socken, Füße und meine Hose fast bis zu den Knien nass, aber das ignoriere ich einfach. Endlich stehe ich auf der Straße. Von hier aus kann ich schon den Biohof sehen – nun ist es wirklich nicht mehr weit. Früher hat uns Oma ständig vor dem Verkehr auf der Straße gewarnt. »Passt mir bloß auf die Autos auf!«, höre ich sie in Gedanken sagen, als auch schon das erste angebraust kommt. Erschrocken weiche ich einen Schritt zurück und lande fast wieder im Bach, weil ich auf der nassen Wiese wegrutsche. Aber zum Glück finde ich mein Gleichgewicht wieder. Ein einziges Auto weit und breit! Und es taucht genau dann auf, wenn ich die Straße überqueren will.

»War ja klar«, murmele ich vor mich hin. Kurz darauf stehe ich vor dem Bauernhaus.

Das Fenster neben der Tür ist hell erleuchtet. Ich drücke zweimal kräftig den Klingelknopf, und gerade als ich ein drittes Mal läuten möchte, öffnet jemand die Tür.

Vor mir steht ein nur wenig älterer blonder Mann in dunklem Anzug und Krawatte.

»Da bist du ja«, begrüßt er mich – und stutzt. Er hat eindeutig mit einem anderen Besucher gerechnet.

Ich ziehe meine Kapuze nach unten, streiche mir durchs feuchte Haar und versuche zu lächeln.

»Entschuldigen Sie die Störung. Aber ich habe hier einen verletzten Kater im Korb. Josefine Hartwig schickt mich. Wir wollten zum Tierarzt, aber ich bin ohne Auto, und ich konnte kein Taxi rufen, weil mein Handy dort oben keinen Empfang hat. Dürfte ich bitte Ihr Telefon benutzen? Sie haben doch eins, oder?« Die Frage hätte ich mir auch sparen können, denke ich im selben Moment. Einen Haushalt ohne Telefon wird es hier ja wohl kaum geben. Jetzt komme ich mir doch ein wenig unbeholfen vor. Aber der Mann lässt sich nichts anmerken.

»Selbstverständlich, kommen Sie doch rein.«

Ich folge dem gut gekleideten Mann durch den Flur. Dabei hinterlasse ich schlammige Fußspuren auf den weißen Bodenfliesen. Bei jedem Schritt machen meine mit Wasser vollgesogenen Schuhe platschende Geräusche. Schuldbewusst betrachte ich meine Spur. »Tut mir leid«, sage ich entschuldigend, doch der Mann winkt ab.

»Ist nicht weiter schlimm. Das ist doch normal bei solch einem Wetter. Außerdem befinden Sie sich auf einem Bauernhof. Lassen Sie sich nicht täuschen: Ich trage heute nur diese Kleidung, weil ich mich dazu überreden habe lassen, mir ein Theaterstück anzuschauen.«

Erleichtert stelle ich den Korb auf den Boden und suche in meiner Jackentasche nach dem Zettel mit der Telefonnummer der Tierärztin.

»Ist das Findus?«, fragt der Mann besorgt und drückt die Plastiktüte um den Korb etwas herunter.

»Ja«, antworte ich und kraule das Katerchen am Kopf.

»Ich fahr euch. Es dauert Ewigkeiten, bis jetzt ein Taxi hier ist. Wenn überhaupt eins zu kriegen ist.«

»Echt?« Überrascht schaue ich auf. Damit habe ich nicht gerechnet. Will er nicht mehr ins Theater?

»Unter uns – ich hatte sowieso keine Lust auf die Vorstellung. Und jetzt habe ich wenigstens eine gute Ausrede.« Er greift nach seiner Regenjacke. »Ich bin übrigens Martin. Freut mich, dass du da bist.« Er lächelt mich plötzlich ganz eigenartig an. Was soll's, wahrscheinlich versucht er einfach nur freundlich zu sein.

»Danke, das ist wirklich nett von dir.« Das mit dem Duzen ging ja flott, aber mir soll es recht sein. Immerhin hat er ganz spontan seine Hilfe angeboten. Ich schnappe mir den Korb und laufe hinter ihm hinaus zu dem geparkten Jeep. Ich sitze schon auf dem Beifahrersitz, Findus im Korb auf meinem Schoß, als mir auffällt, dass ich mich in der ganzen Aufregung bisher noch gar nicht vorgestellt habe. »Ich heiße übrigens Marina, Marina Beckmann.«

Martin dreht den Zündschlüssel. »Also doch!«, antwortet er zu meiner Überraschung und fährt los. »Du hattest als

Kind schon diese wahnsinnig blauen Augen, fast violett. Ich hätte dich beinahe nicht erkannt. Aber als du eben dieses schuldbewusste Gesicht wegen der Schmutzflecken aufgesetzt hast, war ich mir fast sicher. Den Blick hattest du damals schon gut drauf. Aber dann hast du nicht auf meinen Namen reagiert, und ich dachte, ich hätte mich doch getäuscht.«

Martin … Ich überlege fieberhaft. Bis ich ihn endlich vor mir sehe, den blonden Jungen mit den Sommersprossen, den strubbeligen Haaren und der riesengroßen Zahnlücke, in der ganze Bonbons Platz hatten.

»Martin? Martin Krüger! Du warst damals bis über beide Ohren in meine Schwester verknallt!« Wir haben früher häufig zusammen gespielt. Oder besser gesagt: Katharina und er hingen oft gemeinsam rum – und ich habe mich dann ein wenig aufgedrängt.

»Ja, genau!«, lacht er. »Ich war vierzehn, als ich deiner Schwester meine tiefe Liebe gestanden habe. Daraufhin ist sie prompt verschwunden und nie wieder aufgetaucht. Darunter leide ich heute noch.« Martin grinst. Und ich muss lächeln, weil ich daran denke, wie sie mir damals erzählt hat, dass Martins Küsse irgendwie echt eklig klebrig waren.

»Wir sind nach Omas Tod nach Frankfurt gezogen. Es gab einen riesigen Krach mit dem Rest der Familie, und das Haus wurde verkauft. Meine Mutter wollte nie wieder hierher. Und Katharina und ich sind später auch nicht mehr gekommen, obwohl wir die Insel immer geliebt haben.«

»Mensch, und jetzt tauchst du einfach wieder hier auf! Was machst du hier? Urlaub? Und wie kommst du um Himmels willen ausgerechnet an Josefine und Findus? Wie geht es dir? Und Katharina? Und deiner Mutter?«

Das waren eindeutig zu viele Fragen auf einmal. Martin scheint sich wirklich zu freuen, er ist total aufgeregt.

»Katharina geht es gut. Sie arbeitet als Journalistin, ist viel unterwegs. Unsere Mutter ist vor drei Monaten ganz plötzlich gestorben. Sie hatte einen … Sie war mit dem Auto unterwegs …« Darüber zu reden tut immer noch sehr weh. Ich merke, wie sich augenblicklich ein dicker Kloß in meinem Hals bildet und meine Stimme versagt.

»Oh, das tut mir leid.« Martin greift kurz nach meiner Hand und drückt sie. »Du bist ja ganz kalt! Wir hätten dir erst was anderes zum Anziehen besorgen sollen. Nicht, dass du noch krank wirst.«

Ich bin froh, dass Martin nicht weiter nachhakt und das Thema wechselt. Und während ich obenrum tatsächlich trocken bin und Grünbergers Jacke ganze Arbeit geleistet hat, sind meine Beine und Füße klatschnass. Aber das ist momentan nebensächlich. Ich möchte Josefine nachher eine gute Nachricht überbringen können.

»Jetzt müssen wir erst mal Findus helfen. Ist es noch weit?«, frage ich.

»Nein, wir sind gleich da.«

Kurz darauf stehen wir vor dem Haus der Tierärztin, das glücklicherweise, am Samstagabend um halb acht, noch hell erleuchtet ist. Erleichtert atme ich auf.

»Da haben wir aber Glück gehabt.«

»Sie wohnt auch hier. Notfalls hätten wir sie rausgeklingelt.« Martin grinst. »Außerdem wusste ich, dass sie da ist, weil sie heute Abend meine Schwester und ein paar andere Mädels zum Frauenabend eingeladen hat. Mit gemeinsamem Kochen und Über-Kerle-Tratschen. Das volle Programm. Das machen sie regelmäßig alle vier Wochen. Und heute ist sie dran.«

»Christina lebt auch noch auf der Insel?« Ich habe Martins Schwester als nettes blondes Mädchen mit Zöpfen in Erinnerung. Ich fand sie damals total uninteressant. Aber das lag mit Sicherheit nur daran, dass sie zwei Jahre jünger war als ich.

»Ja, sie hat in Schwerin auf Lehramt studiert und ist nach dem Studium wieder hierher zurück. Irgendwann verschlägt es jeden wieder zurück auf die Insel.« Martin drückt die Tür zur Praxis auf, und wir kommen nicht mehr dazu, unser Gespräch weiterzuführen.

»Martin, was machst du denn hier?« Eine große Frau mit kurzem schwarzem Haar kommt auf uns zu. Ihr Blick bleibt an mir hängen, dann an dem Weidenkorb. »Wen hast du denn da mitgebracht?«

Wir machen uns miteinander bekannt, und nach kurzer Untersuchung sagt Carola: »Wir machen erst einmal eine Infusion. Der Kater ist total dehydriert. Danach röntgen wir, dann wissen wir hoffentlich mehr.« Carola, die Tierärztin, lächelt mir aufmunternd zu. »Du siehst auch ganz schön mitgenommen aus. Möchtest du vielleicht eine Tasse Kaffee?«

»Ja, unheimlich gern!« Etwas Heißes wird mir guttun.

Wenig später halte ich eine Tasse dampfenden Kaffees zwischen meinen Händen. Erst jetzt merke ich, dass ich total durchgefroren bin. Die Kälte zieht von meinen nassen Füßen nach oben durch meinen ganzen Körper. Ich war dieses Jahr noch nicht krank, bisher sind alle Erkältungsbazillen an mir abgeprallt. Die Arbeit im Freien härtet ab. Jetzt hoffe ich nur, dass ich die Nummer hier auch ohne Folgen überstehen werde.

Carola ist mit Findus im Behandlungszimmer verschwunden, und Martin hat einen Anruf bekommen und ist nach draußen gegangen. Wahrscheinlich erklärt er gerade seiner wohl weiblichen Begleiterin, warum er den Theaterbesuch sausen lassen musste.

So nutze auch ich die Gelegenheit, einen Blick auf mein Handy zu werfen. Irgendwie wünsche ich mir plötzlich, Philipp könnte sich bei mir gemeldet haben. Ich weiß nicht, warum, aber es würde mir guttun, wenn er wenigstens mal nachfragen würde, wie es mir hier so geht.

Ich finde prompt eine Nachricht auf meinem Handy – doch die ist von Katharina. Das ist mal wieder typisch Philipp! Er würde niemals auf den Gedanken kommen, mir einfach so eine SMS zu schicken. Wir haben ja auch ausgemacht, ich würde mich bei ihm melden, sobald ich was Neues weiß. Dass er jedoch kein bisschen neugierig zu sein scheint, wundert mich doch. Immerhin habe ich noch nicht unterschrieben, und es besteht immer noch die Möglichkeit, dass ich ablehnen könnte.

Dann eben nicht, denke ich, und öffne Katharinas Nachricht.

Hab dich lieb, kleine Schwester. Ich denke an dich. Du machst das schon!!!

In diesem Moment kommt Martin wieder zur Tür herein.

»Gute Neuigkeiten?«, fragt er. »So wie du lächelst.«

»Ja, von Katharina«, sage ich. »Und bei dir, alles klar? Ist was passiert?«

Martin sieht auf einmal ernst aus, fast angespannt.

»Hast du Ärger wegen des geplatzten Theaterbesuchs?«

»Nein, denn es hat sich eben als gut herausgestellt, dass ich nicht hingegangen bin. Während der Vorstellung hätte ich mein Handy ausgehabt, und da meine Mutter bei mir gewesen wäre, hätte sie auch nichts von dem Desaster mitbekommen, das sich gerade unten bei uns abspielt. Ein paar unserer Kühe sind stiften gegangen. Entweder ist irgendwo der Zaun kaputt, oder ein Idiot hat das Gatter offen stehen lassen.« Martin seufzt. »Ich muss jetzt zurück.« Er steckt seine Hände tief in die Hosentaschen. »Ich hätte wirklich gern mit dir gewartet oder dich wenigstens nachher abgeholt. Aber es geht leider nicht.«

»Das macht doch nix. Ich bin froh, dass du mich hierhergebracht hast. Ich nehme ein Taxi. Das klappt schon. Ganz bestimmt. Aber gib mir noch schnell deine Handynummer, dann schreib ich dir, wie es Findus geht, wenn ich was Näheres weiß.«

»Ruf mich auf jeden Fall an. Nicht einfach so wieder verschwinden! Und grüße Katharina von mir.« Martin zwinkert mir zu.

Ich muss lachen. »Ja, mach ich! Aber jetzt geh deine Kühe suchen. Viel Glück!«

Dem Kater geht es den Umständen entsprechend gut. Wir können froh sein, dass er längere Zeit ohne Nahrung und Wasser überlebt hat, erklärt mir Carola. Aber man weiß ja, Katzen sind zäh. So wie es aussieht, hat er keine akuten inneren Verletzungen, nur eine sehr schmerzhafte Fleischwunde. Allerdings hat Carola einen bereits verheilten Bruch der Pfote festgestellt, der schon einige Wochen zurückliegen muss. Ob er deswegen Probleme bekommen wird, kann man erst später feststellen, wenn er wieder bei Kräften ist und sich bewegen kann. Aber das Schlimmste hat das arme Kerlchen erst einmal überstanden.

Die Tierärztin drückt mir ein Entwurmungsmittel in die Hand, und ich bestehe darauf, die vollen fünfundsiebzig Euro für die Behandlung zu zahlen und nicht nur für die Medikamente, wie sie mir netterweise anbietet, weil ich eine Jugendfreundin von Martin bin.

»Na gut«, sagt sie lachend, als sie das Geld einsteckt. »Ich bin echt immer zu großzügig. Irgendwann bin ich pleite, wenn ich so weitermache.«

»Eben. Und das kann ich nicht verantworten.« Ich grinse Carola an. Sie ist mir sehr sympathisch. Wenn sie lacht, hört es sich an, als würde sie grunzen. So wie Katharina damals, als sie mit ihrem Heuschnupfen kämpfte.

»Und du hast als Kind hier gelebt?«, fragt Carola neugierig. »Habe ich das richtig mitbekommen? Dann kennst du bestimmt auch Julia.«

»Ja, aber es ist jetzt zwanzig Jahre her, ich kann mich kaum an sie erinnern.«

»Warte doch einfach auf sie. Sie wird in etwa zwanzig Minuten hier sein.«

Ich werfe einen Blick auf Findus, der sich erschöpft in seinem Körbchen zusammengerollt hat.

»Der wird jetzt erst einmal schlafen. Außerdem, wo wäre er besser aufgehoben als hier bei mir? Oder wirst du noch irgendwo erwartet?«

»Ja, Josefine Hartwig wartet auf uns. Ich muss wieder zurück nach Nardevitz. Der Kater gehört zu ihr. Ich kann sie da oben auf dem Hügel telefonisch nicht erreichen. Und sie will doch wissen, wie es Findus geht. Sie hängt sehr an dem Tier. Aber danke für das Angebot.«

»Ich weiß, es war Grünbergers Kater. Kein Wunder, dass sie an ihm hängt.«

»Du kanntest ihn?«, frage ich.

»Ja, aber ich glaube, das ist nicht verwunderlich. Jeder im

Dorf hier kannte ihn. Sagen wir mal – er war sehr speziell. Und du? Was hast du mit ihm zu tun?«

»Ehrlich gesagt, ich weiß es noch nicht genau, aber … Er hat mir sein Haus vermacht.«

»Das ist ja der Hammer! Dann wohnst du jetzt da oben auf dem Hügel?«

»Ja, wahrscheinlich bald schon.« In dem Moment, in dem ich es ausgesprochen habe, wird mir klar, was das bedeutet. Ich habe mich längst entschieden. Ich wusste es von Anfang an, aber ich hatte doch Angst vor dem, was da auf mich zukommen würde. Also habe ich zuerst Philipp vorgeschoben, dann den Zustand des Hauses, der erst durch einen Bausachverständigen geprüft werden muss. Natürlich werde ich noch abwarten, was da am Montag rauskommen wird. Aber auch wenn es verrückt ist und total wider jede Vernunft, weiß ich jetzt, dass ich auf jeden Fall Ja sagen werde.

Im Taxi hole ich Carolas Visitenkarte noch einmal hervor. Ich kann sie jederzeit anrufen, wenn etwas mit Findus nicht stimmen sollte. Oder wenn ich mal jemanden zum Quatschen brauche. Die Menschen auf der Insel sind bisher ausnahmslos nett und freundlich zu mir, von Josefine mal abgesehen. Obwohl sie der verletzte Kater ja etwas milder gestimmt hat. Der Notar hat ein spontanes Treffen mit mir vereinbart, Carola will mir die Behandlungsgebühr erlassen. Wenn ich Josefine jetzt noch auf meine Seite bringe, kann eigentlich gar nichts mehr schiefgehen!

Es regnet immer noch, aber der Wagen hat zum Glück nicht die befürchteten Probleme mit dem Hang und bringt mich bis vors Haus. Josefine steht schon in der Tür, als ich aussteige. Als sie mein Strahlen sieht, seufzt sie erleichtert auf.

Ich drücke ihr den Korb in die Hand, da fällt mir die Sache mit dem schlechten Handyempfang wieder ein. Wenn ich Pech habe, kann ich mir später kein Taxi mehr rufen, das mich zurück in die Pension bringt.

Ich winke dem Taxifahrer zu, und als er das Fenster herunterkurbelt, frage ich: »Können Sie mich in einer Stunde wieder hier abholen?«

Aber da höre ich Josefine hinter mir: »Ich dachte, du schläfst hier. Ich hab das Bett schon frisch bezogen.«

7.

Hat es irgendwas mit Oma zu tun?

Josefine hat den Kamin angeworfen, sodass es in Grünbergers Wohnzimmer mollig warm geworden ist. Außerdem hat sie mir eine flauschige Wolldecke, dicke Zehensocken und eine dunkelblaue Jogginghose gebracht, die mir viel zu groß, dafür aber sehr gemütlich ist. Da Josefine ein ganzes Stück kleiner als ich ist, kann die Hose unmöglich von ihr sein. Ich muss sie ein paarmal umkrempeln. Bestimmt ist sie auch wieder von Grünberger. Er war von großer Statur, wenn ich mich nicht täusche. Ich meine, dass er Oma um einige Längen überragte.

Ich ziehe meine Beine an, schlinge meine Arme darum und betrachte meine Füße. Die Socken hat Josefine selbst gestrickt, hat sie gesagt. Die Fersen sind aus weißer Wolle, die einzelnen Zehen jeweils in einer anderen Farbe. Josefine scheint wirklich glücklich darüber zu sein, dass sie Findus wieder hat. Ohne diese Rettungsaktion wäre ich ganz sicher nicht in den Genuss ihrer Fürsorge gekommen. Und während ich die Socken an meinen Füßen betrachte, denke ich, dass ich mich hier sehr wohl fühlen kann. Neben mir prasselt das Feuer und draußen der Regen. Ein Blick auf mein Handy zeigt mir, dass ich immer noch keinen Empfang habe. Im Taxi habe ich versucht, Katharina zu erreichen, aber sie ist leider nicht rangegangen. Also habe ich ihr eine SMS geschickt, in der ich kurz berichtet habe, was passiert ist und dass ich einen ihrer frühen Verehrer getroffen habe. Schade, dass mich ihre Antwort jetzt erst einmal nicht erreichen kann. Ich wüsste zu gerne, was sie dazu sagt, dass aus Martin ein Öko-Bauer geworden ist.

So komplett unerreichbar zu sein ist ein eigenartiges, aber auch irgendwie angenehmes Gefühl. Ich komme auch gar nicht erst auf den Gedanken, mal eben meine Mails zu checken oder irgendwas im Internet zu recherchieren. Allerdings hätte ich gerne in der Pension angerufen, dass ich heute nicht dort übernachten werde, aber das geht ja leider auch nicht. Wenigstens habe ich Katharina heute schon mal angerufen. Sie weiß also, dass es mir gut geht. Und Philipp? Er hätte sich ruhig mal melden können. Und jetzt liegt es schließlich auch nicht an mir, dass ich ihn nicht anrufen kann. Es geht schlicht und ergreifend nicht. Ein Fernsehgerät gibt es hier auch nicht, stelle ich fest, als ich meinen Blick wieder durch den Raum schweifen lasse. Dafür aber jede Menge Bücher, die mich jedes Mal wie magisch anziehen.

In der Sammlung versteckt sich bestimmt das eine oder andere interessante Schätzchen. Josefine werkelt in ihrer Küche rum – ich kann es hören. Sie bereitet uns einen Happen zu essen vor, und sie hat darauf bestanden, dass ich mich so lange hier in seinem Wohnzimmer aufwärmen soll. Jetzt, wo ich weiß, dass ich auf jeden Fall unterschreiben werde, sehe ich alles mit anderen Augen. Nicht nur das Haus, auch das komplette Inventar wird auf mich übertragen werden. Das ist nicht nur eine große Ehre, sondern auch eine enorme Verantwortung. Ob Josefine mir hilft, wenn es darum gehen wird, auszumisten? Ich möchte nicht kaltherzig wirken, das bin ich ganz bestimmt nicht, aber ich werde mich von einigen Gegenständen hier trennen müssen, zum Beispiel von der altertümlichen Wanduhr oder dem gläsernen Couchtisch. Die Kleiderschränke werde ich auch ausräumen und die Kleider weggeben müssen. Ich weiß immer noch nicht, in welcher Beziehung Josefine zu Grünberger wirklich stand. Ob sie jahrelang nur seine Haushälterin war? Ich hoffe auf jeden Fall, dass nun das Eis zwischen uns gebrochen ist und sie mir etwas zur Seite stehen wird. Vor allen Dingen möchte ich sie aber auch nicht übergehen.

Ich bleibe noch eine Weile im Sessel sitzen, schließe die Augen, lausche dem Regen und dem prasselnden Feuer, dann stehe ich auf und trete, eingewickelt in die schöne warme Wolldecke, ans raumhohe Bücherregal. An die oberen Bücher gelangt man definitiv nur mit einer Leiter. Also konzentriere ich mich auf die Buchrücken in Augenhöhe. Der Gute hatte eindeutig ein Faible für Biologie. Er war schließlich Genforscher. Das erklärt die vielen Bände über Evolutionstheorie, Gentechnik und Epigenetik. Aber wo hat er gearbeitet? Bestimmt nicht auf Rügen, zumindest ist mir hier kein Forschungsinstitut bekannt. Ich habe mich schon immer für wissenschaftliche Themen interessiert und hätte sogar beinahe Medizin studiert, habe mich aber letztendlich dann dafür entschieden, mein Hobby zum Beruf zu machen, und Landschaftsgärtnerei gewählt. Draußen in der Natur fühle ich mich wohler als in einem Labor oder Krankenhaus.

Plötzlich steht Josefine vor mir, beladen mit einem Tablett voller Köstlichkeiten. Ich habe sie gar nicht kommen hören.

»Wie hast du das denn so schnell gezaubert?« Ich entdecke

eine große Schüssel mit heißer Kartoffelsuppe, die lecker nach Muskatnuss duftet. In den kleineren Schüsseln befinden sich gebratene Champignons, ausgelassener Speck, Schnittlauch, Petersilie, klein gewürfelte Tomaten und … »Was ist das denn?«, frage ich und zeige auf die Schüssel mit den nussig aussehenden Bröckchen. »Sind das Cashewnüsse?«

»Maronen.«

»Wo hast du die denn um diese Jahreszeit her?« Ich kann mir außerdem nicht vorstellen, dass hier auf Rügen Maronen wachsen, das passt klimatisch überhaupt nicht; die findet man meines Wissens eher in südlicheren Gegenden.

»Gekauft, vakuumverpackt. Wir haben hier mittlerweile sogar Supermärkte. Und in der Pfanne in ein wenig Butter geröstet schmecken sie ganz passabel.« Josefine verzieht ihren Mund auf der linken Seite etwas mehr nach unten als auf der rechten. Das sieht sehr frech aus. Den Gesichtsausdruck kenne ich noch nicht, aber er gefällt mir.

»Sieht auf jeden Fall sehr lecker aus. Mir läuft schon das Wasser im Mund zusammen.«

Josefine stellt das Tablett auf den kleinen Tisch neben dem Sessel.

»Na dann, guten Appetit«, sagt sie.

»Isst du nicht mit?« Erst jetzt bemerke ich, dass nur ein Teller unter der Schüssel steht.

»Ich hab schon gegessen. Wir haben gleich Viertel vor zehn. So spät vertrage ich nichts mehr. Ich kann dann nicht mehr einschlafen, weil die Elefanten in meinem Bauch rumtrampeln.«

»Das ist aber schade.« Ich habe insgeheim gehofft, dass wir uns beim Essen noch ein wenig über das Haus und Grünberger unterhalten können. Aber Josefine bleibt eisern, sie isst nichts mehr. »Und willst du mir nicht wenigstens noch ein wenig Gesellschaft leisten?«

»Iss du mal, ich räume in der Zeit die Küche auf.«

»Apropos Küche, du machst ja tolle Sachen! Was ich vorhin schon fragen wollte: Was sind denn das für Flaschen auf deinem Buffetschrank? Machst du aufgesetzten Schnaps aus den Früchten im Garten?«

»Ja, aber auch aus grünen Walnüssen. Den auf dem Schrank habe ich im Juni letzten Jahres schon angesetzt. Ich habe nur vergessen, ihn zu etikettieren.«

»Unreife Nüsse? Und das schmeckt?«

»Möchtest du probieren?«

»Ja, aber nur, wenn du auch ein Gläschen mittrinkst. Alleine macht es keinen Spaß.«

Josefine überlegt einen Moment. »Komm rüber, wenn du fertig bist. Aber jetzt lass es dir erst mal schmecken!«

Schön, dann klappt es ja doch noch mit einem gemütlichen Beisammensein.

Ich kann mich nicht entscheiden, welche Variante ich zuerst probieren soll. Kurz zögere ich noch, dann gebe ich eine kleine Kelle Kartoffelsuppe in meinen Teller und darüber ein paar Champignons und Petersilie. Lecker! Als ich alle Varianten durchgekostet habe, bin ich pappsatt und habe einen eindeutigen Favoriten: die gerösteten Maronen zusammen mit dem knusprigen Speck! Wenn ich nicht kurz vorm Platzen wäre, würde ich wahrscheinlich auch den Rest aus der großen Schüssel vernichten, aber ich bekomme leider keinen Löffel mehr runter. Da kommt mir die Aussicht auf ein Schnäpschen wirklich gelegen. Ich packe die Schälchen zusammen und mache mich auf den Weg.

Die Tür ist nur angelehnt. »Josefine?«

»Komm rein, ist offen.«

Ich schubse mit meinem Hintern die Tür auf, weil ich in den Händen das Tablett trage. »Deine Suppe war wirklich ein Gedicht«, sage ich. »Die Idee mit den verschiedenen …« Weiter komme ich nicht, weil mir der Anblick des Küchentischs schier die Sprache verschlägt.

»Wow!« ist das erste Wort, das mir wieder einfällt. »Betreibst du eine Schnapsbrennerei oder so was in der Art?« Auf dem Tisch stehen bestimmt an die zehn Flaschen, gefüllt mit Flüssigkeiten in den unterschiedlichsten Farben. Wenn ich die alle durchprobieren muss, kann ich selbst morgen nicht wieder gerade laufen, so viel steht schon mal fest.

»Stell das Tablett einfach neben die Spüle.« Josefine dreht die erste Flasche auf. Als ich mich neben sie setze, hält sie sie mir unter die Nase.

»Und?«, fragt sie.

Weihnachtliche Düfte sind es. »Zimt, Nelken … Vielleicht Kardamom?«

»Nicht schlecht.« Josefine lacht und schüttet ein wenig braune Flüssigkeit in ein Glas. »Und jetzt probier.«

Ich lasse einen kleinen Schluck auf meiner Zunge zergehen. Er schmeckt herzhaft.

»Der Likör, den du vorhin auf dem Schrank gesehen hast, aus grünen Walnüssen«, erklärt Josefine. »Die Gerbstoffe sind sehr gesund. Gut für die Verdauung. Außerdem fördern sie die Durchblutung.«

»Lecker!« Ich nehme einen größeren Schluck und stelle fest, dass er nicht nur eine wohlige Wärme in meinem Magen verbreitet. Das Zeug scheint sich von dort aus wieder nach oben zu schleichen, es fühlt sich so an, als würde meine Kopfhaut anfangen zu kribbeln.

»Und jetzt den.« Josefine hält mir ein neues Glas unter die Nase. Die Flüssigkeit ist heller, fast golden. »Das ist etwas ganz Besonderes. Ich habe ihn dieses Jahr zum ersten Mal gemacht. Er ist aus Lindenblüten.«

Da dachte ich, ich könne Josefine austricksen und sie zum Reden bringen, wenn ich ein Gläschen Schnaps mit ihr trinke – und was passiert? Die alte Frau füllt mich ab – und *ich* erzähle. Von der Erdbeer-Basilikum-Marmelade, von unserer zu kleinen Küche, von Philipp, meinem Job in Frankfurt. Und vom Traum des eigenen Hauses, plötzlich so greifbar nahe.

An dem fünften Glas, irgendeiner Mischung aus Kräutern und Tannennadelspitzen, nippe ich nur. Ich habe definitiv schon einen sitzen. Josefine hat zwar immer mitgetrunken, aber sie wirkt noch ganz nüchtern.

»Entweder schüttest du dein Glas nie voll, oder du bist eine alte Schnapsdrossel«, rutscht es mir heraus. Im gleichen Moment bereue ich meinen Kommentar. »So war das natürlich nicht gemeint.«

Josefine lacht herzhaft. »Ich habe Übung. Einmal im Monat kommen meine Freundinnen aus dem Dorf zum Rommé spielen. Die alten Hexen ertrage ich nur, wenn ich nicht ganz nüchtern bin.«

»Meine Oma hat auch gerne Rommé gespielt.« Ich trinke in einem Zug den Rest der harzig schmeckenden Waldmedizin aus, wie Josefine diese Kreation nennt. »Und sie hat dabei auch gerne einen süßen Likör getrunken.«

»Ich weiß. Deine Oma war eine sehr nette Frau. Sie ist viel zu früh gestorben.«

»Kanntet ihr euch gut?«

»Sie war damals mit meiner älteren Schwester befreundet, mit Hedwig. Aber die ist letztes Jahr auch von uns gegangen.

Sie wurde mit neunundsiebzig Jahren beim Melken vom Stromschlag einer defekten Melkmaschine erwischt. Sie ist einfach so umgekippt und nicht wieder aufgestanden. So einen Tod wünsche ich mir auch.«

So makaber Josefines Erklärung mit der Melkmaschine auch klingen mag – ich kann die alte Frau gut verstehen. Nach Mutters Tod habe ich mir viele Gedanken über das Sterben gemacht. Ob es danach irgendwie weitergeht. Und wie der Moment sich anfühlt, in dem man für immer die Augen schließt. Dass meine Mutter nicht mehr bei uns ist, ist schon fast nicht ertragbar. Aber der Gedanke, sie habe vielleicht Schmerzen und Angst gehabt, als sie alleine und verletzt in ihrem völlig zertrümmerten Auto im Graben lag, ist so dermaßen unerträglich, dass ich es nicht aushalten kann. Ich kämpfe gegen die aufsteigenden Tränen an, aber ich kann sie nicht zurückhalten. Josefine streichelt mir über den Rücken und wartet, bis ich mich wieder beruhigt habe. Sie fragt nicht, warum ich weinen musste. Sie steht kurz auf, verschwindet – und kommt mit einer Schüssel wieder zurück, die der von vorhin gleicht, weißes Porzellan mit einem zarten blauen Blumenmuster.

»Was ist das?« Ich wische mir die Tränen aus dem Gesicht und werfe neugierig einen Blick hinein.

»Seelenschmeichler. Aus hochprozentigem Kakao und Nüssen. Habe ich in der Manufaktur gekauft. Die solltest du dir unbedingt mal ansehen. Es gibt dort viele leckere Sachen, alle auf Rügen hergestellt. Sie haben sogar eine kleine Räucherei dort. Du isst doch Fisch?«

Das Ablenkungsmanöver funktioniert gut. Wir sind in null Komma nix in ein Gespräch über regionale Spezialitäten wie Sanddornprodukte und Stutenmilch vertieft. Schließlich landen wir bei Heilkreide. Touristen sind seit jeher von den imposanten Rügener Kreidefelsen fasziniert. Das Weiß der Kreide und das Grün der Wälder spiegeln sich im Wasser und lassen es türkis erscheinen. Das sieht unbeschreiblich schön aus. Früher war es für mich ein ganz normaler Anblick, aber das ist nun schon so lange her, dass ich mich heute tatsächlich beinahe auch auf die bekannten Touristenpfade begeben hätte, obwohl ich weiß, dass Rügen noch so viel mehr zu bieten hat.

»Wenn es nicht den ganzen Tag schon so erbärmlich geschüttet hätte, wäre ich gerne zum Königsstuhl gefahren, um einen Spaziergang entlang der Kreideküste zu unternehmen. Ich habe übrigens in einem Fernsehbericht gesehen, dass das mittlerweile richtig gefährlich sein soll und große Brocken einfach so abbrechen und hinunterstürzen. Ist es wirklich so schlimm?«

Josefine schweigt, dann seufzt sie.

»Was ist?«, frage ich.

»Du weißt es nicht?«

»Nein, was?«

»Curt, Herr Grünberger – er ist dort umgekommen. Hat man dir das nicht gesagt?«

Ich schüttle den Kopf. Diese Information trifft mich völlig überraschend. »Ich dachte, er sei schwer krank gewesen und du hast ihn gepflegt? So etwas in der Art hat mir der Notar erzählt.«

»Papperlapapp, *gepflegt*. Ich habe den Haushalt geführt, eingekauft, geputzt, gekocht. Er war ziemlich krank zu dem Zeitpunkt, das stimmt. Doch es war nur eine gewöhnliche Grippe …«

Ich bin völlig baff. »Aber – hast du nicht selbst gesagt, er sei verwirrt gewesen, als er das Testament geschrieben hat?«

»Ja, aber aus einem anderen Grund. Er war nicht senil, wenn

du das meinst. Ganz im Gegenteil. Er hat bis zum Schluss immer regen Kontakt zu seiner Forschungsgruppe gepflegt, konnte seine Finger nicht von der Wissenschaft lassen.«

Jetzt ist die Gelegenheit gekommen, Fragen zu stellen. Endlich gibt Josefine Antworten.

»Was für eine Forschungsgruppe?«

»Er war Biologe – und ganz besessen vom menschlichen Erbgut. Als er damals von dieser neuen Richtung gehört hat, Epigenetik, war er ganz aus dem Häuschen. Er hat immer schon behauptet, Erfahrungen würden die Gene verändern. Doch er wurde nur als Spinner abgetan. Und dann …«

»Was dann?« Gespannt warte ich darauf, dass Josefine weitererzählt, doch sie seufzt, dann sagt sie eine ganze Weile nichts mehr. Sie steht auf und holt den Korb aus der Ecke, in dem Findus schon die ganze Zeit schläft. Der arme Kater ist ganz benommen von den Medikamenten, die ihm Carola verabreicht hat. Josefine krault gedankenverloren seine Ohren. Dann sieht sie mich an.

»Findus ist Curt oft gefolgt, auch an diesem Morgen. Als sie beide bis zum späten Nachmittag noch nicht zurück waren, habe ich mir Sorgen gemacht. Curt war ungewöhnlich aufgewühlt gewesen an diesem Tag. Am Abend bekam ich dann die Nachricht, er würde nie wieder nach Hause kommen. Aber ich konnte mir keinen Reim darauf machen, warum der Kater nicht wieder zurückkam. Aber nun ist er ja wieder da.«

»Du meinst, dass es ein Unfall war? Hat es da auch so viel geregnet, und das Ufer hat sich womöglich gelöst?«

»Es war kein Unfall. Dafür kannte er sich viel zu gut aus.«

Es dauert eine Weile, bis ich die ganze Tragweite ihrer Worte erfasse. Ich bin eben davon ausgegangen, er sei bei einem der Uferabbrüche ums Leben gekommen, obwohl Josefine das mit keinem Wort erwähnt hat.

»Was ist denn genau passiert?«

»Er ist angeblich abgestürzt. Ein gebürtiger Rüganer, der hier aufgewachsen ist und sein ganzes Leben hier verbracht hat – das ist so gut wie unmöglich.«

»Aber wenn es kein Unfall war ... Du meinst doch nicht etwa, dass da jemand nachgeholfen hat?« In meinen Gedanken spielt sich sofort ein Thriller ab. Ein grauhaariger Mann steht einsam im Wind oben auf den Klippen. Plötzlich taucht eine zweite Gestalt auf, und dann noch eine. Die beiden drängen Grünberger an den Rand der Klippen, und dann verliert er das Gleichgewicht ...

Vielleicht hat der Alte irgendeine bahnbrechende Entdeckung bei seinen Forschungen gemacht? Und die Konkurrenz hat ihm das Ergebnis abluchsen wollen? Oder was will Josefine andeuten?

Meine Fantasie geht mit mir durch, wie ich gleich feststelle, denn Josefine sagt: »Nein, er war müde ...«

»Und was heißt das? Meinst du, lebensmüde?« Damit habe ich nicht gerechnet. »Hat er sich ... Ist er freiwillig gesprungen?«

»Ich bin mir nicht ganz sicher. Gesprungen ist er nicht, aber ich vermute, er hat es provoziert, ist zu nah an den Abgrund. Er war sehr unglücklich zu dem Zeitpunkt.«

»Warum?«

»Tja, wenn ich das so genau wüsste.«

Ob Josefine wirklich ahnungslos ist? Sie sieht auf jeden Fall sehr traurig aus.

»Vielleicht hatte es was mit seinem Sohn zu tun«, mutmaße ich. Ich weiß nicht, warum ich plötzlich darauf komme, vielleicht weil es mich wundert, dass er das Haus nicht bekommen soll.

»Curt hat damals diese unsympathische junge Frau geheiratet. Dann bekam sie einen Sohn. Zwei Jahre später packte die Frau ihre Sachen und verschwand, mit dem Nachwuchs. Ich habe die beiden nie wiedergesehen. Es hatte ganz sicher nichts mit ihm zu tun.«

»Wann war das denn? Ich habe nie eine Frau hier bei ihm gesehen, geschweige denn einen Sohn. Ich war zwar selbst noch ein Kind, aber daran würde ich mich doch erinnern.«

»Der Junge dürfte jetzt gerade volljährig geworden sein.«

»Er ist noch so jung? Weißt du, wie er heißt?«

Ich war vor zwanzig Jahren das letzte Mal auf Rügen. Das heißt, er muss etwa ein Jahr später auf die Welt gekommen sein, wenn er jetzt achtzehn ist. Dann ist Grünberger mit achtundfünfzig Jahren Vater geworden, recht spät, wie ich finde.

»Julian, Julian-Gottfried, genauer gesagt.«

»Gottfried?«

»So hieß Curts Vater.«

»Ach so. War sie seine erste Frau? Ich meine, weil er schon relativ alt war. Oder war er vorher schon mal verheiratet?«

»Er war mit der Wissenschaft verheiratet. Und hat sich in jungen Jahren gegen sie entschieden.«

»Gegen wen?«

»Na, gegen eine Frau. Aber frag mich nicht, wer sie war. Ich habe keine Ahnung.«

Ob das wahr ist? Weiß sie es wirklich nicht? Ich möchte die aufkeimende Zuneigung Josefines keinesfalls überstrapazieren und beschließe daher, jetzt nicht weiterzubohren. Vielleicht hat es ja auch etwas mit Josefine selbst zu tun.

»Er musste sich zwischen einer Frau und der Wissenschaft

entscheiden – und ich hatte die Wahl zwischen einem Mann und einem Haus«, sage ich nachdenklich. »Hoffentlich bereue ich es nicht auch irgendwann.«

»Das weiß man immer erst später«, meint Josefine trocken. »Heißt das, dein Entschluss steht endgültig fest? Was ist mit der Hausbegehung morgen?«

»Ich möchte gerne hier leben, so viel steht auf jeden Fall fest. Und ich werde alles Mögliche versuchen, um das möglich zu machen. Solange das Haus nicht einsturzgefährdet ist …« Der letzte Satz war als Scherz gemeint, aber es kommt bei Josefine nicht so an.

»Hier im Haus ist noch nie was passiert«, sagt sie. Dann steht sie auf und beginnt, die Liköre nach und nach wieder in den Buffetschrank zu verstauen.

Ob sie sauer ist wegen meiner Bemerkung? Oder gefällt ihr nicht, dass ich mich für das Haus entschieden habe?

»Was ist los? Habe ich etwas Falsches gesagt?«

Als Josefine sich umdreht, lächelt sie. »Nein, alles in Ordnung. Aber ich bin eine alte Frau, die jetzt müde ist.«

Ich reiche ihr die einzelnen Flaschen. Als wir alles aufgeräumt haben, werfe ich einen Blick auf die Uhr. Wir haben schon Viertel nach elf. Unter normalen Umständen schlafe ich um die Uhrzeit schon tief und fest. Gehe ich zu spät ins Bett, fühle ich mich den ganzen nächsten Tag unausgeschlafen und habe schlechte Laune. Aber heute bin noch gar nicht müde. Das liegt bestimmt auch daran, dass ich mir überhaupt nicht vorstellen kann, hier in diesem Haus zu schlafen, womöglich sogar in dem Bett des Mannes, der mir sein Haus vermacht hat. Er ist zwar nicht in seinem Bett gestorben, aber irgendwie bringe ich es trotzdem nicht über mich, mich auf seine Matratze zu legen. Vielleicht sollte ich einfach die ganze

Nacht im Sessel sitzen bleiben und ein Buch lesen. So lange, bis ich einnicke.

»Ich habe dir eines der Gästezimmer oben fertig gemacht«, sagt Josefine in diesem Moment, so als könne sie meine Gedanken lesen. »Ich dachte, das sei dir vielleicht lieber. Es ist ein Zimmer mit Meerblick. Vielleicht hat sich der Sturm morgen früh verzogen, dann ist die Aussicht herrlich von dort oben. Das ist dir doch recht?«

Erleichtert nicke ich. »Das ist lieb von dir, danke.«

Ich bin schon fast zur Tür raus, da fällt mir noch etwas ein. »Josefine? Danke für den schönen ersten Abend hier. Das war wirklich nett. Ich würde mir wünschen, wir könnten das demnächst mal wiederholen.«

Josefine nickt. Das reicht mir fürs Erste.

Kurz darauf stehe ich vor einem der beiden Fenster im Gästezimmer und schaue dem stürmischen Treiben draußen zu. Es ist sehr dunkel, aber ab und an blitzt der Mond durch die Wolken, und ich kann in der Ferne das Wasser erahnen. Josefine hat recht. Von hier oben muss der Ausblick überwältigend sein, wenn die Sicht klar ist. Aber auch jetzt hat das Ganze seinen Reiz. Ich mag es, wenn es stürmt und die Natur an ihre Grenzen geht – sofern ich mich dabei hinter einer schützenden Glasscheibe befinde.

Ich trage noch immer die weite blaue Jogginghose, deren Bund ich umgeschlagen habe, damit sie nicht rutscht, und darüber meine Jacke. Die Heizung hier oben ist aus, es ist kühl im Zimmer, aber es ist mir lieber so. Ich schlafe nicht gern, wenn es zu warm ist, und am liebsten bei geöffnetem Fenster. Josefine hat mir eine Flasche Wasser und ein Glas auf das Nachtschränkchen gestellt. Ich bin überrascht, auf dem Bett ein ordentlich zusammengefaltetes Nachthemd zu finden. Wie lange ist es her, dass ich in so einem altmodischen Nachthemd geschlafen habe? Im Winter packe ich mich in meinen kuscheligen Flanellpyjama, im Sommer trage ich Shorts und ein Top. Ich setze mich auf das Bett, falte das gebügelte Nachthemd auseinander und betrachte es genauer. Es ist in einem cremigen Weißton gehalten, auf dem sich viele kleine bunte Blümchen tummeln. Unten am Saum befindet sich eine breite Rüschenbordüre. Plötzlich muss ich lächeln. Ich sehe Katharina als kleines Mädchen vor mir, wie sie sich kichernd im Kreis dreht, bis ihr so schwindelig wird, dass sie auf den Boden plumpst. Sie trägt ein Nachthemd, das diesem hier verdammt ähnlich ist. Als wir klein waren, hatten wir keine Pyjamas. Für die kühleren Tage hatte Mutti uns grottenhässliche, braunorange gestreifte Frotteeschlafanzüge gekauft, die fürchterlich hart waren und kratzten, weswegen wir sie nicht gerne trugen. Eines Tages waren die Dinger verschwunden. Mutti hat überall gesucht, aber sie tauchten nicht wieder auf. Sie hat uns damals sogar verdächtigt, sie klammheimlich entsorgt zu haben. Ich hatte definitiv nichts damit zu tun. Und Katharina auch nicht, das behauptete sie zumindest steif und fest. Auf jeden Fall gingen wir seitdem auch im Winter mit unseren Nachthemden ins Bett. Darunter trugen wir Strumpfhosen. Weil unsere Füße dann unter der warmen Bettdecke fürchterlich schwitzten, schnitt Mutti kurzerhand den unteren Teil mit einer großen Schere ab und kreierte somit unsere ersten Leggings. Ich sehe noch ganz genau ihr schelmisches Lächeln, als sie uns spaßeshalber damit drohte, auch unsere Haare – schnipp, schnapp – einfach abzuschneiden, wenn wir nicht sofort schlafen würden. Ich muss Katharina unbedingt noch mal danach fragen, ob sie wirklich nichts mit dem Verschwinden der kratzigen Frotteedinger zu tun hatte.

Seit Mutters Tod blitzen immer öfter Erinnerungen aus unserer Kindheit in mir auf. Manchmal erscheinen die Bilder auch urplötzlich, ohne dass sie durch irgendetwas Bestimmtes ausgelöst werden. Ich schenke mir zum Beispiel eine Tasse Kaffee ein – und sehe unsere Mutter auf der Gartenbank vor unserem alten Haus sitzen. Das Gesicht der Sonne zugewandt, die Augen geschlossen. Sie ist jung und schlank, das lange braune Haar hat sie zu einem schlichten Zopf gebunden. Unsere Mutter hat früher in unserer Gegenwart viel gelächelt. Auch wenn sie traurig war, hat sie versucht, sich das nicht anmerken zu lassen. Aber ich habe trotzdem vermutet, dass es ihr nicht gut ging. Ihre Augen hatten manchmal diesen traurigen, in die Ferne schweifenden Blick. Die Trennung von meinem Vater hat ihr anscheinend mehr zu schaffen gemacht, als sie uns glauben machen wollte. Dazu kam dann auch noch Omas plötzlicher Tod, und dann der unschöne Bruch mit der Verwandtschaft. Wir waren ganz auf uns allein gestellt. Wenn ich mir jedoch bewusst Mutters Bild in Erinnerung rufe, sehe ich sie so, wie sie zum Schluss aussah. Sie hatte in den letzten Jahren einen praktischen Kurzhaarschnitt, immer frisch in einem rötlich schimmernden Braunton gefärbt. Ihre grauen Haare wollte sie auch mit sechzig nicht akzeptieren. Sie war etwas fülliger geworden, schimpfte oft darüber, dass im Alter die Kilos wie von selbst angeflogen kamen, und prophezeite mir, dass es mir später mal genauso ergehen würde. Sie ging regelmäßig walken und schwimmen und hatte meines Erachtens immer noch eine tolle Figur. Und die Kilos hatten eindeutig etwas mit ihrer Liebe zum Backen zu tun. Mutti zauberte herrliche Kuchen. Jedes Wochenende stand eine neue Kreation auf dem Wohnzimmertisch. Katharina und ich versuchten so oft wie möglich zum Sonntagskaffee bei ihr aufzukreuzen, um mit ihr zu plaudern und das ein oder andere Stück zu ergattern. Aber ausgerechnet am letzten Sonntag vor ihrem Tod hatten wir beide keine Zeit.

Eine plötzliche Sehnsucht nach Katharina überfällt mich. Ich greife in meine Jackentasche, um mein Handy herauszuholen, in der Hoffnung, hier oben im Zimmer könnte ich eventuell doch Empfang haben. Ich würde jetzt wahnsinnig gerne ihre Stimme hören. Aber es klappt nicht. Ich muss unbedingt das Festnetz im Haus wieder aktivieren. Auch ein funktionierender Internetanschluss ist notwendig. Ich krame mein Notizbuch hervor und notiere die beiden Punkte. Dann gehe ich ins Bad. Im Zahnputzbecher steht eine neu verpackte Gästezahnbürste. Schon wieder eine, denke ich, und auch diesmal kann ich sie gut gebrauchen. Natürlich befindet sich auch mein Toilettenbeutel in der Pension.

Beim Zähneputzen betrachte ich mein Spiegelbild über dem Waschbecken ganz genau. Ich kann gar nicht glauben, dass das wirklich ich bin. Ich sehe aus wie ich, aber ich fühle mich trotzdem irgendwie unwirklich, so, als wäre ich gar nicht hier. Meine Locken sind zerzaust, haben sich an den Seiten aus dem Haargummi gelöst und stehen in alle Himmelsrichtungen ab. Das ist für mich nichts Neues. Sobald das Wetter eine gewisse Feuchtigkeit mit sich bringt, plustern sich meine Haare auf, und ich kann sie kaum bändigen. Ich löse das Haargummi, und mein Haar fällt über die Schultern auf das cremeweiße Blümchennachthemd, das ich tatsächlich angezogen habe. Bin das wirklich ich? Das erwachsen gewordene Kind von damals? Mir kommt alles auf einmal sehr unwirklich vor. Was habe ich hier verloren? Oder besser gesagt: Was erhoffe ich hier zu finden?

Warum ich? Hat es irgendwas mit Oma zu tun? Ich versuche mich noch einmal ganz genau daran zu erinnern, was damals passiert ist, nachdem uns der Alte auf dem Dachboden erwischt hat. Was hat Oma gesagt, als Grünberger uns im Schlepptau hatte und wir bei ihr auftauchten? Ich kann mich nicht mehr genau an ihre Worte erinnern, aber ich weiß, dass sie sehr sauer war. Aber auf wen? Auf Katharina und mich – oder auf *ihn*? Oma war damals schon lange Zeit Witwe, meinen Großvater habe ich leider nie kennengelernt. Er starb im Krieg, und Oma hat nie wieder geheiratet. Warum eigentlich nicht? Sie war eine verdammt schöne Frau, das haben wir immer gesagt, als wir Fotoalben wälzten und uns über alte Schwarzweißbilder beugten. War Grünberger vielleicht ihre heimliche Liebe? Wie sagte Josefine doch gleich? Er habe sich in jungen Jahren gegen eine Frau entschieden. Was, wenn er Oma für seine Karriere sitzen gelassen hat? Das würde einiges erklären. Aber richtig vorstellen kann ich es mir eigentlich nicht.

Die Nachttischlampe ist nicht sehr hell und beleuchtet den Raum nur spärlich mit ihrem gelblichen Schein. Die Möbel sind zwar altmodisch, aber es ist dennoch gemütlich hier. Auf dem Sessel neben dem kleinen runden Tisch liegt ein weißes Schaffell, darüber, akkurat zusammengefaltet, eine dicke braune Wolldecke. Im Gegensatz zum Wohnzimmer unten steht hier allerdings ein kleines Fernsehgerät. Ohne geht es wahrscheinlich für die Gäste nicht. Ich setze mich in den gemütlichen Sessel und greife nach der Fernbedienung. Ich bin viel zu aufgewühlt, um jetzt schon schlafen zu können. Ein wenig banale Ablenkung wird mir guttun. Aber ich habe auch hier Pech. Der blöde Apparat zeigt in jedem Programm das gleiche Bild, ein ebenmäßiges Grau. Kurz entschlossen schlüpfe ich noch einmal in die Jogginghose und die lustigen

Zehensocken, ziehe meine Jacke über das Nachthemd und mache mich auf den Weg nach unten. Ein gutes Buch wird mir beim Einschlafen helfen. Und in Grünbergers Wohnzimmer gab es eindeutig genug davon.

Auf dem alten Holzdielenboden hört man jeden meiner Schritte. Ich bemühe mich, möglichst keinen Krach zu machen, aber es ist vergebens. Es knarrt und quietscht, ganz egal, wie vorsichtig ich auftrete. Wir haben kurz vor zwölf, Josefine schläft bestimmt schon. Ihre Wohnung liegt genau unter dem Teil des Flures, über den ich gerade schleiche. Ich will sie nicht stören, bleibe kurz stehen und überlege, ob ich mein Vorhaben aufgebe. Dabei fällt mein Blick aus dem Fenster. Es stürmt und schüttet immer noch. Draußen ist es so laut, dass meine Schritte unten wahrscheinlich gar nicht ankommen. Also gehe ich weiter. Irgendwo im Haus schlägt eine Uhr zur vollen Stunde. Wir haben Mitternacht. Bei dem Gedanken läuft mir ein kleiner Schauer über den Rücken. Gut zu wissen, dass Josefine auch im Haus ist. Da es stockduster ist, schalte ich mein Handy an, um mit seinem Licht die Wand abzuleuchten, finde aber keinen Lichtschalter. Zum Glück ist es bis zum Wohnzimmer nicht weit. Nur ein paar Stufen noch, dann bin ich da. Erleichtert drücke ich die Klinke und öffne die Tür. Auch hier ist es stockdunkel. Diesmal ertaste ich den Lichtschalter. In dem Moment, in dem ich ihn drücke, sehe ich aus dem Augenwinkel eine Gestalt schemenhaft im Sessel neben dem Kamin sitzen.

Der Alte, schießt es mir durch den Kopf. Mein Puls geht auf hundertachtzig, Gänsehaut macht sich auf meinem ganzen Körper breit.

»Josefine – bist du das?«

8.

Es ist nicht deine Schuld

Mein Herz klopft immer noch rasend schnell. Wie konnte ich nur annehmen, der alte Grünberger würde nachts immer noch hier in seinem Sessel sitzen? Womöglich als Gespenst durchs Haus spuken, weil er aus irgendeinem Grund keine Ruhe findet? Ich habe eindeutig zu viele Geisterfilme gesehen. Josefine scheint ihren Curt doch sehr zu vermissen, wenn sie sich zu so später Stunde noch in seinem Wohnzimmer aufhält.

»Du hast mir einen ganz schönen Schrecken eingejagt«, murmele ich erleichtert und gehe einen Schritt auf sie zu.

Josefine blinzelt und klopft mit der Hand auf eine Kiste, die auf ihren Knien liegt. »Früher oder später hättest du ihn sowieso gefunden. Er wollte es so.«

Ihn? Was meint sie damit? Neugierig recke ich den Hals, um die Pappkiste auf ihrem Schoß ins Visier zu nehmen. Welches Geheimnis sie wohl birgt? Ich trete noch näher heran, dabei stolpere ich über eine herausstehende Bodendiele.

»Autsch«, entfährt es mir, und ich reibe mir die schmerzenden Zehen.

»Jetzt weiß ich auch, warum das Haus dich nicht mag«, sagt Josefine in vorwurfsvollem Ton. »Es ist eifersüchtig.«

Die kleine Stolpereinheit bringt mich wieder auf den Boden der Tatsachen zurück. Ich habe das Haus eines mir weitgehend fremden Mannes vermacht bekommen. Ganz sicher gibt es einen guten Grund dafür. Und in mir verstärkt sich plötzlich das Gefühl, dass Josefine doch mehr weiß, als sie bisher zugegeben hat. Was habe ich denn erwartet? Dass er mir wirklich sein Hab und Gut hinterlässt, weil er sich vielleicht in einer melancholischen Minute an das vorwitzige kleine Mädchen von damals erinnert hat? Und was soll das jetzt schon wieder bedeuten, *es ist eifersüchtig*? Josefine war doch gerade noch so freundlich zu mir. Irgendwas stimmt hier nicht.

»Josefine, was ist hier los?« Projiziert sie vielleicht ihre Eifersucht auf das Haus? Aber warum sollte sie?

»Hast du ihn geliebt?«, frage ich rundheraus.

Josefine sieht mich an, umfasst mit schützender Hand die Kiste. »Ja«, sagt sie, und ihre Stimme klingt leicht brüchig. Fast bereue ich meine Frage schon wieder. »Aber nicht so, wie du denkst. Wir sind zusammen aufgewachsen, wie Geschwister. Er war sozusagen mein Bruder.«

Damit habe ich nicht gerechnet. Ich setze mich auf den Boden und sehe Josefine von unten herauf abwartend an.

»Sein Vater hat meine Mutter geheiratet. Ich war damals drei, meine Schwester Hedwig war sechs, er war vier. Es waren harte Zeiten für eine alleinstehende Frau mit zwei kleinen Mädchen. Die beiden haben sich wohl eher aus praktischen Gründen zusammengetan, er war Witwer, sie Witwe. Er hat sie versorgt, sie hat sich um die Kinder gekümmert, wie das damals eben so üblich war. Curts Vater hat uns wie seine eigenen Kinder behandelt, manchmal sogar besser als seinen eigenen Sohn. Wir waren Mädchen, haben zu ihm aufgesehen.

Curt hat sich oft an ihm gerieben. Die beiden waren sich zu ähnlich.«

»Und ihr seid alle hier gemeinsam groß geworden, in diesem Haus?« Das würde natürlich Josefines Vorbehalte gegen mich erklären.

»Nein, unten im Dorf, im Haus meiner Mutter. Dieses Haus hier wurde nach Kriegsende von den Russen beschlagnahmt. Er hat es sich später zurückgeholt.« Josefine zeigt auf die hohen Regale. »Sie haben alle Bücher aus der Bibliothek einfach den Hügel hinuntergeworfen. Curt hat sich nachts herangeschlichen, um wenigstens einen Teil davon zu retten. Er war damals acht Jahre alt und hat sich dafür ordentlich Prügel von seinem Vater eingehandelt. Der war kein schlechter Mensch, er wollte seinen Sohn nur davon abhalten, sich in Gefahr zu bringen. Trotzdem ist Curt in der nächsten Nacht wieder hoch. Und auch tagsüber hat er sich oft in der Nähe des Hauses herumgetrieben. Zum Glück ist nie etwas passiert. Zu den Kindern waren die Russen in der Regel sehr nett. Nur die Frauen mussten sich in Acht nehmen …« Josefine schluckt. »Das ist alles lange her.«

»Dann habt ihr ja eine ganze Menge gemeinsam hier erlebt, du und dein Bruder«, sage ich sanft. Zwar hatten die beiden nicht dieselben Eltern, aber das ist unwichtig. »Nur – sei mir bitte nicht böse, wenn ich jetzt wieder davon anfange, aber ich würde doch gerne wissen, was das alles mit mir zu tun hat. Weißt du etwas darüber?«

Josefine öffnet die Pappkiste und zieht einige Bögen handschriftlich beschriebenes Papier heraus.

»Du hast seine Augen«, sagt sie.

»Was?« Ich habe ganz genau gehört, was sie gesagt hat, aber ich kann es nicht glauben. Waren seine Augen wirklich blau?

Ich kann mich nur an den grimmigen Blick unter den buschigen schwarzen Augenbrauen erinnern.

»Hier«, sagt sie und reicht mir einen Brief.

Mein Herz klopft, als ich ihn entgegennehme.

»Er gehört dir. Du kannst ihn behalten.« Josefine schließt die Augen und lehnt sich wie nach großer Anstrengung im Sessel zurück.

»Danke …«

»Es ist nicht deine Schuld. Es ist vielmehr *ihre*«, sagt sie. »Du kannst am allerwenigsten dafür.«

Kurz darauf sitze im Schneidersitz auf dem Bett und falte mit zittrigen Händen die Bögen auseinander. Draußen stürmt es noch immer.

Weißt du noch, damals? Die kurze, aber wunderschöne Zeit, die wir ganz für uns hatten? Es waren nur zwei Wochen, doch ich denke auch heute noch sehr oft daran zurück. An die warmen Sommertage, die wir träge lesend am Strand verbracht haben. Bis du irgendwann aufgesprungen und ins Wasser gerannt bist. »Komm schon, es ist gar nicht kalt!«, hast du gerufen. Aber ich fror schon bei dem Gedanken daran, meinen Zeh in das kühle Nass zu tauchen und augenblicklich eine über den ganzen Körper gespannte Gänsehaut zu spüren. Aber manchmal habe ich mich doch durchgerungen und bin zu dir ins Meer. Dann hast du mich in die Arme genommen und meine Gänsehaut mit dir geteilt. Nach dem Baden ließen wir uns von der Sonne trocknen, und du hast mich eingecremt. Die Sonnenmilch hat nach frischer Zitrone gerochen und sich beim Einreiben mit dem feinen Sand vermischt, sodass es sich wie ein leichtes Peeling angefühlt hat. Und wieder haben sich die feinen

Haare überall auf meinem Körper aufgerichtet. Ich hatte oft Gänsehaut. Besonders, nachdem du jeden Tag, bevor wir an den Strand gingen, ein kleines Pflaster über diese eine besondere Stelle geklebt hast, knapp über meinem Po. Die Sonne hat meinen Körper nahtlos gebräunt, nur der Musenfleck, wie du ihn neckisch genannt hast, blieb blass. Es hat mich den ganzen Sommer über amüsiert, mich vor dem Spiegel zu verrenken und meinen nackten Körper zu betrachten, der überall braun war – bis auf den kleinen geheimen Fleck, der weiß und einladend leuchtete und von dem nur du wusstest, dass es mich immer wieder aufs Neue zum Beben bringt, wenn du mit deinen Fingern sanft darüberstreichst. Dann wurde es Winter, meine Haut wurde immer blasser, und der Fleck war nicht mehr zu erkennen. Du hast mir versprochen, diese Körperstelle niemals zu vergessen. Erinnerst du dich?

Im darauffolgenden Winter sahen die Kreidefelsen besonders bezaubernd aus. Ich denke gerne an die wenigen, langen Spaziergänge zurück, die wir trotz der klirrenden Kälte und der Gefahr, gesehen zu werden, unternahmen. Der Wind pfiff eisig, und wir waren froh, wenn wir endlich dein Haus erreichten. Du hast mir meine Hände warm gepustet und mich ins Schlafzimmer getragen. Noch immer sehe ich die vielen Kissen vor mir, die in den unterschiedlichsten Farben leuchteten. Du hast dich hineingelegt in das bunte Meer, und ich schmiegte mich eng an deinen Rücken. Meine rechte Hand lag immer dort, wo ich deinen Herzschlag spüren konnte. Und dann begannst du zu lesen mit deiner warmen, tiefen Stimme, die ich noch immer so sehr liebe.

Ich konnte dir stundenlang einfach nur zuhören.

An jenem Abend hast du mir ein Buch über die Wissenschaft der Liebe vorgelesen, und ich musste lachen. Ich pustete warme Luft in deinen Nacken und neckte dich ein wenig damit, wie man aus einem Gefühl eine Wissenschaft machen könne. Du hast dich zu mir umgedreht und mir in die Augen gesehen. Und dann hast du mich geküsst. Und ich dachte, der Boden würde jeden Moment unter mir wegbrechen. Du hast dich vorsichtig ausgezogen und mich wieder mit diesem Blick bedacht, der mein Innerstes berührte wie nichts anderes zuvor. Meine Hände glitten über deinen festen Körper. Es dauerte nicht lange, da lag ich nackt neben dir, und du hast darüber gelacht, weil ich immer etwas ungeduldig war. »Langsam, Hannah«, hast du oft gesagt, doch ich war noch nie gut im Warten und wollte gleich deine Haut spüren, deine Wärme, dich mit jeder Pore fühlen. Dann hast du dich auf den Rücken gedreht, mich fest an dich gedrückt und mitgezogen, sodass ich auf dir lag. Mein Gesicht ruhte in deiner Halsbeuge. Deine Hände legten sich über den kleinen verblassten Fleck und übten in sanftem Rhythmus einen immer stärker werdenden Druck aus, sodass sich mein Unterleib gegen deinen presste. Es machte mich fast wahnsinnig, und ich richtete meinen Oberkörper etwas auf. »Bitte«, flehte ich dich an. Und dann hast du mich geliebt. Meine Hände suchten Halt in den Kissen, ich hatte Angst zu ertrinken, bis du sie in deine genommen und festgehalten hast. »Das ist die Wissenschaft der Liebe, Hannah«, hast du gesagt. »Sich lieben ist immer ein bisschen wie sterben …«

Vorsichtig lege ich den Brief vor mir ab. Die Buchstaben verschwimmen auf meiner Netzhaut, weil mir Tränen übers Gesicht laufen. Ich bin tief berührt von den Worten, die so voller Liebe und Sehnsucht stecken. Natürlich habe ich, als ich zu lesen begann, die Schrift meiner Mutter sofort erkannt. Ihre grüne Tinte. Aber dass sie ihre Gedanken und Gefühle so wunderschön in Worte gefasst hat, ertrage ich fast nicht. Genauso wenig wie die Erkenntnis, dass sie *ihn* geliebt hat – und dass sie den Brief erst im November letzten Jahres geschrieben hat, wie ich am Datum erkennen kann, also nur wenige Wochen vor ihrem Tod. Ich habe mit einem alten Dokument aus der Vergangenheit gerechnet, nicht aber mit einem relativ aktuellen, noch dazu aus der Hand meiner Mutter. Für jeden Anlass hatte sie eine andere Farbe: Nachrichten an Katharina und mich schrieb sie in Pink, Lila und Orange, möglichst bunt und farbenfroh. Bei geschäftlichen Briefen nahm sie Blau, Schwarz hatte sie aus ihrer Sammlung verbannt, nachdem Oma gestorben war.

Grün wie die Hoffnung, denke ich, rolle mich in meinem Bett zusammen und beginne zu schluchzen. Als ich mich wieder etwas beruhigt habe, greife ich wieder nach dem Brief. Ich muss unbedingt erfahren, wie er ausgeht. Es waren nur noch wenige Worte …

Vielleicht hattest du recht. Sich lieben ist immer ein wenig wie sterben, aber die Liebe hält uns auch am Leben.
Ich habe dich immer geliebt. Und ich liebe dich auch heute noch. Ich freue mich so sehr auf Dezember, fiebere dem Moment entgegen, in dem du mich in deinen Armen hältst und ich deinen Herzschlag hören kann, für immer …
In Liebe
Hannah

Ich höre, wie ich tief ein- und ausatme. Meine Gedanken beginnen, sich im Kreis zu drehen.

Mutter ist im Dezember letzten Jahres gestorben, auf dem Weg nach Hause. Aber war sie wirklich nur einfach so auf Kurzurlaub an der Ostsee? Oder war sie bei ihm? Hat sie ihn vielleicht vorher besucht? Sie war immerhin drei Tage weg. Aber ist das zeitlich möglich?

Auf welchen Zeitraum beziehen sich die Ereignisse, von denen sie im Brief schreibt? Das Baden im Sommer, die Spaziergänge im Winter – die Liebe zwischen den bunten Kissen? Mutti wurde 1952 geboren, Curt 1938. Das sind immerhin vierzehn Jahre Altersunterschied. Meine Eltern haben 1972 geheiratet. Da war Mutti zwanzig und bereits seit drei Jahren mit Vati zusammen. In der DDR heiratete man früh, hat sie immer erzählt, weil es dadurch Vergünstigungen und Aussicht auf eine eigene Wohnung gab. Ob Curt ihre Jugendliebe war, vor Vater? Dann war sie erst sechzehn und er einunddreißig. Das würde für die heimlichen Spaziergänge sprechen. Aber das kann ich mir beim besten Willen nicht vorstellen. Außerdem klingen Inhalt und Ton des Briefes nach zwei erwachsenen Menschen, Mutti war auf jeden Fall älter. Das heißt, dass sie sich entweder nach der Scheidung von Vati in Curt verliebt hat – oder davor, während der Ehe. Dann hätte unsere Mutter auch eine Affäre gehabt. Unser Vater soll ja nie sonderlich treu gewesen sein. Vielleicht war es da ganz normal, dass sie sich in die Arme eines anderen Mannes flüchtete? Der Brief hört sich allerdings nicht nach einer flüchtigen Liaison an. Das würde auch gar nicht zu unserer Mutter passen.

Du hast seine Augen. Wie passt das zusammen? Ich habe am 7. November Geburtstag. Mutter hat mir erzählt, ich wurde an einem sehr kalten Wintertag gezeugt, irgendwann Anfang Februar. Die schönen bunten Kissen unten im Schlafzimmer fallen mir wieder ein, und in meinem Bauch fängt es an zu rumoren. Josefine glaubt anscheinend wirklich, dass ich seine Tochter bin. Ich war eben so verwirrt, dass ich nicht weiter nachgebohrt habe. Ob Josefine noch wach ist? Ich muss sie unbedingt fragen, was sie noch darüber weiß.

Noch einmal mache ich mich auf den Weg nach unten, doch diesmal ist das Wohnzimmer leer. Die Wolldecke liegt ordentlich zusammengefaltet auf dem Sessel. Unschlüssig stehe ich da und überlege, ob ich bei ihr anklopfen soll. Aber wir haben schon fast ein Uhr. Vielleicht ist sie gerade eingeschlafen. Außerdem war das alles auch nicht einfach für sie, und ein wenig Ruhe wird ihr guttun.

Ob sie die Pappkiste mit in ihre Wohnung genommen hat? Sie hatte sie auf ihrem Schoß liegen, die Hände schützend darübergelegt. Es könnte doch gut möglich sein, dass sich noch mehr Briefe darin befinden. Vielleicht lässt Josefine mich mal einen Blick reinwerfen, wenn ich sie danach frage. Vielleicht lassen sich ja auch noch andere Hinweise finden, die auf eine Beziehung zwischen Grünberger und Mutter hindeuten? Ich sehe mich um. Mutti hat nicht nur unheimlich gerne gelesen, sie hat auch oft Bücher verschenkt. Und sie hat immer Datum und ein paar nette persönliche Zeilen hineingeschrieben. Wenn sie ihn wirklich geliebt hat, hat sie ihm irgendwann ein Buch geschenkt, ganz bestimmt. Aber wenn ich jedes Buch hier nach einer Widmung absuche, bin ich die ganze Nacht damit beschäftigt. Die wissenschaftlichen Bücher könnte ich getrost auslassen, aber trotzdem wären es schätzungsweise noch mehrere Tausend Bücher. Allein in mein Ikearegal zu Hause passen etwa zweihundertfünfzig, das habe ich mal nachgezählt. Außerdem weiß ich dann immer noch nicht, ob er es auch behalten hat. Ich muss mir etwas anderes einfallen lassen.

Mutti hat uns früher viel vorgelesen. Und später hieß es dann, entweder Licht aus oder noch eine halbe Stunde in einem Buch schmökern. Mein absolutes Lieblingsbuch, das mich durch meine gesamte Kindheit begleitet hat, war *Märchen von den Hügeln.* Es hat mich in eine Zauberwelt voller Fantasie geführt, und es war auch eines von Muttis Lieblingsbüchern …

Die Werke sind alphabetisch sortiert, langsam gehe ich die Reihen ab. Beim Buchstaben L bleibe ich stehen. Der weiße Schutzumschlag fehlt, aber ich entdecke das weinrote Buch mit der weißen Aufschrift trotzdem sofort. *Lewin/Margraf, Märchen von den Hügeln.* Ich ziehe es heraus und halte die Luft an, als ich es aufschlage, aber es ist keine Widmung darin.

»Er hat viel gelesen.« Erschrocken fahre ich herum. Josefine steht in der Tür. Sie hält den immer noch ganz zerknautscht aussehenden Kater auf dem Arm. »Er maunzt die ganze Zeit«, sagt sie. »Wahrscheinlich hat das Schmerzmittel nachgelassen.«

»Oh, der Arme!« Schnell klemme ich mir das Buch unter den Arm und kraule Findus vorsichtig hinter den Ohren.

»War er mein Vater, Josefine?«, frage ich ohne Umschweife.

»Ganz ehrlich, ich weiß es nicht.« Josefine sieht mich aufmerksam an. »Aber du hast tatsächlich seine blauen Augen. Und einen Grund für die Hinterlassenschaft muss es ja geben.«

9.

Als hättest du schon immer hier gewohnt

Als ich aufwache, ist es taghell und still. Der Sturm hat sich verzogen, der Himmel ist klar. Ich öffne das Fenster und höre ganz deutlich, wie die Wellen sanft gegen das Ufer wogen. Das Meer hat sich beruhigt, was man von mir nicht gerade behaupten kann. Die nächtlichen Ereignisse waren einfach zu bedeutend gewesen. Mein Kopf brummt, aber das liegt sicher nicht nur an Josefines süßen Likören (es waren eindeutig zu viele), sondern auch an dem Brief, der alles auf den Kopf gestellt hat und Frage um Frage aufgeworfen hat. Ein Blick auf mein Handy zeigt mir, dass wir schon halb zehn haben, außerdem entdecke ich mehrere Anrufe in Abwesenheit sowie einige Textnachrichten. Immerhin scheint das blöde Ding jetzt wieder zu funktionieren. Philipp hat versucht, mich zu erreichen, um zehn Uhr gestern Abend, dann um halb elf wieder. Danach hat er mir noch zwei SMS geschickt. Die erste Nachricht ist ganz typisch für ihn:

Hallo?

In der zweiten wird er schon konkreter.

Alles okay bei dir?

Immerhin scheint er sich doch noch für mich zu interessieren.

Katharina hat mir auch mehrere Mitteilungen geschickt.

Martin? Oh Gott, das war der erste Kerl, der mir einen Heiratsantrag gemacht hat. Ein Bauer? Gut, dass ich Nein gesagt habe. :) Ich erreiche nur deine Mailbox.

In der zweiten Nachricht schreibt sie: *Ich nehme an, du hast im Haus geschlafen. Mach mir aber Sorgen! Hab dich sehr lieb.*

Ich habe Katharina gestern im Taxi zwar kurz von Martin und dem Telefondilemma geschrieben, aber dass ich oben auf dem Hügel geblieben bin, konnte ich ihr nicht mehr mitteilen. Und heute Morgen habe ich anscheinend das Telefon glatt überhört. Oder aber ich habe erst seit Kurzem wieder Empfang. Katharina hat um neun Uhr angerufen, da habe ich auf jeden Fall noch tief und fest geschlafen. Außerdem hat sie mir noch eine Nachricht geschrieben.

Wenn du dich nicht gleich meldest, schicke ich einen Polizeitrupp los!!!

Alles gut, mach dir keine Sorgen. Ich melde mich später!, tippe ich flink in die Tasten. Die gleiche Nachricht schicke auch an Philipp. Dann schlüpfe ich schnell wieder unter die Bettdecke und greife nach dem Brief, den ich gestern Nacht noch etliche Male verschlungen habe. Ich bin immer davon ausgegangen, unser Vater sei der einzige wichtige Mann in Mutters Leben gewesen. Nach der Scheidung hat sie noch die eine oder andere Beziehung geführt, aber es ging nie lange gut. Die letzten Jahre hatte sie einen guten Freund namens Bernd, mit dem sie zum Tanzen oder ins Theater ging. Er hat sich schwer Hoffnungen gemacht, aber sie hielt ihn immer auf Abstand. Ihr Herz war anscheinend die ganze Zeit vergeben. Und wir hatten keine Ahnung davon. Und nachdem ich den Brief zum dritten Mal gelesen hatte, war ich mir fast sicher, dass ich in jener Nacht gezeugt wurde.

Da fiel mir das *Märchen von den Hügeln* wieder ein, ich fing an, darin zu lesen. Wieder einmal nach so vielen Jahren litt ich mit der jungen Leontine mit, die sich unglücklich in einen Elb verliebt und sich dann aus Kummer in eine Löwenstatue und später in ein kleines lebendiges Löwenmädchen verwandelt. Nach der Lektüre war ich felsenfest davon überzeugt, dass auch Mutter in jungen Jahren in Grünberger verliebt war, also bevor Vater in ihr Leben trat. Doch letztendlich sind das alles nur Vermutungen. Ich habe keine Beweise. Aber ich kenne jemanden, der es ganz sicher schafft, all diese Verwicklungen schnellstmöglich aufzuklären: meine Schwester!

Doch bevor ich mit ihr spreche, muss ich meine Gedanken sortieren. Vielleicht gibt mir ein Spaziergang unten am Ufer die nötige Besonnenheit. Und danach möchte ich noch mal in Ruhe mit Josefine sprechen.

Eine schnelle Katzenwäsche muss für heute reichen, denke ich, als ich ans Waschbecken trete, und dabei fällt mir Findus wieder ein. Wer weiß, wie lange er oben auf dem Dachboden verletzt gelegen hat? Ich hoffe wirklich, dass es das arme Kerlchen geschafft und noch ein paar schöne Tage vor sich hat. Auch für Josefine würde es mich freuen.

Da klingelt mein Handy. Es ist Katharina. War ja eigentlich klar, dass sie sich nicht mit einer kurzen SMS vertrösten lässt. Wenn ich jetzt nicht rangehe, macht sie sich wirklich Sorgen.

»Hi!«

»Endlich, Marina! Ich hab schon befürchtet, die alte Hexe hält dich gefangen, und ich muss dich retten kommen. Ich habe in der Pension angerufen, aber da warst du nicht. Hast du im Haus geschlafen? Ich habe noch mal ganz genau darüber nachgedacht und auch ein bisschen nachgeforscht. Er war Biologe, Genforscher, genau genommen. Zu DDR-Zeiten war er ganz groß im Geschäft ...«

Das ist Katharina. Sie erzählt erst einmal. Und gleich fällt ihr ganz sicher ein, dass sie mich noch gar nicht gefragt hat, was bei mir los war.

»Aber jetzt erzähl du erst mal«, sagt sie prompt, und ich muss lächeln. »Wo bist du?«

»Ich habe wirklich hier im Haus geschlafen. Josefine hat mir eins der vier Gästezimmer fertig gemacht.«

»Und was hast du sonst noch rausgefunden? Wie ist der Zustand des Hauses? Hat die Alte noch was über Grünberger erzählt?«

Es hat keinen Sinn, Katharina irgendwas vorzumachen. Ich würde ihr lieber erst davon erzählen, wenn sie am Mittwoch nachkommt, aber sie hört sowieso an meiner Stimme, dass etwas nicht in Ordnung ist, wenn ich jetzt nicht mit der Wahrheit rausrücke.

»Jetzt sag schon!«

»Mutti hat ihn geliebt.« Das konnte ich zumindest den Zeilen entnehmen, die sie ihm geschrieben hat. Ich gehe schwer davon aus, dass ihre Gefühle erwidert wurden, aber einen wirklichen Beweis dafür habe ich nicht, noch nicht.

»Quatsch! Wer behauptet denn so was?«

»Es steht in einem Brief, den sie ihm geschrieben hat, mit grüner Tinte, letztes Jahr im November. Es ist eindeutig ihre Handschrift, Katharina! Wenn du hier bist, kannst du ihn selbst lesen. Gleich will ich zu Josefine, um noch mal mit ihr zu reden.«

Katharina ist sprachlos, allerdings nicht sehr lange. »Ich

fasse es nicht. Mutti! Ich habe nie etwas davon mitbekommen, falls das wirklich stimmen sollte. Bist du sicher, dass du da nicht irgendwas falsch verstanden hast? Ich hab eigentlich eher vermutet, dass die ganze Sache irgendwas mit Oma zu tun hat. Was steht denn genau in dem Brief?«

»Ich kann ihn dir später vorlesen, wenn du willst. Es ist jedenfalls eindeutig ein Liebesbrief.«

»Unglaublich … Und jetzt hau rein! Quetsch die Alte aus. Wer weiß, was du noch alles erfährst. Ich muss das auch erst einmal sacken lassen. Aber meld dich sofort, wenn es was Neues zu berichten gibt.«

Das liebe ich an Katharina. Sie kann so herrlich pragmatisch sein. Jetzt muss ich nur noch Philipp beruhigen.

Der geht zum Glück nicht ans Telefon, weder im Büro noch ans Handy. Ich schicke ihm eine längere SMS, erkläre, dass ich hier wegen des Wetters übernachten musste und ich deswegen nicht erreichbar war, mich aber später bei ihm melden würde. Wir sind zwar offiziell kein Paar mehr, aber das habe ich noch nicht wirklich verinnerlicht. Ich mag ihn immer noch, auch wenn ich im Moment nicht mehr mit ihm leben will. Und er hat sich ja auch für eine andere Wohnform entschieden.

Ich bin gerade zur Tür raus, da vibriert mein Handy in der Hosentasche. Philipps Antwort, denke ich, aber es ist Katharina.

Vielleicht ist er dein Vater?

Sofort fängt mein Bauch wieder an zu rumoren.

Ich habe angeblich seine Augen, antworte ich, *aber lass uns darüber bitte in Ruhe reden.*

Okay. Bis später! Bestimmt überlegt Katharina schon, wen sie kontaktieren kann, um etwas Licht in die ganze Angelegenheit zu bringen. Mir fällt da spontan nur Muttis Freundin Gaby ein. Sie lebt noch ganz hier in der Nähe, irgendwo bei Stralsund, und sie ist die einzige Jugendfreundin, zu der Mutti noch Kontakt hatte. Ich bin mir sicher, dass mir meine Schwester später ungeahnte Fakten präsentieren wird.

Das Haus wirkt richtiggehend freundlich, wenn es draußen hell ist. Die Sonne scheint, von dem gestrigen Unwetter ist nichts mehr zu merken. Fast wie im April, denke ich. Wie am 1. April, genau genommen, wie ich nur wenige Augenblicke später feststelle. Josefine ist nicht da, aber an ihrer Tür hängt ein Zettel.

Bin unterwegs, erst gegen Mittag wieder zurück. Findus ist wohlauf. Frühstück ist im Kühlschrank in deiner Küche. Josefine

»Das ist doch wohl ein Scherz«, murmele ich vor mich hin. Ob sie mit Absicht verschwunden ist, damit sie nicht mit mir reden muss? Nein, das würde sie nach dem gestrigen Abend nicht machen. Bestimmt hat sie etwas Wichtiges vor.

In deiner Küche, hat sie geschrieben. Das liest sich gut. Neugierig mache ich mich auf den Weg in die Küche und werfe einen Blick in den Kühlschrank. Josefine hat mir Butter, Käse und selbst gekochte Marmelade hineingestellt. Auf der Arbeitsplatte finde ich Brot und eine Tasse, auf der ein Porzellanfilter steht, gefüllt mit Pulverkaffee. Josefine hat wirklich an alles gedacht! Ein Kaffee wäre jetzt wirklich nicht schlecht. Und dazu eine Schnitte Brot, dick mit Butter und Marmelade bestrichen.

Kurz darauf sitze ich kauend am Küchentisch, mein Blick fällt durch die Terrassentür. Die Wiese ist feucht, auf den Grashalmen glitzern die Regentropfen der vergangenen Nacht. Die Äste der Buchen bewegen sich nicht, es scheint fast windstill zu sein. Mit der Tasse Kaffee in der Hand stehe ich auf und gehe nach draußen. Es sind nur wenige Meter bis zu den Bäumen. Ob der kleine gewundene Pfad ans Ufer runter noch existiert?

Es gibt ihn noch, jemand hat ihn in den letzten zwanzig Jahren sogar ausgebaut. Er ist breiter geworden, und ein Geländer aus dicken Ästen gibt Halt, wenn der Boden aufgeweicht und rutschig ist. Über den Bach, der sich durch das kleine Waldstück schlängelt und dessen Verlauf ich von hier oben gut erkennen kann, wurde eine kleine Holzbrücke gebaut. Als Kinder sind wir von einem Stein zum anderen gehüpft, wenn wir das dahinplätschernde Wasser überqueren wollten. Und unten am Ufer sehe ich die unzähligen runden Kiesel im Licht blitzen, über die in regelmäßigen Abständen die Wellen spülen. Es gibt herrliche, feinsandige Strände auf der Insel, die in den warmen Monaten natürlich von Touristen belagert werden. Hier am Kieselstrand traf man früher nur wenige Besucher von auswärts an. Das wird sich wohl kaum geändert haben. Außerdem ist um diese Jahreszeit sowieso nicht viel los, und ich werde die nötige Ruhe am Strand vorfinden. Ich muss nur noch meine Jacke und den Schlüssel holen, denn die Terrassentür unversperrt zu lassen, traue ich mich nicht. Auch weiß ich noch nicht, wie lange mein Spaziergang ausfallen wird.

Als ich nach dem Schlüssel am Haken greifen will, fällt mir ein Bund mit zwei einzelnen Schlüsseln und einem zerknitterten Pappschildchen auf. *Josefine* entziffere ich. Ihre Ersatzschlüssel! Klar, wenn ich so einsam leben würde, würde ich auch ein Notfallexemplar bei meinem Mitbewohner deponieren. Es kann ja immer mal vorkommen, dass man den Schlüssel vergisst oder verliert.

Bin unterwegs, erst gegen Mittag wieder zurück … Ohne

weiter darüber nachzudenken, greife ich nach dem Schlüsselbund und gehe zielstrebig zu Josefines Wohnung. Der Zettel ist immer noch da; sie ist also nicht früher zurückgekommen. Da habe ich auf einmal Zweifel, einfach in ihre Wohnung einzudringen und nach der Kiste zu suchen, ich bringe es nicht übers Herz. Ich würde Josefines Vertrauen missbrauchen. Also hänge ich den Schlüssel wieder an seinen Platz und beschließe, sie nachher auf die Kiste anzusprechen.

Davon mal abgesehen, werde ich sowieso meistens dabei ertappt, wenn ich auch nur ansatzweise etwas Verbotenes anstelle. Ich werde geblitzt, wenn ich auch nur fünf Stundenkilometer über der erlaubten Höchstgeschwindigkeit fahre, und bekomme generell einen Strafzettel, weil die Parkuhr ein paar Minuten zuvor abgelaufen ist. Wie zum Beweis rumpelt es genau in dem Moment an der Haustür.

»Josefine?«

»Marina?« Eine Männerstimme. Es ist Martin.

»Ich komme sofort«, rufe ich, doch schon steht Martin strahlend vor mir.

»Hi! Ich wollte dich nicht erschrecken, aber du hast mein Klopfen nicht gehört. Und da die Haustür offen war, bin ich einfach rein. Ich wollte nur mal schauen, wie es dir geht, und fragen, ob Findus alles gut überstanden hat.«

Die Haustür war damals auch nicht verschlossen. Das hat sich also nicht verändert.

»Findus geht's gut. Und, was machen deine Kühe?«

»Alle eingefangen. Es ist gerade noch mal gut gegangen. Hat auch gar nicht so lange gedauert. Um halb zehn war ich wieder zu Hause.«

Martin trägt heute eine dicke Cordhose, einen olivgrünen Parka und Gummistiefel. So gefällt er mir viel besser als gestern Abend im noblen Zwirn. Nicht, dass ihm der Anzug nicht stand, aber die Arbeitsklamotten, die er heute trägt, passen irgendwie besser zu ihm. Liegt vielleicht daran, dass ich als Landschaftsgärtnerin immer ähnlich gekleidet rumlaufe, zumindest beruflich. Aber auch ansonsten mag ich es am liebsten bequem und gemütlich. Das heißt nicht, dass ich mich nicht ab und an mal ordentlich rausputze, aber dann muss schon was Besonderes anstehen.

»Schön, dass du vorbeikommst«, sage ich.

»Julia hat es mir erzählt. Sie weiß es von Carola. Ich konnte es erst gar nicht glauben, dass du tatsächlich sein Haus geerbt hast?«

»Komm erst einmal rein. Möchtest du einen Kaffee? Ich könnte auch noch einen gebrauchen.«

Kurz darauf sitzen wir zu zweit mit den Tassen in den Händen am Küchentisch. Es ist ein schönes Gefühl. »Du bist sozusagen mein erster Gast«, stelle ich fest.

»Es ist mir eine Ehre«, sagt Martin. »Jetzt erzähl schon! Ich wollte dich ja gestern schon fragen, was du hier auf Rügen machst, aber irgendwie bin ich nicht mehr dazu gekommen. Und dann ruft mich Julia heute Morgen an und sagt was von dem geerbten Haus auf dem Hügel und dass du da jetzt ganz alleine wohnst.«

»Ich habe das Haus nicht geerbt, er hat es mir vermacht …« Plötzlich komme ich ins Stocken. Und wenn ich doch seine Tochter sein sollte? Ich trinke meinen Kaffee aus und schiebe hastig meinen Stuhl zurück. »Hast du etwas Zeit? Ich wollte eigentlich gerade runter ans Ufer, einen Spaziergang machen. Komm doch mit, dann erzähl ich dir alles«, schlage ich ihm vor.

»Ja, gerne!«

»Gut. Ich hole nur noch meine Jacke oben aus dem Gästezimmer.«

»Ich warte unten.« Martin zeigt auf seine Stiefel und grinst. »Schlammspuren!«

»Dann sind wir jetzt quitt! Ich beeil mich.« Vorhin habe ich mich darauf gefreut, alleine unten am Meer sein zu können, jetzt freue ich mich über nette Begleitung.

Als ich nach meiner Jacke greifen will, fällt mir die Allwetterjacke von Grünberger ins Auge. Sie hat mich gestern warm gehalten, und es weht ein frischer Wind. Josefine hat bestimmt nichts dagegen, wenn ich sie noch einmal trage.

Dick eingepackt laufe ich nur wenig später die Treppe hinunter auf Martin zu.

»Weißt du was?«, sagt er und lächelt mich an. »Das klingt jetzt vielleicht komisch, aber wie du gerade hier die Treppe runterläufst … Es kommt mir so vor, als hättest du schon immer hier gewohnt.«

10.

Ist die Hexe endlich weg?

Ich sitze neben Martin unten am Ufer auf einem steinernen Findling und schaue aufs Meer hinaus. Hier haben wir als Kinder auch oft gesessen. Oder besser gesagt: Katharina und Martin haben sich auf den großen Steinen gesonnt, während ich mich am Wasser rumgetrieben habe, um besonders ausgefallen gemusterte oder geformte Muscheln und Steine zu suchen. Ich hatte damals eine beträchtliche Sammlung schönster Exemplare. Nur einen richtigen Bernstein habe ich nie gefunden.

»Weißt du noch, wie ihr mir damals die Schauergeschichten über die böse Kikimora erzählt habt?«, frage ich Martin. »Ihr habt mir weisgemacht, sie sei ein Poltergeist, der durch die Häuser spukt. Und nur wenn man so einen durchlöcherten Stein über der Eingangstür aufhängt, könnte man sie vertreiben. Ich hab massenhaft von den Dingern gesammelt und sie unter meinem Bett versteckt.«

Martin grinst von einem Ohr bis zum anderen. »Wer sagt denn, dass wir die Geschichte erfunden haben? Man erzählt sich auch heute noch, die Steine könnten die Hausgeister vertreiben. Man nennt sie übrigens Hühnergötter.«

»Ich weiß. Ursprünglich sollten sie die Kikimora davon abhalten, die Hühner zu stehlen. Das habe ich irgendwann mal im Internet nachgelesen.«

»Ehrlich gesagt habe ich mal nach euch gegoogelt. Das ist jetzt aber auch schon wieder fast zwei Jahre her. Über dich habe ich nichts rausgefunden – du scheinst im Netz nicht zu existieren. Von Katharina habe ich einige Artikel entdeckt. Ich wusste also, dass sie schreibt. Ich habe oft an euch gedacht und hatte immer mal wieder vor, mich bei Katharina zu melden, aber irgendwie habe ich es dann doch nicht gemacht. Aber es ist schon verrückt, wie lange die Kindheit uns verfolgt, im positiven wie im negativen Sinn. Ihr seid auf jeden Fall immer ein Teil meiner guten Erinnerungen gewesen. Ich war damals vierzehn, als ich euch das letzte Mal hier gesehen habe.«

»Katharina war zwölf, ich acht.«

Ich habe, ehrlich gesagt, nie wieder an Martin gedacht, zumindest kann ich mich nicht daran erinnern. Es war aber auch Katharinas Freund, nicht meiner. Aber das muss ich ihm ja nicht unbedingt auf die Nase binden.

»Und ich hab mir bei jeder Urlaubsplanung vorgenommen, mal wieder auf die Insel zu kommen, habe es aber auch nicht geschafft. Stattdessen bin ich in Spanien, Frankreich oder Italien gelandet. Und für einen Wochenendtrip war mir, ehrlich gesagt, der Weg immer zu weit. Trotzdem habe ich oft an Rügen gedacht. Besonders nachdem unsere Mutter so unerwartet gestorben ist. Irgendwie hat das ganz viele Kindheitserinnerungen in mir ausgelöst. Und dann kam plötzlich der Brief vom Notar …«

Martin hört mir gespannt zu. Ich erzähle ihm sogar von meiner Vermutung, Curt Grünberger könne mein Vater sein.

»Es ist schon komisch, dass du als Kind so fasziniert von ihm warst. Aber vielleicht gibt es da auch noch eine ganz andere Erklärung. Ich würde mich jetzt erst einmal nicht verrückt machen, nur weil Josefine meint, du hättest seine Augen. Andernteils kann ich mich grob daran erinnern, dass früher immer alle gesagt haben, du wärst deinem Vater wie aus dem Gesicht geschnitten.« Martin grinst. »Allerdings warst du früher ganz schön aufmüpfig – so wie der alte Grünberger auch.«

»Was fällt dir ein!« Ich schubse Martin in die Seite. »Ich bin total nett, viel zu nett genaugenommen!«

»Wirklich? Der Alte war nicht immer nett; er hatte sich ordentlich mit dem Bürgermeister in der Wolle, weil er sich dafür eingesetzt hat, dass die Alleebäume nicht gefällt werden und an ihrer Stelle keine dreispurige Bundesstraße entsteht.«

»Klingt sympathisch«, sage ich.

»Ich mochte ihn. Er war manchmal bei uns im Laden einkaufen. Aber die meisten Dorfbewohner hat er nicht einmal gegrüßt. Er hat sie einfach ignoriert. Das kam natürlich nicht gut an.«

»Erinnert mich an Heidis Opa, den Alm-Öhi, allerdings in der Inselversion.«

Martin lacht. »So habe ich es noch nicht gesehen. Aber ich freue mich auf jeden Fall darüber, dass du zurückkehrst in deine alte Heimat. Ich hab das übrigens ernst gemeint vorhin. Als ich gesehen habe, wie du in der großen Jacke die Treppe runtergekommen bist, hatte ich das Gefühl, dass du schon immer in dem Haus gewohnt hast. Du gehörst auf jeden Fall hierher.«

»Ja, klar. Steckst du etwa mit Grünberger unter einer Decke?«, frotzele ich.

»Mit dem Alten? Mit dem ganzen Dorf! Die werden übrigens Augen machen, wenn sie das mitbekommen.«

»Wahrscheinlich weiß es mittlerweile eh jeder. Bestimmt steht es sogar schon als Schlagzeile im hiesigen Wochenblatt.« Vielleicht hätte ich Carola gestern gar nichts erzählen sollen. Ich weiß auch nicht, woher auf einmal das Bedürfnis kam, darüber zu reden, und dann auch noch mit einer fast völlig Fremden. War ja klar, dass sie es in der Frauenrunde gleich besprochen haben und es sich nun wie ein Lauffeuer die Küste entlang von Lohme bis nach Nardevitz verbreiten wird.

»Mal im Ernst, ich hatte keine Ahnung«, sagt Martin. »Von dem Alten hat kaum jemand etwas mitbekommen. Wenn er mal auf einer Versammlung aufgetaucht ist, hat er in der Regel rumgestänkert. Aber du kannst ja mal den Pfarrer fragen; mit dem hatte er wohl ganz guten Kontakt.«

»Das hat Josefine auch erzählt. Wohnt er noch im Pfarrhaus neben der Kirche?«

»Du meinst den alten Herrn Jakob? Du bist ja lustig – der war doch damals schon steinalt. Der aktuelle Pfarrer heißt Florian Gotthardt. Und ja, er wohnt auch da.«

»Er heißt echt Gotthardt?«

»Ja, kein Scherz!«

»Wie auch immer, es ist auf jeden Fall eine gute Idee. Und wenn du irgendwas hörst … Ich meine, kannst du deine Ohren für mich aufhalten?«

»Klar, ich werde meine Mutter als Spionin losschicken. Die findet ganz bestimmt was raus. Sie kennt jeden hier.«

»Meinst du? Wenn sie aber hört, dass sie ausgerechnet für mich spitzeln soll, lehnt sie bestimmt ab. Ich weiß noch ganz genau, dass sie es nicht mochte, wenn wir zusammen gespielt haben. Sie konnte Oma nicht ausstehen.«

Martin runzelt die Stirn. »Ach, immer diese alten Geschichten. Das ist doch mittlerweile Ewigkeiten her. Sie war übrigens sehr traurig, als deine Oma gestorben ist. Sie hat es nur nicht gezeigt.«

Ja, sie hat es nicht gezeigt. Genauso wenig wie die anderen Dorfbewohner. Und bei Mutter war es ähnlich. Da sind noch nicht einmal ihre Schwestern aufgetaucht, um sich zu verabschieden. Ganz plötzlich wird mir kalt. Ein wenig Anteilnahme hätte uns in beiden Fällen gutgetan.

Ich rapple mich auf und springe vom Findling herunter.

»Gehen wir noch ein Stück? Ich muss mich ein bisschen bewegen.«

Der Sturm hat Algen, Muscheln, kleine Äste und einige interessante Fundstücke an Land gespült. Ich greife nach einem langen Stock, um damit hin und wieder Algennester zu entzerren.

»Du hast dich kaum verändert«, sagt Martin. »Damals gab es zwei Dinge, die dich uneingeschränkt begeisterten: das Haus – und Bernstein. Du warst ständig auf der Suche danach.«

»Stimmt, aber ich habe nie einen besonderen Stein gefunden, nur ein paar ganz kleine Bruchstücke. Aber guck mal, hier …« Ich bücke mich und hebe einen großen Feuerstein vom Boden auf. In seiner Mitte befindet sich ein ebenmäßig rundes Loch. »Jetzt kann die Kikimora mir nichts mehr anhaben.« Ich halte den Stein in Richtung Meer und schaue durch das Loch aufs Wasser. In der Ferne am Horizont zieht ein Frachter vorbei. Einen Moment bleibe ich so stehen, dann lasse ich den Stein in meiner Jackentasche verschwinden und fahre mit den Fingerspitzen über die vom Sand glatt geschliffene Oberfläche. Dabei rutscht wie zufällig mein Ringfinger durch das Loch. »Was ist eigentlich mit dir?«, frage ich. »Bist du verheiratet?« Martin ist vierunddreißig, und in diesem Alter hat man in der Regel eine Frau, vielleicht auch Kinder.

Martin bückt sich und wirft einen Stein ins Wasser. Dann dreht er sich zu mir um, doch sein Blick schweift an mir vorbei, so als würde er irgendwas in den Dünen suchen.

»Kannst du dich noch an Laura erinnern? Sie hat in Nardevitz gewohnt, in derselben Straße wie deine Oma.«

»Das süße Mädchen mit den roten Haaren und den Sommersprossen? Ein bisschen jünger als ich?«

»Ja, meine Frau. Sie ist vor zwei Jahren gestorben. Sie war schwanger, und plötzlich wurde Brustkrebs festgestellt. Dann ging alles ganz schnell ...«

»Oh, Martin, das tut mir so leid ...« Ich laufe zu ihm und schließe ihn, ohne weiter darüber nachzudenken, fest in meine Arme. Er ist ein ganzes Stück größer als ich, mein Kopf reicht genau bis in seine Halsbeuge. »Und das Kind?«, frage ich, aber Martin bleibt stumm und schüttelt unmerklich den Kopf.

Wir laufen eine Weile schweigend nebeneinander am Strand entlang. Ich habe mich bei ihm untergehakt. Die Muscheln knirschen unter unseren Füßen, und über uns kreisen Möwen.

»Das Leben ist manchmal so was von ungerecht!«, rufe ich plötzlich aus. Oma und Mutter sind viel zu früh gestorben, aber wenigstens haben sie beide eine Familie gehabt, Kinder. Und Laura? Sie hatte noch ihr ganzes Leben vor sich! Das macht mich richtig wütend. Ich will gerade eine Schimpftirade über Gott und die Welt loslassen, da macht es platsch, und einer der schreienden Vögel entlädt sein Geschäft direkt auf meinem Kopf.

Martin fängt schallend an zu lachen. »Ja, aber manchmal ist das Leben auch zum Schreien komisch, findest du nicht?«

»Haha, sehr witzig!«, maule ich, bin aber froh, dass unser Gespräch wieder eine andere Richtung genommen hat.

Martin zieht ein Taschentuch hervor und reibt grinsend damit in meinen Haaren herum. »Soll ja Glück bringen.«

»Na, dann kann ja ab jetzt nichts mehr schiefgehen«, sage ich und schiele den Hang hinauf, wo ich glaube, zwischen den Buchen eine Gestalt wahrgenommen zu haben.

»Weißt du, ob der Trampelpfad hinter dem Haus die ganze Strecke über befestigt wurde?«

»Ja. Grünberger hat ihn auf kompletter Länge mit einem Geländer ausgestattet, aber es wäre trotzdem viel zu gefährlich, da jetzt langzugehen. Der ganze Hang ist eine einzige Rutschpartie. Wieso?« Martin folgt meinem Blick.

Es gibt mehrere Möglichkeiten, vom Haus bis zum Ufer und weiter bis nach Lohme zu gelangen. Man kann oben den breiten Pfad nehmen, der zuerst in die andere Richtung führt. Das ist zwar ein Umweg, aber dafür gelangt man auf sicherem Weg runter ans Meer. So sind wir ans Ufer gekommen. Dann gibt es noch den direkten, sehr steilen Abstieg von der Westseite des Hauses aus, der auf unbefestigtem Terrain und über vereinzelte Treppenstufen nach unten führt. Er schlängelt sich kreuz und quer über den Hang, ist aber trotz Geländer bei nassem Wetter nicht begehbar. Und genau dort hält sich jetzt jemand auf. Ich kann die orangefarbene Jacke durch die Bäume hindurch blitzen sehen.

»Wer könnte das sein?«, frage ich. »Ein Angler?«

»Und der klettert jetzt bepackt mit Rute und Kescher den Hügel hinauf?« Martin ist schon auf dem Weg zum Hang. »Komm, nicht dass noch was passiert.«

Das steinige Ufer ist nur wenige Meter breit. Wir sind schnell am Fuße des Hangs angekommen. Martin klettert ein

Stück nach oben und reicht mir seine Hand. Obwohl er mir Halt gibt, rutsche ich auf dem nassen Laub sofort weg und ziehe Martin mit. Ich lande auf den Knien, er auf dem Hintern.

Die Gestalt hinter den Baumstämmen, wahrscheinlich ein Mann, steigt scheinbar mühelos immer weiter nach oben. »Der ist anscheinend geschickter als wir.« Ich stehe wieder auf und versuche, auf dem glitschigen Untergrund Fuß zu fassen. Auch Martin rappelt sich auf. Es sind schätzungsweise zweihundertfünfzig Meter bis hoch zum Haus. Zu Grünbergers Haus, das bald mir gehören wird. Der Typ wird genau am Garten unterhalb des Hauses rauskommen. Was er wohl da oben will? Oder ist es nur Zufall?

»Hallo?« Mein lautes Rufen scheint ihn nicht zu erreichen, aber als Martin schrill durch seine Finger pfeift, bleibt der Mann stehen. Er dreht sich zu uns um. Ich kann sein Gesicht nicht erkennen. Sein Haar ist entweder braun oder schwarz, aber vielleicht trägt er auch nur eine Mütze.

»Für einen Einbrecher ist er eindeutig zu auffällig gekleidet«, sagt Martin. »Außerdem ist helllichter Tag.«

So weit habe ich eigentlich gar nicht gedacht, aber jetzt, wo Martin es ausspricht, wird mir doch mulmig zumute, zumal ich ja bald ganz alleine in dem Haus wohnen werde, von Josefine mal abgesehen, aber die wird im Ernstfall bestimmt keine große Hilfe sein. »Es ist schon sehr einsam da oben auf dem Hügel.«

»Vielleicht schaffst du dir einen Hund an«, schlägt Martin vor, dann grinst er plötzlich. »Allerdings dürfte das dann eine spannende Angelegenheit werden. Findus hat bisher fast jeden Hund im Dorf aufgemischt. Am liebsten sind ihm allerdings Hunde von Urlaubern. Das gemeine Kerlchen treibt sich nachts gerne in den Vorgärten von Ferienhäusern herum. Es gab letztes Jahr im Sommer wegen etlicher Beschwerden sogar eine Bürgerversammlung, zu der auch Grünberger eingeladen wurde. Keiner rechnete damit, dass er erscheinen würde. Aber er kam, mit Begleitung. Findus räkelte sich die ganze Zeit über auf seinem Schoß. Und als Herr Grünberger um Stellungnahme bezüglich der Beschwerden gebeten wurde, stand er einfach auf und ging, ohne ein Wort zu sagen.«

Ich muss Josefine unbedingt nach einem Foto von ihm fragen. Ich trage noch immer meine Kindheitserinnerungen mit mir herum und wüsste gerne, wie er später ausgesehen hat. Aber die Bürgerversammlungsgeschichte gefällt mir. Außerdem hat meine Mutter ihn geliebt – er kann also kein schlechter Mensch gewesen sein.

»Er wird mir immer sympathischer«, sage ich. »Und jemand, der nicht konform ist, eckt an, das ist schon klar. Aber jetzt lass uns lieber schnell zurück zum Haus gehen.« Der Gedanke, dass sich ein Fremder womöglich auf dem Grundstück herumtreibt, gefällt mir gar nicht.

Vor dem Haus steht ein Auto mit Hamburger Kennzeichen. Der Fahrer ist an dem mehrere Stellplätze umfassenden Gästeparkplatz einfach vorbeigefahren, direkt bis vor die Haustür. Und so wie es aussieht, macht sich daran gerade jemand zu schaffen. Allerdings ist es nicht der Typ mit der orangefarbenen Jacke – es ist unverkennbar eine Frau. Sie dreht sich um, als sie uns kommen hört.

»Guten Tag«, sage ich. Die Frau, ungefähr Mitte fünfzig, ist sehr gut gekleidet, das sieht man auf den ersten Blick. Sie trägt einen dunkelgrauen Wollmantel über engen schwarzen Hosen und hohe Stiefel im passenden Grauton. Ihr braunes Haar hat sie zu einem Knoten hochgesteckt, die Gesichtszüge sind fein – und sie kommt mir irgendwie bekannt vor.

»Der Schlüssel klemmt wohl«, sagt die Frau und klimpert vor unseren Augen demonstrativ damit herum. »Mein Name ist Regina Hambach, ich bin die Frau des Verstorbenen. Und Sie sind?«

Ich bin sprachlos, Martin nicht. »Wir sind unten vom Hof«, sagt er und streckt ihr die Hand hin. »Krüger, vom Biohof.«

»Sie wissen nicht zufällig, wo die Haushälterin zu finden ist?«

»Ist sie nicht da? Wir wollten auch zu ihr.« So viel Schlagfertigkeit hätte ich Martin gar nicht zugetraut. Ich habe bisher noch kein Wort gesagt. Ich versuche zu verstehen, was hier passiert, aber mein Gehirn läuft anscheinend gerade auf Sparflamme.

»Da kann man wohl nichts machen. Dann versuchen wir morgen noch mal unser Glück.« Sie lächelt uns an. Und in dem Moment weiß ich, an wen sie mich erinnert: an meine Tante, Mutters Schwester. Aber das kann unmöglich sein. Sie müsste viel älter sein, außerdem heißt sie Rosie, nicht Regina.

Die Frau öffnet die Autotür, steigt aber nicht ein. »Julian«, ruft sie laut, »Julian!« Sie spricht den Namen englisch aus, deswegen dauert es eine Weile, bis ich begreife, wer da gerade in orangefarbener Jacke und schwarzer Mütze aus dem Garten kommt, die Hände tief in den Hosentaschen vergraben.

»Alles klar?«, fragt er uns und setzt sich ins Auto. Ich bin mir sicher, dass es Julian ist, Julian-Gottfried, Grünbergers Sohn.

»Wow!«, sage ich, als das Auto langsam den Schotterweg

entlang zur Straße fährt. »Ich dachte, Herr Grünberger war geschieden. Der Notar hat nur von dem Sohn als Erbberechtigtem gesprochen. Und Josefine hat auch so etwas in der Art gesagt.« Sie sei weg, mit dem Nachwuchs, fällt mir ein. Und von einer Scheidung hat sie nichts erwähnt. »Ich versteh das alles nicht.«

»Eins steht auf jeden Fall schon mal fest«, sagt Martin. »Das war nicht der aktuelle Schlüssel zum Haus. Vielleicht hat sie noch einen alten, der nicht mehr passt. Wenn sie wirklich noch seine Ehefrau wäre oder irgendein Recht dazu gehabt hätte, in das Haus zu gehen, dann wäre sie jetzt drin. Darauf kannst du Gift nehmen.«

»Da ist was dran«, stimme ich zu. Und schon im nächsten Moment zucke ich vor Schreck zusammen, denn die Haustür geht wie von Geisterhand quietschend auf.

»Ist die Hexe endlich weg?« Josefine steht im Türrahmen und lugt die Straße hinunter.

»Du bist doch da?«, frage ich entgeistert.

»Ich hab sie zum Glück rechtzeitig kommen sehen und nicht aufgemacht. Wie kommt sie darauf zu denken, Curt hätte das Schloss nicht ausgewechselt?« Josefine hebt den Arm und fuchtelt drohend mit einem Feuerhaken in der Luft herum. Das sieht unfreiwillig komisch aus, sodass ich grinsen muss. Die Anspannung fällt von mir ab.

»Danke, Martin«, sage ich. »Wenn du nicht gewesen wärst, hätte ich sie bestimmt ins Haus gelassen.«

Josefine lacht bitter auf. »Sie wär nicht weit gekommen! Und, was ist jetzt mit euch? Wollt ihr vor der Tür Wurzeln schlagen?«

11.

Im Leben bekommt man nichts geschenkt

»Soll ich nicht lieber gehen?«, fragt Martin.

»Nein, bleib ruhig. Oder hast du noch etwas vor?« Es tut gut, in Begleitung zu sein. Außerdem habe ich Martin sowieso schon alles anvertraut.

»Heute ist Sonntag, und einer unserer Landwirte kümmert sich um alles.«

Wir sitzen bei Josefine in der Küche und warten gespannt darauf, was sie zu alldem nun erzählen wird. Sie ist immer noch sehr aufgebracht und murmelt leise vor sich hin, während sie für uns Tee zubereitet. Der Feuerhaken lehnt am Buffetschrank, Findus schläft auf einer flauschigen Decke daneben. Erleichtert atme ich auf, als ich ihn so friedlich daliegen sehe. Es scheint ihm wesentlich besser zu gehen als gestern.

Josefine schüttet heißes Wasser aus dem Kessel in eine große Porzellankanne und stellt sie auf den Tisch. »Dann hat sie es also erfahren.«

»Dass ich das Haus bekommen soll?«, frage ich.

»Nein, das glaube ich nicht. Sie hat von seinem Tod erfahren. Und da hat sie sich natürlich schleunigst auf den Weg gemacht. Es wundert mich, dass sie nicht gleich einen Transporter dabeihatte, um das Haus leer zu räumen. Sie war damals schon sehr vereinnahmend, nicht nur materiell. Wenn man sie ließe, würde sie alles einpacken, um es zu Barem zu machen. Und ich bin mir sicher, dass ihr Sohn keinen Cent davon bekommen würde.«

»Aber warum soll sie jetzt erst davon erfahren haben? Wird man nicht sofort vom Tod des Ehepartners informiert? Wie kommt es, dass ich vor ihr Bescheid wusste?«

»Wieso Ehepartner? Curt hat sich sofort scheiden lassen, als sie nach zwei Jahren Ehe wieder auf und davon ist. Und geheiratet hat er sie damals nur, weil sie schwanger war. Von offizieller Seite wird also nur der Sohn informiert. Sie als Exfrau hat keinerlei Ansprüche.« Josefine setzt sich zu uns, nachdem sie uns zierliche Porzellantassen hingestellt hat. »Curt hat mir etwa einen Monat vor seinem Tod die Telefonnummer des Notars gegeben und mir gesagt, dass ich mich dort melden soll, falls ihm irgendetwas zustoßen sollte. Wie wenn er es geahnt hätte … Der Notar hat mich dann sofort über mein lebenslanges Wohnrecht informiert, und auch darüber, dass das Haus einer bestimmten Person mit einer Entscheidungsfrist von einer Woche vermacht werden soll. Erst nach Ablauf dieser Frist sollte der Notar die weiteren Erben informieren, so hat Curt es verfügt. Da die Gute aber jetzt schon aufgetaucht ist, muss irgendjemand aus dem Dorf ihr erzählt haben, dass ihr Exmann gestorben ist.«

»Dann werden sie auch erfahren, dass ich diese bestimmte Person bin. Es hat doch eh schon jeder mitbekommen, dass ich hier bin.«

»Es ist gut, dass du da bist«, sagt Josefine lächelnd, und ihre Worte tun mir gut. »Ich war natürlich erst einmal entsetzt, als der Notar mir mitteilte, dass irgendeine Unbekannte das Haus bekommen soll. Da wusste ich allerdings noch nicht, dass deine Mutter Curts große Liebe war und dass du vielleicht seine …« Josefine bricht ab.

»Martin weiß Bescheid«, sage ich und schnaufe tief durch.

»Als ich dich zum ersten Mal gesehen habe«, erzählt Josefine weiter, »war mir so gut wie klar, dass du seine Tochter sein musst. Aber ich wollte es nicht wahrhaben. Also habe ich nach alten Fotos gesucht, um Ähnlichkeiten zwischen euch aufzuspüren. Dabei habe ich dann den Brief gefunden. Erst wollte ich ihn gar nicht lesen, aber ich konnte nicht anders. Ich weiß, dass es nicht richtig war, und dennoch brauchte ich einen Beweis. Ich hoffe, du bist mir nicht böse.«

»Nein, mach dir deswegen keine Gedanken. Ich hätte es bestimmt nicht anders gemacht. Aber was soll ich jetzt tun?«, frage ich und sehe Martin an.

»Du solltest auf jeden Fall noch einmal den Notar aufsuchen. Oder lass dich besser gleich von einem Anwalt beraten, damit du weißt, welche Rechte du hast, falls die Frau Zicken macht. Ich kann dir jemanden empfehlen, wenn du keinen hast. Er hat mir beim Kauf des Hofes sehr geholfen.«

Martins Vorschlag klingt vernünftig. Als Heike mich beraten hat, ahnte ich nicht, dass es Komplikationen geben könnte. Ich habe Anspruch auf die Übertragung des Hauses. Und nicht ich, sondern der rechtliche Erbe muss die Gebühren für die Grundbucheintragung übernehmen. Das ist in diesem Fall der Sohn des Erblassers, Julian. Mein Halbbruder, schießt es mir siedend heiß durch den Kopf. Falls ich wirklich Grünbergers Tochter bin, was ich aber nicht glauben will! Zu groß ist die Diskrepanz zwischen meiner unheimlichen Kindheitserinnerung und dem zärtlichen Liebhaber meiner Mutter, wie es der Brief schildert …

Ich seufze auf und schließe kurz die Augen. Das hilft mir in der Regel beim Nachdenken – heute allerdings nicht.

»Vielleicht läuft alles aber auch einvernehmlich.« Martin streicht kurz über meinen Arm.

»Pah, ich kenne doch Regina!«, sagt Josefine. »Ich komme mit zum Notar, wenn du nichts dagegen hast. Es geht schließlich auch um mein Wohnrecht. Wenn sie das Haus bekommt, verscherbelt sie es an den Erstbesten. Oder sie zieht womöglich selbst wieder hier ein. Du kannst dich darauf verlassen, Marina, dass sie es zumindest versuchen und mit allen Mitteln kämpfen wird.«

»Das Haus gehört, wenn überhaupt, ihrem Sohn. *Sie* kann es gar nicht verkaufen«, sagt Martin.

»Außerdem soll es die Kirche bekommen, wenn ich Nein sage«, stelle ich klar.

Josefine kneift die Augen zusammen. »Dieser alte Halunke! Er wusste, dass ich das niemals zulassen werde.«

»Ich habe mich in Frankfurt schon rechtlich beraten lassen. Eigentlich ist es eine ganz klare Sache. Curt Grünberger hat mir das Haus vermacht, und der Erbe ist verpflichtet, es mir zu übertragen. Soweit ich weiß, bekommt Julian eine größere Geldsumme. Ich habe es so verstanden, dass es mehr sein muss als der Pflichtanteil, der ihm als Sohn zusteht. Aber ganz sicher bin ich mir da auch nicht. Immerhin ist es sein Sohn.«

»Und du bist seine Tochter!«, ruft Josefine und greift nach meiner Hand.

»Das ist nur eine Vermutung«, sage ich.

»Er wollte es so! Lass dich von Regina nicht verunsichern. Besteh auf deinem Recht, Marina! Vielleicht solltest du morgen schon beim Notar die Übertragung unterschreiben. Damit hättest du ein Zeichen vor Ablauf der Wochenfrist gesetzt.«

»Ich finde, das ist keine schlechte Idee«, sagt Martin und nickt mir aufmunternd zu.

Ich sehe die beiden an. Sie sprühen nur so vor Vitalität, während ich mich wie gelähmt fühle. Mir ist das alles momentan zu viel. Was würde ich machen, wenn ich in Julians Situation wäre? Mit solchen Komplikationen habe ich nicht gerechnet. Das Glück hat eben immer einen Haken, zumindest bei mir. Oder wie sagte meine Mutter so oft? Im Leben bekommt man nichts geschenkt. Und besonders nicht so ohne Weiteres ein Haus am Meer auf Rügen.

»Jetzt warte doch erst einmal ab. Vielleicht machst du dir ganz umsonst Sorgen.« Es tut gut, Katharinas Stimme zu hören. Ich brauche jetzt jemanden, der mir Mut zuspricht und mir hilft, einen klaren Kopf zu bewahren. Martin ist nach Hause gegangen, Josefine befand, es wäre nun bald Zeit für Kaffee und Kuchen. Dass Martin mir noch mal beim Verabschieden bekundet hat, mir zur Seite stehen zu wollen, ist unheimlich nett, aber ich möchte ihn auch nicht in irgendwelche unangenehmen Angelegenheiten hineinziehen. Ich bin froh, dass ich jemanden von früher getroffen hab, aber es wäre schöner, wenn die Freundschaft aus Kindertagen nicht von Anfang an durch meine Probleme belastet wäre.

»Wie sollte ich mir keine Sorgen machen? Seine Exfrau hat versucht, ins Haus zu kommen! Sie hat eindeutig gehofft, der Schlüssel von damals würde noch passen. Ganz sicher wird sie mir nicht alles einfach so überlassen. Du hättest mal sehen sollen, wie selbstsicher sie hier aufgetreten ist!«

»Wie heißt sie? Ich kann ja mal schauen, ob ich irgendwas über sie rausfinde, nur so für alle Fälle.«

»Regina Hambach. Sie hat wohl nach Grünberger noch

mal geheiratet und lebt in Hamburg, zumindest dem Autokennzeichen nach. Irgendwie kam sie mir bekannt vor, aber ich kann es nicht einordnen.«

»Und der Junge?«

»Julian? Von dem hab ich nicht viel mitbekommen. Er ist groß, schlank. Ein Achtzehnjähriger halt. Ich hab ihn nur kurz gesehen, wie er auf dem Grundstück rumgestromert und dann ins Auto seiner Mutter eingestiegen ist. Er hatte so eine orange leuchtende Jacke an und diesen schlendernden Gang drauf, wie alle Kids, die cool wirken wollen. Es ging alles viel zu schnell.«

»Und wie ging es dir dabei?«

»Das kann ich dir gar nicht genau sagen, ganz komisch. Und jetzt fühle ich mich irgendwie hin- und hergerissen. Ich glaube immer noch nicht, dass an der Sache was dran ist, und dann ertappe ich mich dabei, dass mir der Gedanke gefallen könnte, einen kleinen Halbbruder zu haben.« In dem Moment, in dem ich es ausspreche, meldet sich mein schlechtes Gewissen. Ich möchte nicht, dass Katharina sich ausgeschlossen fühlt. »Entschuldige, ich wollte dich nicht verletzen …«

Katharina lacht. »Das ist wieder mal typisch für dich! Jetzt machst du dir auch noch Gedanken darüber, wie ich mich fühlen könnte. Ganz ehrlich, ich fände es total süß, wenn er zu unserer Familie gehören würde. Und mir ist völlig egal, wer dabei von welchem Vater mit welcher Mutter gezeugt wurde. Aber du solltest jetzt vor allen Dingen erst einmal für Klarheit sorgen, was dich betrifft. Bitte denk jetzt nicht darüber nach, wenn ich dich gleich was frage, antworte einfach spontan. Willst du das Haus?«

»Ja!« Das kam wirklich ohne Verzögerung, wie ich selber überrascht feststelle.

»Das war doch mal eine klare Aussage! Dann komme ich schon morgen. Und du musst jetzt auch gar nicht dagegen protestieren, denn mein Entschluss steht fest.«

»Ich protestier doch gar nicht – ich freu mich! Wann bist du denn da? Ich hol dich vom Bahnhof ab.«

»Du glaubst doch wohl nicht im Ernst, dass ich mit dem Zug komme. Ich will mobil sein auf der Insel. Sonst geht es mir am Ende noch wie dir, und ich bleibe irgendwo in der Pampa stecken, weil ich keinen Handyempfang habe und mir kein Taxi rufen kann.«

»Fahr bloß vorsichtig. Die Strecke ist lang.«

»Klar. Ich mach genügend Pausen zwischendrin, versprochen. Soll ich dir was mitbringen?«

Philipp, liegt mir auf der Zunge. Wir haben nicht oft telefoniert oder uns Nachrichten übers Handy geschickt. Seitdem ich gestern hier angekommen bin, muss ich mich mit so vielen Dingen beschäftigen, dass ich kaum dazu komme, an ihn zu denken. Aber er fehlt mir, auch wenn ich jetzt weiß, dass unsere Beziehung durch die schnelle Auflösung nicht stabil war. Und selbst wenn ich in den letzten Tagen wenig von mir habe hören lassen, fühle ich doch jedes Mal einen kleinen Stich im Herzen, weil sich auch Philipp so rar macht.

»Marina?«, höre ich Katharina sagen.

»Danke, ich brauche nichts. Meine Tasche mit den Klamotten für eine Woche steht noch in der Pension. Ich werde heute auf jeden Fall dort schlafen, damit ich mal ein bisschen Abstand bekomme. Morgen früh geh ich dann zum Notar, um mich noch einmal beraten zu lassen. Ich will wissen, was passiert, wenn Julian und seine Mutter das Haus für sich beanspruchen. Und nachmittags kommt dann der Gutachter. Und irgendwann triffst du ja dann auch ein. Ich werde dir ein Zimmer herrichten.«

»Ich bin jedenfalls schon ganz gespannt, Marina. Auf dein Haus und auf Josefine. Und natürlich auf Martin.«

»Eigentlich schade, dass du seinen Heiratsantrag damals abgelehnt hast – ihr wärt ein schönes Paar geworden. Dann wär ihm auch der grausame Schicksalsschlag erspart geblieben …« Ich erzähle Katharina, was er mir anvertraut hat.

»Scheiße«, sagt sie und schluckt hörbar. »Warum ist das Leben manchmal nur so ungerecht?«

Es duftet herrlich, als ich in Josefines Küche komme. Ein Butterkuchen steht auf dem Tisch mit der Wachstuchdecke.

»Wie hast du den denn so schnell gezaubert?«

»Auf Vorrat gebacken, eingefroren und nun bei kleiner Hitze wieder aufgetaut.«

Ich werde darauf achten müssen, dass ich in Zukunft hier nicht aufgehe wie ein Hefekloß. Ich bin eins zweiundsiebzig groß und wiege achtundsechzig Kilo. Aber nur, weil ich verdammt aufpasse und immer mal zwischendurch die Notbremse ziehe, wenn ich ein bestimmtes Gewicht überschreite. Sportliche Aktivitäten muss ich derzeit ein wenig hintanstehen lassen.

Josefine schneidet mir ein Stück ab, und ich schiebe mir den ersten Bissen genüsslich in den Mund. Doch offensichtlich wollte sie mich nicht verwöhnen, sondern nur für das stärken, was jetzt kommen wird. Ernsthaft sieht sie mich aus ihren grauen Augen an.

»Marina, da ist noch etwas, das du vielleicht wissen solltest.«

Das hört sich nicht gut an. Ich schlucke den Bissen hinunter und bin auf das Schlimmste gefasst.

»Regina Hambach, Curts Exfrau, ist eine geborene Tögel.«

Tögel? Moment mal, das ist der Geburtsname meiner Mutter. Meine Großeltern hießen auch so. Aber auch wenn mir die Frau irgendwie bekannt vorkam, Muttis Schwestern heißen Rosie und Ingrid, da gibt es keine Regina, ganz sicher.

»Sie ist eine Cousine deiner Mutter.«

»Was?«

»Dein Großvater hatte einen Zwillingsbruder, Johann. Wusstest du das? Der hatte auch Kinder. Und Curt hat eine seiner Töchter geheiratet, Regina.«

Von dieser Seite der Familie habe ich nie viel mitbekommen. Meines Wissens haben sie gar nicht auf Rügen gelebt. Und Mutti hat nie von ihren Cousinen gesprochen. Opa ist im Krieg gestorben, und Oma hatte keinen Kontakt zu seinen Verwandten. Eigenartigerweise schockt mich diese Nachricht gar nicht, es wundert mich eher. Als Josefine eben so geheimnisvoll anfing, habe ich mit einem weiteren potenziellen Halbbruder oder einer weiteren Ehefrau gerechnet. Irgendjemand, der noch Anrecht auf das Haus haben könnte.

»Tatsächlich kam mir Regina auf gewisse Weise bekannt vor. Ich wusste nur nicht, wo ich sie einordnen soll. Gesehen habe ich sie noch nie, da bin ich mir sicher. Aber vielleicht habe ich ja irgendeine familiäre Ähnlichkeit wahrgenommen?« Josefine zuckt wohl wissend mit den Schultern. Da fällt mir Mutters Liebesbrief wieder ein. Ich weiß immer noch nicht, wann die beiden das Verhältnis miteinander hatten. Längst schon hätte ich sie danach fragen müssen. »War meine Mutter der Grund, dass sich Curt und Regina getrennt haben?«

»Nein, die Sache mit deiner Mutter war längst vorbei. Das war viel früher. Regina ist über die Dörfer gegangen. Sie war ein verdammt hübsches Ding, die immer gekriegt hat, was sie wollte. Die beiden hätten nie heiraten dürfen.«

»Wann war das mit meiner Mutter genau?« Ich hielt die Luft an.

»Wie alt bist du jetzt?«

»Achtundzwanzig.«

»Na, dann würde ich vermuten, dass es etwas länger als achtundzwanzig Jahre her ist.«

»Josefine! Weißt du es, oder vermutest du es nur?«, rufe ich aufgebracht.

Josefine seufzt. »Ich bin vor fünf Jahren von Glowe hierhergezogen, nachdem mein Mann an Krebs gestorben ist. Ich habe ihn bis zum Schluss gepflegt und natürlich nicht alles mitbekommen. In den letzten Monaten vor seinem Tod hat Curt einiges aus vergangenen Tagen erzählt. Er ist richtig sentimental geworden. Ich weiß, dass er damals das Angebot bekommen hat, im Ausland an einem Genprojekt zu forschen. Er hat sich dafür entschieden und gegen eine Frau. Und dann hat sie irgendjemand verpfiffen. Die Stasi hat wohl auch eine Rolle gespielt. Deine Mutter war in einer Untergrundbewegung aktiv. Es waren andere Zeiten damals.«

»In einer Untergrundbewegung, meine Mutter? Niemals! Davon hätte sie uns ganz sicher erzählt!« Ich kann nicht glauben, was ich da gerade gehört habe.

»Hat eure Mutter euch von Curt erzählt?«

»Nein …«

»Siehst du, anscheinend gibt es so manches, was ihr nicht wisst. Marina, du bist seine Tochter. Deswegen hat er dir das Haus vermacht. Einen anderen Grund dafür kann ich mir absolut nicht vorstellen.«

Diese Information muss ich erst einmal verdauen. Nicht

das mit der Vaterschaft, das schwirrt hier ja schon eine Weile rum, nein, das andere. Erst erfahre ich, dass meine Mutter als verheiratete Frau und junge Mutter ein Verhältnis mit Grünberger hatte, dann dass sie zu DDR-Zeiten politisch aktiv gewesen sein soll. Sie hat wirklich nie darüber gesprochen, auch nach der Wende nicht. Ob an der Sache was dran ist? Ich bin gespannt, was Katharina davon halten wird.

»Was weißt du noch darüber?«

»Nur dass es eine friedliche literarische Bewegung gewesen sein muss. Beide hatten wohl ein Faible für Bücher. Und dazu gehörte eben auch Literatur, die nicht staatskonform war.«

Das passt wieder irgendwie, und die Vorstellung gefällt mir. Meine Mutter in geheimen Lesezirkeln, die sich in verwinkelten, dunklen Hinterhöfen getroffen haben, um verbotene Bücher auszutauschen.

Mehr scheint Josefine nicht zu wissen. Dass sie Witwe und erst vor Kurzem hier eingezogen ist, hätte ich nicht gedacht. Ob sie sogar Kinder hat? Ich bin davon ausgegangen, dass sie alleinstehend ist und schon viel länger in ihrer Einliegerwohnung hier lebt. Ich beschließe, sie ein andermal danach zu fragen.

»Was meinst du, gibt es jemanden, der etwas mehr über die ganzen Dinge weiß? Mutti hatte doch bestimmt Freundinnen hier. Sie hat immerhin über vierzig Jahre auf der Insel gelebt.«

»Da könntest du recht haben. Vielleicht solltest du dich mal in Lohme umhören, da, wo ihr gewohnt habt. Wenn du Glück hast, findest du noch ein paar alte Nachbarn dort. Ich war heute Morgen schon unten in Nardevitz, um meine Freundinnen morgen zu einer außerplanmäßigen Rommé-Runde einzuladen. Sie alle kannten deine Großmutter, und deine Mutter natürlich auch. Marianne war sogar mit deiner Oma befreundet. Vielleicht erinnerst du dich an sie? Die beiden haben im Spätsommer oft stundenlang gemeinsam in der Küche gestanden, um Obst und Gemüse einzukochen. Und im Winter haben sie herrliche Stollen zubereitet. Marianne backt ihn übrigens immer noch, aber sie rückt das Rezept nicht raus.«

Ich grinse Josefine an. »Willst du es von uns haben? Als Oma damals starb, hat Mutti nicht viel von ihren persönlichen Sachen bekommen. Meine Tanten hatten schon alles unter sich aufgeteilt. Nur eine alte Spekulatiusmaschine mit Handkurbel und ein dickes, mit Rezepten voll geschriebenes Buch hat Mutti ergattert. Ich kann mich noch ganz genau daran erinnern, wie stolz sie war, als sie die sperrige Maschine mit nach Hause brachte. Wir haben uns noch Jahre später zum ersten Advent bei ihr getroffen, um gemeinsam massenhaft Spekulatius zu backen – und Stollen. Ich kann Katharina anrufen und ihr sagen, dass sie das Buch morgen mitbringen soll.«

Josefine reibt sich die Hände. »Fein, dann weiß ich schon, was es das nächste Mal zum Nachtisch gibt. Da wird Marianne aber Augen machen! Und dann quetschen wir die alten Hexen ein bisschen aus. Wär doch wirklich gelacht, wenn wir kein Licht in die ganze Angelegenheit bringen können. Die wissen bestimmt was.«

»Ich danke dir, Josefine.« Dass sie ihre Freundinnen extra einberufen hat, um mir zu helfen, finde ich sehr nett. Ich hätte nie gedacht, dass das Eis doch noch so schnell zwischen uns brechen würde. Harte Schale, weicher Kern, das trifft auf Josefine zu. Wenn alles gut geht, wird sie bald meine einzige Nachbarin hier oben auf dem Hügel sein. Und ich freue mich darauf.

Da hebt Findus seinen Kopf und reckt und streckt sich auf seiner Decke. Er läuft durch die Küche und zieht dabei sein linkes Bein ein wenig nach, fast so wie Josefine, aber es scheint ihm keine Schmerzen zu bereiten.

»Findus, alter Junge«, sage ich. »Dir geht es ja schon wieder richtig gut.«

»Dann hat das Ritual also geholfen.« Josefine greift in ihre Kitteltasche, zieht ein einfaches grünes Einwegfeuerzeug heraus und hält es mir hin. »Nimm!«

Josefine spricht mal wieder in Rätseln. »Was soll ich damit?«

»Du kannst es haben. Ich brauche es nicht mehr.«

»Was meinst du, welches Ritual hat geholfen?«

»Meine alten Freundinnen Marianne, Edith und Erika. Wir waren heute schon ganz früh unterwegs. Im Wald.« Josefine macht eine vielsagende Pause, und ich drehe das Feuerzeug in meinen Händen. Auf einmal habe ich das Bild vor Augen, wie vier alte Frauen um ein großes Lagerfeuer tanzen und dabei leise Beschwörungsformeln murmeln.

»Wir haben nach Beinwellwurzeln gegraben. Erika ist sehr bewandert in Sachen Heilkräutern«, sagt Josefine. »Am besten wirken sie bei abnehmendem Mond.«

Deswegen also der Verband. Er sieht nicht gerade nach fachmännischer Versorgung der Tierärztin aus, scheint aber zu helfen. »Und ich dachte schon, ihr hättet irgendein geheimes Ritual veranstaltet. Oma hat immer einmal im Monat über Nacht etwas Brot und Milch auf den Küchentisch gestellt, für den guten Hausgeist.«

»Unserer hier ist wählerischer. Er mag am liebsten weiche Brötchen und Hefebuchteln.« Ich warte darauf, dass Josefine anfängt zu lachen, aber sie bleibt ernst.

Da fällt mir plötzlich der schöne mystische Feuerstein wieder ein, den ich beim Spaziergang mit Martin unten am Ufer gefunden habe.

»Ich geh eben was holen«, sage ich und sehe drüben im Wohnzimmer in den Taschen von Grünbergers Jacke nach, die über dem Sessel hängt. Aber die Jackentaschen sind leer. Und auch auf dem Fußboden finde ich keinen Stein. Er muss unterwegs rausgefallen sein.

»Schade«, sage ich zu Josefine, als ich wieder bei ihr in der Küche sitze. »Ich hatte heute Morgen so einen wunderbaren Hühnergott gefunden, aber anscheinend habe ich ihn verloren.«

»Die verliert man nicht.«

»Ja, du hast recht, er taucht bestimmt wieder auf.« Ich habe Talent darin, Sachen in einem unachtsamen Moment zu verlegen, und vielleicht habe ich ihn tatsächlich irgendwohin getan. Ich wollte doch in der Scheune nach einem Strick sehen, um diesen durch das Loch des Steines zu fädeln. Es würde mich nicht wundern, wenn er an einem ganz unmöglichen Ort wieder auftauchen würde. In Frankfurt ist nach Wochen mal mein Haustürschlüssel im Medizinschränkchen aufgetaucht. Ich weiß bis heute nicht, wie er dort hineingekommen ist.

Wir haben kurz nach vier, und ich habe zwei große Stücke Butterkuchen verdrückt. Auf einmal bin ich sehr müde und merke den Schlafmangel der letzten Nacht.

»Ich ruf mir ein Taxi, Josefine. Ich schlafe heute Nacht in der Pension in Sassnitz. Sollen wir uns dann morgen dort treffen? Du wolltest doch mit zum Notar.«

»Ja, das können wir machen. Du kannst aber auch gerne hierbleiben.«

»Das ist lieb, aber ich denke, es ist besser so. Noch ist es ja nicht offiziell. Wir sollten übrigens unbedingt den Festnetzanschluss anmelden; ich kann dich ja so gar nicht erreichen. Was hältst du davon, wenn wir dir morgen ein Handy besorgen?«

»Ich brauche kein neues Telefon. Mein altes funktioniert noch einwandfrei. Ich gebe dir meine Nummer.«

»Du hast ein Handy?«

»Natürlich. Ohne bist du auf der Insel aufgeschmissen. Mit allerdings auch. Hier oben funktioniert es oft nicht, das hast du ja gemerkt. Aber wenn du etwas Zeit hast, könnten wir morgen in Sassnitz das Auto aus der Werkstatt holen. Es steht schon eine ganze Weile dort. Irgendwas am Kühler war defekt. Die Kontrolllampe leuchtete ständig auf, da haben wir lieber mal nachschauen lassen.«

»Du hast ein Auto?« Jetzt bin ich wirklich baff.

»Ja, einen Landrover, schon ein paar Jährchen alt, aber er läuft noch wie am Schnürchen. Hier oben kommst du ohne Geländewagen nicht weit.«

»Ist es deiner?«

»Die Versicherung läuft auf meinen Namen. Curt hat immer wieder mal kleinere Unfälle gemacht und ist in seinen Prozenten sehr weit nach oben gestiegen. Also haben wir ihn auf mich angemeldet.«

»Und der Fahrzeugbrief? Entschuldige, aber es wäre gut, wenn das alles mit rechten Dinge zugeht, Regina käme bestimmt alles zupass, aus dem sie uns einen Strick drehen kann.«

»Der natürlich auch. Wir haben die Papiere damals komplett umgeschrieben.«

»Dann bist du ja wieder mobil und auf niemanden angewiesen, wenn noch mal was sein sollte, mit Findus oder so.«

»Na ja, ganz so einfach ist es nicht.« Josefine lächelt mich schief an. »Der Wagen steht da schon länger. Curt hatte ihn noch in die Werkstatt gefahren. Ich habe zwar einen Führerschein, aber ich bin schon seit zwei Jahren nicht mehr gefahren. Seitdem ich vom Birnbaum gefallen bin, habe ich kein Gefühl mehr im linken Bein. Und der Landrover ist ein Schaltwagen. Mit der alten Kupplung muss man ein bisschen spielen, damit sie funktioniert. Das hat man aber schnell raus. Ich dachte, du könntest ihn fahren. Was meinst du?«

»Gerne. Ich kann ihn dir auch abkaufen. Ich brauche auf jeden Fall einen zuverlässigen Wagen.«

»Quatsch, er gehörte Curt und damit sozusagen zum Haus.«

»Dann übernehme ich aber wenigstens die Kosten für Versicherung und Steuer.«

»Wenn du unbedingt darauf bestehst. Es wäre aber schön, wenn du mich ab und an mal wohin fahren könntest. Nicht weit, aber vielleicht mal nach Lohme oder Glowe.«

»Klar, natürlich, jederzeit.« Hier oben auf dem Hügel ist man ohne fahrbaren Untersatz wirklich aufgeschmissen. Ich hatte mich sowieso schon gewundert, wie Josefine das alles hier alleine meistern will. Es kann ja immer mal was passieren, das musste sie ja am eigenen Leib erfahren. »Du bist echt von der Leiter gefallen? Hier im Garten?«

Josefine seufzt. »Ja, die schönsten Früchte hängen eben immer zu weit oben …«

Das Taxi müsste jetzt gleich kommen. Ich ziehe die Haustüre hinter mir zu und gehe nach draußen. Prompt sehe ich schon von Weitem, wie sich das Auto die Straße heraufschlängelt. Ich stelle den Kragen meiner Jacke nach oben. Es ist recht windig, aber wenigstens hat es heute noch nicht geregnet. Eine der Weiden unten am Wegrand knarzt merkwürdig laut, so als würde sie sich beschweren. Wahrscheinlich reiben im Wind zwei dicke Äste gegeneinander und erzeugen so eine Art Melodie, die bis hier hoch zum Haus zu hören ist. Die Zweige der Buchen krachen gegeneinander. Und auch am Haus klappert etwas. Es hört sich so an, als hätte ich vergessen, eins der Fenster richtig zu schließen. Doch als ich mit einem prüfenden Blick die Fassade absuche, kann ich kein offenes Fenster entdecken. Da fällt mir ein baumelnder Schatten neben der Haustür ins Auge, und ich trete heran. Ein flacher Stein hängt mit einer dicken Kordel an einem Eisenhaken. Es ist mein Hühnergott, das erkenne ich sofort. Er schaukelt im Wind, ab und zu trifft er den Türstock. Gerade als ich überlege, ob ich noch mal rein zu Josefine gehe, um sie darauf anzusprechen, hält das Taxi vor der Tür. Es ist derselbe Fahrer, der mich von der Tierärztin hierhergebracht hat. Das war erst gestern, aber mir kommt es vor, als sei ich schon viel länger hier.

Im Taxi hole ich mein Handy hervor und rufe Josefines Nummer an, die ich vorhin eingespeichert habe. Da kann ich gleich mal testen, ob das Netz funktioniert und sie auch ran geht.

»Ja, bitte?«

»Josefine, hier ist Marina. Sag mal, hast du meinen Hühnergott draußen aufgehängt?«

»Nein, das war ich nicht. Ich hab es noch gar nicht gesehen. Aber da siehst du, die Steine verliert man nicht.«

»Okay, dann muss es Martin gewesen sein. Bis morgen!« Ich lege auf, tippe *Danke, dass du den Hühnergott aufgehängt hast*, in die Tasten und schicke die Nachricht an Martin.

Als wir in Sassnitz vor der Pension halten und ich den Fahrer bezahle, piept mein Handy. Martin hat mir geantwortet.

Das war ich nicht, das war bestimmt Josefine. Sie ist übrigens etwas schrullig, aber sehr nett. Ihr werdet euch bestimmt gut vertragen. Meld dich, wenn du noch etwas unternehmen willst, ja? LG Martin.

Heute brauche ich auf jeden Fall Zeit für mich. Aber es ist schön zu wissen, dass jemand da ist, falls ich es mir anders überlegen sollte. Andernteils möchte ich nicht, dass Martin den ganzen Abend wartet, deswegen antworte ich ihm schnell.

Ich bin in Sassnitz, gehe heute früh schlafen, bin total platt. Melde mich morgen. Danke für alles!

Merkwürdig, die Sache mit dem Feuerstein, denke ich, als ich die Stufen hinauf zur Pension gehe. Ob Josefine auf ihre alten Tage vielleicht etwas vergesslich wird?

12.

Ich werde hier nicht alleine sein

Als Kinder hat Mutti uns am Wochenende oft ganz früh mit zum Hafen genommen, und wir haben auf die Rückkehr der Fischerboote gewartet. Mittags gab es dann eine leckere Fischpfanne. Von meinem Zimmer in der Pension kann ich auf den Hafen hinunterschauen. Ich mag Schiffe. Ich sehe ihnen gerne zu, wie sie aufs Meer hinausfahren und immer kleiner am Horizont werden. Soll ich einen Spaziergang an der Promenade machen oder mich ein wenig aufs Bett legen? Ich bin hundemüde, aber wenn ich jetzt einschlafe, dann kann ich nachts sicher nicht mehr schlafen. Also schlüpfe ich kurz entschlossen in meine Jacke und mache mich auf den Weg zum Hafen hinunter.

Ich bin gerade die steile Steintreppe und ein paar Meter die Promenade entlanggegangen, als ich eine Frau sehe, die in sich gekehrt auf dem Boden vor einer Bronzeplastik kniet. Als sie aufsteht und langsam an mir vorübergeht, sehe ich Tränen in ihrem Gesicht. Ich trete an die Plastik heran und betrachte sie eingehend. Sie hat eine runde Form, sieht fast aus wie ein verdrehter Anker und ist auf einem unbehauenen Steinblock befestigt. *Unseren auf See verbliebenen Hochseefischern zum ehrenden Gedenken* lautet die eingemeißelte Inschrift.

Die Frau hat auf dem Sockel eine tiefrote Rose zurückgelassen.

»Das Mahnmal wurde zum Gedenken an ein Fischerboot errichtet. Es riss bei seinem Untergang vor fünfzehn Jahren drei Fischer mit in den Tod.« Ich drehe mich um und bemerke erst jetzt den Mann hinter mir; ich habe ihn gar nicht kommen hören. Um seinen Hals trägt er eine Kamera an einem Riemen, in der Hand hält er ein Stativ. »Die Ursache für das Unglück wurde bis heute nicht geklärt.«

»Das ist tragisch.«

»Ja, besonders für die Angehörigen. Es war ein windstiller Abend, das Boot war auf dem Weg nach Bornholm. Und plötzlich, ohne ersichtlichen Grund, sank es innerhalb von Sekunden.«

»Wie kann ein Boot einfach so untergehen?«

»Das weiß niemand so genau. Der Kapitän und seine Mannschaft waren erfahrene Seeleute. Man erzählt sich, zur Zeit des Unglücks hätten Marinemanöver auf See stattgefunden. Dennoch gab es keine Spuren, nur vereinzelte Schleifspuren am Deckskran. Das Boot ist so schnell gesunken, dass die Besatzung noch nicht einmal Zeit hatte, ein Notsignal zu senden. Im März ist das Wasser sehr kalt und …«

»Bitte entschuldigen Sie«, unterbreche ich den Mann, »aber das möchte ich jetzt gar nicht so genau wissen. Es sind im Moment einfach zu viele Schicksalschläge um mich herum …«

»Oh, es tut mir leid. Ich wollte Sie nicht belästigen. Ich arbeite als freier Journalist hier. Machen Sie Urlaub?«

Ich nicke. »Seien Sie mir nicht böse, ich muss jetzt weiter.«

Ich schlage meinen Kragen hoch und setze meinen Weg fort. Noch als Jugendliche habe ich gerne an die Insel gedacht. Meine Kindheitserinnerungen waren allesamt positiv. Aber jetzt höre ich schon zum zweiten Mal von Menschen, die aus ungeklärter Ursache durch Naturgewalten ihr Leben verloren haben. Grünberger ist das bröckelnde Hochufer hinuntergestürzt, obwohl er sich hier bestens auskannte. Und auch diese Seeleute galten als erfahren … Das ist die dunkle Seite der Insel, die es natürlich auch gibt. Ganz plötzlich bekomme ich Sehnsucht nach Sonne, Wärme und positiven Nachrichten. Philipp fehlt mir. Sein fröhliches, manchmal kindliches Gemüt habe ich immer geliebt. Er hatte die verrücktesten Einfälle und eine unbändige Spielelust. Wir haben uns manchmal stundenlang *Monopoly*-Schlachten geliefert oder uns in anderen Brettspielen wie *Siedler von Catan* gegenseitig den Rang abgelaufen.

Rechts und links entlang der Mole liegen die Fischerboote. *Nancy* lese ich, *Fischland* und *Portwal*. Auch Fahrgastschiffe liegen hier, und weiter hinten Jachten und Segelboote. Schließlich komme ich ganz vorn am Molenkopf an. Vor mir steht auf einem hohen Steinpodest der achteckige grün-weiße Leuchtturm, umgeben von wild wogenden Meeresmassen. Ich habe gar nicht mitbekommen, dass es schon dunkel ist. Eisig pfeift mir der Wind um die Nase. Ich hole mein Handy aus der Jackentasche und rufe Philipp an. Mal sehen, ob er zu Hause ist.

»*Honey?* Schön, dass du dich meldest. Ich dachte schon, ich höre gar nichts mehr von dir.«

Philipp scheint nicht alleine zu sein. Ich höre laute Musik im Hintergrund und Stimmengewirr.

»Hi, ich stehe in Sassnitz am Leuchtturm und …«

»Wo bist du? Ich hör dich so schlecht! Was pfeift denn da so?«

»Der Wind!«, rufe ich ins Handy. »Ich bin weit draußen …«

»Mike ist da, Bea und noch ein paar andere Leute«, unterbricht mich Philipp. »Wir haben chinesisch gekocht, und jetzt gucken wir eine DVD. Wie geht's dir? Was macht dein Haus?«

Das Haus – es könnte *unseres* sein. Was habe ich denn erwartet? Dass Philipp Trübsal bläst ohne mich? Er ist nicht der Typ, der lange alleine rumsitzt. Aber dass er in unserer Wohnung eine Party feiert, während ich mich hier alleine durchschlage, trifft mich unerwartet hart. Ich lasse meinen Blick über das offene Meer und seine bewegte schwarze Wasseroberfläche schweifen und atme tief durch. »*Honey … Honey*, bist du noch da?«, höre ich noch, dann drücke ich ihn einfach weg. Eben hatte ich noch Sehnsucht nach seiner unbekümmerten guten Laune, jetzt kann ich sie nicht mehr ertragen. Auch dass Philipp mich immer noch *Honey* nennt, nervt mich plötzlich. Früher hat er das Kosewort nur in besonderen Momenten hervorgezaubert. Irgendwann gab es dann nichts anderes mehr. Jetzt habe ich das Gefühl, dass dieser Name nichts Besonderes mehr bedeutet. Ist mir nie aufgefallen, wie oberflächlich Philipp doch ist, oder wollte ich es nicht sehen? War ich nur mit ihm zusammen, weil er eine Leichtigkeit verkörpert, die ich nicht habe? Die ihn mit Problemen aller Art so locker umgehen lässt?

Ich werde hier nicht alleine sein. Es gibt Josefine, Martin, seine Schwester Julia, die nette Tierärztin Carola. Und hat Martin nicht einen Frauenabend erwähnt, zu dem sich die Mädels regelmäßig einladen? Vielleicht rufe ich Carola mal an. Morgen Abend kommt Katharina – und dann lerne ich ja noch Josefines Freundinnen kennen, die drei alten Hexen aus dem Dorf, wie sie so schön sagt.

Beherzt und mit schnellen Schritten gehe ich den langen

Weg zurück. Es ist schon fast halb neun, als ich wieder am Denkmal ankomme. Ich frage ein paar junge Frauen, die ganz in der Nähe beisammenstehen, ob sie das gute italienische Restaurant am Hafen kennen.

Nur kurze Zeit später sitze ich im *Portofino* und bestelle mir eine große Pizza und eine Karaffe Wein. Ich habe Hunger, mein Bauch knurrt unmissverständlich. Der Rotwein soll dafür sorgen, dass ich gleich tief und fest in meinem Pensionsbett schlafen werde.

Während ich nach der Hälfte der Pizza schon satt bin – sie ist einfach viel zu groß –, habe ich den Rotwein ganz vernichtet. Zufrieden und mit roten Wangen lehne ich mich im Stuhl zurück.

»Sie sollten das hausgemachte Nusseis zum Nachtisch nehmen. Und dazu einen Espresso.« Der Journalist, der mich vorhin am Denkmal angesprochen hat, ist bei mir am Tisch stehen geblieben. Ohne Jacke und Kamera hätte ich ihn beinahe nicht erkannt. Allerdings klingt seine Stimme sehr markant, die hat absoluten Wiedererkennungswert.

»Sie sollten als Synchronsprecher arbeiten«, sage ich spontan.

»Nachplappern, was andere erzählen? Niemals! Da bin ich lieber ein Journalist, der unbequeme Fragen stellt.« Er zieht eine Visitenkarte aus seiner Hemdtasche und legt sie auf den Tisch. Als ich den Namen lese, muss ich lachen. *Gregor Birnbaum*, steht darauf, *Wort und Bild.*

»Entschuldigen Sie, dass ich lache, eigentlich ist es gar nicht lustig …« Ich habe eindeutig zu viel Rotwein getrunken. »Ich habe heute von einer alten Dame erfahren, dass sie mal von einem Birnbaum gefallen ist. Seitdem hat sie eine kaputte Hüfte. Was für ein Zufall, meine ich.«

»Darf ich mich setzen?« Gregor Birnbaum zeigt auf einen freien Stuhl an meinem Tisch.

»Gerne, warum nicht?« Philipp feiert gerade eine Party, da kommt mir ein belangloser Restaurantplausch gar nicht ungelegen. »Meine Schwester ist auch Journalistin. Sie schreibt für Frauenzeitschriften, aber auch für ein paar große Tageszeitungen. Ich heiße übrigens Marina.« Ich strecke ihm meine Hand entgegen.

»Gregor.« Sein Händedruck ist warm und fest. »Wie lange bleibst du auf der Insel?«

»Tja, wenn alles gut geht, für immer.« Ich lächle Gregor verschmitzt an. »Ich habe ein Haus geerbt, in der Nähe von Nardevitz, und werde wahrscheinlich bald hierherziehen.«

»Das ist ja interessant. Wo genau ist das Haus denn?«

»Etwas abgelegen, oben auf dem Hügel.«

Gregor zieht die Augenbrauen hoch, dann nickt er anerkennend. »Das ist ja ein Ding! Dann hast du gerade von Josefine gesprochen? Die Dame mit der kaputten Hüfte?«

»Du kennst sie?«

»Ja, wir haben mal gemeinsam gegen ein Feriendorf protestiert, das hier mitten in die Landschaft gesetzt werden sollte. Sie hat es tatsächlich fertiggebracht, dass ein Naturschutzgebiet draus wird.« Gregor grinst. »Es ist besser, wenn sie immer auf deiner Seite ist, glaub mir. Sie kann sehr energisch werden.«

Ich denke an den Feuerhaken und Josefines unnachgiebigen Gesichtsausdruck und nicke zustimmend.

»Schönes Fleckchen da oben. Ich kenne die Gegend, denn ich habe mal als Locationscout gearbeitet und bin viel rumgekommen. Unten an der Teufelsschlucht sind wunderbare Fotos entstanden, auch für Mode-Labels.«

»Ja, es ist sehr schön da. Die ganze Insel ist wundervoll …«

Nachdem wir auch eine zweite Karaffe Wein geleert haben, stehen wir nun an der Theke, wo der Chef des Restaurants uns mit Grappa versorgt, den es nur für Freunde des Hauses gibt. Während einer Schottlandrundreise vor fünf Jahren habe ich mich in Ian verliebt. Von ihm habe ich zwar nie wieder etwas gehört, aber wenigstens das Whiskeytrinken habe ich von ihm gelernt. Ich mag die goldgelbe Flüssigkeit am liebsten rauchig und mit torfigem Geschmack. Der kräftige Grappa aus dem Fass haut mich so schnell nicht um. Doch nach dem zweiten Glas lehne ich dankend ab. »Ich werde hier noch zur Schnapsdrossel. Ich musste gestern schon diverse Schnäpse probieren.«

Wir haben kurz vor halb eins, als wir auf der Straße stehen. Der Abend ist in netter Gesellschaft wie im Flug vergangen. Ich habe ein paar interessante Geschichten über Rügen gehört, aber jetzt muss ich eindeutig ins Bett.

Gregor zieht eine zerknautschte Schachtel Zigaretten heraus. »Rauchst du?«

Ich schüttele den Kopf.

»Besser ist das. Ich zünde mir auch nur ab und zu eine an, und meistens nach einem Gläschen.« Er kramt in seinen Jackentaschen. »Sag mal, hast du zufällig Feuer?«

»Nein, tut mir leid. Oder, warte mal, doch …« Ich krame das grüne Einwegfeuerzeug hervor, das Josefine mir vorhin gegeben hat, und gebe Gregor Feuer.

Im Schein der Flamme schimmern Gregors Bartstoppeln fast rötlich. Seine Vorfahren könnten Wikinger gewesen sein, denke ich schmunzelnd. Allerdings stammt er von der Insel, und hier waren einst die Ranen ansässig, ein westslawisches Volk. Gregor ist aber groß und recht breit gebaut. Wieder ein

Fall für Katharina, schießt es mir durch den Kopf. Sie steht auf nordische Typen. Gregor dürfte genau in ihr Beuteschema fallen, genau wie Martin. Ich persönlich mag eher dunkle Kerle mit rehbraunen Augen, schwarzen Haaren und einem charmanten Lächeln, so wie Philipp.

Als ich mitten in der Nacht aufwache, bin ich schweißgebadet. Ich habe von einem sinkenden Fischerboot geträumt. Ich stand oben am Hochufer und habe beobachtet, wie es aufs Meer hinausgefahren ist. Friedlich tuckerte es über die stille See. Ich kniff meine Augen zusammen, um es besser beobachten zu können. Dabei habe ich ein Metallseil bemerkt, das in enormer Dimension ein paar Meter über dem Meeresspiegel gespannt war.

»Aufpassen«, schrie ich den Seeleuten zu, »passt doch auf das Seil auf!«

Einer der Fischer drehte sich zu mir um. Er sah aus wie Grünberger. Ganz deutlich konnte ich den grimmigen Blick unter den buschigen Augenbrauen erkennen, obwohl das Boot viel zu weit entfernt war. Er versuchte ein Wendemanöver einzuleiten, doch es war schon zu spät. Der große Deckskran blieb krachend im Seil hängen. Der Bug des Schiffes wurde mit Wucht in die Höhe katapultiert, das Heck im spitzen Winkel ins Wasser hineingedrückt. Das Boot war innerhalb weniger Sekunden ganz verschwunden.

Na großartig, jetzt bekomme ich auch noch Albträume! Mir ist eiskalt, weil die Decke irgendwann in der Nacht vom Bett gerutscht ist. Ich taste nach der Nachttischlampe, gehe zur Heizung und drehe sie auf die höchste Stufe. »Spring schon an«, murmele ich und stecke meine Hände zwischen die Rippen, um sie ein wenig aufzuwärmen. Es dauert eine

Weile, bis die Wärme tatsächlich die Rohre und auch meine Hände erreicht. Mein Blick fällt durchs Fenster über den Hafen zum Meer. Es ist schwarz wie die Nacht. Ich kann weit und breit keine Schiffslampe erkennen. Ich bleibe noch eine Weile in gebückter Haltung stehen, dann fische ich mein Handy aus der Jackentasche. Es ist fünf Uhr. Philipp hat mir geschrieben, um halb zwei.

Ich vermisse dich, lese ich.

»Das hat man gemerkt«, murmele ich vor mich hin. Aber ich will auch nicht ungerecht sein. So wie es aussieht, bleibe ich hier auf Rügen, Philipp in Frankfurt; wir haben beide den Eindruck, dass das mit der Fernbeziehung nicht hinhauen wird. Trotzdem tut mir der Gedanke gut, dass Philipp an mich denkt, aber ich will ihn noch mit einer Antwort ein wenig zappeln lassen. Plötzlich kann ich Katharina verstehen. Sie ist mit ihrem letzten Freund ganz fürchterlich auf die Nase gefallen. Er hat sie betrogen, sie hat es herausgefunden. Dann hat sie um ihn gekämpft, und als sie ihn dann wieder zurückhatte, hat sie Schluss gemacht. »Ich wollte nur, dass er mich wieder will«, hat sie mir damals erklärt.

Ich wickle meine Decke fest um mich. Mit Josefine treffe ich mich erst um zehn, ich kann also noch vier Stunden schlafen. Wir haben uns in Sassnitz direkt vor dem Haus des Notars verabredet. Aus Josefine werde ich nicht wirklich schlau. Ich bin mir nicht sicher, ob sie mir etwas verschweigt. Was hat es mit meinem Hühnergott auf sich, der erst verschwindet und dann plötzlich als abwehrendes Maskottchen an der Tür wieder auftaucht? Außerdem beschäftigen mich die eigenartigen Dinge, die sie mir in die Hand gedrückt hat. Eine Zahnbürste und ein Feuerzeug. Und beide konnte ich unerwartet gut gebrauchen. Zufall? Ich bin auf jeden Fall gespannt, ob da noch mehr dazukommen wird.

Zum Glück wird mir langsam warm. Und mit der Wärme kommt die Müdigkeit zurück. Diesmal nehme ich mir vor, nicht wieder von sinkenden Schiffen zu träumen, sondern von schönen Dingen. Zum Beispiel von meiner Wohnküche und wie ich dort im Sommer die Früchte aus dem Garten zu leckeren Gelees und Marmeladen verarbeite. Ein frei stehender Gasherd wäre schön, und auf jeden Fall ein großer Küchentisch aus Buchenholz …

13.

Schade, dass er dich nie kennengelernt hat

Katharina hat mir ihre Abfahrt heute Morgen um acht Uhr per SMS angekündigt. Ich habe ihr geantwortet, sie solle direkt zum Haus kommen, weil ich nicht mehr in der Pension übernachten werde. So schlecht geschlafen habe ich schon lange nicht mehr. Das gesunkene Boot hat mir keine Ruhe gelassen, ich bin ganz zerknittert. Doch nach einer ausgiebigen heißen Dusche und einem ordentlichen Frühstück fühle ich mich einigermaßen erfrischt und gestärkt.

Josefine wartet schon auf mich. Sie hat sich richtig schick gemacht für unseren Besuch beim Notar. Ich habe sie bisher nur mit Gummistiefeln oder Puschen und Kittel gesehen. Heute trägt sie eine graue Hose und einen Wollmantel. Ihre Haare hat sie zu einem akkuraten Seitenscheitel gekämmt, auf die kleine Blümchenhaarspange hat sie verzichtet. Nur ihre Schuhe passen nicht zum restlichen Outfit, wie ich amüsiert feststelle. Sie trägt klobige Wanderschuhe.

»Hoffentlich hat er auch Zeit für uns«, sage ich, nachdem wir uns begrüßt haben. Ich fand ja schon nett, dass ich mich am Samstag spontan mit dem Notar treffen konnte. Aber gestern war Sonntag, da konnten wir keinen Termin ausmachen.

»Er weiß, dass wir kommen. Wir sind angemeldet.«

Beeindruckt ziehe ich die Augenbrauen nach oben. Hier scheint ja jeder jeden zu kennen.

Es ist ein gutes Gefühl, diesmal nicht alleine die Treppe nach oben in die Notarskanzlei zu gehen. Ich passe mich Josefines Tempo an. Die Stufen scheinen ihr Probleme zu machen, aber es gibt keinen Aufzug. Wir machen auf halber Höhe eine Verschnaufpause.

»Wie geht es Findus?«

»Bestens. Er ist auf den Geschmack von Gänsepastete gekommen. Wenn wir nicht aufpassen, entwickelt er sich zum Gourmet. Aber solange er noch so schwach ist, päppele ich ihn gerne mit ein paar Leckerbissen auf.«

Oben geht die Tür auf, und ein klein gewachsener Mann im fortgeschrittenen Alter steht im Rahmen. Das letzte Mal ist mir seine gedrungene Statur gar nicht aufgefallen. Wahrscheinlich hat mich das Vermächtnis komplett gefangen genommen. Strahlend kommt er uns auf den letzten Stufen entgegen und streckt seine Hand aus.

»Josefine, da seid ihr ja! Komm, lass dir helfen.«

»Geht schon, Richard, geht schon.«

Die beiden kennen sich also. Ich werfe Josefine einen überraschten Blick zu, aber den ignoriert sie einfach. Genauso wie die ausgestreckte Hand des Notars. Der nimmt nun auch Notiz von mir. »Frau Beckmann, wie schön, dass Sie wieder da sind. Ich freue mich sehr. Josefine hat mir alles erzählt. Kommen Sie doch rein.« Er schiebt mich fast ins Büro. Wir nehmen vor seinem Schreibtisch Platz. Die Sekretärin bringt zwei Tassen Kaffee und Gebäck. Ist das derselbe nüchterne Notar, bei dem ich gewesen bin? Er war höflich, aber sehr distanziert. Und heute so jovial …

»Dann gefällt Ihnen das Haus also? Es ist aber auch wirklich sehr schön! Ich habe schon alles vorbereitet. Einen Moment noch, ich hole eben noch die Unterlagen. Meine Sekretärin hat schon alles vorbereitet.« Er geht nicht, sondern tanzt fast beschwingt zur Tür hinaus. Mit fragendem Blick drehe ich mich zu Josefine.

»Was ist?«, fragt sie.

»Ein Verehrer?« Ich kann mir den Kommentar nicht verkneifen und mir das Verhalten des Notars auch nicht anders erklären. Herr Sunderhausen steht ganz eindeutig auf Josefine. Hat sie mir deswegen nicht gesagt, dass sie ihn kennt? Warum immer diese Heimlichkeiten?

»Wir singen zusammen im Kirchenchor.«

»Du singst im Kirchenchor? Ich dachte, du magst die Kirche gar nicht.« Jetzt will sie mich anscheinend wirklich an der Nase herumführen.

»Das hat doch nichts mit dem Chor zu tun. Ich singe eben einfach gerne.«

Richard anscheinend auch. Er kommt summend zurück ins Büro. »Hier, der Übertragungsvertrag. Sie müssen nur noch unterschreiben.«

Jetzt wird es ernst. »Danke, aber ich habe vorher noch ein paar Fragen. Gestern waren nämlich seine Exfrau und sein Sohn da. Was ist, wenn sie auch Ansprüche stellen? Und wissen die beiden schon, dass ich das Haus bekommen soll?«

»Von mir nicht, aber die Herrschaften haben sich für heute Nachmittag angemeldet. Das Testament ist auf jeden Fall rechtskräftig. Der Sohn könnte eine Dreimonatseinrede beantragen. Das heißt, dass er die Herausgabe des Vermächtnisses um drei Monate verzögern, dessen Erfüllung aber letztlich nicht verhindern kann. Machen Sie sich keine Sorgen, das wird nicht passieren. Ich kümmere mich darum.«

Und weil ich mir eben doch Sorgen mache, habe ich erst mal noch nicht unterschrieben. Auf die zwei Tage kommt es jetzt auch nicht mehr an. Bis Mittwoch läuft noch die reguläre Wochenfrist, und die werde ich mir nehmen.

Wir haben meine Sachen aus der Pension und dann den Landrover aus der Werkstatt geholt. Danach waren wir noch einkaufen. Heute Abend bekommt Josefine Besuch von ihren Rommèspielerinnen, Katharina und ich werden uns auch dazugesellen. Wir haben uns also nicht lumpen lassen und einige Leckereien besorgt.

Die Straßen sind trocken, und manchmal lässt sich sogar die Sonne blicken. Wir fahren den Hügel hinauf, doch erst als ich das Haus nach der letzten Biegung sehen kann, wird mir bewusst, dass es wirklich meins sein kann. Der Weg ist uneben, wir werden in dem Geländewagen ordentlich hin und her geschaukelt, aber ich muss zugeben, dass es ein gutes Gefühl ist, beim Fahren so weit oben zu sitzen. Man hat einen ganz anderen Überblick. Beim Aussteigen überwältigen mich meine Gefühlswirrungen. Der Notar hatte gut reden vorhin. Natürlich mache ich mir Sorgen. Gleich kommt der Gutachter und wird mir den Umfang der Renovierung verraten. Ich muss meinen Umzug aus Frankfurt organisieren, mich von Philipp, meinen Freunden, Arbeitskollegen und meinem Chef verabschieden. Und dann muss ich vor allen Dingen hier einen Job finden. Das alles ist total unvernünftig und widerspricht jeglichem Sicherheitsdenken. Aber genau das gefällt mir auch daran. Ich muss auf meinen Bauch hören, dann wird ein Traum wahr. Das Leben kann so kurz sein, das habe ich schon oft genug mitbekommen. Vernünftig sein kann ich später immer noch.

»Josefine, ich freu mich so«, sage ich und fange an zu weinen. Es sind eindeutig Freudentränen. Einen kurzen Moment lasse ich meinen Gefühlen freien Lauf, dann habe ich mich wieder gefasst.

Josefine kommt zu mir und streichelt über meinen Arm. »Schade, dass er dich nie kennengelernt hat«, sagt sie.

»Oh doch, er kannte mich! Er hat mich mal oben auf dem Dachboden erwischt. Gemeinsam mit meiner Schwester …« Josefine weiß nichts von der alten Geschichte. Damals lebte sie ja noch in Glowe mit ihrem Mann, hat uns als Kinder auch nie hier zu Gesicht bekommen.

Wir bleiben noch eine Weile vor dem Haus stehen, und ich erzähle ihr kurz, was vor zwanzig Jahren passiert ist.

»Ich war danach noch ganz oft hier. Ich habe mich immer heimlich aufs Grundstück geschlichen und mich im Garten versteckt. Ich war fasziniert von dem Ort.«

»Wenn er den Kontakt zu dir gesucht hätte, wäre er ein anderer Mensch geworden. Er war oft einsam.«

»Sag mal, angenommen, ich bin wirklich seine Tochter – hat meine Mutter es ihm gesagt? Und wenn ja, wann könnte das gewesen sein? War sie mal hier im letzten Jahr?« Ich kann mir nicht vorstellen, dass Mutter solch eine Nachricht ihm per Telefon überbracht hätte. Vielleicht per Brief, aber auch das glaube ich nicht. Sie hätte es ihm persönlich gesagt.

»Er war letztes Jahr im Spätsommer ein paar Tage auf Ummanz. Danach war er wie ausgewechselt.«

»Mutti war Ende September für eine Woche an der Ostsee, allerdings zum Fastenwandern.«

»Das würde passen«, sagt Josefine. »Das Testament hat er Mitte Oktober geändert …«

Nachdenklich schüttle ich den Kopf. Da fällt mir die Kiste mit dem Brief wieder ein. »Hast du vielleicht noch andere Briefe von meiner Mutter?«

»Nein, das war der einzige. In der Schachtel waren ansonsten nur Briefe von Regina. Und Fotos. Du kannst sie dir ja später mal anschauen.«

Wir greifen uns die Tüten und Taschen aus dem Kofferraum und gehen schwer beladen zum Haus.

»Und du warst das nicht?« Ich zeige mit dem Kinn auf den Feuerstein neben der Tür.

»Nein, ich schwör es bei Gott!«

»Josefine!«, ermahne ich sie anklagend.

»Du hast ja recht, das zählt nicht. Aber ich habe wirklich nichts damit zu tun. Irgendwer meint es gut mit dir und will dich beschützen.«

»Wer könnte das sein?«

»Ich bin keine Hellseherin.« Josefine schließt die Tür auf und geht hinein.

»Kann es sein, dass du mehr weißt, als du zugibst?«

»Ich weiß zumindest, dass es kalt wird, wenn du jetzt nicht gleich reinkommst. Und dass eine Menge Holz gehackt werden muss, damit es heute Abend schön gemütlich wird. In der Scheune findest du die Scheite, eine gute Axt und den Hauklotz. Ich zeige dir, wie es am besten geht.« Josefine übersieht meinen kritischen Blick und schaut auf ihre Uhr. »Die Bausubstanzprüfung ist um drei. Du hast also noch gut zweieinhalb Stunden Zeit.«

»Es geht darum, das Holz an der richtigen Stelle mit dem richtigen Schwung zu treffen«, sagt sie nur wenig später. »Du musst es spalten, nicht schneiden.« Josefine ist gut darin, Anweisungen zu geben, aber bisher habe ich noch kein einziges Holzscheit vernünftig zerhackt, und meine Arme werden schon schwer.

»Jeder Klotz hat einen Hauptriss, den musst du treffen, dann zerspringt er fast von selbst.«

Von vier Schlägen treffe ich dreimal den Hauklotz, doch dann ziele ich konzentriert auf den Riss, hole aus und treffe wirklich. Das Holz gibt einen matten, knirschenden Ton von sich.

»Jetzt noch mal, aber mit Elan!«, ruft Josefine.

Beim nächsten Schlag springt das Scheit entzwei. Die beiden Hälften fallen beidseitig auf den Boden.

»Ha!«, rufe ich. »Jetzt hab ich's!«

Nach einer halben Stunde bin ich völlig verschwitzt.

Josefine ist wieder aufgetaucht. »Beim Holzhacken wird einem zweimal warm, beim Hacken und beim Heizen.« Mit roten Wangen drehe ich mich zu ihr um. Ich will gerade zu einer flapsigen Antwort ansetzen, da wird mir klar, dass sie bestimmt weiß, wovon sie redet, und aus Altersgründen ihre Kräfte nachlassen. Bestimmt kann ich noch viel von ihr lernen.

»Und weißt du was?«, sage ich. »Es hat sogar gutgetan. Jetzt versteh ich die Kerle, die zum Abreagieren in den Garten gehen, um sich mit der Axt auszutoben. Aber auf Dauer müssen wir da eine andere Lösung finden. Es gibt doch bestimmt ein paar Jugendliche, die sich gerne ein bisschen Taschengeld dazuverdienen wollen. Und vielleicht können wir ja irgendwann auch noch einen Heizkessel anschaffen. Hören wir mal, was der Gutachter gleich dazu sagt.«

Bis zum Termin ist es noch eine Dreiviertelstunde. Vorher muss ich auf jeden Fall noch einmal unter die Dusche. Meine

Sachen stehen oben in dem Gästezimmer, in dem ich auch vorgestern schon übernachtet habe. Ich will noch nicht unten schlafen. Es ist immer noch Grünbergers Reich. Aber nach und nach werde ich es mir schon schön machen. Und mich dann auch ganz sicher dort wohlfühlen.

Die Dusche tut gut. In der Pension kam das Wasser nur sehr spärlich aus dem Duschkopf geplätschert, hier ist der Strahl schön kompakt. Ich schließe die Augen und lasse das heiße Wasser über meinen Nacken und den Rücken laufen. So bleibe ich eine Weile stehen. Dann greife ich zu meinem Shampoo und seife mir die Haare ein. Vielleicht sollte ich unten mit der Renovierung des Bades anfangen, überlege ich. Dann kann ich nach dem nächsten Holzhacken ein entspannendes Schaumbad nehmen, wenn mir nach der schweren Arbeit alles wehtut. Bei dem Gedanken muss ich grinsen. Aber schon im nächsten Moment schreie ich auf. Das Wasser ist von einer auf die andere Sekunde eiskalt geworden, ohne Vorwarnung. Ich taste nach dem Hebel, schiebe ihn zurück und wische mir den Schaum aus den Augen. Dann nehme ich die Dusche aus der Halterung und lasse sie vorsichtig wieder anlaufen. Mit kaltem Wasser kann man mich jagen. Sogar nach dem Saunagang dusche ich nur lauwarm. In ein eisiges Tauchbecken würde ich niemals freiwillig steigen. Im Schwimmbad oder am See brauche ich Minuten, bis ich mich ins kalte Nass wage. Nur mit dem Meer verhält es sich anders. Da kann ich mich merkwürdigerweise ohne zu zögern in die Wellen werfen. Aber ich bin hier nicht im Meer; ich stehe unter der Dusche, mit shampoonierten Haaren – und eiskaltem Wasser.

»Mist!« Ich beuge meinen Kopf nach vorn und versuche, den Duschstrahl möglichst nur über meinen Schädel zu halten. Dabei rutsche ich fast aus, weil ich mit den Füßen hoch und runter wippe, so kalt ist es. Aber schließlich habe ich es geschafft. Ich springe aus der Dusche und wickle meine nassen Haare in ein Handtuch. Dann rubbele ich mich trocken, ziehe mich an und föhne mir die Haare.

Als ich nach unten komme, steht eine Frau im Hausflur.

Josefine hat sie hereingelassen. »Sie wünschen?«

»Guten Tag, mein Name ist Gisela Widuch vom Sachverständigenbüro. Ich bin wegen des Gutachtens hier.«

»Oh, natürlich …« Ich habe mit einem Mann gerechnet. Aber warum soll es mir anders gehen als meinen Kunden in Frankfurt? Die rechnen in dem Gewerbe meist auch nicht mit einer Frau.

Zurzeit wohnen im Haus außer Josefine und mir noch ein Marder und eine ganze Hausbockfamilie. Der Marder ist das kleinere Problem. Den werden wir wieder los, so wie das halb verweste Kaninchen, das immer noch hier oben auf dem Dachboden liegt und fürchterlich vor sich hin stinkt. Wir haben die Entsorgung des Kadavers durch die ganze Aufregung um Findus glatt vergessen – ich muss mich dringend darum kümmern. Um dem Marder auf den Pelz zu rücken, lassen wir notfalls nächtelang Musik laufen, wie Oma damals. Im Zeitalter von Laptop und Musikflatrate ist das kein Problem, der Marder wird durch die Dauerberieselung verschwinden. Anders der gemeine Hausbock, wie mir Frau Widuch gerade erklärt. Sie zeigt auf winzige kleine Löcher im hölzernen Gebälk: »Der fleißige Käfer legt im Jahr etwa zweihundert Eier in Holzspalten und -ritzen ab. Die Larven, die daraus im Sommer schlüpfen, bohren sich sofort ins Gebälk und leben dort etwa fünf bis sechs Jahre lang. In dieser Zeit durchziehen sie dann das Holz mit einem gewaltigen Netz aus Fraßgängen und Höhlen. Und das ist dann das Gefährliche. Sie verringern dadurch den Querschnitt des Holzes und mindern die Stabilität des Bauteils. Im Extremfall kann so etwas zum Einsturz führen.«

Ich sauge die Luft ein. »Und wie bekomme ich die Böcke wieder weg?«

»Das Gebälk muss ausgetauscht werden – zumindest das schwer befallene. Ich würde einen guten Zimmermann konsultieren. Der kann einschätzen, was noch zu retten ist und was komplett erneuert werden muss.«

»Was ist mit dem Reetdach? Ich meine mit der Deckung?«

»Das Rohrschilf könnte an manchen Stellen ausgebessert werden, ist aber so weit in Ordnung. Aber wenn Sie sowieso schon mal dabei sind, könnten Sie auch über eine vernünftige Dämmung nachdenken.«

»Können Sie ungefähr abschätzen, was da an Kosten auf mich zukommen wird?«

»Nein, da müssen Sie Angebote einholen. Aber ganz günstig wird es sicher nicht.«

Und wie ich schon befürchtet habe, wird auch die Trockenlegung des Kellers nicht ganz günstig. Und dann wären da noch Fenster und Heizung, wenn ich nicht für den Rest meines Lebens wie eine Verrückte Holz hacken will. Ganz zu schweigen von den normalen Renovierungsarbeiten wie Parkett abschleifen, Wände streichen, Badezimmer erneuern.

Die Gutachterin ist weg. Ermattet lasse ich mich in Grünbergers Sessel neben dem Kamin fallen. Es dauert nicht lange, da höre ich schlurfende Schritte. Josefine bringt mir eine Tasse Tee.

»Das wird eine Stange Geld kosten«, sage ich. »Und ich weiß momentan nicht, wo ich es hernehmen soll. Ohne Job bekomme ich nie im Leben einen Kredit.«

»Rom wurde auch nicht an einem Tag erbaut.« Josefine lächelt mir aufmunternd zu. »Und bisher haben wir trotz allem ganz gut gelebt hier, Curt und ich. Das Dach hält schon noch eine Weile. Die Sache mit dem Keller kannst du sowieso erst im Sommer in Angriff nehmen, wenn es draußen richtig warm ist. Lass Kostenvoranschläge machen, und wäge ab, was am wichtigsten ist. Dann fang mit einer Sache an. Aber zuerst sieh zu, dass du dich hier unten gemütlich einrichtest, damit du dich zu Hause fühlst. Und wenn ich dir einen Tipp geben darf: Im Sommer lassen sich die Zimmer oben sehr gut vermieten. Und auch im Herbst und Winter kann man noch Gäste einquartieren. Du kannst von etwa hundertfünfzig vermieteten Tagen pro Jahr ausgehen, da kommt ganz schön was zusammen bei vier Wohneinheiten.«

Die Sache mit den Ferienunterkünften habe ich noch gar nicht weiter durchgerechnet. Aber so, wie Josefine es schildert, hört es sich gar nicht schlecht an.

»Dann könnte ich dadurch vielleicht einen Teil der Sanierung finanzieren«, überlege ich. »Eventuell reicht es auch als Sicherheit für die Bank.«

»Du wirst auf Rügen schon eine Festanstellung finden.«

»Bist du dir da so sicher?«

»Ja, ich weiß es.« Das hört sich gut an, besonders wenn Josefine es sagt. Ihr glaube ich sofort, auch wenn sie keine Hellseherin ist, wie sie sagt.

»Dann gehst du arbeiten, und ich kümmere mich um die Gäste. Wir machen das schon.« Beim Rausgehen dreht Josefine sich noch einmal um. »Und das Holz holen wir unten vom Biohof. Da sind genug starke Männer, die uns sicher gerne behilflich sein werden.«

14.

So glücklich habe ich dich lange nicht gesehen

Katharina hat mich kurz angerufen, als sie über die Rügenbrücke gefahren ist. Von dort aus sind es noch rund fünfzig Kilometer bis zum Haus. Seit einer halben Stunde schaue ich regelmäßig aus dem Fenster zur Straße hinunter, obwohl ich weiß, dass sie für die Strecke eine knappe Stunde brauchen wird. Um die Uhrzeit ist viel Verkehr, sie muss über die Landstraße und durch mehrere kleine Dörfer fahren – das zieht sich. Seit zehn Minuten stehe ich vor der Tür und halte nach ihr Ausschau. Und ich staune nicht schlecht, als sie endlich vor dem Haus vorfährt. Ich habe nicht damit gerechnet, dass sie aus dem Lieferwagen der Firma Totten aussteigen wird. Aufgeregt laufe ich auf sie zu und falle ihr um den Hals.

»Endlich, Katharina! Ich konnte es gar nicht mehr abwarten. Wie schön, dass du jetzt hier bist.« Zum ersten Mal fühle ich so etwas wie Stolz in mir, als ich mich zum Haus umdrehe. »Sieht es nicht schön aus?«

»Ja, wunderschön. Und du auch. Das Haus steht dir, du hast ganz rosige Wangen.«

»Das kommt von der Aufregung. Außerdem habe ich vorhin Holz gehackt, das war mächtig anstrengend. Aber sag mal, wieso bist du mit Tottens Lieferwagen hier?«

»Ich hab dir was mitgebracht. Es passte nicht in mein Auto. Von deinem Chef soll ich dir übrigens ganz liebe Grüße bestellen. Er hat mir auch etwas mitgegeben. Ich hoffe, du bist mir nicht böse, dass ich ihn angerufen habe. Du hast doch gesagt, er würde dich unterstützen in deinen Umzugsplänen nach Rügen. Er wusste jedenfalls Bescheid, also habe ich … Ach, guck einfach selbst.« Katharina schiebt die Seitentür des Wagens auf.

»Ein Strandkorb? Ich fasse es nicht!« Das Holz ist weiß, der Bezug der wattierten Auflagen rot-weiß gestreift.

»Gefällt er dir?«

»Wahnsinn! Er sieht toll aus! Und er passt perfekt hierher. Wo hast du den her?«

»Das war gar nicht so einfach. Ich habe ihn von einer Strandbar am Main, die pleitegegangen ist. Und der da ist von deinem Chef.« Katharina zeigt auf ein etwa ein Meter hohes Bäumchen in einem Kübel. »Irgendeine alte Apfelsorte, du wüsstest angeblich sofort Bescheid, wenn du ihn siehst.«

»Ein Berlepschbaum, meine Lieblingssorte! Ich habe ihm mal erzählt, dass ich von einer Apfelplantage mit herrlichen alten Sorten träume. Dass er sich das gemerkt hat …« Ich bin ganz gerührt.

Katharina greift nach ihrer Reisetasche. »So, und jetzt zeig mir mal dein Haus. Ich platze gleich vor Neugier.«

Wir kommen gerade mal bis in den Hausflur, da werden wir von Josefine abgefangen, die wie zufällig mit einem Putzeimer im Flur aufgetaucht ist.

»Du musst Josefine sein«, sagt Katharina, geht lächelnd auf sie zu und streckt ihr die Hand entgegen. »Ich kann dir gar nicht sagen, wie froh ich bin, dass Marina dich hier oben hat. Da weiß ich wenigstens, dass jemand auf sie aufpasst. Ich bin Katharina.«

Ich denke daran, wie ich Josefine das erste Mal begegnet bin und sie ihre Hände in den Kitteltaschen hat verschwinden lassen, als ich sie begrüßen wollte. Katharina weiß noch nicht, dass Josefine schon auf meiner Seite steht. Deswegen wirft sich meine Schwester so ins Zeug. Josefine zögert prompt nicht lange und greift zu. Dabei strahlt sie übers ganze Gesicht.

»Clever«, flüstere ich, als wir an ihr vorbei sind.

Katharina grinst. »Mit Speck fängt man Mäuse und mit Komplimenten alte Damen.«

Im Wohnzimmer stellt Katharina ihre Tasche ab. »Wow, das ist ja der absolute Hammer!« Sie öffnet das Fenster und schaut gebannt nach draußen, so wie ich beim ersten Mal. Obwohl es schon recht dunkel ist, kann man immer noch bis zum Meer schauen.

»Es klemmt!« Sie rüttelt am Griff, um es wieder zu schließen.

»Das Haus muss sich erst noch an dich gewöhnen.« Ich drücke das Fenster zu und drehe den Knauf. Mittlerweile weiß ich, dass man ihn dabei leicht anheben muss, damit er sich problemlos drehen lässt.

Katharina legt die Stirn in Falten. »Du hast wohl zu viel Josefine eingeatmet.«

Ich grinse sie an. »Vielleicht, aber irgendwie gefällt mir der Gedanke, dass das Haus ein Eigenleben hat. Übrigens wohnt hier auch ein uns wohlgesinnter Hausgeist, den Josefine regelmäßig mit Milch und süßen Brötchen versorgt. Und draußen läuft ein geheimnisvoller Unbekannter herum, der das Amulett eines Feuersteins vor dem Haus angebracht hat, um mich vor irgendwelchen Gefahren zu beschützen. Josefine ist übrigens in Ordnung. Aber das erzähl ich dir gleich in Ruhe.«

»Das passt zu dir, das Haus mit seinem Eigenleben – und nun auch noch Geister. Steht eigentlich noch die dicke Eiche, mit der du früher immer geredet hast?«

»Mensch, das hab ich noch gar nicht überprüft!«

Lachend und in Erinnerungen schwelgend gehen wir von Raum zu Raum, bis wir endlich auf dem Dachboden angekommen sind. Das verweste Kaninchen habe ich vorhin noch entsorgt; es hat mich ordentlich Überwindung gekostet. Der Geruch hängt noch im Raum.

»Ich kann es immer noch nicht glauben«, sagt Katharina. »Es ist alles sehr verrückt, oder?«

»Ich kann es mittlerweile schon glauben. Es beginnt, realistisch zu werden. Stell dir vor, ich habe jetzt sogar ein Auto. Hast du den imposanten Landrover draußen gesehen? Du kannst dir nicht vorstellen, was das für ein irres Gefühl ist, am Steuer des Geländewagens zu sitzen und den Hügel hochzufahren, zu *meinem* Haus!«

»Weißt du was?« Katharina lächelt mich an. »So glücklich habe ich dich lange nicht gesehen.«

»Ja, momentan geht es mir auch so. Aber es gibt die Momente, in denen ich zweifele. Dann fühle ich mich alleine gelassen. Mutti ist nicht mehr da, Philipp zeigt mehr Interesse an seiner WG als an mir und dem Rügen-Projekt. Aber jetzt bist du ja hier.« Ich drücke Katharinas Arm. »Das gibt mir Kraft. Und ich denke auf einmal, dass ich alles schaffen kann.«

Wir kochen uns Tee in der Küche und lassen uns dann auf der alten Ledercouch nieder. Undenkbar, sie gegen eine moderne einzutauschen. Sie muss auf jeden Fall hier im Wohnzimmer bleiben.

»Und, hast du noch was rausgefunden? Du wolltest dich doch umhören.«

Katharina kramt in ihrer Tasche. »Klar! Ich hab Muttis Freundin angerufen. Gaby hat mir erzählt, dass Mutti kurz bei ihr in Stralsund gewesen ist. Und dass sie ungemein glücklich war. Sie wollte Gaby alles in Ruhe erzählen, aber erst etwas mit ihrer Familie klären. Aber dazu ist es ja nicht mehr gekommen. So wie es aussieht, hat Mutti noch nicht einmal ihre beste Freundin eingeweiht.«

»Aber sie wollte es ihr erzählen. Und sie hatte auch vor, es uns zu sagen.«

»Das glaube ich auch. Ich habe übrigens auch mit Vater telefoniert. Außerdem habe ich Briefe in Muttis Sachen gefunden, als ich nach dem Rezeptbuch gesucht habe. Sie waren in der Kiste mit den ganzen alten Fotos, die wir irgendwann mal in Ruhe sortieren wollten.«

»Was hast du entdeckt?« Katharina wirkt nicht gerade so, als würde sie darauf brennen, mir endlich irgendeine Neuigkeit erzählen zu können. Ein wenig geheimnisvoll sieht sie allerdings schon aus.

»Der Brief ist ganz sicher von Grünberger. Ich hab noch nicht reingesehen. Sie hält mir einen Umschlag hin. »Du zuerst.«

Ich nehme den Brief und lege ihn andächtig auf den Tisch. »Warte, ich hole dir Muttis Brief. Den kennst du ja auch noch nicht. Dann lesen wir beide. Ich seinen und du ihren.«

Hannah!
Es ist jetzt fast dreißig Jahre her, aber ich erinnere mich noch ganz genau. Es war ein verdammt kalter Winter. Du hast gefroren, und ich habe dich gewärmt. Noch nie zuvor

habe ich so viele kleine Eiszapfen auf einmal gesehen, schon gar nicht in deinem Haar. Du hast ausgesehen wie eine Eskimofrau mit deinen roten Wangen und deinen lachenden Augen. Und dann dein ernster Blick, als du die Eiszapfen mit dem Föhn vor dem Spiegel zum Schmelzen gebracht und entdeckt hast, dass ich dich dabei beobachte.
Wie könnte ich das vergessen.
Ich habe dich so sehr geliebt, und doch habe ich dich gehen lassen, unverzeihbar …
Und nun bin ich einfach nur unbeschreiblich glücklich, dass ich dich wiedersehen darf.
Ich freue mich auf dich in Wieck.
Curt

In Wieck? Das liegt auf der Halbinsel Darß, etwa sechzig Kilometer von Rügen entfernt. Da waren wir als Kinder ab und an mit Mutti. Aber hat Josefine nicht von Ummanz gesprochen?

Katharina liest noch. Ich habe mir nie darüber Gedanken gemacht, warum ich meiner Schwester nicht ähnlich sehe. Sie hat braunes, langes Haar, das ihr fließend auf die Schultern fällt, meins hingegen ist blond und störrisch. Sie hat braune Augen, meine sind blau. Es hieß immer, sie käme optisch nach Mutti, ich nach Vati. Ich muss Josefine unbedingt nach einem Jugendfoto von Grünberger fragen. »Ist ja Wahnsinn!«, reißt mich Katharina aus meinen Gedanken und faltet den Brief zusammen. »Und was schreibt er?«

»Er hat sie auch geliebt. Hier, lies.«

Katharina liest seinen Brief und schaut danach noch einmal auf Muttis Zeilen. Aber im Gegensatz zu mir scheint sie nicht sehr ergriffen oder berührt davon zu sein. Sie wirkt eher begeistert. Wahrscheinlich ist sie schon von Berufs wegen fasziniert von der Geschichte, die sie dahinter wittert. »Grüne Tinte«, sagt sie mit leuchtenden Augen, »die Farbe der Hoffnung. Ich wusste gar nicht, dass Mutti so romantisch schreiben kann. Es klingt ja fast poetisch. Aber er schreibt auch nicht schlecht. Vielleicht gibt es noch mehr Briefe – was meinst du? Hast du schon überall hier nachgesehen?«

»Du bist echt mit Leib und Seele Journalistin«, sage ich und versuche dabei, meine Stimme nicht vorwurfsvoll klingen zu lassen, aber ich konnte mich noch nie gut verstellen. Auf einmal stört es mich, dass Katharina so abgeklärt reagiert. Immerhin enthüllt sich hier *unsere* Familiengeschichte. Und außerdem war Katharina schon auf der Welt, als Mutti sich mit Grünberger eingelassen hat. Ob Mutti Katharina zu Oma gebracht hat, wenn sie sich mit ihrem Liebhaber getroffen hat? Oder musste Papa auf sie aufpassen? Katharina scheint sich darüber überhaupt keine Gedanken zu machen.

»Quatsch, darum geht es mir doch gar nicht«, sagt Katharina. »Ich finde es einfach nur total schön, dass Mutti einen Mann so richtig geliebt hat. Die Sache mit Vati war doch mehr oder weniger eine Zweckehe. So richtig glücklich war sie mit ihm nicht. Oder hast du mal mitbekommen, dass die beiden sich verliebt angesehen oder gar Zärtlichkeiten ausgetauscht haben?«

Ich schüttle den Kopf. Ich war bei der Trennung gerade eingeschult worden und kann mich nicht an Derartiges erinnern. Aber ich weiß noch ganz genau, dass die beiden oft gestritten haben. Mutti wollte nie, dass wir es mitbekommen, aber wir lagen oft nachts wach, weil wir ihre aufgebrachten Stimmen gehört haben. Vor allem unser Vater konnte recht laut werden. »Jedenfalls hatte Vati keine Probleme, seine Gefühle der neuen

Frau gegenüber zu äußern. Weißt du noch, wie ekelig wir es fanden, wenn die beiden sich geküsst haben?«

Katharina grinst. »Mutti war siebzehn, als sie Vati kennengelernt hat. Drei Jahre später hat sie ihn geheiratet. Überleg mal, wenn du mit zwanzig geheiratet hättest. Mit wem warst du zu dem Zeitpunkt zusammen? War das David?«

Ich nicke, obwohl ich finde, dass der Vergleich irgendwie hinkt. David hat mich nämlich wegen einer anderen verlassen und mir damit das Herz gebrochen. Und ich konnte mir damals sehr wohl vorstellen, für den Rest meines Lebens mit ihm zusammenzubleiben, zumindest bevor ich von seiner Liebschaft mit den langen schwarzen Locken erfuhr, die auch noch Arabella hieß.

»Fest steht auf jeden Fall, dass Grünberger und Mutti sich erst später kennengelernt haben. Deine These, er könnte Muttis Jugendliebe gewesen sein, scheidet somit aus. Ich habe übrigens eine ganze Menge über ihn rausgefunden. Das Internet gibt eine ganze Menge her, und dazu muss man nur die richtigen Leute fragen. Gut, dass ich meine Kontakte zu Kollegen immer pflege.«

Dass die beiden ein Verhältnis hatten, als Mutti noch verheiratet war, weiß ich ja bereits, aber mich interessiert nun doch brennend, was Katharina noch herausgefunden hat. »Erzähl schon!«

»Als Mutti mit Vati Ende der Sechzigerjahre zusammengekommen ist, war Grünberger gar nicht auf der Insel. Er war zu dem Zeitpunkt einunddreißig Jahre alt und als Wissenschaftler sehr erfolgreich. Er lebte in Russland und hat dort mit einem Forschungsteam an Genen herumexperimentiert. Die beiden haben sich erst viel später kennengelernt.« Katharina macht eine Pause. »Und ich weiß auch, wie.«

»In der Untergrundbewegung?«, frage ich zögerlich.

»Was? Wie kommst du denn auf so was?«

»Josefine hat mir davon erzählt. Auch dass sie an die Stasi verpfiffen wurden.« Ich scheine Katharina völlig aus dem Konzept gebracht zu haben. Ungläubig sieht sie mich an.

»Gibt es dafür Beweise?«

»Nein, ich glaube nicht.«

»Dann müssen wir da auch nachforschen. Weißt du, was für eine Gruppe es gewesen sein soll?«

»Irgendwas mit Literatur.«

»Hm. Da hake ich auf jeden Fall noch mal nach. Aber eins ist sicher: Opa hatte einen Zwillingsbruder. Und Grünberger hat damals untersucht, warum bei Zwillingsgeburten oft eine Generation übersprungen wird. Oma und Opa haben drei Mädchen bekommen. Der Theorie nach hätten Mutti oder eine ihrer Schwestern Zwillinge kriegen müssen. Grünberger hat sie damals befragt. Ich muss zu dem Zeitpunkt übrigens zwei Jahre alt gewesen sein. Und du kamst ja dann zwei Jahre später auf die Welt.«

»Und woher weißt du das so genau?«

»Vati hat es mir erzählt.«

Katharina holt Schreibblock und Stift aus ihrer Tasche. »Keine Sorge, ich hab ihm erst mal nichts von deiner Erbschaft erzählt. Ich habe behauptet, ich würde einen Artikel über die Genforschung in der DDR schreiben und sei dabei auf einen Forscher aus Rügen gestoßen. Vati hat kein bisschen überrascht oder gar verärgert reagiert, als er den Namen Grünberger hörte. Er hat sich nur grob daran erinnert, dass ein Genforscher mal bei ihnen vorstellig wurde und nach Zwillingen in der Familie gesucht hat. Er hatte definitiv keine Ahnung davon, dass zwischen Grünberger und Mutti mehr gewesen sein könnte. Das hätte ich gemerkt.« Katharina schreibt verschiedene Namen auf ein Blatt Papier, verbindet sie untereinander mit Strichen, dann verfährt sie ähnlich mit einem zweiten Blatt. Vor mir liegen zwei Stammbäume.

»Oma Hertha und Opa Christoph haben drei Mädchen bekommen: Rosie, Ingrid und Hannah. Unsere Tanten lassen wir mal außen vor. Mutti hat zwei Mädchen bekommen, mich und dich. Aber auch Opas Zwillingsbruder Johann und seine Frau haben zwei Mädchen bekommen, Cornelia und Regina. Jetzt pass auf: Regina hat einen Sohn. Und jetzt rate mal, wer sein Vater ist.«

Von Josefine weiß ich ja schon, dass Regina Mutters Cousine ist. Trotzdem spiele ich mit. »Grünberger.«

»Genau! Julian ist übrigens der einzige Junge in der Familie. Alle anderen sind Mädchen, aber null Zwillinge. Und so wie es aussieht, haben beide Cousinen denselben Mann geliebt. Wenn Grünberger wirklich dein Vater ist, dann hast du einen kleinen Halbbruder, der gleichzeitig unser beider Großcousin ist.« Katharina lächelt mich an. »Wär doch schön, ein männliches Nesthäkchen.«

»*Wenn* …«

»Was hast du für eine Blutgruppe? Ein bisschen Genforschung haben wir doch auch drauf, oder?« Katharina zaubert ihr Tablet hervor und sucht im Internet nach einer Seite, auf der sämtliche Blutgruppen und Vererbungsmerkmale aufgelistet sind. »Vielleicht finden wir ja so was raus.«

»B negativ.«

»Ich habe A positiv. Mutti hatte auch B negativ, das weiß ich, weil wir mal gemeinsam beim Blutspenden waren. Kennst du zufällig Vatis Blutgruppe?«

»Nein, woher denn?«

»Schade, hätte ja sein können. Bei einer Mutter mit B und Kindern mit A und B kann der Vater A oder AB haben.«

»Und jetzt?«, frage ich. »Willst du ihn noch mal anrufen und fragen, welche Blutgruppe er hat?«

»Warum nicht?«

»Weil es einen Grund dafür gibt, dass Mutti uns ihr Geheimnis nie erzählt hat. Sie wollte nicht, dass wir es erfahren. Sonst hätte sie es doch nicht jahrelang für sich behalten. Und ich finde es irgendwie nicht richtig, ihr Geheimnis jetzt posthum preiszugeben. Wenn es überhaupt stimmt.«

»Okay, immer nur hypothetisch gesprochen: Sie hat es Grünberger gesagt, sonst hätte er das Testament nicht zu deinen Gunsten geändert. Er wusste es also.«

»Eben! Und obwohl er es wusste, hat *mir* niemand etwas davon gesagt. Mutti nicht, und er auch nicht. Spätestens nach Muttis Tod hätte er sich bei mir melden müssen, Katharina! Hat er aber nicht. Und dafür gibt es für mich nur zwei logische Gründe. Ich bin nicht seine Tochter. Oder ich bin es, aber sie wollten nicht, dass es jemand erfährt. Und weißt du was? Ist es letztendlich nicht sogar völlig egal? Die beiden haben sich geliebt. Er wollte, dass ich sein Haus bekomme und darin lebe. Und deswegen bin ich jetzt hier! Heute war die Gutachterin da. Ich muss den Dachstuhl machen lassen, den Keller trockenlegen … Ich muss mir einen Job suchen, um einen Kredit bei der Bank anzufragen. Da kommt eine ganze Menge Arbeit auf mich zu. Lass mich erst einmal hier ankommen und mich einrichten. Vielleicht finden sich ja dann Hinweise. Ich würde Vati jetzt nicht einfach so anrufen, um ihn nach seiner Blutgruppe zu fragen. Wer weiß, welche Lawine du damit lostrittst. Du hast doch gesagt, dass er auf den Namen Grünberger gar nicht reagiert hat.«

Wir hatten nie ein besonders intensives Verhältnis zu unserem Vater, weder Katharina noch ich. Die mangelnde Verbundenheit kann also nicht daran liegen, dass ich nicht sein leibliches Kind bin. Soviel ich weiß, hat er Katharina und mich immer gleich behandelt. Das letzte Mal habe ich ihn auf der Beerdigung von Mutti gesehen. Er hat gemeinsam mit uns geweint. Er hat die Angehörigen informiert, uns bei den ganzen Formalitäten geholfen und auch die Kosten übernommen. Aber das Wichtigste war, dass er mit uns getrauert hat. Das war einer der wenigen Momente, in denen ich mich mit ihm verbunden gefühlt habe.

»Weißt du, was ich wirklich gemein finde?«, sage ich. »Ich kann noch nicht einmal sauer auf die beiden sein, weil sie einfach nicht mehr da sind. Ich muss alleine damit klarkommen. Ich glaube, ich will es deswegen gar nicht definitiv wissen.«

»Du musst nicht alleine damit klarkommen. Ich bin schließlich auch noch da«, sagt Katharina. »Und du willst wirklich nicht wissen, ob der furchterregende, riesige Kerl mit den buschigen Augenbrauen tatsächlich dein Vater ist? Das würde nämlich so einige deiner Charakterzüge erklären.« Katharina zwinkert mir zu.

»So aufbrausend bin ich doch gar nicht!« Ich remple sie mit dem Ellenbogen an. »Ein bisschen mehr Verständnis könntest du schon zeigen, Katta. Immerhin wird hier meine Identität gerade neu zusammengesetzt.«

»Nur ruhig Blut, Schwesterchen. Wir könnten übrigens ihre alten Telefonrechnungen raussuchen. Mutti hatte immer eine detaillierte Abrechnung, und der ganze Schriftkram ist doch noch da. Dann sehen wir, ob die beiden miteinander telefoniert haben. Und wir könnten uns auch die Kontoauszüge ansehen. Vielleicht hat sie irgendwas auf Wieck mit Karte bezahlt. Dann wüssten wir zumindest, ob sie dort war. Oder du machst einen Vaterschaftstest. Hier finden sich doch noch sicherlich massenhaft Dinge, die er benutzt hat, wie Zahnbürste, Rasierapparat, Haarbürste. So ein Test ist in zehn bis vierzehn Tagen ausgewertet.«

»Ich habe seine Augen, hat Josefine gesagt. Und mein Bauch sagt mir, dass es stimmt. Aber einen solchen Test möchte ich erst mal nicht machen.«

In dem Moment, in dem ich es ausspreche, wird mir erst klar, was ich da gerade gesagt habe. Für mich steht längst fest, dass er mein Vater ist. Nur deswegen bin ich hier. Josefine hat gesagt, es sei schade, dass er mich nie kennengelernt hat. Aber was ist mit mir? Mir wurde auch nie die Möglichkeit gegeben, ihn kennenzulernen. Hätte meine Mutter mir das tatsächlich vorenthalten?

»Könnte es nicht sein, dass Mutti es selbst nicht wusste? Vielleicht hat sie mit beiden in der fraglichen Zeit Sex gehabt, mit Vati und Grünberger. Und dann hat sie es letztes Jahr durch Zufall irgendwie rausgefunden.«

»Das könnte durchaus möglich sein. Aber dann verstehe ich nicht, dass er sich nicht nach ihrem Tod bei dir gemeldet hat, sondern dir einfach so, ohne erklärende Nachricht, sein Haus hinterlässt.«

»Stimmt – und je mehr ich darüber nachdenke, umso verworrener wird die ganze Geschichte. Deswegen möchte ich es einfach erst einmal dabei belassen. Da fällt mir ein, ich muss Martin noch Bescheid sagen, dass er seine Mutter zurückpfeift. Er wollte sie bitten, sich mal für mich im Dorf umzuhören. Vielleicht ist es besser, wenn hier erst mal nicht unnötig Staub aufgewirbelt wird.«

»Martins Mutter? Die konnte uns doch nie leiden. Sie war immer total unfreundlich zu uns Kindern.«

»Er meint, das seien doch alte Geschichten. Aber ich würde schon gerne wissen, was das Problem damals war.« Ich ziehe mein Handy heraus und halte meiner Schwester ein Foto von ihm unter die Nase. »Na, hättest du ihn wiedererkannt?«

Katharina schüttelt den Kopf, dann nimmt sie mir das Telefon aus der Hand und vergrößert das Bild. »Sieht nett aus!«, sagt sie angetan.

»Er hat schon ein paarmal nach dir gefragt. Er freut sich darauf, dich wiederzusehen.«

»Ja, ich freue mich auch. Es ist lange her.« Katharina sieht mich an. »Weißt du was? Wer immer unsere Väter sind, Hauptsache ist doch, dass wir Schwestern sind, die immer zusammenhalten. Halbschwestern? Das gibt es nicht, zumindest nicht bei uns, oder?«

»Stimmt!« Ich lächle Katharina dankbar an. Es ist ein sehr schönes Gefühl, dass sie zu mir hält.

»Und ...« Katharina zögert.

»Jetzt sag schon, du kannst es sowieso nicht für dich behalten.«

»Was ist, wenn Julian wirklich dein Bruder ist? Würde es dich dann nicht interessieren, ihn kennenzulernen?«

15.

Das nennt man praktische Genforschung

»Lass dich mal anschauen.« Marianne hält mich eine Armlänge auf Abstand und mustert mich von oben bis unten. »Du hast absolut recht, Josefine, sie ist ganz wie Curt.«

Etwa so ähnlich haben sich auch Edith und Erika ausgedrückt. Und auch sie haben mich vorher eingehend betrachtet und mein Kinn ins Licht gerückt. Wozu einen Gentest machen, wenn vier alte Frauen bestätigen, wofür es bisher keine Beweise gibt? Ich bin Curt Grünbergers Tochter, weil ich ihm so verblüffend ähnlich sehe.

Seit zwei Stunden sitzen Katharina und ich nun schon mit dem Damenquartett um den Küchentisch, trinken Likör aus feinen Gläsern und essen die Schnittchen, die Josefine zubereitet hat. Es ist neun Uhr. Katharina hält ordentlich mit, was das süße Zeug angeht, aber ich halte mich dezent zurück. Mir reicht der Alkoholkonsum der letzten beiden Tage. Zum Rommèspielen ist es noch nicht gekommen. Die Frauen schwelgen in alten Geschichten, die sie uns eine nach der anderen zum Besten geben. Aber viel über unsere Mutter konnten sie uns bisher nicht erzählen. Edith konnte nur bestätigen, dass Mutti an geheimen, westlich orientierten Lesezirkeln teilgenommen hat. Das wiederum weiß sie von ihrer Tochter, die mit Mutti befreundet war. Marianne kann sich daran erinnern, dass Oma und Mutti mal bösen Streit hatten, weil Oma ihr irgendwas ausreden wollte. Marianne weiß nicht, was es war, aber alle haben wir einstimmig entschieden, dass es wegen Curt gewesen sein muss. Erika konnte noch beitragen, dass auch die jüngere Schwester von Martins Mutter unglücklich in ihn verliebt gewesen sein soll. Im Nachhinein würde das erklären, warum Frau Krüger uns nicht mochte. Sie muss Wind davon bekommen haben, dass da etwas zwischen Mutti und Curt Grünberger lief. All das sind nur Vermutungen. Und die beiden einzigen Personen, die wirklich Licht in die Sache bringen könnten, leben nicht mehr. Ich dachte immer, dass ich Mutti gut kenne. Doch dann stellt sich plötzlich heraus, dass es Dinge gibt, über die sie nie mit uns gesprochen hat. Und von Grünberger weiß ich sowieso so gut wie gar nichts.

»Josefine, hast du noch ein paar Fotos von ihm? Vielleicht aus der Jugend? Oder der Kinderzeit, als er so alt war wie ich?«, frage ich.

»Ja. Komm mit – sie sind drüben in der Kiste. Du kannst sie gerne mitnehmen.«

»Soll ich mitkommen?«, fragt Katharina, doch ich schüttele den Kopf. Auf einmal habe ich das Bedürfnis, wenigstens einen kurzen Moment alleine zu sein. »Ich bin gleich wieder da. Ich sehe nur schnell die Bilder drüben im Wohnzimmer durch. Ist es in Ordnung, wenn ich dich kurz alleine lasse?«

»Natürlich«, sagt Katharina.

Josefine hat mir die Kiste, in der sich auch Muttis Brief befand, mit einem Lächeln in die Hand gedrückt und ist zurück in die Küche gegangen. Ich sitze im Sessel neben dem Kamin, dort, wo auch Josefine in der ersten Nacht mit der Kiste auf dem Schoß gesessen hat. Wie lange ist das her? Erst drei Tage und doch eine Ewigkeit, in der sich alles verändert hat. Ich streiche vorsichtig über den Deckel, dann hebe ich ihn ab. Die Kiste ist fast randvoll mit Fotos gefüllt. Auch einige Briefe sind darunter. Meine Hand zittert leicht, als ich das erste Schwarzweißfoto herausnehme. Ein Mann mit lockigem Haar ist darauf zu sehen, mit grober Bundfaltenhose, weißem Hemd und einer Weste, daneben stehen drei Kinder. Der Junge trägt ebenfalls Bundfaltenhosen und ein weißes Hemd. Die Mädchen haben kurze Kleider und Kniestrümpfe an. Beide haben ihre Haare zu Zöpfen geflochten. Ob das Grünberger senior mit Curt, Hedwig und Josefine ist? Das Foto stammt aus dem Jahr 1948, stelle ich fest, als ich es umdrehe und die mit blauer Tinte vermerkte Jahreszahl entdecke. *Gottfried Grünberger mit Kindern* steht noch drauf. Wer das wohl geschrieben hat? Es hört sich so formell an. Die beiden Mädchen waren ja auch nicht seine eigenen Kinder, sind aber wie Geschwister miteinander aufgewachsen. Auf den ersten Blick kann ich keine Ähnlichkeit zwischen dem Jungen und mir entdecken. Vielleicht liegt es daran, dass das Foto schon recht alt ist. Ich müsste es mal neben eines meiner Kinderfotos halten, um sie vergleichen zu können. Ich werfe noch einen Blick auf den Mann. Wenn Curt Grünberger tatsächlich mein Vater sein sollte, dann müsste das mein Opa sein, der alte Grünberger. Ob ich von ihm die Locken geerbt habe?

Auch die anderen Fotos sind meist älter, nur einige wenige sind in Farbe und neueren Datums. Auf einem recht aktuellen sind Josefine und Grünberger zusammen abgebildet. Sie sitzen einträchtig auf der Hausbank. Beide haben ihre

Hände wie zum Beten ineinandergefaltet. Gebannt schaue ich auf das Foto. Genauso habe ich ihn in Erinnerung. Curt Grünberger sieht sehr ernst drein. Ich suche nach den Ähnlichkeiten zwischen uns, von denen alle sprechen, kann aber auch hier keine entdecken. Seine Haare sind fast komplett weiß, aber immer noch sehr voll. Locken hat er keine, sofern ich das bei den kurzen Haaren beurteilen kann – sie stehen nur etwas wirr zu allen Seiten ab. Sein Kinn ist markant, richtig eckig. Meins ist eher rund. Die sprechenden Augen sind blau, so wie meine. Das ist aber auch schon die einzige Ähnlichkeit, die ich feststellen kann. Auf Josefines Gesicht kann ich ein kleines, etwas schiefes Lächeln entdecken. Es wirkt gestellt, als würde sie ganz bewusst freundlich in die Kamera schauen. Wenn Josefine wirklich lacht, dann mit dem ganzen Gesicht. Auf dem Foto allerdings kann ich keine Lachfältchen rund um ihre Augen erkennen. Wie alt es wohl ist? Auf der Rückseite finde ich keinen Hinweis, aber ich schätze, dass es nur ein paar Jahre her sein kann. Josefine wirkt etwas schlanker, aber sonst sieht sie fast genauso aus wie heute.

Ich lege das Foto zurück und sehe die anderen durch. Auf keinem der Fotos entdecke ich meine Mutter. Aber auch von Regina und Julian finde ich keine Bilder, nur ältere Briefe, die sie ihm geschrieben hat. Sie zu lesen würde ich jedoch als taktlos empfinden, obwohl es mich schon in den Fingern jucken würde. Aber ich lasse sie in den Umschlägen stecken und sehe mir noch ein paar von den Fotos an. Eines zeigt den Garten im Winter. Die Bäume sind mit Schnee bedeckt und lassen ihre Äste schwer unter der Last hängen. Sind das da Tierspuren? Plötzlich höre ich ein lautes Rumpeln, und ich fahre hoch. Irgendwo fällt eine Tür zu.

»Katharina, bist du das?«, rufe ich. »Ich bin hier, im Wohnzimmer.« Ich lausche einen Moment, aber es bleibt still. Ob eine der Besucherinnen etwa schon gegangen ist? Da sie alle zu Fuß den Hügel heraufgekommen sind, habe ich ihnen angeboten, sie nachher heimzufahren. Ich lasse die Kiste stehen und mache mich auf den Weg zurück in Josefines Küche. Dabei nehme ich im Hausflur einen Gegenstand auf dem Boden vor der Eingangstüre wahr. Es ist ein geflochtener Weidenkorb, erstaunt betrachte ich seinen Inhalt. Ein Laib Brot befindet sich darin und ein Jutesäckchen, wahrscheinlich mit Salz gefüllt. Hat den jemand hier ungesehen abgestellt – deswegen das Rumpeln an der Tür? Ich trete vors Haus und schaue mich um, es ist jedoch dunkel, und ich kann nichts erkennen. Allerdings bemerke ich Lichtkegel, Autoscheinwerfer, die von unten recht schnell den Hügel emporzukommen scheinen. Ob Martin vorbeischaut? Aber er ist es nicht, wie ich kurz darauf feststelle. Es ist ein Auto mit Hamburger Kennzeichen. Eine Frau in grauem Wollmantel steigt aus und kommt zielstrebig auf mich zu.

»Sie wollen unten vom Biohof sein, ja? Und ich glaube es auch noch! Sie haben die Frechheit, meinem Sohn das Erbe abspenstig machen zu wollen, aber keinen Schneid, es zuzugeben.«

Ich stehe, wie vom Donner gerührt, in der Haustür und starre Regina, die Cousine meiner Mutter, an. Sie sieht ihr wirklich ein wenig ähnlich.

»Ich nehme niemanden etwas weg«, sage ich und schnaufe tief durch. »Das Haus geht an die Kirche, wenn ich es ablehne.« Warum verteidige ich mich eigentlich? Ich habe nicht darum gebeten, *er* hat es schließlich so gewollt. Außerdem habe ich noch gar nicht unterschrieben.

»Kann ich reinkommen, oder wollen Sie mich in der Kälte stehen lassen?«

»Entschuldigung, ja, bitte kommen Sie doch rein.« Ich gehe voran und bin noch dabei zu überlegen, ob ich sie ins Wohnzimmer oder in die Küche bitten soll.

»Sie glauben ja wohl nicht im Ernst daran, dass Sie damit durchkommen! Mein Sohn wird auf jeden Fall gegen dieses lächerliche Testament angehen. Und solange die Angelegenheit noch nicht geregelt ist, möchte ich Sie bitten, umgehend das Haus zu verlassen. Was denken Sie sich eigentlich? Schämen Sie sich nicht? Einem alten Mann so dermaßen den Kopf zu verdrehen, dass er sich das Leben nimmt, und sich dann ins gemachte Nest setzen!«

»Wie bitte?«, frage ich entgeistert. Ich bin mir nicht sicher, ob ich wirklich verstanden habe, was sie mir gerade an den Kopf geworfen hat. Ich soll Grünberger Avancen gemacht und ihn damit in den Tod getrieben haben?

»Fällt dir denn gar keine Ähnlichkeit auf, Regina?« Josefine ist mit Katharina im Flur aufgetaucht. Und sie hält wie bei der ersten Begegnung mit Grünbergers Exfrau den Feuerhaken in der Hand. »Du solltest etwas freundlicher sein. Marina ist die Tochter deiner Cousine väterlicherseits – Hannah. Und ich finde, sie sieht auch Curt ein wenig ähnlich.«

Josefines Freundinnen drängen aus der Küche auf den Flur und recken die Hälse. Dass Josefine auf eine optische Übereinstimmung zwischen Grünberger und mir anspielt, halte ich für sehr gewagt. Regina mustert mich sekundenlang von oben bis unten.

»Hannah? Das nennt man praktische Genforschung, die Curt da betrieben hat«, sagt sie abfällig. »Aber mit Zwillingen hat es anscheinend auch bei ihr nicht geklappt. Sofern an der Sache überhaupt was dran ist. Na, dann richte ihr mal viele Grüße aus. Scheint ja so, als hätte sie es geschafft.«

Noch bevor ich eine Antwort formulieren kann, tritt Katharina vor und ergreift für mich das Wort. »Was soll unsere Mutter geschafft haben?«

»Aha, die Schwester ist zur Unterstützung auch gleich angereist. Das fragt eure Mutter mal schön selbst.«

»Sie ist tot.« Katharinas Worten folgt ein Schweigen, was den Widerhall der so grausamen Aussage in meinen Ohren verstärkt.

Regina zögert einen Moment, dann sagt sie mit etwas milderer Stimme: »Das tut mir leid.« Sie scheint doch nicht ganz so herzlos zu sein. »Wann ist sie gestorben?«

»Vor einem halben Jahr.« Auch Katharinas Stimme klingt weicher. Aufgewühlt fährt sie sich mit der Hand durchs Haar, eine für sie typische Geste in all der Aufregung.

»Dann hat sie nun ja leider nichts mehr davon. Was sagen denn Rosie und Ingrid dazu? Wissen sie es schon?« Mutters Schwestern? Was haben die denn damit zu tun? »Tja, so grausam kann das Leben spielen. Hannah hatte schon immer eine Vorliebe für das Haus. Und jetzt ...«

»Und jetzt gehört es mir«, sage ich bestimmt. Dass Mutti und ich beide für das Haus schwärmten, höre ich jetzt zum ersten Mal. Ich möchte nicht, dass die Kirche es bekommt, oder gar letztendlich Regina. Sie würde nämlich sicher versuchen, es Julian wegzunehmen. Ich werfe einen Blick auf Josefine. Sie hat den Feuerhaken immer noch in der Hand, aber nicht mehr erhoben in drohender Geste, sondern sie stützt sich damit auf dem Boden ab. »Es gehört mir – und Josefine, so war sein Letzter Wille«, sage ich.

»Das werden wir noch sehen.« Regina dreht sich auf dem Absatz um und öffnet die Eingangstür. »Wir hören voneinander.« Die Tür fällt mit einem Rumms ins Schloss.

Katharina zeigt auf den Korb, den ich immer noch fest umklammert in Händen halte. »Der ist nicht von ihr, oder? Sie hat dir nicht wirklich Brot und Salz zum Einzug mitgebracht? Das wäre aber auch echt dreist.«

Verwirrt schaue ich auf den Korb. »Nein, den hat jemand gebracht, bevor sie gekommen ist. Aber frag mich nicht, wer, ich habe keine Ahnung. Es liegt keine Grußkarte bei.«

Katharina grinst. »Da hat anscheinend irgendjemand vor dir gewusst, wie du dich entscheiden wirst, und hat dich schon mal willkommen geheißen. Vielleicht dein geheimnisvoller Unbekannter, der mit dem Feuerstein.«

»Ja, womöglich. Verrückt, oder? Ich meine das alles hier. Aber ich will das Haus! Ich will es unbedingt!«

Katharina nimmt mich in den Arm, und Josefine und ihre Freundinnen lächeln mir wohlwollend zu.

Es ist ein komischer und auch rührender Anblick, wie die vier alten Damen hintereinander zurück in Josefines Küche gehen. Josefine ist die kleinste, sie geht vorneweg. Dabei ereifern sie sich lauthals über Reginas Auftritt.

»Das hat sie nun davon! Ich sag doch, jeder bekommt irgendwann das, was er verdient!«, schimpft Edith.

Das habe ich früher auch immer gedacht, aber mittlerweile sehe ich es anders, sonst würde Mutter noch leben, und zwar hier, mit Curt Grünberger, den sie wirklich geliebt zu haben scheint. Mich interessiert brennend, was Regina damit gemeint hat, als sie Mutters Schwestern in Zusammenhang mit dem Haus erwähnt hat. Auch Katharina macht sich darüber Gedanken.

»Ich würde zu gerne wissen, was damals alles passiert ist«, sagt sie.

»Weißt du was? Ich werde das Gefühl nicht los, dass Oma doch irgendwie ihre Finger mit im Spiel hatte.«

»Ja, das glaube ich auch. Was meinst du, sollen wir morgen nach Nardevitz und danach nach Lohme fahren? Ich würde gerne mal Omas Haus sehen. Und natürlich auch das, in dem wir damals gewohnt haben. Wir könnten dann noch eine Tour an den Hafen machen und schauen, was sich so in zwanzig Jahren verändert hat.«

»Das ist eine gute Idee. Sehr gerne. Josefine hat mir erzählt, dass in Omas Haus eine Künstlerin lebt. Sie hat ihre Skulpturen im Garten aufgestellt. Angeblich wurden auch eine Menge schöne neue Häuser dort gebaut. Wenn du willst, könnten wir vorher kurz bei Martin vorbeischauen.«

16.

Ein Engel war Mutti aber auch nicht immer

Es ist ein schönes Gefühl, gemeinsam mit meiner Schwester im Gästezimmer zu übernachten. Die geräumigen Doppelbetten knarzen kein bisschen, wenn man sich darin bewegt. Mein erster Gedanke, Curt Grünberger könnte Schreiner gewesen sein, war gar nicht so falsch. Er war zwar Biologe, aber einige der Möbel hat er tatsächlich selbst gebaut, wie Josefine mir vorhin erzählt hat. Am Entwurf des Schlafzimmerschrankes zum Beispiel hat er sehr lange gearbeitet, bis er ihn so ausgetüftelt hatte, wie er ihn haben wollte. Und alle Betten hier oben stammen auch von ihm. Sie sind aus massivem Buchenholz, sehr schlicht und mit wuchtigen Füßen aus Vierkanthölzern ausgestattet, die er an den Längsseiten mit zwei Holzbrettern verbunden hat. Die Gestelle sind dunkel gebeizt und mit der Zeit etwas grau geworden, weswegen ich erst Eichenholz vermutet habe. Wenn man sie mit einem guten Bienenwachs oder mit Olivenöl bearbeitet, sehen sie bestimmt wieder richtig schön aus. Und bequem sind sie auch. Die Matratzen sind weich, ohne dass man darin versinkt. Er hat also nicht am Komfort für seine Gäste gespart.

Es ist wie früher, wir liegen plaudernd nebeneinander auf

dem Rücken, mit angewinkelten Knien. Die Nachttischlampe verströmt warmes Licht. In den letzten Jahren hatte Philipp Katharinas Platz eingenommen, aber demnächst werde ich wohl alleine schlafen. Momentan sind wir beide Singles.

»Sag mal, wie hieß der Sportstudent, mit dem du mal eine Weile zusammen warst, gleich wieder?«, frage ich meine Schwester. Ich weiß auch nicht, warum ausgerechnet er mir auf einmal in den Sinn kommt.

»Der, dem du ständig auf den Hintern gestarrt hast? Du weißt seinen Namen nicht mehr?« Katharina kichert.

»Du musst zugeben, dass er es darauf angelegt hat, sonst hätte er nicht so enge Jeans angezogen.«

»Das war Peter. Er hatte tatsächlich einen schönen Hintern, aber dafür konnte er absolut nicht küssen. Er hat seine Lippen dabei so angespannt, dass sie ganz hart geworden sind. Es hat überhaupt keinen Spaß gemacht.« Katharina schürzt zur Demonstration ihre Lippen.

»Philipp kann gut küssen.« Ich seufze auf. »Schade eigentlich. Ich mag ihn. Auch wenn er ein bisschen oberflächlich ist, oder gerade deswegen. Mit Philipp fühlen sich viele Dinge irgendwie leichter an.«

»Aber du liebst ihn nicht richtig, sonst wärst du jetzt nicht hier in deinem Haus. Ich meine, so, wie Mutti ihren Curt geliebt hat. Oder kannst du dir vorstellen, dass du Philipp in dreißig Jahren so einen Liebesbrief schreiben wirst, wie sie das gemacht hat?«

»Katharina, wir hatten wirklich schöne Momente zusammen. Aber wenn ich nachdenke, sind es eher Erinnerungen an lustige Dinge. Ob Philipp überhaupt zu intensiven Gefühlen fähig ist? Manchmal hat mir das gefehlt, da habe ich mir mehr Tiefe gewünscht. Dennoch wird er mir fehlen. Was mich wundert, ist, dass er unzufrieden mit unserer Beziehung war und ich es gar nicht mitbekommen habe. Seit Muttis Tod bin ich nur noch mit mir beschäftigt.«

»Das geht mir genauso. Ich habe mir schon gedacht, dass Philipp nicht mit der neuen Situation klarkommt. Wie heißt es so schön? In guten wie in schlechten Zeiten. Er ist eben mehr der Mann für die guten Zeiten.«

»Das stimmt nicht ganz, denn er war schon für mich da. Ohne ihn wäre ich die ersten Tage und Wochen wahrscheinlich durchgedreht. Aber daraus sind dann Monate geworden, und ich bin immer noch ganz oft traurig. Dann habe ich keine Lust, etwas zu unternehmen. Philipp ist aber ein Typ, der raus muss, unter Leuten sein will. Mir zuliebe ist er aber oft zu Hause geblieben, und damit kam er wohl nicht klar. Es würde ihm nicht gefallen, hier auf Rügen. Es wäre ihm viel zu einsam und abgeschieden. Vielleicht ist er wirklich eher ein Mann, mit dem man Spaß haben kann. Dennoch liebe ich ihn irgendwie. Glaubst du, dass es verschiedene Arten von Liebe gibt?«

»Ja, ganz sicher. Das kann man jetzt natürlich nicht miteinander vergleichen, aber Mutti hat immer gesagt, dass es nichts Schöneres und Intensiveres gibt als die Liebe zu seinen Kindern. Eine ganz besondere Liebe, frei von Forderungen oder Bedingungen, die man an einen Partner stellt.«

»Sie fehlt mir so wahnsinnig.« Meine Augen füllen sich mit Tränen. »Ich habe das Gefühl, dass es gar nicht besser wird, sondern eher schlimmer. Es stimmt nicht, dass die Zeit alle Wunden heilt. Wer hat sich den Spruch nur einfallen lassen?«

Katharina greift nach meiner Hand. »Das geht mir genauso. Es gibt keinen Tag, an dem ich nicht ständig an sie denke. Und falls es doch mal passiert, geht es mir doppelt schlecht, wenn mir auffällt, dass ich die ganze Zeit über so beschäftigt war, dass ich nicht an sie gedacht habe. Es ist auch noch nicht lange her, gerade mal vier Monate. Ich glaube, dass es mit der Zeit nicht besser wird, nur anders. Vielleicht ist es eher so, dass man sich daran gewöhnt, mit dem Schmerz zu leben.«

Ich tupfe mir mit dem Kissenzipfel die Tränen aus dem Gesicht. »Sie muss sehr glücklich gewesen sein, weil sie wusste, dass er sie auch noch liebt.« Der Gedanke tröstet mich, und auch Katharina ist einen Moment ganz still. Dann sagt sie: »Es muss sich wunderschön anfühlen, jemanden über so viele Jahre hinweg zu lieben.«

»Ja, genau daran denke ich auch oft. Vorhin habe ich unten im Wohnzimmer am Fenster gestanden und habe mich gefragt, ob sie auch gerne von dort aufs Meer geschaut hat. Bestimmt hat sie das! Ich habe mich ihr dabei ganz nah gefühlt. Dann habe ich mir vorgestellt, wie er plötzlich hinter ihr steht, sie in die Arme nimmt und sie beide in den Anblick versinken. Es war total verrückt. Ich habe mich umgedreht, weil ich ihn fast physisch spüren konnte. Und dann musste ich auf einmal an Vati denken, den sie doch betrogen hat, und ich habe an ihrer Stelle fast so etwas wie ein schlechtes Gewissen verspürt. Sie war wohl doch nicht so unfehlbar, und es macht sie irgendwie – menschlicher. So wie in dem Grönemeyer-Lied, das sie immer so gerne gehört hat.« Ich setze zum Refrain an: »*Und der Mensch heißt Mensch, weil er erinnert, weil er kämpft … Und weil er hofft und liebt …*«

»Ja, ich muss auch immer an Mutti denken, wenn ich das Lied höre. Dass ausgerechnet sie auf Grönemeyer stand, habe ich zwar nie verstanden, aber der Song gefällt sogar mir. Der Text ist gut. Aber weißt du …« Katharina grinst plötzlich.

»Was ist?«

»Nicht sauer sein.«

»Versprochen.«

»Du könntest auch Grönemeyers Tochter sein. Deine Stimme klingt genauso quakend wie seine, wenn du singst.«

Es ist typisch für Katharina, mich mit einem Scherz aufmuntern zu wollen. Er schmälert nicht die Trauer, die ich gerade empfinde, sondern lässt mich einfach nur glücklich darüber sein, dass sie jetzt bei mir ist und wir uns so nahe stehen. Außerdem hat meine Schwester recht, ich kann wirklich nicht singen.

Abrupt setze ich mich im Bett auf. »Weißt du was, ich habe auf einmal wieder Hunger. Im Kühlschrank unten sind noch ein paar leckere Sachen. Sollen wir uns einen kleinen Snack zubereiten?«

Es ist ein Uhr, als ich gemeinsam mit meiner Schwester durchs Haus schleiche, um uns einen Nachtproviant zu holen. Mit Katharina an meiner Seite kommt es mir so vor, als könne mir nichts passieren.

Wir schmieren uns Schnitten, die Katharina in schmale Streifen schneidet, *kleine Schiffchen,* wie Mutti sie früher immer genannt hat. Josefine hat mir vor dem Schlafengehen eine Flasche Walnusslikör in die Hand gedrückt. Es wäre ein guter Nachttrunk, der schön müde macht und gute Träume schenkt, hat sie gesagt. Wir schütten ordentlich davon in die Kanne mit Pfefferminztee, den wir soeben aufgebrüht haben.

»Meinst du, das schmeckt?«, fragt Katharina skeptisch.

Ich schnüffele an dem Sud. »Ja, natürlich! Wenn es jetzt noch wirkt, ist es der perfekte Schlaftrunk.«

Ich balanciere das voll beladene Tablett nach oben, und wir machen es uns im Schneidersitz auf dem Bett gemütlich. Nach und nach verspeisen wir unsere Häppchen und reden noch ein bisschen über alte Zeiten. Ich wusste gar nicht, dass Katharina und Martin nach damaligen Verhältnissen ein richtiges Liebespaar gewesen sind. Ich war wohl noch zu jung, um es mitzubekommen. Die beiden haben heimlich Händchen gehalten und sich ein paarmal ziemlich unbeholfen geküsst, wie Katharina mir verrät. »Ich kann mich noch gut an seinen Geschmack nach Kaugummi erinnern … Ehrlich gesagt war es für mich ganz reizvoll, dass seine Mutter und Oma Stress miteinander hatten. Seine Mutter wäre ausgeflippt, wenn sie was mitbekommen hätte. Unser verbotenes Techtelmechtel war spannend, so wie für dich das Haus.«

Wir haben noch nicht ganz aufgegessen, da hören wir ein leises Maunzen vor der Tür. Findus stattet uns einen Besuch ab, es geht ihm schon wieder erstaunlich gut. Er lässt sich von mir kraulen und ergattert von Katharina das letzte Häppchen. Sichtlich zufrieden fängt er an, sich ausgiebig zu putzen.

»Meinst du, es gibt tatsächlich so etwas wie Schicksal?«, fragt Katharina und beobachtet den Kater. »Ich meine, ist wirklich alles vorherbestimmt, oder besteht das Leben nur aus einer Aneinanderreihung von Zufällen?«

»Ich weiß es nicht. Sagst du nicht immer, es hat alles einen Sinn? Das spricht meiner Meinung dafür, dass es so etwas wie Schicksal gibt.«

»Ich finde die Vorstellung, dass die Zukunft komplett vorherbestimmt ist, irgendwie beängstigend. Mir gefällt der Gedanke besser, mich frei in meinen Entscheidungen zu fühlen. Ich möchte nicht wie eine Marionette hilflos an den Fäden einer höheren Macht hängen und zusehen, was mit meinem Leben passiert.«

»Musst du doch auch nicht. Letztendlich bestimmst du doch selbst, wie dein Leben verläuft«, sage ich.

Wir beschließen, dass eine Mischung das Beste ist: Das Schicksal macht uns Angebote, und wir entscheiden, ob wir sie annehmen.

»Was meinst du, sollen wir Findus hier bei uns schlafen lassen?« Der Kater hat sich mittlerweile auf dem Bett zusammengerollt.

»Schmeiß ihn bloß raus«, sagt Katharina resolut. »Ich hab keine Lust darauf, dass er hier rumgeistert. Unten bei Josefine muss irgendwo ein Schlupfloch sein, sonst wäre er auch nicht hier hochgekommen.«

»Du hast es gehört«, sage ich und setze den verschlafenen Kater vor die Tür. Er sieht mich mit großen Augen an, dann trottet er davon.

Katharina gähnt herzhaft, und als ich zu ihr unter die Decke schlüpfe, murmelt sie: »Ich glaube, das Walnusszeugs schlägt nun zu …« Ich vermute eher, die lange Autofahrt hat sie geschlaucht, und Josefines Likör hat ihr nur den Rest gegeben.

Als wir am späten Vormittag am Biohof anklingeln, steht Martin in seiner Arbeitskluft vor uns und strahlt übers ganze Gesicht. Wir sind erstaunlich gut aus dem Bett gekommen und haben gemeinsam mit Josefine gefrühstückt.

»So eine Freude!«, ruft Martin aus und umarmt Katharina stürmisch. »Mensch, ich fasse es nicht!«

Katharina ist auch ganz aus dem Häuschen. Sie hat ganz rote Wangen. Ich stehe still daneben und beobachte die Freunde aus Kindheitstagen, wie sie ihr Wiedersehen nach zwanzig Jahren auskosten. Die beiden würden wirklich ein sehr schönes Paar abgeben. Aber dass Katharina deswegen gleich nach Rügen zieht, ist wohl zu viel verlangt.

»Wir sind übrigens bald Nachbarn«, sage ich, nachdem die beiden sich etwas beruhigt haben und Martin mich auch begrüßt hat.

»Du hast tatsächlich unterschrieben? Dann willkommen zurück in der Heimat! Wahnsinn, ich weiß gar nicht, was ich dazu sagen soll. Außer natürlich, dass ich mich wirklich sehr freue!«

»Ich unterschreibe morgen, bevor wir zurück nach Frankfurt fahren. Ich muss ja noch einige Dinge klären, meinen Job kündigen, den Umzug organisieren …«

Und mich mit Philipp auseinandersetzen. Heute Morgen habe ich kurz mit ihm telefoniert. Ich habe ihm von meiner Entscheidung erzählt, dass ich nun tatsächlich hier auf Rügen in dem Haus leben möchte. »*Honey*, das war doch von Anfang an klar«, war sein Kommentar. »Ich freue mich für dich, auch wenn ich es für uns sehr schade finde.« Und dann hat er mir noch mitgeteilt, dass wir unsere Wohnung zum 1. Juli kündigen können, die dreimonatige Frist aber umgehen könnten, wenn wir früher einen geeigneten Nachmieter finden. Ich habe schon fast damit gerechnet, dass er mir auch gleich den passenden Kandidaten präsentiert, aber so lief es dann auch nicht. Ich solle erst mal nach Hause kommen, dann könnten wir noch mal in Ruhe über alles reden. Mein Zuhause ist aber in Zukunft hier auf Rügen. Zwar ist vieles noch ungewiss. Ich weiß nicht, ob ich einen guten Job hier finde, und ich habe keine Ahnung, wie ich das finanziell mit den anstehenden Umbauten anstellen soll. Aber ich bin mir sicher, dass ich die Herausforderungen meistern werde. Jedenfalls habe ich ausgesprochen nette Nachbarn, so viel ist sicher.

»Wenn du Hilfe brauchst, egal ob beim Umzug oder Renovieren, meld dich bloß bei mir!«, bietet Martin an.

»Ja, gerne, das mach ich auf jeden Fall. Danke!«

Martin führt uns stolz über seinen Hof. Neben dem Ackerland für die Futterproduktion gibt es über fünfzig Kühe, ein paar Muttersäue, einen prächtigen Eber und den alten Hofhund Carlos. Der ist Martins Frau mal während eines Spanienurlaubs total verwahrlost und fast verhungert über den Weg gelaufen. Laura hat ihn aufgepäppelt und ihn mit nach Rügen gebracht, wie Martin uns erzählt. Für den Hütehund waren die sechshundert Schafe, die draußen auf den Weiden stehen, das Paradies auf Erden. Aber mittlerweile hat Carlos einen Hüftschaden und ist halb blind, weswegen er sich nur noch auf dem Hofgelände aufhält. Dass der Betrieb so groß ist, habe ich nicht gewusst. Im dazugehörigen Hofladen kann man die selbst hergestellten Leckereien kaufen, alles Bio. Sogar Käse aus der eigenen Käserei kann man hier bekommen. Natürlich schafft Martin das alles nicht alleine; er hat einen Landwirt fest angestellt und mehrere Aushilfen für den Hofladen. In den Erntezeiten stellt er zusätzliche Helfer ein. Seine Mutter kümmert sich zudem um die Büroarbeit. Mit dem Biohof leitet er einen richtig großen Betrieb.

»Du darfst mich dann in Zukunft schon mal zu deinen Stammkunden zählen.« Ich stehe vor einem Regal und bewundere die breite Produktpalette, die auch zugekaufte Kosmetik beinhaltet. »Stutenmilchcreme vom Haflingerhof in Ummanz. Das wär doch was für uns, Katharina?«

Moment mal, Ummanz? Mir fällt wieder ein, dass Josefine mir erzählt hat, Curt Grünberger sei im September letzten Jahres auf Ummanz gewesen. Ob er vielleicht erst dort war und danach nach Wieck gefahren ist, um sich mit Mutti zu treffen? Als ich heute Morgen auf der Beifahrerseite im Handschuhfach nach dem Fahrzeugschein gesucht habe, sind mir einige Tankquittungen aufgefallen, die mir jetzt wieder in den Sinn kommen. Es könnte durchaus möglich sein, dass Grünberger in Wieck getankt hat, wenn er tatsächlich dort gewesen ist. Und Mutti ist auch mit dem Wagen gefahren. Sie hat nie viel Bargeld bei sich gehabt und hat lieber mit EC-Karte gezahlt. Wir sollten wirklich einen Blick auf ihre Kontoauszüge werfen, um zu schauen, ob sie auch dort gewesen ist. Auf einmal kann ich mich gar nicht schnell genug von Martin verabschieden. Ich schlage ihm vor, uns am Abend oben im Haus zu besuchen, dann ziehe ich meine Schwester zum Landrover, der draußen im Hof steht.

»Was ist denn mit dir los?«, fragt sie.

»Erzähl ich dir gleich – komm schon!« Ich öffne die Beifahrertür und hole die Quittungen aus dem Handschuhfach. Falls sie vollständig sind, hat Grünberger in der letzten Zeit vor seinem Tod nicht viel getankt, im Schnitt einmal im Monat. Es dauert nicht lange, da halte ich den entscheidenden Beleg in der Hand. »Sieh dir das an! Er war also wirklich da, in Wieck am Darß, am 16. September. Mutti ist am 10. gefahren. Das weiß ich noch ganz genau, weil Philipps Mutter an dem Tag Geburtstag hat und wir zum Frühstück bei ihr eingeladen waren. Mutti hat Frau Maibach angerufen und ihr gratuliert, dann habe ich auch noch kurz mit ihr gesprochen. Ich weiß noch, dass sie total gute Laune hatte und richtig aufgekratzt war. Und ich habe gedacht, sie freut sich einfach nur auf ihren Urlaub. Stattdessen hat sie sich wohl hauptsächlich auf ihn gefreut. Und im Oktober hat er dann das Testament geändert. Es könnte also wirklich sein, dass sie ihm bei diesem Treffen von mir erzählt hat.«

»Aber das ist doch längst klar, dass die beiden sich getroffen haben. Die Briefe waren mehr als eindeutig.«

»Ja, schon, aber ein Teil von mir will es einfach nicht wahrhaben. Stell dir mal vor, du würdest erfahren, dass Vati vielleicht nicht dein leiblicher Vater ist. Alle haben immer gesagt, dass ich ihm ähnlich sehe. Und wenn ich früher bockig war, dann hieß es auch, ich sei ganz der Vater. Und jetzt soll das auf einmal alles nicht mehr wahr sein? Das kann ich nicht glauben.«

Wir sitzen im Auto, und ich blicke hilflos auf den kleinen Stapel Tankquittungen in meinen Händen. Die Frage nach meiner Identität, die ich in den letzten Tagen etwas verdrängt habe, weil es andere Dinge zu tun gab, scheint mich nun wieder einzuholen.

Katharina streicht mir über die Wange und dreht sachte mein Gesicht zu ihr. »Marina, du bist in vielen Dingen wirklich wie Vati. Du hast zum Beispiel definitiv seinen Humor, egal ob vererbt oder anerzogen. Ihr beiden habt früher immer über dieselben Witze gelacht oder euch über bestimmte Szenen in Fernsehfilmen amüsiert, die Mutti und ich überhaupt nicht komisch fanden. Ihr habt auch ähnliche Vorlieben, was das Essen angeht. Ich kenne niemanden außer euch, der Nudeln mit Butter und Zucker isst. Oder Leberwurstbrot mit Marmelade, damit kannst du mich jagen. Die Frage ist doch, was uns mehr prägt, die Gene oder das soziale Umfeld, in dem man groß wird, die Menschen, die uns wichtig sind. Vati hat dich gewickelt, gebadet und mit dir gespielt. Sein Interesse an uns ließ erst nach, als wir größer wurden und er wieder geheiratet hat.« Katharina schluckt. Auch an ihr ist die Zeit der Trennung nicht spurlos vorbeigegangen. Sie streicht sich durchs Haar, dann sagt sie mit Nachdruck: »Auch wenn Vati sich später nicht mehr sehr für uns interessiert hat – als wir klein waren, hat er sich viel um uns beide gekümmert, zumindest wenn er nicht auf Tour war. Kannst du dich noch daran erinnern, dass er oft mit uns am Meer war? Er hat uns das Schwimmen beigebracht. Und ihr habt eimerweise Muscheln gesammelt und diese kleinen ekligen Krebse, die sich unter den Steinen verstecken. Er hat uns geliebt, und das macht er auch heute noch. Er kann es irgendwie nur nicht mehr richtig zeigen. Meiner Meinung nach steckt Ilona dahinter; sie hat einen Keil zwischen uns getrieben. Vati war schon immer eher weich und konnte sich nicht durchsetzen. Auch bei den Streitereien mit Mutti hat er oft den Kürzeren gezogen. Mutti konnte einfach besser mit Worten umgehen, und das hat sie manchmal ganz schön raushängen lassen. Versteh mich bitte nicht falsch, du weißt, wie sehr ich sie liebe. Ein Engel war Mutti aber auch nicht immer.«

»Ja, genau, das meine ich doch. Deswegen bin ich ja so hin- und hergerissen. Überleg doch mal, was das bedeutet: Wenn Vati nicht mein leiblicher Vater ist und er auch nichts davon gewusst hat, dann war das doch echt ein starkes Stück von Mutti. Dann hätte sie ihn nicht nur betrogen, sie hätte ihm auch verschwiegen, dass er nicht mein Vater ist. Auch wenn es irgendwie menschlich ist, wie ich gestern gesagt habe – traust du ihr das alles zu?«

»Ich glaub schon. Aber lass uns später noch mal darüber reden.« Katharina hält mir die offene Hand hin. »Gib mir den Schlüssel. Es ist besser, wenn ich fahre. Du bist zu aufgewühlt. Lass uns Omas Haus anschauen. Ich bin total gespannt, wie es heute aussieht.«

Wir wechseln die Plätze. »Du kannst dir echt vorstellen, dass sie so etwas gemacht hat?«

»Sie hat das gemacht, was sie damals für richtig hielt. Aber weißt du, was ich ehrlich gesagt nicht verstehe? Wenn ich in deiner Situation wäre, dann würde ich alles darum geben, die Wahrheit rauszufinden. Du mutmaßt nur und spinnst dir irgendwelche Theorien zusammen, von denen du gar nicht weißt, ob sie überhaupt haltbar sind. Was, wenn Grünberger doch nicht dein Vater ist? Dass er und Mutti sich geliebt haben, steht außer Frage, alles andere weißt du nicht.«

»Du hast recht, aber ich scheue mich davor, mehr zu erfahren. Dann gibt es kein Zurück mehr. Meinst du, wir kriegen Vatis Blutgruppe raus, ohne dass wir ihn fragen müssen? Ich will keine schlafenden Hunde wecken.« Es wäre wenigstens eine Möglichkeit rauszufinden, ob unsere Blutgruppen zusammenpassen. Mir ist klar, dass es letztendlich nicht als Beweis dient, aber es könnte der schnellste Weg sein, um eine Vaterschaft zumindest auszuschließen.

»Er ist doch letztes Jahr wegen seines Leistenbruchs operiert worden. Im Krankenhaus erfahren wir bestimmt was.«

»Die geben uns doch nicht einfach so Auskunft – das fällt doch sicher unter die Schweigepflicht.«

»Lass mich mal machen, ich krieg das hin. Mir fällt schon was ein.« Katharina lässt den Motor an. Sie will gerade losfahren, da sehe ich eine ältere Frau über den Hof gehen. Sie hat dunkles, kurz geschnittenes Haar, das mit grauen Strähnen durchzogen ist. Über einem dicken dunkelgrünen Wollpulli trägt sie eine hellbraune Latzhose. Aus der Entfernung schätze ich sie auf etwa sechzig Jahre. Sie scheint hier zum Betrieb zu gehören, denn Carlos läuft schwanzwedelnd neben ihr her. Sie kommt mir irgendwie bekannt vor. In den Händen hält sie einen Weidenkorb, der, ich fasse es nicht, genauso aussieht wie der, der gestern Abend plötzlich im Flur des Hauses stand.

»Warte mal, fahr noch nicht los. Sag mal, ist das Martins Mutter?«

»Könnte sein. Sollen wir Guten Tag sagen?« Katharina dreht den Schlüssel wieder um, und ich steige sofort aus.

»Frau Krüger?« Die Frau schaut in unsere Richtung, und ihr Gesicht erhellt sich sofort.

»Sind das nicht die Beckmann-Mädchen? Das ist aber eine schöne Überraschung!« Es ist tatsächlich Martins Mutter, und sie scheint sich wirklich zu freuen. Sie lächelt uns an, ergreift nacheinander unsere Hände und hält sie für einen kurzen Moment fest umschlossen. Martin hat recht, die alten Geschichten scheinen vergessen. Ich erzähle ihr kurz, dass wir uns ihren schönen Hof angesehen haben und nun auf alten Spuren erst nach Nardevitz und Lohme, dann einmal quer über die Insel fahren wollen. Dann zeige ich auf den selbst geflochtenen Korb in ihren Händen.

»Haben Sie mir vielleicht gestern Abend Brot und Salz gebracht? Der Korb sah ganz ähnlich aus. Ich würde mich nämlich gerne bei dem Überbringer bedanken.«

Frau Krüger schüttelt den Kopf. »Nein, das war ich leider nicht, auch wenn es eine nette Idee gewesen wäre.« Mir fällt auf, wie jung sie noch wirkt, sie hat kaum Falten und eine annähernd glatte Haut. »Die Körbe werden in Handarbeit für uns in Bergen hergestellt, wir bestücken sie mit unseren Waren als Präsentkörbe. Man kann sie aber auch ohne Inhalt kaufen.«

»Ist vielleicht gestern bei Ihnen so ein Korb verkauft worden?«

»Hm … Ich glaube nicht.« Sie überlegt für meinen Geschmack etwas zu lange.

»Findest du auch, dass Martins Mutter ein wenig seltsam reagiert hat, als ich sie nach dem Korb gefragt habe?« Wir sitzen wieder im Auto. Es ist nicht weit, etwas über einen Kilometer bis in die Kastanienallee nach Nardevitz. »Vielleicht war es doch Martin.«

»Nein, das glaube ich nicht. Er hätte es dir doch gesagt.«

Aber wer soll es dann sonst gewesen sein?

17.

Wenn das mal nicht ein gutes Zeichen ist!

Ich hätte Omas Haus beinahe nicht wiedererkannt. Es hatte damals nur eine Wohnfläche von etwa siebzig Quadratmetern, aber mittlerweile wurde das Dach ausgebaut. Eine schöne Gaube mit einem großen, blauen Sprossenfenster befindet sich nun zur Gartenseite hin, auch die anderen Fensterrahmen sind blau gestrichen. Sie heben sich kontrastreich von der schneeweißen Fassade ab. Omas Häuschen sieht fast wie ein Friesenhaus aus. Auf den Fensterbänken sind blaue Katzenskulpturen mit langen, merkwürdig verbogenen Hälsen und spindeldürren Beinen platziert. Sie räkeln sich zwischen weißen Blumenkästen, die mit ausgesägten, blau bemalten Holzblumen bestückt sind. Auch im Garten stehen große gewundene blaue Pflanzenkunstgebilde auf dem kurz gemähten Rasen. Gewöhnungsbedürftig, aber es sieht auf jeden Fall interessant aus.

»Kreativ«, fasst Katharina zusammen.

»Und äußerst pflegeleicht. Die brauchen definitiv kein Wasser.« Neugierig beuge ich mich über das Gartentor, um mir eine der Skulpturen in unmittelbarer Nähe genauer anschauen zu können. Aus welchem Material sie wohl hergestellt sind?

»Die Stiele sind aus Stahl, die Blüten aus lackiertem Holz, man kann die Struktur darunter noch erkennen«, stelle ich fest. »Gar nicht schlecht. Dafür würden sich bestimmt ein paar von Tottens Kunden in Frankfurt interessieren.« Ich lese den Namen Gotthardt auf dem Namensschild. Als ich noch überlege, ob nicht Grünberger mit einem Pfarrer, der so hieß, Kontakt hatte, geht die Haustür auf. Eine hübsche Frau mit langen blonden Haaren, in Jeans und bunt beflecktem Malkittel kommt heraus. »Die Galerie ist heute bis ein Uhr geöffnet – kommen Sie ruhig rein. Eine Dreiviertelstunde haben Sie noch«, ruft sie uns mit freundlicher Stimme zu.

Das lassen wir uns nicht zweimal sagen. Wir öffnen die Pforte und gehen den schmalen gepflasterten Weg entlang durch den Vorgarten. Es ist zwanzig Jahre her, hier habe ich einen Teil meiner Kindheit verbracht. Wie oft habe ich auf der Steintreppe vor dem Haus gesessen und darauf gewartet, dass Katharina endlich aus der Schule zurückkommt? Meine Schwester flüstert mir leise zu: »Und eins, und zwei, und drei, und vier …«

»Vorwärts, rückwärts, seitwärts, ran.« Mich im Geiste kurz auf das alte Hüpfspiel einzulassen hält mich davon ab, bei unserem Gang schwermütig zu werden. Als wir wenige Augenblicke später in Omas Wohnzimmer stehen, verschlägt es uns beiden die Sprache. Der Raum ist komplett leer geräumt, in der Mitte steht ein dicker Baumstamm, der bis unter die Decke reicht. Er sieht aus wie ein echter Baum, der einfach so von Omas Holzboden bis nach oben durch die Decke wächst.

»Wow«, entfährt es mir. »Was für eine abgefahrene Idee!«

»Leider lebt die Buche nicht mehr«, sagt die blonde Frau hinter uns. Sie ist im Zuge der Straßenerneuerungen gefällt worden.«

Gregor hatte mir davon erzählt. Reihenweise alte Alleebäume fallen dem Bau der Bundesstraße zum Opfer. Das stößt bei so manchem Inselbewohner auf Protest.

Katharina legt die Arme um den Stamm, kann ihn aber nicht umfassen, so dick ist er. Ich sehe mich weiter um und nehme jetzt erst die Bilder wahr, die ringsum an den Wänden hängen. Ich habe mit weiteren blauen Blumen und schrägen Katzen gerechnet, nicht aber mit den riesigen Hirschköpfen, die mich mit großen Augen von den bemalten Leinwänden aus anstarren.

»Auf Rügen gibt es noch viel Rotwild«, erklärt die Künstlerin. »Aber wenn der Bürgermeister das neu geplante Feriendorf hier ganz in der Nähe durchsetzt, dann wird wieder Natur und wertvoller Lebensraum zerstört werden.« Sie zeigt auf eine der Leinwände. »Ich habe ihn Dwalin genannt, nach einem Hirsch aus der nordischen Mythologie. Im Märchen gelten Hirsche als Seelenführer, die Suchenden und Umherirrenden im Dickicht des Waldes den Weg weisen. Dwalin hält sich mit seinem Rudel oben auf dem Hügel auf.«

Fasziniert betrachte ich das eineinhalb mal ein Meter große Bild, das fast nur aus Braun- und Grüntönen besteht. Es berührt mich auf eigenartige Weise. Die Augen des Hirsches blicken mich an, als seien sie lebendig. Das Bild würde toll im Wohnzimmer aussehen, neben dem Kamin. In die verschiedenen Grüntöne hat die Künstlerin neben einem satten Oliv auch einige leuchtende Türkistöne eingearbeitet, in der gleichen Farbe wie die Kaminfliesen. Die Farbkombination ist außergewöhnlich. Und das Motiv auch.

»Was kostet es?«, frage ich, nachdem ich kein Preisschild entdecken konnte.

»Tausendzweihundert.«

Ich habe noch nie ein echtes Kunstwerk gekauft. In unserer Wohnung in Frankfurt hängen einige dekorative abstrakte Drucke, die Philipp ausgesucht hat und zu denen ich keinen Zugang habe. Die kann Philipp gerne in seiner WG aufhängen. Zum Haus würden sie ganz und gar nicht passen. Doch bei diesem Bild ist es anders.

»Ich nehme es«, sage ich spontan und spüre Katharinas Seitenblick. Die Bausachverständige und ihre Gutachten, die enorme Kosten nach sich ziehen, verdränge ich einfach. Tausendzweihundert Euro mehr werden mir da auch nicht das Genick brechen. Das Bild ist ein Geschenk an mich, mein Geschenk an das Haus – es symbolisiert, dass ich nun wirklich hier sein und bleiben werde. Außerdem tut es gut, so ganz unverblümt mal unvernünftig zu sein.

»Meine Schwester zieht oben in das Haus auf dem Hügel ein, dort wo dieser Hirsch sich rumtreibt. Außerdem hat unsere Oma früher in diesem Haus hier gewohnt. Deswegen sind wir auch hierhergekommen. Wir wollten sehen, was daraus geworden ist. Da haben wir doch bestimmt einen Sonderpreis für das Bild verdient, oder?« Katharina war schon immer gut im Verhandeln. Sie liebt es, an Wochenenden über Flohmärkte zu ziehen und kleine Schätze zu ergattern. Sie mag alten Schmuck. Durch ihr Geschick hat sie schon das eine oder andere exklusive Stück für ganz wenig Geld ergattert.

Die Künstlerin hat in ihr langes blondes Haar feine Zöpfe eingeflochten, die sie sehr verspielt wirken lassen, obwohl sie in Katharinas Alter sein dürfte. Sie hat schöne grüne Augen, die mich neugierig mustern.

»Dann müssen Sie Marina sein, Curt Grünbergers Tochter«, sagt sie, und meine Augen weiten sich überrascht. »Herzlich willkommen! Dass Sie oben einziehen werden, habe ich schon gehört, aber dass dieses Häuschen hier sozusagen auch zu Ihnen gehört, wusste ich bisher nicht.«

Mir klappt die Kinnlade herunter, ich bin sprachlos. Grünbergers Tochter! Sogar Katharina fehlen die Worte. Es dauert einen Moment, bis ich mich wieder gefangen habe. »Wie kommen Sie darauf, dass ich Curt Grünbergers Tochter bin?« Ich versuche meiner Stimme einen festen Klang zu geben, aber das gelingt mir nicht. Ich höre selbst, wie zittrig sie klingt.

»Oh, habe ich etwas Falsches gesagt? Bin ich Ihnen zu nahe getreten? Das tut mir leid. Ich dachte nur … Im Dorf reden alle darüber, als sei es ganz selbstverständlich. Mir war nicht klar, dass … Sind Sie nicht seine Tochter?« Es ist ihr sichtlich unangenehm.

»Bestimmt hat Josefines Romméclub rumgetratscht.« Katharina lächelt mir aufmunternd zu. »Da musst du jetzt durch, Marina. Das war doch eigentlich zu erwarten. Es wird wie ein Lauffeuer hier die Runde machen. Hat es ja offensichtlich schon. Aber nach ein paar Tagen haben sich die Gemüter sicher wieder beruhigt – wart nur ab.«

»Hier im Dorf kann man so gut wie nichts geheim halten. Als ich hierhergezogen bin, war auch ganz schön was los. Eine Künstlerin, aus der Großstadt und dann auch noch aus dem Westen.«

»Ich habe mich noch gar nicht vorgestellt, mein Name ist Hilda Gotthardt. Hier unten stelle ich aus, oben arbeite ich. In den Ferienzeiten gebe ich Malkurse für Touristen, für die Inselbewohner auch ganzjährig. Ich habe auch eine kleine Töpferwerkstatt, im Keller steht ein Brennofen. Wenn Sie mal Interesse haben, die Programmblätter finden Sie im Flur auf dem kleinen Tisch … Möchten Sie vielleicht eine Tasse Kaffee oder einen Tee mit mir trinken? Es gibt auch Kuchen, ganz frisch gebacken. Danach können Sie sich gerne in aller Ruhe umschauen; ich muss noch eine Lieferung für eine Galerie fertig machen …«

Andächtig gehen wir hinter der Künstlerin durch Omas weitgehend leeres Haus. Früher lag auf dem Fußboden ein dicker, beigefarbener Teppichboden, auf den ich mal ein Glas Kirschen habe fallen lassen. Der große, rote Fleck ist nie richtig rausgegangen, obwohl Oma alle möglichen Hausmittel ausprobiert hat. Heute liegen terrakottafarbene Fliesen auf dem Fußboden, die die Räume warm wirken lassen. Das würde mir auch oben für das Haus gefallen, zumindest für die Küche und das Badezimmer.

In Omas ehemaliger Küche wartet eine Überraschung auf uns.

»Das gibt's ja nicht!«, ruft Katharina aus und greift nach meinem Arm. Ich sehe sofort, was sie meint. An der Decke baumelt an einer schweren Eisenkette Omas alte Tiffanylampe, die sie aus unzähligen kleinen Mosaik-Glasplättchen zusammengesetzt hat. Das ausgefallene rot-weiße Blumenmuster trägt eindeutig Omas Handschrift. Es sollten damals Rosen werden, aber als Oma mit dem Kunstwerk fertig war, haben alle gesagt, dass sie wie Mohnblumen aussehen.

»Die hat Oma vor Ewigkeiten gemacht«, sage ich.

»Sie ist sehr schön. Ich mag Mohnblumen. Ich habe das Haus nur als Atelier und Ausstellungsraum gemietet. Die Lampe hing schon. Ansonsten war es komplett leer.« Wir setzen uns an den kleinen, runden Küchentisch und halten nur wenig später selbst getöpferte Kaffeetassen in den Händen. Sie sind weiß lasiert und mit roten Mohnblumen bemalt. Es sieht fast so aus, als hätte die Künstlerin Omas Lampenmotiv darauf übertragen.

»Wir wohnen etwas weiter oben im Dorf, die Straße hoch. Hier im Häuschen arbeite ich nur. Es hat einen ganz besonderen Charme, ist aber für die Familie, die hier vorher gewohnt hat, zu klein geworden. Sie wollten ein zweites Kind und haben Zwillinge bekommen. Deswegen haben sie ein größeres Haus gekauft.«

»Zwillinge?«, fragen Katharina und ich gleichzeitig. Zwei Schwestern, ein Gedanke! Curt Grünberger hat unsere Mutter kennengelernt, weil er diesbezüglich Nachforschungen angestellt hat. Regina hat bei ihrem Besuch oben im Haus eine entsprechende Bemerkung gemacht. Sicher hat er Mutters Cousine damals auch befragt. Aber soweit ich weiß, sind in unserer Familie bisher keine weiteren Zwillinge mehr geboren worden.

Katharina reagiert zuerst auf Hildas überraschten Blick. »Curt Grünberger hat die Häufung von Zwillingsgeburten innerhalb von Familien untersucht. Unser Opa hatte einen Zwillingsbruder. Die Söhne einer Mutter mit der Anlage zu Zwillingsgeburten haben angeblich nicht öfter Zwillinge als andere Männer, die Töchter dieser Söhne aber bekommen tatsächlich oft wieder Zwillinge.«

»Vielleicht ist es aber auch einfach Gottes Wille«, sagt Hilda lächelnd.

»Sind Sie mit dem Pfarrer verwandt?«

»Ja, sozusagen. Florian Gotthardt ist mein Mann. Kennen Sie ihn?«

»Nein, aber Josefine hat mir erzählt, dass er mit Curt Grünberger befreundet war.« Ich hatte mir den Pfarrer eigentlich als älteren Mann vorgestellt, etwa in Grünbergers Alter. Aber wenn die beiden miteinander verheiratet sind, dürfte er wohl jünger sein, dafür spricht auch sein Vorname. »Wenn es möglich ist, würde ich mich gern mal mit ihm unterhalten.«

»Darüber wird er sich ganz sicher freuen. Florian war ganz begeistert, in Curt einen weiteren Whiskeyliebhaber gefunden zu haben. Die beiden haben gerne das eine oder andere Tröpfchen gemeinsam genossen und von vergangenen Schottlandreisen geschwärmt. Je später es wurde, desto lauter haben sie auch über andere Themen diskutiert, aber immer mit Respekt und Achtung voreinander.« Die Pfarrersfrau sieht mir direkt in die Augen. »Ich habe von mehreren Seiten gehört, dass Curt Grünbergers Tochter oben in das Haus einzieht. Ehrlich gesagt habe ich mich ein wenig gewundert, weil ich bisher von einer Tochter gar nichts mitbekommen habe. Andernteils wohne ich auch erst seit knapp einem Jahr hier. Ich habe Florian vor eineinhalb Jahren in Berlin kennengelernt und bin durch ihn hier auf der Insel gelandet. Wir haben vor vier Monaten geheiratet.« Sie dreht lächelnd an dem Ring an ihrer Hand. »Manchmal fällt mir die Decke ein wenig auf den Kopf, obwohl ich wirklich sehr gern hier lebe. Ich mag die Ruhe und die Nähe zum Meer, aber mir fehlen auch das Leben und der Trubel Berlins. Ich freue mich unwahrscheinlich über nette neue Nachbarn.« Sie lächelt mich an. »Hier im Dorf sind die meisten schon steinalt.«

»Und ein wenig schrullig, oder?« Ich denke an Josefines Kartenfreundinnen. Sie sind alle Witwen und leben jetzt alleine in ihren Häusern. Gestern Abend ging es nach Reginas Besuch noch ordentlich zur Sache. Es wurde geschimpft und gelacht. Katharina hat ihnen spaßeshalber vorgeschlagen, eine Alters-WG zu gründen, damit sie ein bisschen mehr Ansprache hätten. Aber die Idee kam bei den Damen gar nicht gut an. Keine wäre bereit, ihre Selbstständigkeit aufzugeben und in das Haus einer anderen einzuziehen. Kurz habe ich daran gedacht, mein Haus einer solchen Gemeinschaft zur Verfügung zu stellen, habe aber den Gedanken wohlweislich für mich behalten. Das fehlte mir noch, tagtäglich von den alten Damen belagert zu werden.

Viel Neues kann Hilda uns allerdings nicht über Grünberger erzählen. Dafür lebt sie noch nicht lange genug auf der Insel. Vielleicht hat sie aber auch einfach nur Bedenken, wieder etwas Falsches sagen zu können. Es ist sehr nett von ihr, dass wir noch mal in Ruhe alleine durchs Haus gehen dürfen.

Unterm Dach befindet sich das Atelier. Mehrere Staffeleien mit angefangenen Kunstwerken stehen auf der einen Seite, auf der anderen ein Tisch mit einem Tonkrug, einigen Flaschen und einer Blumenvase. Sieht ganz so aus, als würden hier verschiedene Personen Stillleben fertigen. Ich bleibe vor einem der Bilder stehen. Die schlichte, nur mit Tusche in unterschiedlich intensiven Schwarztönen gearbeitete Struktur gefällt mir.

»Ist das auch was für dich?«, fragt Katharina und schaut mir über die Schulter. »Du wolltest doch schon immer mal einen Malkurs belegen. Und weit fahren musst du auch nicht. Du musst einfach nur den Hügel runterrutschen.« Das stimmt, ich habe keinerlei musikalisches Talent, aber dafür kann ich ganz gut mit Farben umgehen. Leider habe ich aus meiner künstlerischen Ader nie wirklich etwas gemacht. Ich habe es ja noch nicht einmal geschafft, für unsere Wohnung in Frankfurt ein paar schöne Bilder zu malen, obwohl ich es immer mal angehen wollte. Aber dann kam Philipp mit den bunten Kunstdrucken an, und ich habe es ganz aus den Augen verloren.

»Ja, vielleicht gar keine schlechte Idee … Da fällt mir ein, jetzt, wo wir hier sind: Kannst du dich an den Marder erinnern, der sich damals auf dem Dachboden eingenistet und uns eine Zeit lang das Leben schwer gemacht hat? Oma hat die ganze Nacht eine ABBA-Kassette laufen lassen, um ihn zu vertreiben. Ich habe mich letztens erst gefragt, ob sie wirklich die ganze Nacht die Kassette immer wieder per Hand umgedreht hat.«

Katharina lacht. »Wie kommst du denn darauf? Oma hat Sägemehl ausgestreut. Der arme Kerl hat Spuren darauf hinterlassen, und so hat Oma sein Nest gefunden. Sie hat es dicht gemacht und irgendwelche ekelig stinkenden Duftsäckchen verteilt, damit er nicht auf die Idee kommt, es sich woanders auf dem Dachboden gemütlich zu machen.«

»Echt? Und wie komme ich dann auf ABBA? Ich kann mich noch ganz genau daran erinnern, wie ich mich wegen der Musik im Bett herumgewälzt habe.«

»Mutti und Vati haben ihre Geburtstage immer im kleinen Freundeskreis hier oben gefeiert. Unsere Wohnung in Lohme war doch noch kleiner. Und Oma hatte wenigstens den tollen Dachboden. Da konnten wir uns richtig austoben. Weißt du das nicht mehr? Unsere Kindergeburtstage haben wir auch hier bei Oma gefeiert. Du im November auf dem Dachboden, ich im Juli im Garten. Bei dir war die Bude immer ganz schön voll. Am liebsten hättest du die komplette Schulklasse eingeladen, aber Oma hat die Anzahl der Gäste reglementiert. Zur Feier sind dann doch mehr Kinder erschienen. Und du hast dann frech behauptet, die wären einfach so gekommen.«

Natürlich erinnere ich mich an unsere Wohnung in Lohme. Unser Kinderzimmer war wirklich sehr klein. Wir schliefen in Stockbetten, Katharina unten, ich oben, weil sie sich im

Schlaf gerne rumgewälzt hat und Mutti Angst hatte, sie würde trotz der angebrachten Schutzstange aus dem Bett fallen. »Ja, klar erinnere ich mich an meinen letzten Geburtstag hier auf Rügen. Aber von irgendwelchen Partys der Eltern weiß ich nichts mehr. Wenn ich an die letzte Zeit hier auf der Insel denke, fallen mir nur ihre Streitgespräche wieder ein. Vielleicht hat Vati es doch gewusst.«

»Ausgangspunkt der Unstimmigkeiten war doch, dass Vati als LKW-Fahrer viel unterwegs war und manchmal auch über Nacht wegblieb. Er war bestimmt nicht immer treu. Und Grünberger war zu der Zeit wegen eines Forschungsprojekts in Russland. Er war also gar nicht da. Ich glaube nicht, dass Vati von ihm gewusst hat. Außerdem hat er sich damals total gefreut, als Mutti mit dir schwanger war. Das weiß ich noch ganz genau. Wie gesagt, die Probleme fingen viel später an, soweit ich das beurteilen kann.«

»Du warst gerade mal vier, als ich auf die Welt kam. Und trotzdem weißt du das noch so genau?«

»Ja, ich war nämlich ganz schön eifersüchtig auf dich.« Katharina grinst mich an. »Aber nur am Anfang. Später war ich dann stolz wie Oskar, wenn ich dich im Kinderwagen durch die Gegend fahren durfte. Aber jetzt lass uns nach Lohme fahren. Ich bin schon verdammt neugierig darauf, was sich da alles verändert hat. Wir hätten schon viel früher mal hierher zurückkommen sollen.«

»Ja, irgendwie komisch, dass wir es nie gemacht haben. Aber so im Nachhinein betrachtet, macht es doch einen Sinn. Ich hatte immer das Gefühl, dass es Mutti nicht recht wäre. Ich dachte allerdings, dass das mit dem Familienstreit zusammenhing. Aber vielleicht hatte sie einfach nur Angst, die Sache mit Grünberger könnte herauskommen.« Ich sehe mich noch einmal um. »Es ist echt schade, dass Mutti sich damals nicht durchgesetzt hat, als ihre Schwestern Omas Haus verscherbelt haben. Es ist unheimlich gemütlich.«

»Ich habe es viel dunkler in Erinnerung gehabt. Oma hatte es mit all den schweren Möbeln vollgestopft. So wie es jetzt aussieht, würde es mir gut gefallen. Unten Küche und Wohnzimmer, oben das Schlafzimmer, und hier unter dem Dach ein Büro zum Schreiben. Für zwei bis drei Personen wäre das Haus echt ideal. Und die Holzblumen im Garten sind auch ganz pflegeleicht.«

»He!« Ich knuffe Katharina in die Seite.

»Du weißt doch, dass ich einen schwarzen Daumen habe. Kannst du dich an die Avocadopflanzen erinnern, die wir vor etwa fünfzehn Jahren aus den Kernen ziehen wollten? Damals war die Frucht noch weitgehend unbekannt. Meine ist innerhalb kürzester Zeit verschimmelt, deine hat sich in kurzer Zeit zu einem recht ansehnlichen Bäumchen gemausert. Holzblumen sind also genau das Richtige für mich.«

Lachend gehen wir die Treppe zurück nach unten. Hilda Gotthardt wartet schon auf uns.

»War das ernst gemeint mit dem Bild vorhin? Möchten Sie es wirklich kaufen?«, fragt sie.

»Ja, unbedingt.«

»Okay, dann machen wir die Hälfte, sechshundert. Wegen der baldigen Nachbarschaft. Möchten Sie es gleich mitnehmen oder später abholen?«

»Nein, das kann ich nicht annehmen. Treffen wir uns in der Mitte, sagen wir neunhundert?«

»Okay, achthundert«, sagt Hilda. »Oder ich nehme es mit in die Galerie.«

»O nein, bloß nicht! Aber ich habe gar nicht genügend Geld bei mir.«

»Das macht doch nichts. Wer hat schon achthundert Euro mal eben so in der Tasche stecken? Außerdem biete ich meinen Kunden auch gerne an, das Bild erst einmal aufzuhängen und ein paar Tage auf sich wirken zu lassen. Dann können sie immer noch bezahlen oder es zurückbringen, wenn es gar nicht passt. In eingerichteten Räumen wirken die Bilder erfahrungsgemäß wieder ganz anders.«

»Dann nehme ich es gerne sofort mit. Ich will es im Wohnzimmer aufhängen, neben dem Kamin. Es wird ganz wunderbar dort hinpassen, da bin ich mir ganz sicher. Morgen komme ich dann noch einmal vorbei, um zu bezahlen.« Schön, dass Hilda so viel Vertrauen hat. Immerhin kennt sie mich gar nicht. Bisher habe ich wirklich nur nette Menschen hier getroffen, von Regina mal abgesehen, aber die lebt ja auch nicht hier.

Hilda schreibt mir ihre Telefonnummer auf, damit ich einen Termin mit ihrem Mann vereinbaren kann. Ich schieße mit ihrer Erlaubnis noch ein paar Fotos von den verrückten Blumen. Wer weiß, ob ich sie nicht mal als Kunstobjekte bei der Gartenplanung mit anbieten kann? Hilda beobachtet, wie wir das Bild, *mein* Bild, durch den Garten tragen.

»Ich habe noch nie so viel Geld so spontan ausgegeben, schon gar nicht für etwas, das keinen praktischen Nutzen hat.« Wir klappen die Rücksitze des Autos um und schieben das Gemälde in den geräumigen Kofferraum. In dem Landrover könnte man problemlos den ein oder anderen Pflanzenkübel transportieren.

»Wie heißt der Kerl noch gleich?«, fragt Katharina.

»Wer?«

»Na, der Hirsch, der dich in Zukunft von der Wand aus beobachten wird.«

»Dwalin. Meinst du, ich hätte es nicht kaufen sollen?«

»Er ist auf jeden Fall seine achthundert Euro wert. So ein irres Bild findest du so schnell nicht wieder. Außerdem kannst du dir auch mal was gönnen. Dazu kommt noch, dass das Bild in Omas Haus gemalt wurde. Wenn das mal nicht ein gutes Zeichen ist! Du weißt ja, wie ich zu solchen Sachen stehe. Ich glaube nicht an Spuk und Übersinnliches, aber ich hatte definitiv das Gefühl, Omas Geist im Haus gespürt zu haben, obwohl es jetzt ganz anders darin aussieht. Und als ich dann die Lampe bemerkt habe, hat es mich schier umgehauen. Erst wollte ich Hilda fragen, ob ich sie ihr abkaufen kann, zusammen mit den Kaffeetassen, doch irgendwie gehört die Lampe in das Haus. Ich kann sie mir woanders gar nicht vorstellen.«

»Mir ging es ähnlich. Ich habe mir auch kurz vorgestellt, wie sie oben im Haus, in meiner Küche, aussehen würde, aber dann hatte ich eine ganz andere Idee. Irgendwann, wenn ich ganz viel Zeit habe, bastele ich mir selbst einen Lampenschirm – so schwer kann das doch nicht sein. Ich weiß auch schon ganz genau, wie er aussehen soll: mit weißen, grünen und blauen Mosaiksteinen – wie das Meer. Und vielleicht mache ich ja mal einen Töpferkurs bei Hilda und fertige mir die passenden Tassen dazu selbst an.«

Aber jetzt freue ich mich erst einmal darauf, das Kunstwerk aufzuhängen, das ich eben gekauft habe. Es symbolisiert meinen Anfang in dem Haus. Wie hat Hilda noch gleich gesagt? Der Hirsch ist ein Seelenführer, der Umherirrenden den Weg weist. Er soll mich daran erinnern, mir selbst treu zu bleiben und auf mein Herz zu hören, wenn ich wieder einmal eine schwierige Entscheidung treffen muss.

18.

Hast du Rasierapparat oder Haarbürste von ihm?

Wir stehen in Lohme vor dem Mehrfamilienhaus, in dem wir damals gewohnt haben. Unsere Wohnung befand sich im Erdgeschoss, Kinderzimmer und Küche zur Straßenseite hin. Wir haben oft stundenlang aus dem Fenster gesehen, um Leute zu beobachten, die unten vorbeigingen. Wir erinnerten uns, wie Freunde mit einem langen Stock an die Scheibe klopften oder sich durch einen Pfiff bemerkbar machten, wenn sie mit uns spielen wollten. Vieles war früher unkomplizierter, da wurden nicht erst lang und breit Verabredungen getroffen; da wurde einfach so vorbeigeschaut. Von den alten Nachbarn scheint den Klingelschildern nach niemand mehr im Haus zu wohnen. Katharina liest die Namen nacheinander laut vor, aber sie rufen keine Erinnerungen hervor.

»Ich ruf Vati an und frag ihn«, sagt Katharina.

»Nach der Blutgruppe? Das wird ihn sicher total verwundern, warum du dich plötzlich dafür interessierst«, gebe ich zu bedenken.

»Glaube ich nicht. Warum sollte er? Wenn er tatsächlich ahnungslos ist, wird er sich darüber überhaupt keine Gedanken machen. Ich behaupte einfach, ich benötige die Info für den Artikel über Genforschung, an dem ich gerade arbeite.«

»Du hast ihn doch schon mal deswegen angerufen. Das glaubt er doch nie.«

»Wart einfach ab …« Katharina greift zum Telefon.

»Hallo, Ilona! Katharina hier, kann ich bitte Vati sprechen?« Nach wenigen Sekunden rollt meine Schwester die Augen nach oben. Die Frau unseres Vaters scheint wieder irgendetwas Unwichtiges zu erzählen. Im Gegensatz zu mir hat Katharina mit den Jahren allerdings eine ganz klare Strategie entwickelt, um Ilonas Erzähldrang zu stoppen.

»Ich muss dich mal unterbrechen, Ilona, ich habe ganz wenig Zeit«, sagt sie laut. »Ich wollte Vati auch nur nach seiner Blutgruppe fragen. Ich weiß nicht, ob er dir davon erzählt hat, aber ich arbeite gerade an einem Artikel über Zwillingsforschung. Unser Großvater mütterlicherseits hatte doch einen Zwillingsbruder. Und es gibt die These, dass Blutgruppen maßgeblich die Vererbungswahrscheinlichkeit …«

Wow, ich würde zu gern wissen, wie Katharina spontan auf diese abgedrehte Story gekommen ist. Wenn ich es nicht besser wüsste, würde sogar ich ihr jetzt glauben.

»O, bist du ganz sicher? Woher weißt du das so genau?«

Ich habe A, Katharina hat B, Mutti hatte auch B. Mein Vater muss folglich A oder AB haben. Ich höre nicht mehr, was Katharina noch mit Ilona bespricht. Ich gehe ein paar Schritte von ihr weg. Ich habe eben erfahren, dass mein Vater nicht mein Vater sein kann. Ich bin in Lohme, stehe vor dem Haus, in dem ich die ersten sechs Lebensjahre mit meiner Familie verbracht habe, und bekomme bestätigt, dass nun wirklich alles anders ist, als ich es immer gedacht habe. Wie fühlt sich das an? Ich kann es gar nicht genau beschreiben. Zumindest ist klar, dass ich nicht überrascht bin, sondern eher erleichtert, dass die Ungewissheit ein Ende hat. Ich habe eigentlich vielmehr geglaubt, dass ich am Boden zerstört sein werde, wenn ich die Wahrheit erfahre.

»Alles okay mit dir?« Katharina kommt auf mich zu und umarmt mich.

»Ja, mir geht es gut. Die Ungewissheit hat mich total fertiggemacht. Es ist besser, dass es jetzt endlich raus ist.« Nun weiß ich es also mit Sicherheit. Und es fühlt sich eigenartigerweise nicht schlecht an, eher irgendwie aufregend. Zu meiner Aufgewühltheit gesellt sich prompt ein schlechtes Gewissen, Vati gegenüber. Mit einem Schlag tun sich neue Fragen auf. Was wird sich mit diesem Wissen verändern? Muss ich es Vati sagen? Oder respektiere ich Mutters Willen und schweige, so wie sie es achtundzwanzig Jahre lang getan hat? Darüber werde ich mir ganz in Ruhe Gedanken machen. Ich möchte nichts überstürzen. Erst einmal muss sich alles setzen. Stück für Stück.

»Und jetzt?«, fragt Katharina.

»Nichts. Wir fahren zurück ins Haus und begeben uns auf Spurensuche. Ich will wissen, wer der Mann war, den Mutti so sehr geliebt hat, dass sie ein Kind mit ihm gezeugt hat. Ich will wissen, wer mein leiblicher Vater wirklich ist.« Ich atme tief durch. »Außerdem muss irgendwo im Haus Whiskey gebunkert sein. Du hast ja gehört, was Hilda gesagt hat. Er war ein Schottlandliebhaber. Und auf den Schrecken hin kann ich jetzt was ordentlich Starkes gebrauchen – da helfen mir Josefines süße Liköre auch nicht viel.«

Josefine steht vor dem Haus, als wir oben ankommen und

den Landrover abstellen. So wie es aussieht, hat sie auf uns gewartet.

»Sie war da und hat das da für dich abgegeben.« Josefine streckt mir einen Briefumschlag entgegen, als wir ins Haus gehen und ich das Bild gegen die Wand lehne.

Ein Blick auf den Absender verrät mir, dass der Brief von einem Anwalt aus Hamburg kommt. So schnell kann Regina doch nie im Leben aktiv geworden sein. Schnell reiße ich das Kuvert auf.

Ist sie doch! Das Anschreiben ist auf den heutigen Tag datiert. So wie es aussieht, war Regina heute früh beim Anwalt und hat das Schreiben gleich mitgenommen, um es persönlich hier abzugeben.

»War Julian auch dabei?«, frage ich. Mich würde interessieren, ob ihm bewusst ist, was seine Mutter da treibt. Er ist zwar erst achtzehn, aber immerhin geht es hier in erster Linie um ihn. Ich lese das Schreiben laut vor, damit Josefine und Katharina auch gleich im Bilde sind. Der Anwalt, der Julians Rechte als Alleinerbe vertritt, erhebt Widerspruch gegen das Vermächtnis und beruft sich auf die Dreimonatseinrede, bis die Rechtslage eindeutig geklärt ist. Außerdem fordert er mich auf, das Haus umgehend zu verlassen – und den kompletten Hausrat unberührt zu lassen.

»Damit kommt sie doch nie im Leben durch«, schimpft Josefine. »So ein geldgieriges Luder!«

»Ich habe befürchtet, dass so etwas kommen würde. Wenn es ums Geld geht, zeigen die meisten Menschen ihr wahres Gesicht. Sie würde sich bestimmt gut mit Muttis Schwestern verstehen – so ein Miststück! Es würde mich nicht wundern, wenn sie sogar unter einer Decke steckten«, pflichtet Katharina ihr bei.

Aber hat der Notar nicht gesagt, dass Julian das Recht dazu hat, diese Frist zu beantragen? Allerdings wollte Herr Sunderhausen sich auch darum kümmern, dass genau das nicht passiert. Ich hätte mir denken können, dass das alles nicht so ohne weitere Komplikationen über die Bühne gehen wird.

Wie hat Katharina so schön gesagt, als ich ihr das erste Mal von dem Haus hier erzählt habe? *Es hat alles einen Sinn …* Das Vermächtnis ist kein Zufall; es war sein Wille. Ich soll das Haus bekommen, weil ich seine Tochter bin. Es steht mir von Rechts wegen zu!

Mein Blick fällt auf das Bild mit dem großen Hirschkopf und den wachen Augen, die mich auffordernd anschauen. Josefine nimmt das Kunstwerk überrascht in Augenschein. Sie öffnet den Mund, und es scheint so, als würde sie etwas sagen wollen, aber Katharina kommt ihr zuvor.

»Was willst du jetzt machen, Marina?«, fragt sie. »Sollen wir Heike anrufen, oder willst du dir doch lieber hier einen Anwalt nehmen? Einer vor Ort wäre vielleicht sinnvoller. Hast du nicht gesagt, Martin kennt einen guten? Du solltest auf jeden Fall jemanden nehmen, der auf Erbrecht spezialisiert ist, einen, der mit allen Wassern gewaschen ist.«

»Ich weiß es nicht. Ich bin hin- und hergerissen. Das Haus steht mir zu, aber ich habe, ehrlich gesagt, kein großes Interesse an einem langwierigen Erbstreit, der letztendlich alle Beteiligten nur Nerven und viel Geld kostet.«

»Du wirst doch dieser Erbschleicherin nicht etwa freiwillig dein Haus überlassen?« Katharina sieht entsetzt aus, als ich mit den Schultern zucke.

Josefine schüttelt den Kopf. »Was hat er sich damals nur dabei gedacht, als er sie geheiratet hat.«

»Josefine, wann war Regina da?«, frage ich.

»Vor gut einer halben Stunde. Sie ist wahrscheinlich noch ganz in der Nähe. Sie wird sicher auskundschaften, ob du das Haus auch wirklich verlässt. Was hast du vor?«

»Mit ihr reden. Das Haus überlasse ich ihr bestimmt nicht, aber vielleicht können wir es ja unter uns klären. Das wäre mir am liebsten.«

»Bist du dir sicher, dass das nicht doch lieber ein Anwalt machen sollte?«, fragt Josefine. »Lass doch die Rechtsverdreher untereinander streiten. Regina ist auf eine unangenehme Art intelligent. Es macht keinen Spaß, sich mit ihr zu streiten, das weiß ich aus eigener Erfahrung. Sie ist sehr gerissen.«

»Eben! Deswegen wird sie auch einsehen, dass sie schleunigst den Widerspruch zurücknehmen sollte, weil ich ansonsten meine Ansprüche als Tochter geltend machen werde. Im Testament hat mein Vater – ich nenne ihn jetzt mal so – verfügt, dass sein Vermögen der rechtlichen Erbfolge entsprechend weitergegeben werden soll. So hat es zumindest der Notar ausgedrückt. Er hat nicht explizit nur seinen Sohn erwähnt. Wenn mich nicht alles täuscht, steht mir als Tochter die Hälfte zu – und zwar von allem. Der Notar hat durchblicken lassen, dass es sich um ein beträchtliches Vermögen handelt, das den Wert des Hauses weit übersteigt. Wir werden sehen, woran Reginas Herz hängt, am Geld oder am Haus. Ich könnte auch mal mit Julian sprechen. Er ist immerhin volljährig. Es geht schließlich um sein Erbe, nicht um ihres.« Ich fühle mich wie aufgeputscht, so als würden Unmengen an Energie durch meinen Körper fließen. »Hast du Rasierapparat oder Haarbürste von ihm? Mit einem banalen Blutgruppentest lässt sie sich bestimmt nicht abspeisen, da müssen wir einen richtigen Gentest machen. Übrigens, weißt du zufällig, was er für eine Blutgruppe hat? Nicht, dass ich hier die Welle mache, und auf einmal kommt raus, dass er doch nicht mein Vater ist. Wenigstens das können wir ja vorher abklären.«

»Sein Rasierer müsste noch im Badezimmer auf dem Regal liegen. Ich habe alles so gelassen, wie es zuletzt war. Ich habe es noch nicht übers Herz gebracht … Er hat sich trocken rasiert, da sind bestimmt noch eine Menge Barthaare drin. Sein Impfpass und der Blutspendeausweis befinden sich irgendwo bei den ganzen Dokumenten.« Josefine macht sich auf den Weg in sein Schlafzimmer. Wir sehen zu, wie sie eine der Schranktüren öffnet und eine Box aus dem unteren Fach hervorzieht. »Hier ist alles drin.«

Sekunden später halte ich den Ausweis in meinen Händen. »AB.« Ich bin überrascht festzustellen, dass ich erleichtert aufatme. »Eine Vaterschaft ist also nicht ausgeschlossen. Vati hat 0.«

»Alles andere hätte mich auch gewundert.« Josefine strahlt mich an. Immerhin war Curt ein Bruder für sie, damit wären wir auch ein bisschen miteinander verwandt.

Die Buchstabenkombination AB vor Augen, sage ich zu Katharina: »Stell dir mal vor, die Blutgruppe hätte auch nicht gepasst. Dann hätte ich aber jetzt ein ganz gewaltiges Problem.«

»Oder Vatis würde auch nicht zu meiner passen, das wär was gewesen! Ich bin ehrlich gesagt beruhigt, dass zumindest deine Herkunft geklärt zu sein scheint.« Katharina schmunzelt. »Mich würde interessieren, wie viele unbekannte Blutgruppenvererbungen es gibt, die rein biologisch gar nicht möglich sind. Darüber könnte ich mal einen Artikel schreiben. Titel: *Verrate mir deine Blutgruppe – und ich sage dir, wer nicht dein Vater sein kann.* Das müsste man wirklich mal recherchieren, das ist ein spannendes Thema.«

»Dann fang schon mal unten im Dorf an«, sagt Josefine

spitzfindig. »Da würde es bestimmt die eine oder andere Überraschung geben.«

»Wie meinst du das?« Katharina springt sofort auf Josefines Bemerkung an, aber die wiegelt ab.

»Ach, das habe ich nur so dahergesagt.«

Das stimmt nicht, und Josefine zeigt uns ihr schiefes Lächeln. »Jetzt habe ich euch neugierig gemacht«, sagt sie. »Aber ich kann schweigen wie ein Grab.«

Die kleine Plänkelei gefällt mir. Sie lenkt mich von den wichtigen Fragen ab, die mich eigentlich beschäftigen. Ich muss mir eingestehen, dass mir der Gedanke gefällt, Curt Grünbergers Tochter zu sein. Es ist mir selbst unerklärbar, aber irgendwie finde ich es schön, sozusagen ein Andenken an eine Liebe zu sein, die so stark war, dass sie auch nach drei Jahrzehnten nicht erloschen ist. Dass die beiden ihre Liebe nicht mehr leben durften, macht mich zwar ungemein traurig und auch ein bisschen wütend, aber es gibt mir gleichzeitig das Gefühl, nicht nur für mich und das Haus zu kämpfen, sondern auch für sie.

»Hat Regina hier Freunde, bei denen sie sein könnte?«, frage ich Josefine.

»Nein, nicht dass ich wüsste. Aber Feinde gibt es genug hier. Hier will sie ganz bestimmt niemand haben.« Josefine stemmt ihre Hände in die Hüften. »Ich könnte mir allerdings vorstellen, dass sie sich im Kurhotel Binz einquartiert hat. Sie hat einen Hang zum Luxus. Oder sie hat die nähere Variante gewählt, das Kurhotel in Sassnitz. Beides sind gute Häuser. Das Parkhotel in Bergen wäre noch eine dritte Möglichkeit, die ich mir vorstellen könnte.«

Ich werfe einen Blick auf meine Uhr. Es ist noch genügend Zeit, um bis zum Abend ein paar Hotels abzuklappern.

»Was ist, kommt ihr mit?«, frage ich, doch Josefine schüttelt den Kopf.

»Fahrt ihr mal alleine – nicht, dass ich noch mein gutes Benehmen vergesse. Vorhin sind schon wieder beinahe die Gäule mit mir durchgegangen … Ich bin zwar eine alte Frau, aber ich kann recht energisch werden! Ich glaube, sie hatte sogar etwas Angst vor mir. Und das, obwohl ich sie nur mit Blicken in die Flucht geschlagen habe.«

»Respekt! Ich sag doch, dass meine Schwester bei dir gut aufgehoben ist«, sagt Katharina. »Aber Marina, sag mal, meinst du nicht, du solltest einfach in den Hotels anrufen und nach ihr fragen, bevor wir eine Tour ins Blaue unternehmen?«

Dass ich nicht selbst darauf gekommen bin! Katharina sucht mir die Nummern raus, und nur wenige Augenblicke später rufe ich im Kurhotel in Sassnitz an.

»Guten Tag, Maibach hier, könnten Sie mich bitte in das Zimmer von Regina Hambach durchstellen?« Ich halte es für vernünftiger, mich nicht mit meinem Namen zu melden, und habe mir deswegen Philipps ausgeliehen. Sein Nachname hat mir immer gefallen, Marina Maibach hätte sich verdammt gut angehört, wie ich finde. Katharina und Josefine sitzen mir gegenüber und schauen mich gespannt an. Die Rufnummernübermittlung habe ich vorsichtshalber ausgeschaltet. Ich möchte nicht mit Regina sprechen, nur wissen, wo sie steckt.

»Hambach? Einen kleinen Moment bitte …« Das gibt es doch nicht! Ich höre das Freizeichen, und nur wenige Sekunden später ertönt ein »Hallo?« an meinem Ohr. Das Handy fällt mir fast aus der Hand, so überrascht bin ich. Dann drücke ich das Gespräch schnell weg.

»Ich würde mal sagen, das war ein Volltreffer.«

Das Hotel befindet sich in zentraler Lage in Sassnitz. Katharina parkt den Lieferwagen auf dem Gästeparkplatz. Ich will gerade aussteigen, da greift sie nach meinem Arm. »Warte mal«, sagt sie. »Du hast doch vorhin erzählt, dass dir als Tochter die Hälfte der Erbmasse zusteht. Daran habe ich vorher gar nicht gedacht, weil sich immer nur alles um das Haus gedreht hat.«

»Ja, das ist mir auch erst später klar geworden. Oder besser gesagt: Gewusst habe ich es schon, aber gar nicht in Betracht gezogen, weil ich nicht wahrhaben wollte, dass ich wirklich seine Tochter sein könnte.«

»Weißt du, um wie viel es da geht?«

»Die Summe muss größer sein, als das Haus wert ist. Letztendlich ist es mir aber auch egal. Er hat gewusst, dass ich seine Tochter bin, und hat mir deswegen das Haus hinterlassen. Er wollte, dass sein Sohn das Vermögen erbt. Und ich werde es Julian ganz bestimmt nicht wegnehmen, auch keinen Teil davon. Sie sollten seinen Letzten Willen respektieren, so wie ich es tue.«

»Aber hast du nicht gesagt, er hat Julian im Testament nicht klar benannt, sondern nur seine *Kinder* bedacht?«

»Ja, schon, aber als er es vor vielen Jahren hat aufsetzen lassen, wusste er nichts von mir. Das war, nachdem Regina mit Julian von Rügen weggezogen ist. Vielleicht ist er damals davon ausgegangen, dass er eventuell noch mal Nachwuchs bekommt. Mich hat er bestimmt nicht damit gemeint, sonst hätte er doch das komplette Testament damals schon geändert.« Ich gehe entschlossen auf den Hoteleingang zu.

»Soll ich wirklich nicht mitkommen?«, fragt Katharina.

»Nein, da muss ich alleine durch. Du kannst höchstens in der Lobby auf mich warten.« Ein wenig mulmig ist mir schon zumute, als wir zum Hoteleingang gehen. Ich habe mir zwar ganz genau überlegt, was ich ihr gleich sagen werde, aber ich habe doch Bedenken, dass ich nicht die richtigen Worte finde. Josefine hat mich noch einmal vor Regina gewarnt, dass sie das Talent hat, einem zu ihrem Vorteil die Worte im Mund umzudrehen. Ich muss also unbedingt wachsam sein.

Ich straffe die Schultern, als ich zur Rezeption gehe, um nach ihrer Zimmernummer zu fragen. Mein Anruf ist jetzt eine halbe Stunde her, wenn wir Pech haben, hat Regina mittlerweile das Hotel verlassen. Da nehme ich aus den Augenwinkeln eine grell orangefarbene Jacke wahr, die sich in Richtung Ausgang bewegt.

»Da ist Julian!«, sage ich zu Katharina. »Komm!«

Wir laufen hinter ihm her. Als ich draußen seinen Namen rufe, bleibt er überrascht stehen und dreht sich zu uns um. Er trägt keine Mütze, und ich kann erkennen, dass er blonde Haare hat. Mit tief in seinen Jackentaschen vergrabenen Händen wartet er, bis wir vor ihm stehen.

»Hi«, sage ich, »ich bin Marina. Das ist meine Schwester Katharina. Du warst gestern mit deiner Mutter oben im Haus. Ich würde gerne mit dir reden. Hast du etwas vor, oder können wir uns ein wenig unterhalten?«

Julian mustert mich durchdringend. Irre, denke ich, er hat den gleichen Blick drauf wie sein Vater, als er uns damals auf dem Dachboden erwischt hat. Als er endlich nickt, atme ich erleichtert auf.

»Gehen wir eine Runde am Hafen spazieren?«, frage ich.

»Okay.« Julians Stimme klingt tief, wie die eines erwachsenen Mannes.

Katharina lächelt mich aufmunternd an. »Ruf mich an, wenn ihr fertig seid. Ich mach derweil einen Bummel durch die Altstadt. Lasst euch ruhig Zeit.« Dann sagt sie zu Julian: »Ich würde mich wirklich freuen, dich bald mal wiederzusehen.«

Wir gehen schweigend den Weg entlang, den ich neulich schon einmal gegangen bin, die Mole raus in Richtung Leuchtturm. Ich suche nach den richtigen Worten, bin aber unsicher, was ich sagen soll. Julian ist mein Bruder, mein Halbbruder genau genommen, aber wie sagte Katharina doch gleich? *Mir ist völlig egal, wer dabei von welchem Vater mit welcher Mutter gezeugt wurde.* Ich sehe Julian verstohlen von der Seite an. Er ist ein ganzes Stück größer als ich, bestimmt an die eins neunzig. Sein blonder Haarton ist meinem ähnlich, vielleicht etwas dunkler, aber das liegt nur daran, dass ich mir beim Frisör blonde Strähnchen machen lasse. Julian trägt sein Haar relativ lang und hat es mit Gel oder Wachs komplett aus dem Gesicht frisiert. Im Nacken kräuselt es sich. Er hat Locken, so wie ich, nur nicht so ausgeprägt, aber auf jeden Fall dichtes, welliges Haar. Ganz sicher fällt es später nicht einfach aus, sondern es bleibt voll und wird weiß, wie das seines – unseres – Vaters.

»Hat deine Mutter dir gesagt, dass wir Geschwister sind, Julian?« Eigentlich wollte ich nicht so mit der Tür ins Haus fallen, aber die Worte purzeln einfach so aus mir heraus.

»Halbgeschwister. Sie glaubt aber nicht daran. Stimmt es doch?« Julian mustert mich ganz unverfroren. »Das wäre echt krass!«

»Ja, ich denke schon. Aber ich weiß es auch noch nicht sehr lange.« Ich beschließe, ganz ehrlich zu sein und Julian in abgespeckter Version davon zu erzählen, wie ich es erfahren habe. Ich beginne mit dem Brief des Notars, der plötzlich bei mir in Frankfurt eintraf, erzähle von dem Haus und ende mit dem Blutgruppencheck. »Ganz ehrlich, ich finde es total schön, dass ich wohl einen kleinen Bruder habe.«

»Hundertprozentig sicher ist es aber nicht. Die Blutgruppen bestätigen ja nur eventuell die Vaterschaft. Mach den Gentest unbedingt noch, um es ganz sicher rauszufinden. Die DNA lügt nicht – im Gegensatz zu gewissen Menschen.« Julian bückt sich, hebt einen Stein auf und wirft ihn weit ins Meer hinaus. »Ich weiß nicht, ob ich es dir erzählen soll, aber ich tue es einfach. Meine Mutter hat mir immer erzählt, mein leiblicher Vater habe in Russland gelebt und sei dort auch verstorben. Angeblich hatte er keine Verwandten. Ich wusste bis vor Kurzem gar nichts von diesem Curt. Und dabei hat er gerade mal drei Stunden von Hamburg entfernt gelebt. Aber es scheint ihm ja nichts an mir gelegen zu haben, sonst hätte er sich doch mal gemeldet. Er wusste von mir. Immerhin waren die beiden verheiratet, bis ich zwei war. Meine Mutter hat dann nach zehn Jahren noch mal geheiratet. Mein Stiefvater ist ein echtes Arschloch, und meinem leiblichen Vater war ich egal. Meine Mutter hat mich angelogen. Das alles fühlt sich echt scheiße an.« Julian wirft noch einen Stein ins Wasser.

»Ganz ehrlich, mir liegt nichts an dem Haus. Wenn er wollte, dass du es bekommen sollst, dann soll es mir recht sein. Auch wenn du gar nicht seine Tochter sein solltest. Es kotzt mich langsam richtig an, dass meine Mutter sich aufführt, als sei es ihr Eigentum. Ich habe sogar schon überlegt, ob ich das Erbe einfach ausschlage. Dann geht mein Teil an die Kirche, und ich habe meine Ruhe.«

»Mach das bloß nicht!« Julians offene Worte überraschen mich. »Du bereust es bestimmt irgendwann. Überleg doch mal, was du alles mit dem Geld machen kannst, auch für deine Zukunft. Gehst du noch zur Schule?«

»Ich mache gerade Abi, und wenn ich fertig bin, will ich Psychologie studieren. Mutter will, dass ich eine kaufmännische Ausbildung oder so etwas mache. Ihr Mann ist im Vorstand einer Bank. Entweder eine Lehre machen oder BWL studieren, hat sie gesagt. Ich bin auch wirklich ganz gut in Mathe. Zahlen liegen mir, aber ich interessiere mich null dafür.«

»Ich finde Psychologie, ehrlich gesagt, auch spannender. Ich bin Landschaftsgärtnerin. Ich arbeite gerne draußen in der Natur, und mir gefällt es, neue Lebensräume zu schaffen. Ich habe meine Berufswahl noch nie bereut. Du solltest dir genau überlegen, was dir wichtig ist, und es durchziehen. Und dabei kann das Erbe dir helfen. Curt war übrigens Genforscher, wusstest du das? Er hat sich für die DNA interessiert, dafür, dass sie durch bestimmte traumatische Erlebnisse verändert wird und Lebensumstände wie zum Beispiel gesunde Ernährung, genügend Schlaf und eine positive Einstellung die Gene dauerhaft wandeln können, das habe ich zumindest in einem seiner Bücher gelesen. Das hat ja irgendwie auch was mit Psychologie zu tun, weil du sozusagen selbst bestimmen kannst, wer du bist, genetisch gesehen. Epigenetik nennt man das.«

»Ich habe Bioleistungskurs und einen echt schrägen Lehrer, den Friedmann. Das ist so ein verkappter Wissenschaftler, der uns zwischendurch mit glänzenden Augen von den neuesten Forschungserkenntnissen erzählt. Dass die Ernährung unsere Genstruktur verändern kann, hat er auch mal erwähnt. Dann sieht es bei mir schlecht aus, mit *McDonald's* und so.« Julian grinst. Mir fällt auf, dass er unverschämt gut aussieht. Bestimmt ist er der Schwarm aller Mädchen. »Der

Friedmann ist Vegetarier, seitdem er davon gehört hat. Er isst nichts mehr, was mal Augen hatte.«

»Finde ich eigentlich ganz gut. Ich wünschte, ich könnte das auch. Aber ab und zu muss ich einfach ein Schnitzel oder Steak essen.«

»Jap, ich auch!« Julian lächelt kurz, dann wird er wieder ernst. »Bist du wegen des Schreibens hier, das meine Mutter dir gebracht hat?« Seine Geradlinigkeit gefällt mir; kaum zu glauben, dass er erst achtzehn ist.

»Ja, ich wollte vorhin eigentlich mit ihr reden, aber dann habe ich dich gesehen. Ich wollte dich doch unbedingt kennenlernen.«

»Julian? Julian!«, ertönt es mit schriller Stimme.

»Wenn man vom Teufel spricht«, sagt Julian und rollt mit den Augen. Regina ist noch gut zweihundert Meter von uns entfernt, kommt aber strammen Schrittes auf uns zu.

Julian steckt seine Hände wieder in die Jackentasche und geht in Richtung Leuchtturm davon. Völlig baff schaue ich ihm nach.

»Ju-li-an!«

»Er ist sehr nett«, sage ich, als Regina auf mich trifft. Einen ganz so schlechten Charakter kann sie ja auch nicht haben, denn immerhin scheint Julian gut geraten zu sein. Eine Parallele zu meiner Mutter sehe ich darin, dass auch sie ihr Kind angelogen zu haben scheint. Ich beschließe, es erst einmal freundlich zu versuchen, doch ich komme gar nicht dazu.

»Was bildest du dir eigentlich ein? Wenn du ihn noch einmal ansprichst, dann …« Regina hebt drohend den Zeigefinger.

»Was dann?« Ich gehe Konflikten tendenziell eher aus dem Weg, aber der unverschämte Tonfall und die unausgesprochene Drohung stacheln meinen Kampfgeist an. Ich verschränke abwehrend die Arme vor meiner Brust.

»Was hast du ihm gesagt?«, fragt Regina mit funkelnden Augen.

»Tja, wenn er nicht vor dir weggelaufen wäre, dann könntest du ihn jetzt selbst fragen.«

»Hast du das Haus geräumt?«

»Warum sollte ich?« Wahrscheinlich wäre es klüger, diplomatischer zu sein, damit Regina nicht noch mehr Stress macht, aber das kann ich jetzt nicht mehr.

»Josefine hat dir doch sicher den Brief meines Anwalts überreicht, sonst wärst du jetzt nicht hier.«

»Es ist Julians Anwalt. Es geht um sein Erbe, soviel ich weiß. Oder habe ich etwas Grundlegendes übersehen? Der Widerspruch gegen das Vermächtnis ist jedenfalls bei mir angekommen. Aber das hättest du dir sparen können, da ich das Vermächtnis ablehnen werde. Das wollte ich eigentlich gerade mit Julian besprechen, aber dann bist du aufgetaucht und hast ihn verscheucht. Schade.« Ich schaue sie voller Bedauern an.

Regina sieht aus, als hätte sie ein Gespenst gesehen.

»Du willst das Haus nicht?«, fragt sie lauernd.

»Das habe ich nicht gesagt, nur, dass ich das Vermächtnis ablehne. Warum soll ich das Haus nehmen, wenn ich die Hälfte von der gesamten Erbmasse bekommen kann? Das Dach muss komplett erneuert werden, der Keller ist feucht – die alten Möbel sind auch nicht viel wert. Man müsste einen ganzen Batzen Geld in das Haus stecken, um es bewohnbar zu machen.«

»Wie kommst du dazu zu glauben, dass dir etwas zusteht? Du hast keinen Anspruch. Julian ist sein Sohn. Du nimmst ihm sein Erbe!«

»Und da ich seine Tochter bin, steht mir die Hälfte zu. Ich hätte mich eigentlich mit dem Haus zufriedengegeben. Aber als Josefine mir den Brief gegeben hat, ist mir klar geworden, dass wir ohne Rechtsstreit nicht zurechtkommen werden. Ich habe gehofft, mich mit Julian einigen zu können. Ich bekomme das Haus, er den Rest. Doch er überlegt, das Erbe komplett auszuschlagen. Dann würde ich alles bekommen. Er ist echt nett, mein kleiner Bruder.«

»Er ist nicht dein Bruder!« Regina klingt böse.

»Ach, ist er doch nicht Curts Sohn? Dann ist er nur mein Großcousin? Das wäre aber schade.« Ich bleibe ganz ruhig und bin überrascht über den eiskalten Ton in meiner Stimme. Ich erkenne mich selbst nicht wieder.

»Wie auch immer, richte ihm bitte liebe Grüße von mir aus. Falls er doch Curts Sohn sein sollte und immer noch damit einverstanden ist, dass ich das Haus bekomme, dann soll sich sein Anwalt umgehend bei Notar Sunderhausen melden, damit ich morgen unterschreiben kann.«

Regina schnaubt wütend aus und macht sich auf den Weg Richtung Leuchtturm.

Ich bleibe noch einen Moment stehen und schaue ihr nach. Mutti war ja geradezu ein Engel im Vergleich zu ihr. Sie war viel natürlicher und hatte eine sanfte, warme Stimme, nicht so keifend wie Reginas. Sie muss es ja geschickt eingerichtet haben, dass Julian nie auf die Idee gekommen ist, mal nach seinem Vater zu forschen. Denn sonst hätte er doch etwas über ihn herausgefunden. Zumindest in der Beziehung haben Mutti und ihre Cousine etwas gemeinsam: Beide haben uns unseren Vater verschwiegen. Bei Mutti verstehe ich es ja, aber warum hat Regina ihrem Sohn den Vater vorenthalten? Es ist auf jeden Fall sehr schade, dass ich Julian unter diesen Umständen getroffen habe. Ich hoffe, dass wir bald Gelegenheit bekommen werden, uns etwas näher kennenzulernen. Es ist mir zwar nicht mehr möglich, meinen leiblichen Vater zu treffen, aber dafür habe ich plötzlich einen Halbbruder, der wie aus dem Nichts aufgetaucht ist. Und ich bin gespannt darauf, wie er so ist. Das, was ich bisher von ihm gesehen habe, hat mir jedenfalls sehr gut gefallen.

Auf Reginas Gesellschaft kann ich allerdings auch in Zukunft gut verzichten. Ich kann absolut verstehen, dass hier niemand sie leiden kann. Unvorstellbar, dass wir auch noch miteinander verwandt sind. Ich sehe zu, wie ihre Silhouette immer kleiner wird. Sie trägt eine kurze, schwarze Pelzjacke zu einer beigefarbenen, knallengen Röhrenjeans. Darüber schwarze Stiefel mit hohen Pfennigabsätzen. Sehr gewagt für ihr Alter, vor allem aber mit dieser Figur. Wie eine dicke Hummel mit dünnen Beinen tippelt sie die Promenade entlang. In dem Tempo wird sie ein Weilchen brauchen, bis sie bei Julian vorn am Leuchtturm ankommt, wenn sie überhaupt den weiten Weg bis dahin schafft.

Ob sie auf meine Taktik anspringen wird? Ich werde jedenfalls niemals auf das Haus verzichten – notfalls ziehe ich vor Gericht.

»Und, wie ist er?«, fragt Katharina, als ich mich zu ihr ins Auto setze. »Passt er zu uns? Sind wir jetzt zu dritt?«

»Ja, er passt absolut zu uns. Er wird dir gefallen. Aber diese Regina ist wirklich eine Furie. Komisch, dass die Frauen aus unserer Familie mütterlicherseits so fies und geldgierig sind. Erst die Tanten, jetzt die Cousine.«

Katharina startet den Wagen und grinst mich an. »Und das, obwohl wir beide so nett sind.«

»Ich würde Mutti so gerne fragen, wieso in unserer Familie

alles so verworren ist. Schade, dass sie uns nie etwas darüber erzählt hat. Julian scheint wirklich ganz in Ordnung zu sein, stell dir vor ...« Ich erzähle Katharina, was sich gerade zugetragen hat, und von meinem Entschluss, dass ich im Notfall auch gerichtlich um das Haus kämpfen werde.

In dem Moment klingelt mein Handy, und ich starre auf das Display. »Vati ... Ich geh nicht ran! Er ahnt bestimmt was. Hat er auch versucht, dich zu erreichen?«

»Nein, aber er hat meine neue Handynummer gar nicht. Ich habe doch den Anbieter gewechselt.«

»Du hast aber vorhin mit Ilona telefoniert. Da müssten sie deine Nummer doch haben.«

»Die Rufnummernunterdrückung ist noch drin. Ich hatte vorhin einen Anruf mit einer Nummer, die ich nicht kenne. Ich habe zurückgerufen, da ich wissen wollte, wer das war. Erzähl ich dir aber später. Was machst du jetzt mit Vati?«

»Ich ruf ihn gleich zurück, wenn wir oben im Haus sind. Ich denke, ich sag es ihm besser. Alles andere macht keinen Sinn. Im Dorf wissen es sowieso alle. Es ist besser, wenn er es von mir erfährt, und nicht irgendwie zufällig. Es fühlt sich nur nicht richtig an, Mutti gegenüber. So als würde ich sie verraten. Ehrlich, ich hab Angst vor seiner Reaktion. Meine Gefühle für ihn haben sich zwar nicht verändert, aber ich habe auf einmal ein schlechtes Gewissen, weil wir in den letzten Jahren so wenig Kontakt zu ihm hatten. Und ich befürchte, dass es dadurch nicht gerade besser wird.«

»Ich würde es Vati auch sagen, wenn ich an deiner Stelle wäre. Aber, Marina, du musst dir jetzt nicht auch noch Gedanken darüber machen, dass du Muttis Geheimnis preisgibst. *Du* kannst am allerwenigsten dafür. Außerdem hat sich die Situation doch sowieso geändert. Du hast das Haus geerbt, lebst in Zukunft hier auf der Insel. Ich bin mir sicher, Mutti hätte sich darüber gefreut. Vielleicht wäre sie auch noch damit herausgerückt, wenn sie nicht …«

»Ja, das glaube ich auch.« Ich schließe einen Moment die Augen und denke nach. »Stell dir mal vor, sie wäre eines Tages zu mir gekommen, mit Curt an der Seite, und hätte mir eröffnet, dass er mein Vater ist.«

»Ja, da wäre ich gerne dabei gewesen, um dein Gesicht zu sehen. Ich habe übrigens auch immer ein schlechtes Gewissen, was Vati angeht. Ich denke immer, ich müsste mich öfter bei ihm melden. Aber mal ehrlich, er hat sich nicht wirklich um uns gekümmert, seitdem er Ilona geheiratet hat. Eigentlich müsste er doch das schlechte Gewissen haben – nicht wir.«

»Marina? Das ist nett, dass du zurückrufst.«

»Hallo, Vati«, sage ich, und mein Herz rutscht mir in die Hose.

»Wie geht es dir? Ist alles in Ordnung? Ich wollte dich eigentlich nur nach Katharinas Handynummer fragen. Dic alte funktioniert nicht mehr.«

»Die gebe ich dir gleich, aber vorher möchte ich gerne mit dir reden. Hast du etwas Zeit?«

»Ja, was ist los?«

Ich atme tief durch und nehme all meinen Mut zusammen. »Ich bin auf Rügen. Ich habe ein Haus vermacht bekommen, und ich wusste erst nicht, warum. Dann habe ich nachgeforscht und dabei herausgefunden, dass du – nicht mein leiblicher Vater sein kannst.« Jetzt ist es raus. Ich warte auf Vatis Reaktion. Er ist einen kurzen Moment still, dann fragt er, ganz sachlich: »Welches Haus?«

»Curt Grünbergers, oben auf dem Hügel.«

Vati lacht leise, ich kann es ganz genau hören.

»Ich finde das gar nicht so komisch.« Mit dieser Reaktion habe ich nicht gerechnet.

»Entschuldige, aber das hätte ich deiner Mutter nicht zugetraut.« Er schnalzt laut mit der Zunge.

Er scheint kein bisschen verletzt zu sein.

»Vati?«, frage ich, den Tränen nahe. »Hast du mitbekommen, was ich da gerade gesagt habe? Du bist nicht mein leiblicher Vater, und ich bin nicht deine Tochter! Und falls das zwischen uns etwas ändert, wäre ich sehr traurig.«

»Papperlapapp, was sollte sich denn schon ändern? Deine Mutter und ich, wir waren beide jung und haben Fehler gemacht. Aber Katharina und du, ihr seid meine Töchter, und das wird auch immer so bleiben.«

Erleichtert atme ich auf. Dass er spontan so positiv reagiert, hätte ich nicht gedacht. Mir fällt ein Stein vom Herzen. Ich muss das Ganze sich erst mal setzen lassen.

»Curt Grünberger, sagst du? Der Genforscher also. Deswegen auch Katharinas Anrufe. Richte ihr bitte schöne Grüße aus – sie steckt doch bestimmt bei dir, oder?«

»Ja, sie ist hier. Du, ich hatte ganz schön Schiss, dir das zu erzählen. Ich bin fast umgekippt, als ich es erfahren habe. Und ich versteh auch nicht, warum Mutti mir nie etwas gesagt hat. Zuerst war ich total wütend auf sie …«

»Das musst du nicht. Damals, na ja, ich war auch nicht immer treu. Vielleicht habe ich deine Mutter auch in seine Arme getrieben. Wie gesagt, wir haben beide Fehler gemacht. Und dann … Du weißt doch, wie eure Mutter war. Ihr wart das Wichtigste für sie im Leben. Ganz sicher hat sie so gehandelt, weil sie nur das Beste für euch wollte.«

Dass Vati so offen mit mir spricht, überrascht mich. Und dass er Mutti sogar noch in Schutz nimmt, spricht für ihn. Es gefällt mir.

»Kennst du übrigens Regina, Muttis Cousine? Sie war mit Curt Grünberger verheiratet und hat einen Sohn mit ihm.«

»Nur dem Namen nach. Eure Mutter hatte keinen Kontakt zum Rest der Familie.«

»Aber warum war das eigentlich so? Mutti ist diesen Fragen immer aus dem Weg gegangen.«

»Ach, das ist eine längere Geschichte. Was hältst du davon, wenn ich dich mal in deinem Haus besuchen komme? Dann erzähle ich dir in Ruhe, was ich weiß. Ich war schon Ewigkeiten nicht mehr auf der Insel. Wann ziehst du denn ein?«

»Wieso gehst du davon aus, dass ich hier leben werde?«

Vati lacht. Dann sagt er: »Weil ich dich kenne, schließlich bist und bleibst du meine Tochter.«

»Danke!« Jetzt laufen mir doch ein paar Tränen übers Gesicht. Mein Blick schweift durchs Zimmer und bleibt am Bücherregal hängen. »Vati, weißt du, ob Mutti früher in einer Untergrundbewegung organisiert war? In einem geheimen Lesezirkel?«

»Wie kommst du denn darauf?« Vati klingt amüsiert. »Wann soll das denn gewesen sein?«

»In der Zeit vor meiner Geburt.«

»Eure Mutter hat immer gerne und viel gelesen. Aber ein geheimer Bund? Wer soll denn noch daran teilgenommen haben? Curt Grünberger vielleicht? Das würde von der Zeit her ja passen. Tut mir leid, ich weiß es nicht.«

Wir unterhalten uns noch ein Weilchen über unverfängliche Dinge, dann verabschieden wir uns.

Katharina sitzt über einem Teller Linsensuppe in Josefines Küche. Als ich reinkomme, schaut sie mir prüfend ins Gesicht. »Du lächelst.«

Ich nicke und setze mich zu ihr an den Tisch. Josefine stellt mir ungefragt auch einen duftenden Teller hin. Daneben platziert sie ein Glas und eine Flasche.

»Whisky?« Es ist Talisker, die Sorte kenne ich. Sie schmeckt rauchig und torfig. Josefine schüttet das Glas halb voll. Es ist ein Wasserglas, also eine ordentliche Menge.

»Deine Schwester hat mir gesagt, du könntest heute etwas Starkes gebrauchen. Curts beste Schätze findest du übrigens in deiner Küche. In der Abstellkammer gibt es ein in die Wand eingelassenes Regal, wo er die guten Schnäpse und edlen Brände versteckt hat. Und im Keller findest du jede Menge Wein.«

»Whisky und Linsensuppe, das ist eine interessante Kombination. Eine gute Grundlage für den Magen und etwas Leichtigkeit für den Kopf.«

19.

Hier ist der Ort, an dem ich glücklich bin

Liebevoll streiche ich über die blanke Buchenfensterbank. Es war eine Heidenarbeit, das Holz von den vielen Lackschichten zu befreien, mit dem es im Laufe der Jahre behandelt wurde. Aber nun kann es wieder atmen. Ich habe es mit Bienenwachs behandelt, und der angenehme Duft des Holzes vermischt sich mit dem der getrockneten Orangenscheiben, die ich dekorativ darauf verteilt habe.

Mein Blick fällt aus dem Fenster. Die Blätter der Buchen leuchten in den unterschiedlichsten Farben. Manche behalten noch ihr saftiges Grün, andere haben sich in ein sattes Gelb oder ein warmes Rot verfärbt. Wie die Zeit vergeht! Vor einem guten halben Jahr stand ich das erste Mal an diesem Fenster. Meine Hände sind rau, stelle ich fest, als ich sie aneinanderreibe. Vom vielen Renovieren und der Gartenarbeit ist die Haut ganz ausgetrocknet; sie haben sich eine reichhaltige Pflegepackung verdient.

An einer Stelle, an der die Buchen nicht sehr dicht beieinanderstehen, kann ich schon bis hinunter zum Meer sehen. Ich stehe oft hier und beobachte das Spiel der Wellen, das heute fast sanft ist und kaum wahrzunehmen. Das passt eigentlich gar nicht zu dem immer dunkler werdenden Himmel, vor dem sich die Wolken verdichten. Es wird nicht lange dauern, bis die ersten Regentropfen fallen. Ob Josefine die Fenster in den oberen Räumen geschlossen hat? Sie lüftet die Zimmer jeden Tag ordentlich durch, vergisst allerdings ab und zu, die Fenster auch wieder zu schließen. Gerade als ich mich auf den Weg nach oben machen will, nehme ich die verschwommenen Umrisse einer Gestalt wahr, die unten am Wasser steht. Ich kann eine orangefarbene Jacke erkennen, ganz so wie die, die Julian damals anhatte. Nur selten verirren sich Spaziergänger an dieses abgeschiedene Plätzchen. Ob es tatsächlich Julian ist? Ich kneife die Augen zusammen und konzentriere mich auf die Figur, die immer mehr Kontur annimmt. Aber nach einem Wimpernschlag ist sie plötzlich verschwunden. Eigenartig, denke ich und öffne das Fenster. Wie immer bin ich überwältigt, als ich die feuchte, salzige Luft tief einatme. Ein Glücksgefühl breitet sich in mir aus. Ich bin tatsächlich hier, in meinem Haus, und das, obwohl Regina erst einmal am Widerspruch festhielt. Ich habe einen Vaterschaftstest durchführen lassen und dann Heike eingeschaltet. Und erst nachdem Regina es schwarz auf weiß lesen konnte, dass ich tatsächlich Curt Grünbergers Tochter bin, hat sie eingesehen, dass es der für sie rentablere Weg ist, mir das Haus als Vermächtnis zu überlassen, so wie es mein leiblicher Vater vorgesehen hat. Seitdem habe ich nichts mehr von ihr gehört, und von Julian auch nicht. Ich konnte ihn in keinem sozialen Netzwerk entdecken. Den Brief, den ich ihm nach Hamburg geschickt habe, hat er nie beantwortet. Ich denke oft an ihn. Wenn er sein Abi richtig gut abgeschlossen hat, wird er jetzt Psychologie studieren. Immerhin ist dafür ein Bombendurchschnitt nötig. Ich bedaure, Julian nur kurz kennengelernt zu haben, bin mir aber sicher, dass er intelligent genug ist und es geschafft hat. Ich hoffe, dass seine Mutter ihm keine Steine in den Weg gelegt hat und er sich gegen sie durchsetzen konnte.

Vielleicht verspürt Julian eines Tages das Verlangen, mehr über seinen Vater und über mich zu erfahren. Ich weiß jetzt, dass ich hierher gehöre, in dieses Haus, auf diese Insel. Hier ist der Ort, an dem ich glücklich bin. Im Juli bin ich hier eingezogen. Es hat doch etwas länger gedauert, bis ich in Frankfurt alles geregelt hatte. Zuerst wohnte ich noch mit Philipp gemeinsam in der Wohnung, aber dann haben wir einen ehrlichen, sauberen Schnitt gemacht, und ich bin für eine Weile bei Katharina untergeschlüpft. Herr Totten hat den Auftrag für die Dachbegrünung der Versicherungsgesellschaft erhalten, und ich fand es fair, ihn noch zu übernehmen. Dabei habe ich auch ein paar von Hildas Blumen verkaufen können. Mittlerweile habe ich auch ihren Mann, Florian, kennengelernt. Er ist wirklich sehr nett. Ich habe, ehrlich gesagt, noch nie einen so charmanten Pfarrer getroffen. Über meinen Vater konnte er mir allerdings auch nicht viel sagen. Vielleicht durfte er auch aufgrund seines Schweigegelübdes nicht. Ich habe mich auf Spurensuche im Haus begeben, um etwas mehr über meinen leiblichen Vater zu erfahren. Um meinen Sachen Platz zu schaffen, musste ich an seine persönlichen Dinge ran: Zum Beispiel fand ich beim Räumen noch weitere Briefe von Regina, Kontoauszüge, Sparbücher und Telefonrechnungen. Er war wirklich sehr vermögend, hatte mehrere Geldanlagen und Festgelder. Das Haus hat er nach der Wende zurückübereignet bekommen, musste dafür nichts bezahlen. Das heißt, er hatte kaum Ausgaben, von monatlich überwiesenen Unterhaltszahlungen für Julian mal abgesehen. Eine ganz ordentliche Summe, die sicher über dem üblichen Rahmen liegt. Zumindest darüber konnte sich Regina nicht beklagen. Die Unterlagen, die das Vermögen betreffen, habe ich alle dem Notar übergeben. Ich habe einen Blick darauf geworfen, weil ich schließlich wissen wollte, auf was ich da verzichte. Die Briefe von Regina habe ich nicht angerührt. Die werde ich irgendwann Julian übergeben. Er kann dann entscheiden, was damit passieren soll.

Eine große Überraschung allerdings waren die Telefonrechnungen. Curt rief meine Mutter vom Oktober letzten Jahres an täglich vom Festnetz aus zu Hause an. Anhand der detaillierten Aufstellung der Handyrechnung konnte ich zudem ganz genau ersehen, wann er mit ihr gesprochen hat. Mutti ist spätabends gestorben. Am Nachmittag desselben Tages telefonierten die beiden noch eine Dreiviertelstunde miteinander. Und dann habe ich gedacht, ich sehe nicht richtig, als ich feststellen musste, dass nach Muttis Tod Anrufe auf der Rechnung verzeichnet wurden. Ich habe sofort Katharina Bescheid gegeben, nach Muttis Handy zu suchen. Der Akku war damals leer, als wir es von der Polizei mit den anderen persönlichen Dingen, die unsere Mutter an jenem Abend bei sich trug, ausgehändigt bekommen haben. Wir sind gar nicht auf den Gedanken gekommen, das Telefon aufzuladen, um nachzusehen, mit wem sie vor dem Unfall noch telefoniert hat.

Katharina brachte in einer Kiste all die Erinnerungsstücke mit nach Rügen, als sie mich besuchte, um mir bei den Renovationen zu helfen. Das Handy war glücklicherweise auch dabei. Sie meinte, bei mir wären Muttis Sachen besser aufgehoben. Katharina ist nur selten zu Hause und immer noch viel beruflich unterwegs. Sie plant, in naher Zukunft weiter in meine Richtung zu ziehen, und liebäugelt nach wie vor mit Hamburg. Das wären dann zwar immer noch knapp dreihundert Kilometer, aber im Vergleich zu den gut achthundert bis nach Frankfurt ist es natürlich wesentlich weniger. Die Strecke kann man notfalls sogar an einem Tag hin und zurück fahren.

Nachdem wir das Aufladekabel hineingesteckt hatten, warteten wir ungeduldig, bis das Handy endlich genug Power hatte, damit wir die Mailbox abhören konnten, ganz so wie es die auf der Rechnung verzeichneten Kurztelefonate verhießen. Ich bin fast umgefallen, als ich seine Stimme gehört habe. Sie klingt dunkel und sehr warm. Wir hatten sie so nicht in Erinnerung, aber damals waren wir ja auch noch Kinder und hatten großen Respekt vor ihm.

»Hannah, Liebes, wo steckst du? Ich mache mir langsam Sorgen. Du wolltest dich doch melden …«

Er hat bis zum Mittag des nächsten Tages versucht, sie zu erreichen, dann hören seine Anrufe auf.

»Hannah, bitte sag mir, dass dir nichts passiert ist …« Das war der letzte Anruf.

Wir gehen davon aus, dass er es zu dem Zeitpunkt schon erfahren haben muss, sonst hätte er es weiterversucht.

Aber von wem? Natürlich wusste es Vati, der hat wiederum Muttis Schwestern informiert, rein aus Anstand, wie er betonte. War es vielleicht eine unserer Tanten?

Ich habe mich in den letzten drei Monaten in Arbeit gestürzt, habe Böden, Türen und ausgewählte Möbel abgeschliffen und versiegelt. In Bad und Küche habe ich Terrakottafliesen legen lassen. Die Raufasertapeten habe ich in allen Räumen entfernt, die Mauern beiputzen lassen und dann in einem cremigen Weiß und einer Wischtechnik die Farbe direkt auf die Wände aufgetragen. Der Dachboden wurde komplett saniert. Zuerst habe ich überlegt, ob ich ihn auch als zusätzlichen Wohnraum nutzen soll, dann habe ich mich aber dagegen entschieden. Dafür bewahre ich dort einige der Erinnerungsstücke an meinen Vater auf. Viele der Bücher, die ich nicht einfach wegschmeißen oder verschenken wollte, aber das Wohnzimmer doch in der Masse erschlagen haben. Die ganzen Dokumente, einige seiner Kleidungsstücke und ein paar ausgefallene Vasen, Schüsseln, Teppiche und jede Menge Kleinkram habe ich in Kisten verstaut. Vielleicht möchte Julian irgendwann mal darin stöbern.

Wir haben Ende Oktober, und ich bin endlich fertig mit den Renovierungsarbeiten. Nur die Trockenlegung des Kellers muss bis Frühjahr warten. Es gibt hier immer was zu tun. Es ist jetzt wirklich mein Haus, das meine Handschrift trägt. Mein Blick fällt auf Dwalin, und ich muss lächeln. Katharina würde mich wahrscheinlich für verrückt erklären, wenn sie hören würde, dass ich mit einem gemalten Hirsch rede. Genau wie damals, als sie mitbekam, dass ich mit der Eiche sprach, die noch immer einzigartig zwischen all den Buchen steht. Jedes Mal, wenn ich an ihr vorübergehe, überzieht mich eine wohlige Gänsehaut, ich bleibe einen Moment stehen, schaue nach oben oder berühre ihren Stamm. Josefine erzählte mir, dass angeblich in dem Baum ein Naturgeist lebt, der mir gegenüber allerdings freundlich eingestellt sein muss, denn sonst würde ich mich in seiner Nähe unwohl fühlen. Josefine geht davon aus, dass manche Kinder ein besonderes Gespür für gute und böse Wesen haben. Und so wird es auch bei mir gewesen sein. Seitdem spreche ich wieder mit der Eiche. Ich habe einige Eicheln gesammelt und sie in kleinen Holzschälchen im Haus verteilt. Ich glaube daran, dass sie mir Glück bringen.

Nur über die Identität des Unbekannten, der mir immer mal wieder Glücksbringer und gute Wünsche vor die Tür oder in den Garten legt, weiß ich immer noch nichts. Gerade vorhin habe ich einen neuen Hühnergott entdeckt. Er hängt an einem Lorbeerbäumchen, das in einem großen Kübel auf meiner neuen Terrasse steht. Hier bin ich schon oft zum Frühstücken gesessen und habe dabei das Meer rauschen gehört. Martin kann es wirklich nicht gewesen sein, denn er war bei mir, als ich ihn entdeckt habe. Er ist mir ein guter und verlässlicher Freund geworden. Dass er auch gleichzeitig mein Chef ist, ändert nichts an unserer freundschaftlichen Beziehung. Außerdem ist mein Job in Martins Hofladen nur eine Übergangslösung, bis ich eine passende Anstellung als Landschaftsgärtnerin gefunden habe. Ich spiele aber auch mit dem Gedanken, mich selbstständig zu machen. Das kleine Berlepschbäumchen, das Herr Totten mir geschenkt hat, habe ich in den Garten gepflanzt. Irgendwann einmal wird es Teil einer Apfelplantage mit alten Sorten sein, die ich hier auf der Insel anbauen möchte.

Für die Renovierungsarbeiten bekam ich ohne Probleme einen Kredit von der Bank. Ich hätte nicht gedacht, dass das so problemlos funktionieren wird, aber ich hatte auch eine gute Beraterin an meiner Seite. Heike hat mich bei allen Gesprächen mit juristischem Belang unterstützt, sie hat das Fachwissen und kann wirklich gut verhandeln. Das Geld ist restlos ausgegeben, aber ich habe noch meinen Teil des Aktienfonds, den Mutter uns hinterlassen hat. Damit kann ich noch etwa ein halbes Jahr überstehen, dann muss sich finanziell etwas ändern. Die Gästezimmer stehen zum Vermieten bereit. Ich muss noch Werbung machen und sie im Internet in verschiedenen Portalen anbieten, aber ich habe heute schon ein großes Holzschild unten an den Weg gestellt. *Haus Dwalin* steht in brauner Schrift darauf geschrieben, *Ferienzimmer zu vermieten.* Die Idee, dass mein Haus einen Namen braucht, ist mir ganz spontan gekommen, als ich das Schild in Angriff genommen habe. Hier oben gibt es tatsächlich viel Rotwild. Die Hirsche tauchen immer wieder zwischen den Buchen auf. Manchmal habe ich das Gefühl, sie würden mich sogar besuchen oder beobachten. So wie ich das früher mit dem alten Grünberger gemacht habe.

Ob ich es damals schon instinktiv gespürt habe, dass er mein Vater ist? Das habe ich mich schon oft gefragt. Natürlich ist er nur noch interessanter geworden, nachdem Oma uns verboten hatte, hierherzukommen. Aber ich bin ja auch vorher schon immer wieder um das Haus geschlichen. Katharina hat die Theorie aufgestellt, ich könnte als Kind eine Unterhaltung zwischen Mutti und Oma aufgeschnappt haben, die ich gar nicht richtig einschätzen oder verstehen konnte. Hat Mutti von ihrer Liebschaft erzählt, und ich habe es tatsächlich gehört? Das klingt irgendwie logisch und könnte durchaus so gewesen sein, aber ich glaube es trotzdem nicht. Mir gefällt der Gedanke, dass ich es vielmehr gefühlt habe, genauso wie ich es jetzt fühle, hier in meinem Haus. Ich fühle mich ihm nahe, wenn ich in seinem Sessel sitze oder es mir auf der Ledercouch gemütlich mache, auf der ich die bunten Kissen aus dem Schlafzimmer drapiert habe. Ich wollte sie nicht weggeben, aber im Schlafzimmer wollte ich sie nicht haben. Ich bin mir sicher, es sind die Kissen, die Mutti in ihrem Brief beschreibt, und auch, dass ich in der Nacht gezeugt wurde, an die sie sich so gefühlvoll erinnert. Ich frage mich oft, wie es sich angefühlt hätte, ganz offiziell Curts Tochter zu sein. Ich nehme es Mutti nicht übel, dass sie mir nichts von ihrem

Geheimnis erzählt hat. Wie könnte ich auch? Sie ist nicht mehr da. Ich wünschte nur, sie könnte sehen, wie glücklich ich mittlerweile hier in dem Haus bin.

Wir haben schon nach fünf. Schon in aller Früh habe ich alle Einkäufe erledigt und dann die meiste Zeit in der Küche gestanden. Morgen werden die Kinder der Insel bei mir anklopfen und mit ihren frechen Stimmen »Süßes oder Saures« fordern. Dafür habe ich mir etwas Besonderes einfallen lassen. Auf die selbst gekochten Sahnekaramell-Brocken habe ich aus dunkler Schokolade Spinnen mit langen Beinen gespritzt. In die Waldmeisterbonbons habe ich einen roten Kern aus Himbeermasse gezaubert, sodass sie wirklich fast wie gefährliche Glupschaugen wirken. Bei dem Gedanken an Kinder, die morgen hier mit strahlenden Gesichtern vor der Tür stehen werden, huscht ein Lächeln über meine Lippen. Ich wünschte, Katharina wäre bei mir.

»Bekommen wir noch einen Gast?« Josefine kommt mit schlurfenden Schritten auf mich zu.

»Nicht nur einen, gleich drei. Und alle wollen Rommé spielen«, necke ich sie. »Und mit dir sind es vier.«

»Haha! Das meinte ich nicht. Du stehst jetzt schon eine ganze Weile hier am Fenster und starrst hinaus. Du bist so versunken in dich selbst, dass du mich gar nicht hast kommen hören. Also, wer ist es? An wen denkst du?«

»An Katharina. Sie fehlt mir. Es ist still ohne sie. Ich bin froh, wenn sie mich wieder besuchen kommt.«

»Die vier Wochen sind bald vorüber. Steckt sie denn noch immer auf Sizilien?«

»Ja, sie ist geradezu besessen von dem Vulkan.« Katharina hat das Angebot bekommen, an einer Reportage über den

Ätna mitzuarbeiten, der zwei Wochen zuvor wieder mal ausgebrochen war. Sie hat sofort ihre Koffer gepackt und ist abgereist. So begeistert habe ich sie noch nie erlebt.

»Das passt zu deiner Schwester. Sie spielt gerne mit dem Feuer.« Josefines Wink auf das Verhältnis zwischen Katharina und Martin ist offensichtlich. Ich selbst blicke auch nicht ganz durch. Katharina behauptet zwar, ihre Ambitionen wären nur freundschaftlicher Natur, aber trotzdem flirtet sie wie verrückt mit ihm.

»Nun gut … Ich gehe dann mal und bereite das Abendbrot vor. Morgen kümmere ich mich um die Zimmer. Soll ich die beiden nebeneinander nehmen oder lieber die gegenüberliegenden?«, fragt Josefine.

»Wieso? Was meinst du damit?«

»Na, die Zimmer für den Besuch.«

»Wer kommt denn?«

»Das weiß ich auch nicht.«

Normalerweise macht das, was Josefine sagt, einen Sinn. Auch wenn dieser nicht sofort ersichtlich ist. Ich weiß mittlerweile, dass es nichts bringt, weiter nachzuhaken. Josefine macht hin und wieder noch ganz eigenartige, auf den ersten Blick unsinnig wirkende Geschenke, die man tatsächlich irgendwann gebrauchen kann. Oder sie sagt etwas, das erst einige Zeit später einen Sinn ergibt. Es spricht also nichts dagegen, die Gästezimmer jetzt schon mal herzurichten.

»Nimm die beiden gegenüberliegenden«, sage ich, »das rote und das orangene.« Josefine geht auf den Flur hinaus. Ich höre, wie sie an einer Tür rüttelt und vor sich hin schimpft.

»Das blöde Ding kann mich nicht mehr leiden! Ständig klemmt sie, wenn ich sie öffnen will. Das macht sie bestimmt mit Absicht!«

Ich muss lachen und helfe ihr mit der Tür. Das Haus hat zwar einen besonderen Charme und einige Eigenheiten, aber eine Tür hat mit Sicherheit kein Eigenleben. Sie ist einfach alt, und man muss sie samt Klinke etwas anheben, wenn man sie öffnen will, besonders seitdem ich einen Windstopper angebracht habe, der etwas über den Parkettfußboden schleift. Aber das vergisst Josefine. Genauso wie die Tatsache, dass der Heizkessel nur eine bestimmte Menge Wasser erhitzen kann, bevor es von einer Sekunde auf die andere kalt wird. Steht man dabei unter der Dusche, ist das besonders unangenehm. Das war schon immer so, aber Josefine scheint nicht daran zu denken. Zum Glück ist die neue Heizung bald einsatzbereit. Ich habe mich für einen Kompromiss entschieden. Das Haus kann ich immer noch komplett über den Kamin beheizen, aber ich habe zusätzlich eine Gastherme einbauen lassen, die immer dann einspringt, wenn kein Holz mehr da ist, ich aus irgendeinem Grund nicht zum Nachfeuern komme oder es einfach bitterkalt draußen ist.

»Sag mal, hast du mir eigentlich Eier und Schinken vom Biohof mitgebracht?«

»Natürlich, ist alles im Kühlschrank. Wann kommen deine Damen denn?«

»So gegen sieben.«

So gegen sieben bedeutet, die drei stehen pünktlich auf die Minute vor der Tür, und Josefine hat bis dahin Eierhälften mit Mayonnaise und Kaviar gefüllt. Dazu reicht sie mit Spargelstangen gefüllte Schinkenröllchen, mit Butter bestrichenes Schwarzbrot und eine Schinkenplatte. Um Punkt acht haben die Damen aufgegessen, Josefine räumt den Tisch ab und packt die Karten aus. Und dann wird Rommé gespielt, das habe ich jetzt schon dreimal miterlebt. Dabei zwitschert die lustige Runde den einen oder anderen von Josefines hausgemachten Likören. Und wie immer wird nebenher über alte Zeiten getratscht, wie sich Josefine damals erfolgreich gegen einen reichen Investor aus dem Westen gestellt hat, der ein großes Feriendorf mitten in die naturbelassene Landschaft bauen wollte. Sie hat es geschafft, das ganze Dorf gegen ihn zu mobilisieren. Wie mir schon Gregor damals erzählt hat, wurde das Grundstück kurzerhand zum Naturschutzgebiet erklärt, Josefine war die Retterin des Baum- und Vogelbestands.

Gegen elf verabschieden sich Josefines Freundinnen, wobei wie gewöhnlich mindestens eine von ihnen laut schimpft, weil sie das meiste Geld verloren hat. Heute beklagt sich Marianne, sie habe über dreißig Euro in die Kasse zahlen müssen. Mit der Zeit hat sich ein enormes Sümmchen angesammelt. Die vier Kartenspielerinnen treffen sich einmal im Monat – und das schon fast zwanzig Jahre lang. Bisher haben sie noch nichts mit dem Geld unternommen, das sie jährlich zum Weltspartag auf das Gemeinschaftskonto einzahlen. Ich bin mir sicher, dass sie es einmal für einen ganz besonderen Zweck ausgeben werden.

Ein lautes Maunzen ertönt. Findus hält sich mit Vorliebe in Josefines Nähe auf und frisst mittlerweile bevorzugt Gänsepastete. Er hat sich an das leckere Festessen gewöhnt, das Josefine ihm vorgesetzt hat, als er verletzt und schwächlich war. Trotz seines schiefen Gangs, der von seiner nicht richtig ausgeheilten Pfotenverletzung stammt, erlegt er auf seinen nächtlichen Beutezügen regelmäßig Mäuse. Fast jeden Morgen findet Josefine eine vor ihrer Zimmertür. Findus macht ihr sozusagen ein Tauschangebot gegen Gänsepastete.

Der Kater und Josefine haben wirklich eine besondere Verbindung zueinander. Josefine hat eigentlich kein besonderes

Verhältnis zu Tieren, wenn man daraus keinen Braten oder Wurst machen kann, aber die beiden sind einfach unzertrennlich. Und der ihnen gemeinsame leicht nach links gekippte Gang macht sie zu einem unverwechselbaren Gespann.

Ich bin nach wie vor froh, dass Josefine mit mir in dem Haus lebt. Sie verfügt trotz ihres Alters über eine Menge Energie, hat viel erlebt und weiß Erstaunliches zu berichten über die Insel und ihre Menschen. So manch einen Abend haben wir schon gemütlich bei einem Glas Wein verbracht und Josefine hat aus ihrem Leben erzählt. Sie selbst hatte keine Kinder. Es habe einfach nicht geklappt, sagte sie. Aber sie hat viel über ihre eigene Kindheit erzählt, über den Krieg, den sie als Kind erlebt hat, über die Zeit, als die Russen die Kontrolle über die Insel hatten – und natürlich über ihren Bruder, mit dem sie zusammen aufgewachsen ist. Und hier wird es für mich richtig interessant. Curt musste schon als kleiner Junge ordentlich mit anpacken und seinem Vater, der Fischer war, oft zur Hand gehen. Aber er hat sich nie sehr für das Meer und die Fische interessiert, sondern eher für Pflanzen. Dass einer der Apfelbäume im Garten zwei verschiedene Sorten Früchte trägt, ist mir erst gar nicht aufgefallen. Curt hat ihn veredelt, als er gerade mal sieben war. Er hat ständig mit Pflanzen und ihren Samen herumexperimentiert und hat versucht, sie zu kreuzen. Dabei ging es ihm nicht darum, neue Sorten zu kreieren – er wollte einfach nur wissen, ob es funktioniert. Man könnte sagen, er hat schon früh den Grundstein für sein späteres Fachgebiet, die Genforschung, gelegt. Wir haben etwas gemeinsam, zumindest was die Arbeit mit Pflanzen angeht. Ich habe meine Liebe zur Natur zum Beruf gemacht.

Immer wieder fallen Josefine neue spannende Anekdoten

ein, besonders nach den Rommé-Abenden mit ihren Freundinnen, die genau wie sie gerne über die Vergangenheit sprechen. Die Geschichte mit den Russen und den den Hügel hinuntergeworfenen Büchern habe ich jetzt schon in unterschiedlichen Versionen gehört. Mal ist Curt heimlich nach oben geschlichen, ein anderes Mal hat er sich mit den Russen solidarisiert. Dass Curt als kleiner Junge schon Geschäfte mit den Russen gemacht hat, hat mich dann aber doch überrascht. Er war sehr clever, sagt Josefine. Und wusste schon früh, worauf es ankam. Immerhin studierte er als Einziger von ihnen und machte als Wissenschaftler Karriere. Das war damals schließlich nicht so einfach.

Dass sich eine Freundschaft zwischen uns entwickeln würde, hätte ich anfangs niemals für möglich gehalten. Ich wohne gerne mit Josefine zusammen, und ich glaube, auch sie schätzt meine Anwesenheit. Ich mag ihre manchmal recht kauzige Art und ihren eigenwilligen Sinn für Humor. Sie hat es tatsächlich geschafft, Omas Stollenrezept gegen Mariannes Steinofen einzutauschen. Josefine bestand darauf, den alten Steinofen in Mariannes Garten komplett zu demontieren, um ihn bei uns oben wieder aufzubauen. So hat sie gestern den Steinofen angefeuert und ihn darin gebacken, sozusagen als Testlauf für Weihnachten. Was soll ich sagen? Er schmeckt so tatsächlich noch besser, und Josefine freut sich wie eine Schneekönigin, weil Marianne sich bestimmt wundert, warum ihrer nicht genauso gut schmecken wird. Und ich freue mich, dass ich draußen im Garten knuspriges Brot backen kann.

Nur eines muss ich Josefine noch beibringen, dass sie nicht ständig ungefragt und ohne anzuklopfen in meinem Wohnbereich auftauchen kann. In der Regel stehen alle Türen im

Haus offen, aber wenn eine verschlossen ist, hat es seinen Grund. Als ich Josefine letztens darum gebeten habe anzuklopfen, war sie tatsächlich beleidigt. Sie hat ewig geschmollt und ist gar nicht mehr gekommen. Zuerst ließ ich mich auf das Spielchen ein und schenkte ihr nicht weiter Beachtung, doch dann, als es einen ganzen Tag lang ruhig blieb, habe ich mir plötzlich Sorgen gemacht, ihr könne etwas passiert sein. Also habe ich nach ihr gesehen. Da sie nicht aufgemacht hat und ich keine Antwort auf mein Klopfen erhielt, bin ich reingegangen. Sie saß mit riesigen Kopfhörern auf den Ohren in ihrem Fernsehsessel und sah sich einen Film an. Findus lag auf ihrem Schoß und ließ sich kraulen. Angeblich hat sie sich die Dinger aufgesetzt, weil sie in letzter Zeit immer schlechter hört, und den Ton sonst so aufdrehen müsste. Ich weiß aber, dass ihre Ohren noch sehr gut funktionieren und sie nur darauf gewartet hat, bis ich unangemeldet bei ihr im Wohnzimmer stehe, damit sie im Gegenzug auch wieder mal bei mir auftauchen kann. Wenn bei Josefine etwas nachlässt, dann ist es die Sehkraft. Sie liest die Zeitung mittlerweile mit einer Lupe, weil sie sich keine spezielle Lesebrille zulegen will.

Trotz der kleinen Plänkeleien mag ich Josefine sehr. Es fühlt sich an, als wäre sie jemand aus der Familie. Als wäre sie zu der Tante geworden, die ich nie hatte.

»Soll ich dir was helfen?«, frage ich.

»Nein, Schnittchen schmieren schaffe ich gerade noch alleine. Außerdem hast du doch schon den ganzen Tag in der Küche gestanden. Hilda hat gewaltig Reklame für dich gemacht, du kannst also mit einem ordentlichen Ansturm morgen rechnen. Die Kinder aus der Jugendgruppe werden ganz sicher alle vor deiner Tür stehen. Ich bin nicht da – ich bin in Lohme zur Chorprobe.«

»Schöne Grüße an den Herrn Notar.«

»Werde ich ihm ausrichten.« Josefine verlässt schlurfend das Zimmer. Ich versuche ja immer wieder mal, sie mit ihrem eisernen Verehrer zu foppen, aber das gelingt mir nicht recht. Sie hat sich verdammt gut im Griff, obwohl ich mir sicher bin, dass sie die Komplimente und unbeholfenen Annäherungsversuche genießt.

Der Regen ist stärker geworden, es ist fast dunkel, und ich kann kaum noch etwas erkennen. Mir fällt die orangefarbene Jacke wieder ein, die ich vorhin unten am Meer gesehen habe. Oder habe ich es mir nur eingebildet?

20.

Warmer Apfelwein lähmt die Auffassungsgabe

Wenn das so weitergeht, muss ich mir etwas einfallen lassen. Es ist schon halb neun, und immer noch klopfen kleine Gespenster, Hexen und Zauberer an die Tür. Wo kommen nur all die Kinder in dieser abgeschiedenen Gegend her? Sie können doch unmöglich alle von Hilda geschickt worden sein.

Ich trete wieder vors Haus, und beim Anblick der verkleideten Gestalten, die vehement Süßigkeiten einfordern, stutze ich. »Moment mal, ihr wart doch eben schon mal hier!«

Die kleine Hexe mit den strubbeligen Haaren scheint am mutigsten zu sein. Auffordernd hält sie ihren Stoffbeutel auf und bettelt mit zuckersüßer Stimme: »Ach bitte, Ihre Süßigkeiten sind einfach die besten. Die sind wirklich superkalifragilistischexpiallegetisch!«

Das komplizierte Fantasiewort aus *Mary Poppins* war damals auch mein Lieblingswort gewesen, das ich andauernd und mit Stolz rezitiert habe. »Na gut«, sage ich milde gestimmt. »Aber nicht, dass ihr auf die Idee kommt, gleich wieder hier aufzutauchen. Vielleicht kommen ja noch andere Kinder, die dann traurig sind, wenn es nichts mehr gibt.«

Ich werfe einen skeptischen Blick in den Himmel. »Außerdem wird es immer stürmischer. Ihr wisst doch, wie stark der Wind auf der Insel werden kann. Und hier oben auf dem Hügel ist es noch schlimmer. Ihr solltet also schleunigst zusehen, dass ihr nach Hause kommt!«

Just in diesem Moment weht eine starke Brise auf, die die Äste der Buchen ordentlich hin- und herwanken lässt, und die Kinder verschwinden kichernd den Hügel hinunter. Josefine hat mit ihrer Wetterprognose mal wieder recht gehabt. Sie hat mir heute Morgen schon gesagt, dass das Wetter im Laufe des Abends immer schlechter werden wird.

Josefine ist noch bei der Kirchenchorprobe, und wir haben vereinbart, dass ich sie um Viertel nach zehn in Lohme abholen komme. Ich habe also noch genügend Zeit, die ich gemütlich bei einer Kanne heißen Pfefferminztees verbringen will. Aber vorher lege ich noch etwas Holz und frische Zweige in den Kamin.

Es dauert nicht lange, da erfüllt der Duft der knisternden Tannenzweige den Raum. Ich gebe noch einige getrocknete Kräuter in die Glut und beobachte die kleinen Funken, die frech in die Luft wirbeln. Ich brühe mir den Tee auf und mache es mir in meinem Sessel gemütlich. Es ist mittlerweile stockdunkel und noch stürmischer draußen geworden. Jetzt werden bestimmt keine hungrigen Halloweenmonster mehr »Süßes oder Saures« von mir einfordern.

Nur ein einziger Karamellbrocken ist noch übrig geblieben. Voller Vorfreude fische ich das weiche Bonbon aus dem Schüsselchen heraus, um es mir wie früher langsam im Mund zergehen zu lassen. Genießerisch schließe ich die Augen. So verweile ich einige Minuten, bis ich von einem lauten Klopfen aufgeschreckt werde. Was, sind denn jetzt etwa immer noch Kinder unterwegs?

Ich springe auf und laufe zur Haustür, an die gerade weiterhin auffordernd gepocht wird. »Ja, doch!«, rufe ich, da springt die Tür krachend wie von selbst auf. Ich schaudere, als mir ein eisiger Wind um die Ohren pfeift und etwas Weiches um die Beine streicht. Findus! Als ich den Kopf wieder hebe, sehe ich einen Mann, der ein paar Schritte dahinter im Halbdunkel steht. Erschrocken weiche ich zurück. Ich glaube nicht, ihn schon einmal gesehen zu haben. Die Männer aus dem Dorf kenne ich alle, außerdem trägt keiner von ihnen solch einen teuren Anzug. Kein passendes Outfit bei diesem Wetter, schießt es mir durch den Kopf. Der Mann scheint zu frieren, er hat den Kragen nach oben gestellt und die Arme vor der Brust verschränkt. Ich linse über seine Schulter und versuche ein Auto auszumachen, aber er scheint zu Fuß da zu sein. Normalerweise hört man auch immer, wenn jemand den Schotterweg zum Haus hochfährt. Mist, ausgerechnet heute Abend ist Josefine nicht da. Ich straffe die Schultern und ziehe fragend eine Augenbraue nach oben. »Ja, bitte?«

Der Fremde räuspert sich, bevor er sagt: »Was für unglaublich blauviolette Augen.«

Ich unterdrücke den Impuls, ihm die Tür vor der Nase zuzuknallen. Ich fühle mich zwar nicht bedroht, spüre aber eine gewisse innere Unruhe. Er mustert mich ungeniert von oben bis unten.

Ich greife an meinen lockeren Haarknoten, aus dem sich einige Strähnen gelöst haben, und folge seinem Blick zu meinen Füßen. Ich trage eine lange weiße Tunika, ausgewaschene alte Jeans, und meine Füße stecken in Josefines dicken Zehensocken. Gerade die scheinen den Fremden besonders zu amüsieren.

»Sind die von meiner Tante Josefine?«, fragt er grinsend.

Die Anspannung fällt von mir ab.

»Ich wusste gar nicht, dass Josefine einen Neffen hat. Das hat sie mir gar nicht erzählt.«

»Entschuldige, ich wollte dich nicht erschrecken. Ich habe nur nicht mit dir gerechnet. Es war unhöflich von mir, so unangemeldet hier aufzukreuzen. Ist Josefine nicht da?«

»Sie ist in Lohme, bei der Chorprobe.« Eine Windböe zieht auf, und es fängt an zu regnen. Im Haus fällt ein Fenster zu. Laub und kleine Äste wirbeln durch die Luft, bis hinein in den Flur. Findus streicht mir maunzend um die Beine. Normalerweise erwartet er Josefine auf der kleinen Holzbank, wenn sie unterwegs ist. Aber nun hat er die Chance genutzt und ist bei dem Unwetter schnell ins Haus geflüchtet. Ich bücke mich und nehme ihn auf den Arm.

»Mein Name ist Marina«, sage ich. »Ich wohne auch hier. Komm doch rein. Ich hab dich schon viel zu lange draußen stehen lassen.«

»Ich heiße Roman«, sagt er und greift nach dem Kater. »Und wer bist du?« Das scheint Findus zu missfallen, und er fährt blitzschnell seine scharfen Krallen aus.

»Findus, na hör mal!«, schimpfe ich, aber es ist zu spät. Auf Romans Handrücken zeigen sich tiefe Spuren, die sofort anfangen zu bluten.

»Das tut mir wirklich leid«, sage ich zerknirscht. »So was macht Findus normalerweise nicht. Bestimmt hat ihn der Sturm nervös gemacht. Komm mit, wir müssen die Wunde desinfizieren.«

»Halb so schlimm«, sagt Roman und folgt mir in die Küche nach. »Moment mal – hier hat sich ja einiges verändert!«

»Wie lange warst du schon nicht mehr da? Findus scheinst du ja auch nicht zu kennen.«

»Das letzte Mal vor zwei Jahren, als meine Mutter gestorben ist.«

Da fällt mir wieder ein, dass Josefines ältere Schwester Hedwig beim Kühemelken umgekommen ist. »Das tut mir leid, wirklich.«

»Ja, aber wenigstens ging es schnell, und sie hat nicht gelitten.« Bei diesen Worten zucke ich zusammen. Sofort habe ich die Bilder vom Unfall meiner Mutter im Kopf, so ganz allein mit ihren Verletzungen im Auto.

Roman reißt mich aus meinen Gedanken. »Natürlich kenne ich den Kater, aber ehrlich gesagt hat er ganz schön zugelegt. Ich habe ihn gar nicht wiedererkannt. War es nicht Curts Kater?«

»Jetzt gehört er Josefine.« Behutsam tupfe ich mit einem Mulltuch etwas Propolistinktur auf die Kratzer.

»Was zum Teufel ist das denn für ein Höllenzeug? Es brennt ja wie Feuer!«, fährt er auf.

»Ein Naturprodukt aus den Blütenpollen der Bienen, das antiseptisch wirkt. Aber was da so brennt, ist der Alkohol, in dem es aufgelöst wurde.« Ich drücke noch einmal vorsichtig das getränkte Tuch auf die Wunde.

Roman zuckt zusammen, gibt aber keinen Laut mehr von sich. Als der Schmerz nachlässt, zeigt sich ein Lächeln auf seinem Gesicht. »Vielleicht sollte man den Alkohol lieber trinken, was meinst du?« Ich stelle fest, dass er nicht unsympathisch auf mich wirkt. Auch seine sonore Stimme gefällt mir ausgesprochen gut.

Ob ich ihm auf den Schrecken hin einen Kräuterschnaps anbieten soll? Ehrlich gesagt könnte ich auch einen vertragen. Aber ich muss ja noch fahren, und da trinke ich generell keinen Alkohol, auch kein kleines Gläschen.

»Wie kommt es, dass du zu Fuß einfach so im Dunkeln hier ankommst?«

Roman erzählt mir, dass er ganz in der Nähe war und ein auf die Fahrbahn gefallener Baum die Straße versperrt. Deswegen ist er auch das letzte Stück zu Fuß gekommen. Wenn das so ist, kann ich Josefine ja gar nicht abholen. Am besten rufe ich in Lohme an, dann kann Josefine sich darauf einstellen, dass sie im Dorf übernachten muss.

»Ich bin gleich zurück.« Auf dem Weg zum Telefon komme ich am Vorratsschrank mit all den selbst gemachten Likören vorbei. Josefine hat mir einige ihrer besten Rezepte verraten, und so haben wir trotz Renovierungschaos oft stundenlang abends gemeinsam in der Küche gestanden und echte hochprozentige Köstlichkeiten gezaubert. Ich greife nach einer Flasche Waldkräuterschnaps, gehe zurück in die Küche und stelle sie vor Roman auf den Tisch. »Gläser findest du dort drüben im Schrank«, sage ich zu ihm. »Ich trinke auch gleich einen mit.«

Ich wähle Hildas Nummer und bin kurz darauf mit ihr verbunden. »Gut, dass ich dich erreiche. Der Sturm hat einen Baum umgeknickt, und es ist unmöglich, mit dem Auto die Straße runterzufahren. Josefine ist bei der Chorprobe in der Kirche. Kannst du ihr bitte ausrichten, dass …«

Weiter komme ich nicht, denn plötzlich erschüttert ein lauter Knall das Haus, gefolgt von Stille und Dunkelheit. Die Leitung ist tot.

Einzig der Kamin spendet noch flackerndes Licht. In seinem Schein wirkt Roman, der wie aus dem Nichts in meinem Wohnzimmer aufgetaucht ist, groß und unheimlich.

»Wo ist der Sicherungskasten?«, fragt er, und ich brauche eine Weile, bis ich reagieren kann.

Wenig später gehen wir mit Taschenlampen bewaffnet die Kellertreppe nach unten. Und dann sehen wir auch schon die Überschwemmung. »Entweder hat sich irgendwo ein Rohr gelöst, oder es ist eines geplatzt. Das Wasser ist hier reingelaufen und in die Steckdose dort auf dem Boden. Und dann – wumms! Daher der Kurzschluss.« Roman leuchtet auf das Verlängerungskabel und den Mehrfachstecker, an dem ich die Tiefkühltruhe und einen zweiten Kühlschrank angeschlossen habe.

Wie konnte ich nur so gedankenlos sein! Ich hätte das Kabel weiter oben an der Wand entlang befestigen sollen. Das mit dem Sicherungskasten hätte ich zwar auch alleine hinbekommen, aber ich bin froh, dass ich Unterstützung habe, jetzt wo es um die Ursachenerkundung geht. Ich wäre wahrscheinlich gar nicht darauf gekommen, im Keller nachzuschauen. Und ehrlich gesagt habe ich einen ganz schönen Schrecken bekommen, als es so laut geknallt hat. Ich dachte im ersten Moment, der Blitz hätte ins Haus eingeschlagen. Allerdings ist es auch nicht gerade beruhigend, wie sich das Wasser immer weiter auf dem Boden ausbreitet.

»Wo ist der Haupthahn?«, fragt Roman. »Es ist meiner Meinung nach ein zuführendes Rohr, sonst würde es jetzt gewaltig stinken.«

»Da, unter dem Waschbecken«, sage ich und will mich mit meinen Fußzehensocken auf den Weg machen.

»Ich gehe schon.« Roman hält mich zurück. Doch auch seine feinen Lederschuhe werden das Wasser nicht abhalten. Er watet durchs Wasser.

»Wie lange wohnst du schon hier?«

»Noch nicht so lang, seit Ende Juli.«

»Hast du die alten Rohre mal überprüfen lassen?«

»Es war zwar eine Gutachterin, aber von den Rohren hat sie nichts gesagt. Nur dass der Keller feucht ist.«

»Sieht so aus, als hätte sie recht gehabt!« Roman steigt wieder neben mir auf die Treppe und grinst mich an. Wenn es nicht mein Keller wäre, der da gerade abgesoffen ist, fände ich die Situation wahrscheinlich auch komisch.

»Und jetzt?«

»Keine Sorge, es kann nichts weiter passieren, aber im Moment können wir nicht mehr machen. Der Keller muss ausgepumpt werden. Hast du irgendwo unten Sachen stehen, die im Wasser kaputtgehen können?«

»Nein, hier stehen nur Waschmaschine und Trockner. Aber die stehen auf Sockeln. Alles andere ist zum Glück auf dem Dachboden verstaut. Im Kühlschrank habe ich nur ein paar Getränke. Und die Gefriertruhe ist noch leer. Ich habe sie erst gestern eingesteckt.« Ich habe sie von Martin bekommen, nachdem er sich für seinen Hofladen eine größere angeschafft hat. Die Truhe ist zwar schon ein älteres Modell, soll aber noch bestens funktionieren. Ob sie das unerwünschte Wasserbad überlebt, wird sich noch zeigen.

»Ich danke dir«, sage ich, wieder oben im Wohnzimmer, zu Roman. »Ohne dich hätte ich das wahrscheinlich nicht so schnell hinbekommen.«

»Ach was – die eigentliche Arbeit beginnt erst noch. Das Wasser muss so bald wie möglich ausgepumpt werden. Übigens, hast du ein Handtuch für mich?« Roman zeigt auf seine durchweichten Schuhe.

»Ja, klar… Sag mal, willst du nicht hierbleiben heute Nacht? Mit der versperrten Straße kommst du eh nicht mehr weiter. Wir haben die Gästezimmer renoviert; sie sind wirklich schön geworden. Im Bad oben findest du alles, was du brauchst, Handtücher, Gästezahnbürste, Duschzeug.« Josefine hat es also geahnt. Allerdings hat sie von zwei Zimmern gesprochen. Ob heute etwa noch jemand hier ankommen wird? »Ich könnte auch mal nachsehen, ob ich vielleicht etwas Passendes für dich zum Anziehen finde.« Es gibt noch ein paar Sachen von Curt hier unten, die ich noch nicht auf den Dachboden gebracht habe.

»Danke, das wäre toll. Gerne nehme ich dein Angebot an.«

Ich gehe mit Roman nach oben und zeige ihm das Gästezimmer. Er nickt anerkennend. Es stimmt, die Zimmer sind wirklich schön geworden. Ich habe auch hier auf Tapeten verzichtet und die Farbe pur auf die Wände aufgetragen. Schränke und Betten habe ich geölt. Jedes Zimmer wurde mit einem gemütlichen farbigen Sessel und passender Leinenbettwäsche ausgestattet, die schlicht, aber dennoch edel aussieht. Roman hat die rote Aufmachung erwischt.

»Ich schau dann mal nach den Klamotten.«

Ich laufe nach unten ins Schlafzimmer und ziehe die Kiste unter dem Bett hervor, die ich dort verstaut habe. Ich finde schnell, wonach ich gesucht habe, gehe nach oben und klopfe an Romans Zimmertür, die er offen hat stehen lassen.

»Komm ruhig rein.«

Er hat das Jackett abgelegt und sieht aus dem Fenster in die stürmische Nacht. »Ich dachte, ich hätte da eben einen Schatten gesehen, aber ich bin mir nicht sicher. Vielleicht war es nur ein Reh.«

»Ja, hier oben gibt es viel Rotwild.« Die Gestalt unten am Meer, die ich gestern gesehen habe, fällt mir wieder ein. Ich stelle mich neben ihn. »Hier, die Hose ist von meinem Vater. Sie dürfte in etwa passen.«

Roman sieht mich überrascht an, als er nach der Jogginghose greift. »Was hast du da gerade gesagt? Redest du von Curt? Curt Grünberger?«

»Ja.«

»Wow, ich wusste nicht, dass er eine Tochter hat. Das ist ja ein dickes Ding … Ich meine, das kommt so überraschend.« Roman schweigt einen Moment. »Es tut mir sehr leid wegen deines Vaters. Ich mochte ihn immer sehr.«

»Danke, das tut gut zu hören.«

»Ich habe erst letzte Woche von seinem Tod erfahren. Hätte ich es gewusst, wäre ich viel früher gekommen, um Josefine beizustehen. Ich verstehe gar nicht, warum sie es mir nicht gesagt hat. Hätte ich das Haus nebenan nicht gekauft, wüsste ich es noch immer nicht. Der Eigentümer hat es mir erzählt, er kannte Curt natürlich. Ich habe Josefine sofort angerufen und mich nach ihr erkundigt. Da hat sie mir gar nichts von dir erzählt. Sie ist manchmal echt sehr – na ja, sagen wir mal, schräg?«

Ich muss lachen. »Ja, das stimmt. Hast du wirklich das alte Haus auf dem Nachbargrundstück gekauft?« Das Terrain befindet sich nur einige hundert Meter weiter, in Richtung Lohme. Das Haus steht schon ewig leer, es ist ganz offensichtlich baufällig. Trotzdem strahlt es noch immer so etwas wie Autorität und eine gewisse Herrschaftlichkeit aus. Oma hatte uns verboten, in seine Nähe zu gehen, wegen der Einsturzgefahr. Daran haben wir uns immer gehalten und haben einen Bogen um das Gemäuer gemacht. Das ist über zwanzig Jahre her!

»Ich konnte einfach nicht widerstehen. Irgendwann zieht es wohl jeden zurück auf die Insel, der hier schon mal gelebt hat.«

»Ja, da ist was dran. Was hältst du davon, wenn du dich

umziehst, und ich mache uns in der Zwischenzeit einen Tee? Oder möchtest du lieber einen heißen Apfelwein, mit etwas Zimt und Zucker? Das ist sehr lecker und wärmt von innen.«

»Hört sich gut an. Ich komme gleich runter.«

Roman füllt die Jogginghose besser aus als ich, zumindest was die Länge angeht. Ich habe ihm auch ein paar Socken von Josefine gebracht, die sie mir erst geschenkt hat und die mir viel zu groß sind.

»Wie kommt meine Tante eigentlich zurück von der Chorprobe? Ich freu mich schon auf ihr Gesicht, wenn sie mich hier sieht.«

»Sie wird heute Abend nicht mehr kommen. Ich wollte sie eigentlich abholen, aber das geht ja nicht. Ich habe aber Bescheid gesagt, dass sie unten bleiben muss. Bei dem Wetter hat man auf dem Handy ja keinen Empfang. Der Pfarrer wird sie bis nach Nardevitz mitnehmen, dort hat sie Freundinnen, bei denen sie auch mal eine Nacht schlafen kann. Josefine hat übrigens gewusst, dass du heute kommst. Sie hat dein Zimmer nämlich schon hergerichtet. Und die Socken hat sie zwar mir gegeben, aber sie waren bestimmt von Anfang an für dich gedacht.« Wahrscheinlich denkt Roman, ich bin auch etwas kauzig, aber das ist mir egal. Der Apfelwein wärmt nicht nur, er löst auch meine Zunge.

»Ja, das Tantchen und ihre eigenartigen Geschenke!« Roman grinst. Er weiß anscheinend ganz genau, wovon ich spreche. »Nur das mit der Überschwemmung hat sie nicht vorausgesehen.«

»Ich wollte den Keller nächstes Jahr ausschachten lassen, um ihn trockenzulegen. Das Dach habe ich gleich machen lassen, weil sich dort kleine fiese Holzkäfer eingenistet haben.

Und prompt haben mir Wespen die Dämmung herausgefressen. Ich habe gedacht, ich sehe nicht richtig, als die Biester kleine weiße Styroporbröckchen in einer Flugschneise wegtransportiert haben. Sie haben sich damit ein Nest gebaut, im Rolladenkasten des Küchenfensters! Und einen Marder hatte ich auch schon oben im Dach; es war gar nicht so einfach, den wieder loszuwerden. Bisher hatte ich nur ungebetene Gäste, von den großen Spinnen mal ganz abgesehen, die in letzter Zeit öfter mal hier rumlaufen. Letztens saß so ein dickes Ekelviech mit behaartem Körper und langen Beinen direkt über meinem Kopf in der Dusche! Ich bin fast gestorben vor Schreck … Ich bin Landschaftsgärtnerin, und eigentlich fürchte ich mich so schnell nicht vor irgendwelchem Getier, aber Spinnen kann ich einfach nicht leiden. Mit den ungebetenen Gästen meinte ich natürlich nicht dich, ich weiß gar nicht, was ich ohne dich gemacht hätte.« Und während ich mich so richtig in Fahrt rede, sieht mich Roman ganz eigenartig an. »Was ist, warum guckst du so? Habe ich was Falsches gesagt?«

»Nein, ich höre dir einfach nur gerne zu.«

Flirtet er etwa mit mir? Irritiert trinke ich noch einen Schluck Apfelwein und rede mir ein, dass die Hitze in meinem Gesicht vom Alkohol kommt. »Ich habe die Spinne abgeduscht und in den Siphon gespült. Ich weiß, dass man so etwas absolut nicht machen sollte und die kleinen Dinger nützlich sind, aber bei ihrem Anblick setzt bei mir das Gehirn aus.« Roman hat auf mich eine ähnliche Wirkung, zumindest was die Sache mit dem Gehirn angeht. Ich kann gerade gar nicht klar denken. Und das alles nur, weil er es zu genießen scheint, wenn ich rede. Was ist denn mit mir los? Ich trinke noch mal vom Apfelwein und mustere ihn verstohlen über den Tassenrand hinweg. Dass er verdammt gut aussieht, ist mir gleich aufgefallen, als er mit seinem Anzug ins Licht getreten ist. Und jetzt, wie er da so in der alten Jogginghose und Josefines dicken Wollsocken dasitzt, gefällt er mir ganz gut. Er hat dunkles Haar, das vorhin akkurat frisiert war und nun ganz verwuschelt aussieht, was ihn gleich etwas weicher wirken lässt, trotz seiner markanten, fast kantigen Gesichtszüge. Seine Nase ist leicht hakenförmig und eigentlich zu groß, aber der kleine Makel lässt ihn nur noch interessanter erscheinen. Er ist glatt rasiert – ich mag ein paar Bartstoppeln eigentlich lieber. Aber dafür hat er einen sehr schön geschwungenen Mund, und vor allen Dingen sehr wache graue Augen. Und wie die mich jetzt schon wieder mustern!

»Ich kann nicht genau sagen, woher der Dialekt in deiner Stimme kommt. Wo hast du denn vorher gelebt?«

»In Frankfurt.«

»Genau, das ist es, du hesselst ein bisschen.«

»Quatsch!«

»Doch, ganz bestimmt, du sprichst manches aus wie ein Kollege von mir, der auch aus Hessen kommt. Und dann die Sache mit dem Apfelwein, den trinkt man doch auch dort, nicht wahr? *Äppelwoi* – woanders trinkt man Glühwein.« Roman lacht.

»Ich wusste gar nicht, dass man da was raushört. Aber ich habe ja auch fast zwanzig Jahre dort gelebt, da ist es ganz normal, dass man bestimmte Dinge annimmt.« Jetzt will ich doch noch mal das Thema wechseln. »Sag mal, wie bist du darauf gekommen, ausgerechnet das verfallene Haus zu kaufen?«

»Es war wirklich Zufall. Ich bin Architekt und bekam das Angebot, hier auf Rügen bei der Planung eines Feriendorfs mitzuwirken. Mein Kollege wollte sich in der Gegend ein

Ferienhaus kaufen, und da er weiß, dass ich auf Rügen aufgewachsen bin, hat er mich zu dem Termin mitgenommen. Man hatte ihm das besagte Haus zum Kauf angeboten, aber letztlich konnte er sich nicht durchringen und hat abgesagt. Er sich schließlich für ein kleines Ferienhaus in der Schaabe entschieden, ganz in der Nähe vom Sandstand in Juliusruh. Da habe ich spontan zugeschlagen und das Haus für einen guten Preis gekauft. Allein das Grundstück ist mehr wert.«

»Willst du es auch als Ferienhaus nutzen?«, frage ich gespannt.

»Momentan sehe ich es eher als Geldanlage. Wie gesagt, das Grundstück allein bestimmt den Wert. Früher war ich fasziniert von dem Haus, aber es ist wirklich absolut baufällig. Wahrscheinlich muss ich es abreißen lassen.«

»Darf ich fragen, wie alt du bist?« Wenn Roman hier aufgewachsen ist, müsste ich ihn doch eigentlich kennen. Aber wahrscheinlich ist er eher Katharinas Jahrgang.

»Sechsunddreißig, und du?«

»Achtundzwanzig. Zusammen in die Schule sind wir also nicht gegangen. Als ich neun war, sind wir nach Frankfurt gezogen.«

»Ich habe in Glowe gewohnt und bin dort auch zur Schule gegangen. Manchmal haben wir Onkel Curt hier oben besucht. Mit neunzehn bin ich dann weg von Rügen, zum Studium nach Berlin.«

Ich rechne schnell gedanklich nach. Dann ist er vor siebzehn Jahren weg von hier. Julian ist achtzehn …

»Kennst du die Exfrau meines Vaters?«

»Regina? Nur flüchtig. Meine Mutter konnte sie nicht leiden, ich glaube, niemand mochte sie. Curt allerdings schon. Er war damals ziemlich fertig, als sie ihn verlassen hat.«

»Sie hat ihn verlassen?« Das ist das erste Mal, dass ich so etwas in der Art höre. Bisher bin ich immer davon ausgegangen, dass er sie rausgeworfen hat, weil sie, so wie Josefine sich ausgedrückt hat, ihn betrogen hat. Zumindest habe ich es so verstanden. Und du bist dir sicher, dass sie ihn verlassen hat?«

»Soviel ich weiß, ja. Sie hatten auch einen Sohn, aber ich habe seinen Namen vergessen.«

»Julian. Er ist jetzt achtzehn.« Die Trennung von Regina und Curt will mir nicht aus dem Kopf gehen. »Weißt du, warum sie ihn verlassen hat?«

»Es war wohl eine andere Frau im Spiel. Aber ganz sicher bin ich mir nicht. Ich meine mich aber zu erinnern, dass meine Mutter deswegen mal gewaltig mit ihm gestritten hat. Hedwig konnte Regina zwar wirklich nicht ausstehen, aber immerhin gab es ja dieses gemeinsame Kind. Was genau vorgefallen ist, kann ich dir wirklich nicht sagen. Hat Josefine darüber nichts erzählt?«

Roman lacht, als ich mit den Augen rolle.

»Sie ist nicht nur schräg, sie lebt auch in ihrer eigenen Welt. Sie sagte einmal zu mir, in Wirklichkeit sei alles ganz anders als in Wahrheit. Du musst also aufpassen, was sie zu dir sagt. Wirklich ist nur, was nachweisbar geschehen ist, wahr ist immer relativ.« Ich muss einen Moment über Romans Worte nachdenken. Warmer Apfelwein lähmt die Auffassungsgabe. »Und wenn etwas wirklich wahr ist?«, frage ich.

Roman lacht. »Die Wahrheit wird von jedem Menschen subjektiv wahrgenommen.«

Ich muss Josefine unbedingt fragen, was es mit der Trennung der beiden auf sich gehabt hat. Auf die Antwort bin ich echt gespannt.

»Und wie kommt es«, fragt Roman, »dass ich nie etwas von

dir mitbekommen habe, wo du doch die ersten neun Jahre hier gelebt hast und Curts Tochter bist?«

»Tja, das liegt daran, dass ich erst seit einem guten halben Jahr weiß, dass er mein Vater war. Ich habe es sozusagen durch das Testament erfahren.«

»Oh, das ist allerdings heftig. Dann hast du ihn gar nicht gekannt?«

»Nein, nicht wirklich.«

»Ich habe ihn als Kind immer total bewundert. Er hatte so eine in sich ruhende Ausstrahlung, stark irgendwie. Du strahlst das übrigens auch aus. Und du hast seine Augen, fast blauviolett. Vielleicht habe ich dich deswegen so angestarrt, als du vorhin die Tür aufgemacht hast. Ich hab ihn unbewusst in dir gesehen.«

Romans Worte berühren mich. Es ist schön, so etwas über Curt, meinen Vater, zu hören, und auch, dass ich ihm ähnlich sein soll.

»Was weißt du noch über ihn?«

»Er mochte Lakritze, hatte überall im Haus kleine Rationen deponiert. Ich weiß noch, dass ich ihm mal als Kind eine gemopst und davon genascht habe. Allerdings habe ich das Zeug schnell wieder ausgespuckt, weil Curt nur die ganz salzigen Lakritzsorten mochte. Heute hat sich mein Geschmack geändert, und ich mag die auch.«

»Ich habe tatsächlich beim Entrümpeln ein paar von den Tüten gefunden. Im Vorratsschrank und im Nachtschränkchen. Und …« Ich überlege kurz – es war ein ungewöhnlicher Ort. »Ach ja, im Spiegelschrank neben dem Aftershave.«

»Curt hat Pfeife geraucht, aber das weißt du bestimmt. Und er hatte ein Faible für gute Tröpfchen, Whiskey, Cognac, guten Wein. Er mochte gutes Essen, hat aber nicht gerne gekocht. Ich glaube, er konnte es auch gar nicht.«

»Der Herd sah aus, als wäre er nie benutzt worden.« Josefine hat mir erzählt, dass er entweder kalt gegessen hat oder ins Restaurant gegangen ist, bevor sie hier eingezogen ist.

»Meine Mutter hat ihm manchmal Rouladen gekocht und ihm hochgebracht. Das war sein Leibgericht, mit Kartoffeln und Rotkohl. Das weiß ich noch ganz genau. Er muss froh gewesen sein, als Josefine vor ein paar Jahren zu ihm gekommen ist. Die beiden passten gut zusammen. Das redselige Tantchen und der wortkarge Onkel. Wenn er jedoch etwas gesagt hat, dann hatte es Hand und Fuß. Und bei der Arbeit durfte ihn niemand stören. Er hat für die Wissenschaft und die Forschung gelebt, aber ich glaube, er war letztendlich nicht glücklich damit. Als ich ihn vor zwei Jahren das letzte Mal gesehen habe, wirkte er sehr traurig. Mutter war wie eine richtige Schwester für ihn, genau wie Josefine. Zu mir hat er gesagt, ich solle mein Leben leben, das weiß ich noch genau. Es sei kurz und schnell wieder vorbei. Vor allem aber solle ich mich niemals gegen die Liebe entscheiden. Sie mache uns zu besseren Menschen.« Roman lächelt und sieht mich an.

»Curt war davon überzeugt, dass Mütter die besseren Menschen sind, da Mutterliebe die Gene verändern würde. Müsste eine Mutter sich zwischen Kind und Mann entscheiden, so würde sie immer zu ihrem Kind stehen. Ich dachte, er meint Regina, und als ich nachgehakt habe, winkte er ab und hüllte sich wieder in Schweigen.«

»Er und meine Mutter haben sich geliebt, aber sie war verheiratet. Was damals genau passiert ist, werde ich wahrscheinlich nie herausfinden. Sie haben ihre Liebe all die Jahre geheim gehalten. Mutti hat ihm, soweit ich herausgefunden habe, erst letztes Jahr von mir erzählt. Sie haben sich wiedergefunden, haben sich im September in Wieck getroffen und im Dezember wahrscheinlich hier, aber auf dem Rückweg ist sie verunglückt. Sie hatte einen Autounfall …«

»Oh, das tut mir leid.«

»Es ist jetzt bald ein Jahr her.« Und gerade in letzter Zeit denke ich besonders intensiv an Mutti. Vor einem Jahr hat sie Curt die Liebesbriefe geschrieben. Sie war glücklich, dass sie *ihn* getroffen hat, und ist dann einfach so von uns gegangen. Ich mag gar nicht daran denken, dass es sich bald zum ersten Mal jährt. Katharina hat mir versprochen, dann auf jeden Fall hier bei mir zu sein. Mutti ist zwar in Frankfurt beigesetzt worden, aber ihre Seele, das wissen wir, ist hier.

21.

Still und würdevoll steht er da

Wenn ich bei offenem Fenster schlafe und die ganze Nacht frische, salzhaltige Luft geatmet habe, fühle ich mich am nächsten Morgen erholter. Der gleichmäßige Rhythmus der Wellen beruhigt mich und gibt mir das Gefühl von Sicherheit. Aber heute ist das anders. Das Meeresrauschen wird von den im Wind wankenden Buchen übertönt. Unruhig krachen ihre Äste gegeneinander. Ich drehe mich von einer Seite auf die andere. Es ist fast Mitternacht, und ich kann nicht einschlafen. Ich knipse das Licht an, springe aus dem Bett und stelle mich ans Fenster. Eine kleine Motte flattert heran und schlägt mit schnellem Flügelschlag immer wieder gegen die Scheibe. Es ist ungewöhnlich dunkel draußen, nur das Scheinwerferlicht des Leuchtturmes vor Kap Arkona blitzt in regelmäßigen Abständen auf. Es ist zu weit weg, um auch die Küste hier zu erleuchten. Nach ein paar Minuten reißt plötzlich der Himmel auf. Der Wind schiebt die Wolken beiseite und gibt den fast kreisrunden Mond frei. Sein silberner Schein erhellt das abfallende Grundstück, die Buchen heben sich schwarz vor dem milchigen Hintergrund ab. Auf einmal verstummt auch das Knacken und Krachen der Äste. Es scheint, als hätte irgendjemand von einer Minute auf die andere den Wind angehalten. Ich spähe durch die Buchen hindurch hinunter zum Wasser. Mein Blick bleibt jedoch an der Baumgruppe nahe der Grundstücksgrenze hängen. Ungefähr drei Meter vom Haus entfernt stehen zehn, vielleicht auch zwölf Hirsche.

Normalerweise hält sich das Rotwild weiter unten bei den Feldern auf. So nah habe ich es noch nie gesehen. Unwillkürlich halte ich den Atem an, als sich einer der Hirsche aus dem Rudel löst und aus dem Schatten der Bäume hervortritt. Mit einer majestätischen Bewegung hebt das Prachtexemplar sein gewaltiges Geweih. Mir scheint es, als würde er mich direkt ansehen. Still und würdevoll steht er da, als würde er auf irgendetwas warten. Ich wage nicht, mich zu bewegen, um diesen einzigartigen Moment nicht zu zerstören. Aber da kommt der Wind auch schon wieder auf, spielt mit den Buchenwipfeln, um kurz darauf auch die schweren Äste zu erfassen. Der Sturm ist zurückgekehrt, dichte Wolken schieben sich vor den Mond – und der Hirsch ist mitsamt seinem Rudel in der Dunkelheit verschwunden.

Wie benommen bleibe ich noch einen Moment am Fenster stehen, dann krieche ich wieder unter die Bettdecke. Es war ein eigenartiger, stürmischer Abend. Ob die Tiere Schutz vor dem Sturm gesucht und sich deswegen so nahe ans Haus gewagt haben?

Katharina müsste eigentlich noch wach sein. Sie ist eine Nachteule, geht auch auf Dienstreisen spät ins Bett und schläft dafür gerne bis in die Puppen. Ich schwinge meine Beine erneut über die Bettkante, schlüpfe in meine Hausschuhe und gehe in die Küche hinunter, wo ich mir eine Tasse Milch mit etwas Honig erwärme.

Auf der Eckbank schläft eingeringelt Findus. Ich setze

mich neben ihn und kraule gedankenverloren sein Fell. Dann greife ich mir mein Handy und tippe: *Bist du noch wach?*

Keine Minute später klingelt das Festnetz. Es funktioniert also alles wieder. Damit habe ich gar nicht gerechnet. Ich springe auf und nehme den Hörer ab.

»Was ist los?«, höre ich die leicht beunruhigte Stimme meiner Schwester.

»Stell dir vor, Josefines Neffe ist heute hier völlig unerwartet aufgetaucht. Er will das verfallene Haus auf dem Nachbargrundstück kaufen. Das, vor dem Oma uns immer gewarnt hat.«

»Echt? Das ist ja ein Ding. Und deswegen rufst du so spät noch an? Um die Uhrzeit liegst du normalerweise wie ein Stein im Bett und schnarchst leise vor dich hin.«

»Ich kann nicht einschlafen, mir gehen so viele Gedanken durch den Kopf. Roman, so heißt er, hat zum Beispiel gesagt, dass Curt total fertig war, als Regina ihn verlassen hat. Dabei dachte ich immer, er hätte sich von ihr getrennt.«

»Immerhin hatten die beiden ein kleines Kind zusammen. Da trennt man sich nicht so leicht. Das muss noch lange nicht heißen, dass er sie geliebt hat. Kann ich mir auch nicht vorstellen – so ein Biest!«

»Du hast recht, eine Trennung mit Kind ist immer schwierig. Ich weiß noch, wie Vati anfangs gelitten hat. Mutti natürlich auch, aber sie hatte wenigstens uns.«

»Vati hat die Konsequenzen seiner Untreue nicht bedacht. Sie waren beide keine Engel, Marina.«

»Ja, das stimmt.« Ich seufze auf. »Ich bin irgendwie total aufgewühlt. Wir hatten einen Riesensturm, und, ach ja, der Keller steht unter Wasser. Ein Rohr ist gebrochen.«

»Mist!«

»Das kannst du wohl laut sagen. Zum Glück war Roman da und hat mir geholfen.«

»Wie alt ist denn der Gute?«

»Sechsunddreißig. Er ging in Glowe zur Schule.«

»Und, gefällt er dir? Sieht er gut aus?«

Ich rufe mir kurz seine Erscheinung in Erinnerung, als wir vorhin unten nebeneinander auf der Treppe standen, um die Überschwemmung zu begutachten. Da sind mir im Schein der Taschenlampe feine graue Strähnen in seinem schwarzen Haar aufgefallen. Das hat mir verdammt gut gefallen.

»Ja, ganz gut, aber er ist ganz allgemein nicht mein Typ.« Bevor Katharina einhaken kann, fahre ich fort: »Aber deswegen bin ich nicht so aufgewühlt. Er hat mir Sachen über Curt erzählt, die ich bisher noch nicht wusste. Nichts Aufregendes, eher Kleinigkeiten, die mich beschäftigen.«

Ich setze zu einer ausführlichen Erzählung an, und Katharina hört mir trotz fortgeschrittener Stunde einfach nur zu. Danach geht es mir besser, und wir kommen noch einmal auf den Rohrbruch zu sprechen.

»Dass ich morgen den Keller auspumpen lassen muss, wird nicht günstig werden. Und wenn ich Pech habe, muss ich die Rohre komplett neu machen lassen. Das kann ich mir aber eigentlich gar nicht leisten.«

»Wenn ich zu dir komme, werde ich dir helfen, die Zimmer im Internet anzubieten. Ich habe auch schon überlegt, einen Artikel über Rügen zu schreiben. Es gibt auf der Insel so viele schöne Flecken, die kaum einer kennt. Und dann könnte ich den Lesern so ganz nebenbei deine Adresse als absoluten Geheimtipp verkaufen. Was hältst du davon?«

»Hört sich gut an. Wann kommst du denn?«

»Am Wochenende schon. Wir sind fertig auf Sizilien. Jetzt

möchte ich mir noch zwei Tage die Gegend anschauen, dann fliege ich zurück. Und am Samstag bin ich dann bei dir.«

»Du kannst dir vorstellen, wie sehr ich mich darüber freue.«

Wir reden noch eine Weile über Katharinas Bericht, den sie gerade geschrieben hat, dann gehe ich wieder in mein Schlafzimmer und rolle mich fest in meine warme Bettdecke ein. Ich bin endgültig kurz vorm Einschlafen, als ich den Holzfußboden knarzen höre und hochfahre. In diesem Haus kann man noch so leise und vorsichtig sein, der alte Belag ist nicht auszutricksen. Irgendjemand ist da draußen auf dem Flur unterwegs!

Ich schalte die Nachttischlampe an und höre konzentriert auf die Schritte, die näher kommen und vor meiner Tür verstummen. Roman wird doch nicht mitten in der Nacht vorstellig werden? Draußen stürmt es wieder recht heftig, und mir wird ein bisschen mulmig zumute. Ich fixiere mit zusammengekniffenen Augen die Klinke und hoffe, dass sie nicht nach unten gedrückt wird. Genau in diesem Moment pocht jemand leise an die Tür. »Marina, bist du noch wach?«

»Josefine, du?« Ich setze mich im Bett auf. »Was machst du denn hier? Komm rein.«

»Martin hat mich heimgefahren. Wir haben gewartet, bis der Sturm etwas nachgelassen hat, und sind dann losgefahren. Er ist das letzte Stück quer übers Feld. So konnten wir den umgefallenen Baum umgehen.« Sie mustert mich eingehend. »Alles in Ordnung mit dir?«

»Ja, ich dachte nur erst … Roman ist hier, dein Neffe. Er schläft oben in einem der Gästezimmer. Wusstest du, dass er kommt?«

»Nein, aber ich habe ihn gerade unten in der Küche angetroffen. Er konnte wohl nicht schlafen.«

»Er hatte keine Ahnung, dass ich das Haus geerbt habe. Und auch nicht, dass Curt gestorben ist. Er kannte ihn doch ganz gut – warum hast du ihm nichts gesagt?«

»Wir hatten nicht viel Kontakt in letzter Zeit. Ich hab ihn nicht oft gesehen – er hat ja lange in Berlin gelebt. Außerdem …«

»Was?«

»Er ist Architekt und arbeitet an den Plänen des Feriendorfes. Das war schon mal Thema hier, du weißt schon, die Sache mit dem Naturschutzgebiet.«

»Stimmt, er hat mir von seiner Arbeit erzählt. Aber der Bau der Anlage kann doch nicht im Naturschutzgebiet durchgezogen werden, das geht doch gar nicht.«

»Dann halt irgendwo anders. Ist doch auch ganz egal. Die Bauungetümer verschandeln die Insel und nehmen ihr den Charme und die Luft zum Atmen.«

Damit habe ich nicht gerechnet. Und so hätte ich Roman auch gar nicht eingeschätzt. »Er hat das alte Haus gekauft, das baufällige, drüben auf dem Nachbargrundstück.«

»Wahrscheinlich nur, um es abreißen zu lassen und dann ein schönes kleines Hotel darauf zu setzen.« Josefine wirkt nicht so, als würde sie sich über Romans Besuch freuen. Sie scheint meinen irritierten Blick zu bemerken. »Versteh mich nicht falsch, ich mag ihn. Er ist in vielerlei Hinsicht ein netter Kerl, aber was die Bauvorhaben hier angeht, haben wir einfach verschiedene Ansichten.«

»Er weiß noch nicht, was er mit dem Haus anstellen will«, sage ich.

»Früher oder später werden wir es erfahren.« Josefine sieht aus dem Fenster.

»Vorhin war ein großer Hirsch mit seinem Rudel auf dem

Grundstück«, sage ich. »Er stand einfach nur da und schaute mich sekundenlang an. Er hatte ein riesiges Geweih.«

»So ein Ganove! Die kommen seit einiger Zeit öfter mal bis zum Haus. Sie fressen uns noch den ganzen Efeu weg! Und ich dachte immer, das Zeug sei giftig. Wenn das so weitergeht, müssen wir einen Zaun bauen.«

Ich stehe auf und stelle mich zu ihr. »Es war also nur ein Hirsch, der schlicht und ergreifend Hunger hat. Und ich dachte schon, er wollte mir etwas sagen.«

»Wollte er auch«, greift Josefine den Faden auf. »Es ist Dwalin, der dir den Weg weisen will. Du solltest auf ihn hören.«

»Wer's glaubt … Und was hätte ich deiner Meinung nach machen sollen? Mitten im Sturm nach draußen gehen, um ihm in die Nacht hinein zu folgen?«

Josefine zuckt mit den Schultern. Dann wünscht sie mir eine gute Nacht, ich schlüpfe unter meine Bettdecke und sinke in einen tiefen Schlaf.

Nach einem Sturm ist die Luft besonders klar, im Gegensatz zum Meer, das trüb gefärbt ist und träge gegen das Ufer schwappt. Ich bin früh am Morgen aufgewacht, habe mich warm eingepackt und spaziere nun am Wasser entlang. Und wie immer suche ich den Strand nach schönen Steinen ab, als ich aus dem Augenwinkel einen Stofffetzen in einer kleinen Einbuchtung wahrnehme, die sich windgeschützt bis zum Hügel erstreckt. Es könnte eine Fahne sein. Neugierig trete ich näher, bis ich eine Zeltstange erkennen kann, an der ein Stück Bezug zu hängen scheint. Woher sie wohl kommt? Der nächste Campingplatz befindet sich einige Kilometer weit weg. Ob die Stange von Binz angespült wurde? Oder hat etwa gestern Nacht jemand hier gezeltet? Das wäre Wahnsinn! Ich schaue mich um und entdecke tatsächlich im höheren Uferbereich ein Gebilde, das einem Zelt ähneln könnte, oder vielmehr, was davon noch übrig geblieben zu sein scheint.

»Hallo, ist da jemand?«, rufe ich und stolpere über einen umgekippten Gaskocher, der am Strand herumliegt. Es ist tatsächlich ein Igluzelt, und es steht, oder hängt vielmehr, wie ich beim Hinaufsteigen feststelle, zwischen den Ästen zweier Buchen am Fuße des Hügels. Drumherum liegen verstreut diverses Blechgeschirr und eine Reisetasche …

Wie kann man nur so unvorsichtig sein! Plötzlich sehe ich aus dem zerrissenen Zelt ein grell orangefarbenes Stück Stoff herausblitzen. Julian, denke ich, und die Gestalt am Meer unten fällt mir im gleichen Atemzug wieder ein. Ich ziehe an dem zerschlissenen Zelt und lasse mich auf die Knie fallen. Die Jacke sieht tatsächlich aus wie Julians. Dann sehe ich das Buch, und mein Herz fängt an zu rasen: *Peter Spork: Der zweite Code. Epigenetik. Wie wir unser Erbgut steuern können.*

»Julian?«, rufe ich laut, »Julian, wo bist du?« Ich laufe ziellos umher. Was hat er sich nur dabei gedacht? Und warum ist er nicht zu mir gekommen, als es anfing zu stürmen? Oder hat er es vielleicht versucht, ist aber aus irgendeinem Grund nicht bei mir angekommen? Bei dem Gedanken wird mir schlecht. Was mache ich jetzt? Die Polizei rufen? Ich greife nach meinem Handy und wähle die 110. Ich berichte, dass ich ein zerstörtes Zelt am Ufer gefunden habe, aber der Beamte scheint nicht beeindruckt. »Das heißt gar nichts«, versucht er mich zu beruhigen, verspricht aber, einen Wagen vorbeizuschicken. Was wollte Julian nur hier? Er müsste doch eigentlich längst mit dem Studium angefangen haben.

Ich rufe Martin an. Er geht sofort ran.

»Kannst du schnell runterkommen zum Ufer? Ich glaube, hier ist etwas Schreckliches passiert. Das Zelt, Julians Zelt, ist total zerfetzt, und ich kann ihn weit und breit nicht finden.«

»Ich bin sofort da. Wo genau bist du?«

»Beim Findling, unten am Ufer. Beeil dich!«

Was würde ich machen, wenn ich im Zelt vom Sturm überrascht werden würde? Würde ich am Ufer entlanggehen oder den schnellsten Weg nach oben wählen, den steilen Hügel hinauf? Ich würde unten rumgehen, aber Julian ist das letzte Mal schon wie eine Bergziege flink nach oben geklettert. Er ist bestimmt wieder den matschigen Hügel hinauf. Ich versuche es, doch nach einem Meter rutsche ich die Hälfte wieder hinunter. Es hat keinen Sinn. Frustriert gebe ich auf.

Als Martin endlich ankommt, bin ich von oben bis unten mit Erde und nassem Laub beschmutzt.

»Er ist weg.« Tränen schießen mir in die Augen. Die Anspannung löst sich, als Martin mich tröstend in die Arme nimmt. »Ich habe schon die Polizei angerufen, aber die haben mich nicht ernst genommen. Was meinst du, sollen wir die Küstenwache alarmieren?«

Martin streicht mir eine nasse Strähne aus dem Gesicht. »Ich habe von Weitem gesehen, dass auf dem Anglerparkplatz ein Auto steht. Was hältst du davon, wenn wir uns das erst einmal ansehen?«

Es ist ein kleiner, türkisfarbener Polo, ein älteres Modell mit Hamburger Kennzeichen. Die Scheiben sind von innen beschlagen, sodass man nicht hineinsehen kann. Ich versuche die Tür zu öffnen, aber sie ist verriegelt, also klopfe ich laut gegen die Scheibe. Es dauert ein paar Sekunden, da wird sie hinuntergelassen. Ein verstrubbelter blonder Kopf, umrahmt von einer dicken Schlafsackkapuze, schaut heraus. Es ist Julian.

»Marina, was machst du denn hier? Mann, das war vielleicht ein Sturm! Es ist ganz schön abgegangen gestern Nacht.«

Ich bin erleichtert und wütend zugleich. Am liebsten würde ich Julian anbrüllen oder aus dem Auto ziehen und ordentlich durchschütteln. Wie konnte er nur dermaßen unvernünftig sein? Aber wenigstens scheint es ihm gut zu gehen, und das ist ja die Hauptsache.

»Ich habe mir Sorgen um dich gemacht. Als ich eben am Meer entlanggegangen bin, habe ich dein Zelt gefunden. Es war total zerfetzt. Es ist doch viel zu kalt, draußen zu übernachten, und dann auch noch bei so einem Sturm!«

Julian gähnt, dann streckt er sich. »Ich habe schon bei niedrigeren Temperaturen gezeltet, das ist überhaupt kein Problem, aber der Wind hat mir gestern dann doch einen Strich durch die Rechnung gemacht. Also bin ich ins Auto geflüchtet.«

»Warum bist du denn nicht zum Haus gefahren? Du hättest doch bei mir schlafen können.«

»Tja, das blöde Ding ist nicht angesprungen. Ich vermute, dass die Batterie fratze ist.«

Martin hat die ganze Zeit abwartend neben mir gestanden. Jetzt sagt er: »Das können wir uns später zusammen anschauen, wenn du möchtest.« Er steckt seine Hand durchs Autofenster. »Ich bin übrigens Martin.«

»Wartet, ich komm raus.«

Es dauert einen Moment, bis Julian sich aus dem Schlafsack geschält und seine Schuhe angezogen hat, doch dann steht er vor uns, in Jeans und dickem, blauem Rollkragenpulli.

»In der Hektik habe ich meine Jacke im Zelt liegen lassen. Mann, ich bin ganz schön gerannt, als es richtig losging. Ehrlich gesagt hatte ich ganz schön Muffensausen.« Er grinst mich an. »Ich weiß, dass es total hirnrissig war – du musst mir also keine Predigt halten.«

»Wollte ich doch gar nicht. Wie kommst du denn darauf?«

»Du hast diesen Mütterblick drauf, so als würdest du jeden Moment loslegen.«

Martin fängt lauthals an zu lachen. »Da hat er recht. Du platzt gleich, weil du nicht sagst, was du wirklich denkst.«

»Es war ja auch wirklich total leichtsinnig. Einfach bescheuert!«, entfährt es mir.

Martin und Julian sehen sich einvernehmlich an. »Was hältst du von einem heißen Kaffee und einem guten Frühstück, Julian?«, fragt Martin

»Das wär cool, danke!«

Ich schaue an mir herunter und stelle fest, dass ich aussehe, als hätte ich gerade an einem Wettbewerb im Schlammcatchen teilgenommen. »Vorher würde ich gerne noch duschen.«

»Gut, dann sammeln Julian und ich die Überreste der Übernachtungsaktion ein und kommen dann nach. Und wenn du noch nicht fertig bist, kochen wir schon mal Kaffee.«

Ich nicke und gehe zügig den Weg vom Parkplatz aus den Hügel hinauf. Ich bin fast oben, als mir ein Polizeiauto entgegenkommt. An die habe gar nicht mehr gedacht. Es hat aber auch Ewigkeiten gedauert, bis sie endlich hier auftauchen.

»Alles in Ordnung«, sage ich, als der Wagen neben mir anhält. »Mein Bruder hat im Auto geschlafen. Es geht ihm gut. Tut mir leid wegen des falschen Alarms.«

Die beiden Beamten fahren weiter zum Parkplatz, um noch einmal nach dem Rechten zu sehen, jetzt, da sie sowieso schon hier sind.

Gut, soll Julian ihnen gleich selbst erzählen, wie unvernünftig er sich verhalten hat. Vielleicht fängt er sich von den Polizisten ja eine Standpauke ein, die haben bestimmt keinen Mütterblick drauf. Bei dem Gedanken muss ich plötzlich grinsen. Ich habe mir wirklich Sorgen gemacht. Ich, die große Schwester, um ihn, meinen kleinen Bruder. Jetzt verstehe ich, welchen Aufstand Katharina macht, wenn sie denkt, dass ich in der Klemme sitze und Hilfe brauche.

22.

Ich wüsste nicht, was ich ohne ihn machen würde

Bei der Hausrenovierung habe ich nicht bei der Badausstattung gespart und mir einen hochwertigen Regenduschkopf geleistet. Das verführt mich regelmäßig dazu, viel zu lange unter der Brause zu stehen. Doch heute beeile ich mich, da ich es kaum erwarten kann, Julian besser kennenzulernen. Dass wir denselben Vater haben und Halbgeschwister sind, kommt mir immer noch unwirklich vor. Es ist ein befremdliches, aber gleichzeitig auch sehr schönes Gefühl, plötzlich einen Bruder zu haben.

Die beiden müssten mittlerweile schon im Haus sein, viel zusammensuchen mussten sie ja nicht. Ich rubbele mich trocken, schlüpfe in einen bequemen Jogginganzug, wickle mir einen Handtuchturban um den Kopf und gehe in die Küche.

Doch von Martin und Julian gibt es keine Spur. Ich trete auf die Terrasse und schaue über das Grundstück, aber sie sind weit und breit nicht in Sicht. Also setze ich schon einmal eine Kanne Kaffee auf und decke den Tisch. Ich bin gerade fertig, als es an der Küchentür klopft.

»Kommt doch rein«, rufe ich.

»Guten Morgen, Marina.« Überrascht schaue ich auf. Roman steht vor mir. Er trägt immer noch Curts alte Hose.

»Guten Morgen. Gut geschlafen?« Es ist mir wirklich sehr unangenehm, aber ich habe tatsächlich vergessen, dass ich einen Übernachtungsgast habe. Vorhin auf dem Spaziergang habe ich noch an Roman gedacht, aber dann war ich so mit Julians Verbleib beschäftigt, dass ich den gestrigen Abend komplett aus meinem Kopf gestrichen habe. Ich lasse mir jedoch nichts anmerken und lege schnell noch ein Gedeck auf. »Hast du einen dicken Schädel?«

»So stark war der Apfelwein nicht.« Roman lacht. »Ich habe sehr gut geschlafen. So gut, dass ich anscheinend meinen Handywecker überhört habe. Das ist mir noch nie passiert. Ich wollte schon längst unterwegs nach Bergen sein, um mich dort mit ein paar Kollegen zu treffen.«

»Magst du vielleicht mit uns frühstücken? Es gibt leckeres Brot, Käse, Wurst und …« Ich zeige auf die Kaffeemaschine. »Der Kaffee ist so gut wie durch.«

»Etwas Koffein zum Wachwerden wäre nicht schlecht. Ich habe im Büro Bescheid gegeben, dass es später wird.«

Ich nehme die Kanne und schütte zwei große Tassen Kaffee voll. Hilda hat sehr schöne Tassen für mich getöpfert, ganz so, wie ich sie mir vorgestellt habe, extragroß und mit einem blauen Muschelmuster. Eigentlich wollte ich mich am Wochenende an die Arbeit machen und die passende Tiffanylampe dazu anfertigen. Ich habe alle notwendigen Utensilien dafür schon seit Wochen hier. Zwischendurch habe ich immer mal wieder mit kleineren Mosaikteilchen geübt. Aber das mit dem gemütlichen Bastelwochenende kann ich wegen der Überschwemmung im Keller wohl vergessen. Roman schlägt in dieselbe Kerbe.

»Was meinst du, sollen wir uns gleich mal den umgekippten Baum anschauen? Ich komme ja sonst gar nicht mehr weg von hier. Es ist zwar sehr schön hier bei dir, aber …«

Mist, das hatte ich ganz verdrängt! Der Baum blockiert immer noch den Weg, und der Keller muss ausgepumpt werden. Ein Handwerker sollte nach den Rohren sehen. Da kommt noch eine ganze Menge Arbeit auf mich zu.

»Julian ist heute ganz unerwartet hier aufgetaucht«, sage ich. »Das hat meinen Zeitplan leider völlig über den Haufen geworfen. Aber wir können natürlich gleich mal nachschauen.«

»Erst mal trinken wir den Kaffee, und dann möchtest du dir bestimmt noch in Ruhe die Haare trocken föhnen.« Er deutet auf meinen Turban und grinst. »Obwohl das auch ganz nett aussieht. Wo ist denn dein Bruder?«

»Er kommt gleich. Martin ist bei ihm. Vielleicht kennt ihr euch ja, Martin gehört der Biohof unten. Er ist in Nardevitz aufgewachsen.« Ich schaue durch die Terrassentür und sehe die beiden Blondschöpfe auf das Haus zulaufen. Julian hat wieder seine orangefarbene Jacke an. »Da seid ihr ja endlich«, sage ich und deute auf meinen Hausgast. »Das ist Roman, Josefines Neffe.«

Auf einmal stehen drei Männer in meiner Küche und mustern sich gegenseitig. Martin und Roman kennen sich nicht, wie sich herausstellt. Ich fühle mich aufgewühlt und auch ein bisschen überfordert. Eigentlich müsste ich mich um Roman und den umgestürzten Baum kümmern. Aber da ist auch Julian. Ich weiß immer noch nicht, was ihn dazu bewogen hat, unten am Strand zu zelten, aber jetzt ist nicht der richtige Moment, um ihn danach zu fragen. »Setzt euch doch bitte. Martin, Julian, gebt mir eure Jacken, ich hänge sie in den Flur.«

Als ich die Küchentür öffne, streift etwas Weiches um meine Beine und huscht an mir vorbei. Mann Nummer vier, denke ich, als Findus mit einem Satz in den Rattansessel springt, den ich in die Ecke neben den Büffetschrank gestellt habe, und es sich dort gemütlich macht. Von dort aus hat er einen guten Blick auf das Geschehen, und vielleicht fällt ja auch ein bisschen Wurst für ihn ab.

Als ich an der Garderobe stehe, kommt Josefine aus ihrer Wohnung.

»Ich habe Frischkäse«, sagt sie und will an mir vorbei.

»Warte mal«, rufe ich leise und halte sie am Ärmel fest. »Julian ist da. Er hat unten gezeltet, bei dem Sturm! Zum Glück ist nichts passiert.«

Josefine scheint nicht überrascht. »Er bleibt.«

»Er bleibt? Wie meinst du das?«

»Ich weiß nicht, ist nur so ein Gefühl«, sagt Josefine, dann schlurft sie weiter in meine Küche. Sie nickt meinen Gästen zu und hält Julian den Frischkäse hin.

»Danke«, sagt er überrascht und nimmt die Packung.

Josefine mustert ihn lächelnd. »Ich bin Josefine. Schön, dass du hier bist. Ich habe dich das letzte Mal gesehen, als du gerade mal zwei warst. Natürlich kannst du dich nicht an mich erinnern.«

Julian schüttelt den Kopf und sieht Josefine nur mit großen Augen an.

»Josefine und unser Vater sind gemeinsam aufgewachsen, wie Bruder und Schwester«, springe ich ein. »Sie waren genau genommen Stiefgeschwister. Und Romans Mutter Hedwig war übrigens die große Schwester. Wir sind also alle irgendwie miteinander verwandt, Josefine ist sozusagen unsere Tante.«

»Ganz recht, so kann man es sagen. Die eigenartige Tante Josefine.« Sie strubbelt Roman unsanft über den Kopf. »Nicht wahr, Neffe?«

Roman grinst. »Nimm dich in Acht vor ihr«, sagt er zu Julian. »Ich hatte früher regelmäßig blaue Flecken im Gesicht, weil sie mir zur Begrüßung immer fest in die Wange gekniffen hat. Und das noch, als ich so alt war wie du jetzt.«

»Möchtest du dich nicht zu uns setzen?«, frage ich Josefine.

»Nein, ihr habt euch bestimmt viel zu erzählen. Außerdem habe ich zu tun.«

»Ich auch.« Martin steht vom Tisch auf. »Der Baum muss zersägt werden, damit wir ihn wegräumen können. Und Roman hat mir gerade erzählt, dass dein Keller unter Wasser steht. Ich habe eine Pumpe unten im Hof, damit müsste es klappen. Was ist, Roman? Packst du mit an?«

»Ja, klar! Aber ich habe kein festes Schuhwerk. Und eine Jacke könnte ich auch gebrauchen.«

»Wenn es nur das ist … Hab ich alles unten im Hof.«

»Ich kann auch helfen«, bietet Julian an, aber Martin winkt ab. »Ich glaube, deine Schwester brennt darauf, sich in Ruhe mit dir zu unterhalten.«

Roman bleibt kurz an der Tür bei mir stehen, als er sich mit Martin auf den Weg macht.

»Unsere Tante Josefine, so, so. Und was bin ich dann für dich? Dein Cousin?«, fragt er lächelnd.

»Nein, das war doch nur symbolisch gemeint«, sage ich und werde tatsächlich ein bisschen rot dabei.

Als ich zurück in die Küche komme, schmiert Julian sich gerade Frischkäse aufs Brot. Obendrauf kleckst er dick Marmelade.

»Woher weiß sie denn, dass ich keine Butter mag?«, fragt er.

»Tja, wenn ich das nur wüsste. Sie hat manchmal so etwas wie eine Eingebung. Dein Zimmer hat sie vorgestern auch schon hergerichtet.«

»Echt? Es ist nämlich so, dass ich mich mit meiner Mutter gefetzt habe, aber so richtig. Na ja, und sie hat mich rausgeschmissen.«

»Was? Wieso das denn?«

»Mein Notendurchschnitt reicht nicht ganz für ein Psychologiestudium. Also habe ich die Ausbildung in der Bank begonnen. Was soll ich sagen? Es war furchtbar, und ich habe abgebrochen.«

»Und darum hat sie dich vor die Tür gesetzt?«

»Na ja, das Verhältnis war sowieso sehr angespannt. Wie gesagt, ihr Mann ist echt ein Arsch. Hat einen Aufstand geprobt, wie er jetzt dastehen würde, von wegen, er hätte mir die Stelle besorgt und so. Aber eskaliert ist es erst, als ich meiner Mutter gesteckt habe, dass ich dann eben im nächsten Semester Biologie studieren werde. Sie denkt jetzt ernsthaft, ich würde das nur machen, um ihr eins auszuwischen, weil sie mir das mit meinem Vater verschwiegen hat. Aber ganz ehrlich, ich finde die Sache mit der Genetik wirklich interessant. Außerdem könnte ich später vielleicht immer noch wechseln, falls ich doch einen Studienplatz in Psychologie bekommen sollte.«

»Weiß sie, dass du hier bist?« Ich mag Regina nicht, aber sie ist seine Mutter, und sie macht sich bestimmt Sorgen.

»Ja, sie ist ja auf die Idee gekommen. Sie hat mich gefragt, warum ich nicht gleich meine Koffer packe und hierher ziehe. Ich fand das einen guten Vorschlag. Ehrlich gesagt wollte ich sie zuerst nur damit ärgern. Ich habe gestern mit dem Handy ein Foto vom Haus gemacht und ihr geschickt, damit sie weiß, dass ich hier bin. Und dann hat mich abends der Sturm überrascht.«

»Und was hast du jetzt vor? Möchtest du erst einmal hierbleiben? Ich würde mich freuen. Aber du solltest das vorher mit deiner Mutter besprechen. Auch wenn du das ja streng genommen vom Alter her nicht mehr musst.«

»Wenn das gehen würde, wäre es echt klasse. Ich weiß momentan nicht, wohin. Und pleite bin ich auch.« Julian grinst mich verlegen an. »Das Erbe wird erst mit meinem einundzwanzigsten Geburtstag ausgezahlt. Vorher komme ich nicht ran.«

»Das wusste ich gar nicht.«

»Du hättest mal das Gesicht meiner Mutter sehen sollen, als sie es erfahren hat. Sie scheint Curt richtiggehend zu hassen. Aber dass sie mir nie von ihm erzählt hat, verzeihe ich ihr nicht. Ich hätte mir gerne ein eigenes Bild von ihm gemacht.«

»Ich kannte ihn ja auch nicht wirklich. Ich weiß aber, dass er meine Mutter geliebt hat. Und deine hätte er bestimmt nicht geheiratet, wenn er sie nicht auch mal geliebt hätte.« Ich lächle Julian an. »Und jetzt sitzen wir beide hier. Verrückt, was?«

»Sie war schwanger, deswegen haben sie geheiratet. So viel habe ich zumindest herausgefunden. Und sie haben sich getrennt, weil er ihr vorgeworfen hat, mit der Stasi zusammengearbeitet zu haben. Meine Mutter war immer noch total sauer, als sie mir das gesagt hat. Sie meinte, sie hätte damals ja viel Mist gebaut, aber so weit wäre sie niemals gesunken. Aber er hat ihr nicht geglaubt. Und geliebt hat er sie übrigens auch nie, sagt sie zumindest. Also ist sie gegangen und hat ihn aus ihrem Leben gestrichen. Und aus meinem auch.«

»Hm, Josefine hat auch schon mal was von wegen Stasi erzählt. Dass irgendjemand meine Mutter und ihn verpfiffen hat. Aber das muss zehn Jahre vor der Zeit mit deiner Mutter und ihm gewesen sein. Und Roman hat mir auch schon erzählt, dass deine Mutter Curt verlassen hat. Er soll aber ziemlich fertig deswegen gewesen sein. Passt alles irgendwie nicht richtig zusammen. Weißt du was? Da sind Briefe, die deine Mutter ihm geschrieben hat. Ich habe sie nicht gelesen, aber wenn du möchtest …«

»Ich weiß nicht. Ich will ja auch nicht, dass sie in meinen Sachen rumschnüffelt. Auf der anderen Seite … Sag mal, hast du ein Foto von ihm?«

»Klar, und auch noch ein paar andere Dinge. Du kannst sie dir in Ruhe anschauen. Sollen wir mal hochgehen? Sie sind oben, auf dem Dachboden.«

»Später. Jetzt muss ich erst einmal mein Auto holen. Martin hat es überbrückt, sodass es wieder angesprungen ist, aber wir kamen ja nicht durch, wegen des Baumes. Er ist übrigens sehr nett. Er hat mir einen Job angeboten, auf Vierhundert-Euro-Basis. Das wäre doch gar nicht schlecht für den Anfang. Vorausgesetzt, es ist okay für dich, dass ich erst einmal hier wohnen kann. Vielleicht bis das mit der Uni hinhaut? Das wäre gut.«

»Klar, hier ist genug Platz. Ich freu mich, wenn du hierbleibst. Und das mit dem Job im Biohof ist doch super. Ich arbeite auch dort, bis ich eine Stelle als Landschaftsgärtnerin gefunden habe. Es macht Spaß, die Kollegen sind alle sehr nett. Martin ist mein bester Freund hier. Ich wüsste nicht, was ich ohne ihn machen würde. Er hat mir schon so oft geholfen. Du kannst das Angebot ohne Bedenken annehmen.«

»Und außerdem steht er mächtig auf dich.« Julian grinst mich an.

»Quatsch, er mag meine Schwester, Katharina.«

In den letzten Wochen hat sich etwas verändert zwischen Martin und mir. Die vielen intensiven Gespräche, auch über sehr private Dinge, wie den Tod meiner Mutter oder Martins schlimme Zeit nach Lauras Brustkrebsdiagnose, haben uns einander nähergebracht. Solch ein vertrauensvolles Verhältnis hatte ich noch nie zu einem Mann. Er weiß Dinge über mich, die ich bisher nur mit Katharina geteilt habe. Letztens ist mir zum ersten Mal aufgefallen, wie gut er aussieht. Er stand auf einer Leiter und hat die neue Deckenlampe im Wohnzimmer angebracht. Er hat so konzentriert gearbeitet, dass er mich nicht hat kommen hören. Doch dann hat er mich doch entdeckt und angelächelt. Es war ein warmes, herzliches Lächeln. Bis zu diesem Moment dachte ich, er sei einfach nicht mein Typ. Aber er gefällt mir doch, auch als Mann. Allerdings ist er absolut tabu für mich. Katharina mag ihn. Und ich würde mich sehr freuen, wenn sie mit ihm glücklich wird.

»Martin steht auf dich«, sagt Julian. »Er hat ganz verdutzt aus der Wäsche geguckt, als er diesen Roman bei dir in der Küche gesehen hat. Schade für ihn.«

»Was meinst du?«

»Dass du auf Roman stehst. Das sieht ja ein Blinder.«

»Du musst es ja wissen«, sage ich und muss lachen. Katharina hat Ähnliches am Telefon behauptet. Und nun sitzt hier mein kleiner Bruder und fängt auch noch davon an. Aber das Verrückte ist, er hat recht. Ich fühle mich tatsächlich zu

Roman hingezogen. Letztendlich sind es dann eben doch immer die gleichen Typen, die ich mag. Roman erinnert mich ein bisschen an Philipp.

»Und du, was ist denn mit dir? Du hast doch bestimmt eine Freundin.«

»Momentan nicht. Meine letzte hieß Marie, und sie studiert jetzt in Holland. Sie ist seit September weg, und wir haben uns gerade mal an einem Wochenende gesehen. Die Strecke ist zu weit, also haben wir uns getrennt. Ich brauche jetzt erst einmal eine Auszeit, was das angeht.«

»Da erging es mir ähnlich wie dir. Bei mir hat die Beziehung mit Philipp die Entfernung zwischen Frankfurt und Rügen auch nicht überstanden.«

»Und wie lange geht deine Auszeit jetzt schon?«

»Sie hat gleich begonnen, nachdem ich den Entschluss gefasst habe, hier zu leben. Das war Anfang März, ist jetzt also acht Monate her. Und seitdem ich hier auf der Insel lebe, also seit Ende Juli, habe ich gar nichts mehr von ihm gehört. Es herrscht absolute Funkstille.« Dass sich das mit Philipp völlig im Sande verlaufen würde, hätte ich niemals gedacht. Wir haben uns im Guten getrennt, waren nicht böse aufeinander. Das Aufteilen der Einrichtungsgegenstände lief völlig unproblematisch, da Philipp ja den Großteil der Möbel behalten hat.

»Hast du es bereut?«

»Nein. Anfangs habe ich ihn fürchterlich vermisst, aber bereut habe ich es keine einzige Sekunde. Jetzt bin ich höchstens noch ein wenig enttäuscht, aber das kann ich verkraften.« Wahrscheinlich bekomme ich zum Geburtstag eine obligatorische Glückwunschnachricht und lande in seinem Massenverteiler für Neujahrswünsche, wenn überhaupt.

Julian steht auf. »Ich schau dann mal, ob die beiden noch Unterstützung brauchen. Und danach werde ich mein Auto holen. Oder soll ich dir erst beim Abräumen helfen?«

»Geh ruhig, ich mach das schon.«

Bisher habe ich noch nichts gegessen, und mein Kaffee ist auch kalt geworden. Ich schütte ihn weg, hole mir einen neuen aus der Warmhaltekanne und schmiere mir Frischkäse aufs Brot. Oben drauf verteile ich dick Marmelade, so wie Julian eben.

»Willst du auch was?«, frage ich Findus, der vom Rattansessel zu mir herüberlinst. Sofort springt er auf und kommt auf mich zu. Der Kater ist jetzt über zehn Jahre alt. »Könntest du mir nur erzählen, was du hier so mitbekommen hast«, sage ich und reiche Findus einen kleinen Happen Wurst.

Nach Regina soll es in Curts Leben keine Frau mehr gegeben haben, zumindest nicht hier auf der Insel. Das hätte Josefine mitbekommen. Allerdings hat er sich oft für längere Zeit in Freiburg aufgehalten, wo er sich mit seiner Forschungsgruppe getroffen hat. Auch hat ihn ab und an eine Wissenschaftlerin besucht, mit der er sich recht gut verstanden haben soll. Die hat aber jedes Mal oben in einem der Gästezimmer übernachtet, wie Josefine zu erzählen wusste.

Wie es sich wohl für ihn angefühlt haben muss, von zwei Kindern zu wissen, zu denen er keinerlei Kontakt hatte? War er wirklich davon überzeugt, dass Mütter die besseren Menschen sind, weil sich durch ihre Kinder die Gene verändern? Und wie sieht es diesbezüglich bei den Vätern und deren Erbgut aus? Ändert sich da nichts?

Ich räume den Tisch ab und spüle das Geschirr. Dann gehe ich ins Bad, föhne mir meine Haare und binde sie zu einem Pferdeschwanz zusammen. Dabei betrachte ich mich prüfend im Spiegel. Ich unterscheide mich von Katharina nicht nur wegen der unterschiedlichen Haarfarbe. Was Äußerlichkeiten angeht, so scheinen sich die väterlichen Gene bei Julian und mir durchgesetzt haben. Wir haben von unserem Vater eindeutig Augen, Haare und Kinnpartie geerbt.

23.

Wie sich die Ereignisse manchmal überschlagen!

»Das Gröbste ist geschafft«, sagt Martin, als er mir vor dem Haus entgegenkommt. »Wir haben den Stamm zersägt und den Weg weitestgehend frei geräumt. Roman und Julian sammeln noch die kleineren Stücke zusammen. Ich dachte, wir laden sie auf den Jeep und fahren sie direkt zum Schuppen. Dann hast du gleich neues Brennholz und musst es nur noch trocknen.«

»Ich weiß gar nicht, was ich ohne dich machen würde. Danke! Sag mir, wie ich das wieder gutmachen kann, ja?«

Martin streicht mir eine Strähne, die sich aus dem Zopf gelöst hat, hinters Ohr zurück. »Geh am Samstag mit mir essen. Verbring den Tag mit mir.«

Die kleine Geste verwirrt mich. Oder ist es der Tonfall in Martins Stimme? Auch sein Blick ist ernst. Er sieht irgendwie sogar traurig aus. Julians Worte fallen mir wieder ein: *Martin steht auf dich …* Ob da tatsächlich was dran ist? Nein, das kann ich mir nicht vorstellen, es soll auch gar nicht sein. Es würde mein Leben nur ungemein verkomplizieren.

»Katharina kommt am Samstag. Und Julian ist auch da. Möchtest du nicht lieber zu uns kommen, und wir kochen was Leckeres zusammen?« Ich weiß nicht, ob ich das Auspumpen des Kellers bis dahin auf die Reihe bekommen habe, aber irgendwie schaffe ich das schon. Außerdem habe ich auf den Schrecken und den Aufwand hin ein wenig Vorfreude verdient.

Ein Lächeln huscht über Martins Gesicht. »Katharina kommt? Das ist schön.«

»Du bist also dabei? Sie freut sich bestimmt auch, dich zu sehen.«

»Nein, ich glaube eher nicht. Wie lange bleibt sie denn? Es gibt bestimmt noch eine andere Gelegenheit, sich zu sehen.« Was soll das denn bedeuten? Martin hat sich offensichtlich in den Kopf gesetzt, den Abend mit mir allein zu verbringen.

»Was ist denn mit dir los?«

»Versteh mich bitte nicht falsch, Marina. Ich freu mich darauf, sie zu sehen. Aber vielleicht solltet ihr erst einmal unter euch sein. Ihr beide, zusammen mit Julian. Schließlich ist es so etwas wie eine Familienzusammenkunft, nicht wahr?«

Irgendwas stimmt hier nicht. Das nehme ich ihm nicht richtig ab. Ich schaue Martin prüfend an, aber er wirkt plötzlich sehr unnahbar. So kenne ich ihn gar nicht. »Was hältst du denn von Julian?«, frage ich. Vielleicht ist es besser, das Thema zu wechseln und ein anderes Mal darauf zurückzukommen.

»Er ist nett, relativ weit für seine fast neunzehn Jahre, würde ich mal sagen.«

»Fast? Weißt du denn, wann er Geburtstag hat?«

»Ja, am 6. November, einen Tag vor deinem. Ihr seid also so ziemlich genau zehn Jahre auseinander.«

»Ist ja ein Ding, dann können wir zusammen feiern! Erst seinen, und dann in meinen rein. Obwohl ich dieses Jahr eigentlich gar nicht feiern wollte.« Meine Mutter fällt mir plötzlich ein, und der Jahrestag ihres Todes im Dezember. Wir stehen am Jeep, und ich ziehe den Autoschlüssel aus der Tasche. Dabei fällt mir der Bund auf den Boden. Als wir gleichzeitig in die Hocke gehen, um ihn aufzuheben, stoßen unsere Köpfe fast zusammen. »Der Unfall ist jetzt fast ein Jahr her«, sage ich traurig, »und es gibt Tage, da denke ich kaum an sie. Ich bin so beschäftigt mit all den Dingen hier, dass ich gar nicht zum Innehalten komme. Die Zeit scheint im Schnelldurchlauf zu vergehen.«

»Ja, ich kenne das. Das Leben geht einfach so weiter, und eines Tages ist man überrascht, wenn …«

»Wo bleibt ihr beiden denn?« Roman und Julian tauchen am Parkplatz auf. »Wir wollten doch das Holz aufladen!«, ruft Roman.

Martin reicht mir den Autoschlüssel. »Ich möchte mit dir reden, Marina.«

Schon wieder dieser Blick. Bitte nicht, schießt es mir durch den Kopf. Wenn Julian recht hat mit seiner Vermutung, habe ich ein Problem. Ich möchte Martin nicht als guten Freund verlieren. Am besten wir bringen es schnell hinter uns.

»Wir könnten nachmittags eine Runde am Ufer spazieren gehen«, schlage ich vor.

Martin nickt.

»Na dann mal los«, sage ich fröhlich, obwohl mir gar nicht danach zumute ist. Ich will Martin nicht verletzen. Was würde Katharina dazu sagen? Oder täusche ich mich? Warum hat mich Julians Bemerkung so verwirrt? Vielleicht ist gar nichts an der Sache dran, und es geht um etwas ganz anderes? Vielleicht um meinen Job unten im Biohof? Wir haben immer gesagt, das sei nichts auf Dauer und nur befristet.

»Steigt ein, Jungs!«, sage ich bestimmt und schwinge mich auf den Fahrersitz.

Martin schüttelt den Kopf. »Geht ihr mal das Holz holen. Ich schau mir in der Zwischenzeit den Keller an.«

Roman steigt vorn ins Auto, Julian hinten. Ich schaue Martin hinterher, wie er zum Haus geht. Dann atme ich tief durch und fahre los.

»Probleme?«, fragt Roman.

»Nein, wieso kommst du darauf?«

»Der Blick, mit dem mich Martin gerade gemustert hat. Und vorhin in der Küche auch schon. Seid ihr ein Paar?«

»Sie sind nur gute Freunde«, ertönt es von hinten. Ich schaue in den Rückspiegel und treffe Julians Blick. Er grinst.

Roman lacht. »Na dann würde ich an seiner Stelle versuchen, diesen Zustand schleunigst zu ändern. Du bist eine schöne, sympathische Frau, und dazu noch sehr natürlich. Ganz ehrlich, er sollte aufpassen, dass du ihm nicht vor der Nase weggeschnappt wirst.«

»Danke für das Kompliment«, sage ich. »So etwas habe ich schon lange nicht mehr gehört.« Philipp hat mir schon mal gesagt, dass er mich lieb hat, und auch, dass er mich liebt. Auch dass ich gut aussehe. Aber ich kann mich nicht daran erinnern, dass er mich als schön bezeichnet hat. Das hat eine ganz andere Qualität.

»Bist du verheiratet?«, fragt Julian, und ich warte gespannt auf die Antwort. Einen Ring habe ich an seinem Finger nicht entdeckt, aber das muss ja nicht unbedingt was heißen.

»Nein, bin ich nicht. Ich hatte eine längere Beziehung, die Anfang des Jahres in die Brüche gegangen ist. Jetzt habe ich eine nette Frau kennengelernt, aber es ist momentan noch nichts Festes.«

»Wie heißt sie denn?«, frage ich.

»Mandy.«

Als ich das höre, muss ich grinsen. Julian geht es ähnlich. Wir werfen uns über den Spiegel einen Blick zu. Das gefällt mir. Es gibt eben Namen, denen man automatisch bestimmte Charaktereigenschaften zuweist.

Roman schimpft kurz mit uns über unserere Vorurteile, und wir kabbeln uns ein wenig. Als wir angekommen sind, konzentriere ich mich darauf, rückwärts nah an den Holzhaufen ranzufahren.

Die Holzstücke und Äste haben wir schnell verladen. Nun sitzen wir nebeneinander auf einem übrig gebliebenen größeren Teil des Baumstammes. Roman begutachtet meine Hand. Ich habe mir einen kleinen Holzsplitter eingefangen, den ich alleine nicht rausbekomme.

»Wir brauchen eine Pinzette«, sagt er. »Sieht so aus, als würde das Teil richtig tief drinstecken.«

Als ich aufschaue, sehe ich Martin auf uns zukommen.

»Ich gehe jetzt die Pumpe holen.« Er klingt missmutig.

»Warte, ich helfe dir«, sage ich und entziehe Roman meine Hand. Falls es irgendetwas zu klären gibt, möchte ich es lieber gleich hinter mich bringen.

»Die Pumpe ist schwer. Es wäre besser, wenn Julian mitkommen würde. Wir müssen sie auf den Wagen wuchten.« Kurz darauf sind die beiden verschwunden, und ich bin mit Roman alleine.

»Lass uns schnell das Holz abladen, dann muss ich runter nach Bergen«, sagt er, als ich den Holzsplitter los bin. »Ich muss vorher noch ins Hotel, kurz duschen und mich umziehen. So kann ich schlecht im Büro auftauchen.«

Ich werfe einen Blick auf die Uhr, wir haben halb elf. Die Zeit ist nur so dahingerast. »Es tut mir echt leid, dass du so spät hier wegkommst.«

»Quatsch, es ist doch nicht deine Schuld. Außerdem war es sehr nett hier. Es ist gut zu wissen, dass meine Tante dich hier hat. Ich habe mir wirklich Sorgen gemacht, als ich gehört habe, was passiert ist. Aber ihr beiden scheint ja sehr gut miteinander auszukommen.«

»Ich bin froh, dass wir hier zusammenwohnen. Aber sag mal, warum wohnst du im Hotel? Du bleibst doch bestimmt länger hier, oder? Du kannst ein Gästezimmer haben, wenn es dir vom Komfort her reicht. Was meinst du?«

»Keine schlechte Idee. Ich bin jedenfalls noch eine Woche auf der Insel. Aber wenn ich bei euch wohne, dann als zahlender Gast.«

»Wenn du darauf bestehst«, sage ich grinsend. »Meine Schwester kommt am Samstag. Wenn du Lust hast, können wir am Abend zusammen etwas kochen. Ich wohne jetzt schon seit drei Monaten hier, die Küche könnte langsam mal so richtig eingeweiht werden. Vielleicht frage ich auch noch ein paar Freunde, ob sie Zeit haben.«

»Klingt gut; ich bin auf jeden Fall dabei!«

»Josefine wird sich auch freuen, wenn du noch ein paar Tage bei uns bleibst. Sie hat mir übrigens gestern Abend noch erzählt, dass ihr eine Feriensiedlung mitten in die Landschaft bauen wollt. Sie war sehr ungehalten darüber. Ist an der Sache etwas dran?«

»Es handelt sich um einen reinen Umbau. Es ist ein ungenutztes, hässliches Gebäude, das unter ökologischen Gesichtspunkten in das Landschaftsbild eingepasst werden soll.« Roman lächelt. »Wir könnten eine gute Landschaftsgärtnerin gebrauchen, die uns bei dem Vorhaben unterstützt. Was meinst du, möchtest du dir die Pläne mal anschauen? Vielleicht wäre das ja was für dich.«

»Echt? Das wäre natürlich großartig!«

»Ich kann dir die Pläne heute Abend vorbeibringen. Du könntest sie dir übers Wochenende anschauen und am Montag im Büro vorbeikommen, wenn du Interesse hast.«

»Ja, unheimlich gerne!«

Wie sich die Ereignisse manchmal überschlagen! Julian ist hier, Roman bietet mir einen Job an, Katharina kommt. Das sind gleich mehrere Gründe, um ein wenig zu feiern und das Haus auch gleich offiziell zu taufen. Jetzt muss ich nur noch die Sache mit Martin klären, die da im Raum steht. Vielleicht entschließt er sich ja doch, am Samstag dazuzustoßen. Ich fände es jedenfalls sehr schade, wenn er nicht dabei wäre. Hilda und Florian kommen bestimmt auch, wenn sie Zeit haben. Mit Hilda treffe ich mich häufiger. Sie kam unangemeldet mit einem Korb voller Köstlichkeiten zu Besuch, als ich gerade hier eingezogen bin. Nervennahrung für Umzug und Neuanfang, wie sie es so schön nannte. Und mit angepackt hat sie auch. Sie hat mir den Tipp gegeben, auf die Tapeten zu verzichten, und mir beim Anstreichen der Wände geholfen. Seitdem sehen wir uns immer wieder, trinken Kaffee und quatschen. Und seit drei Wochen treffen wir uns auch zweimal in der Woche, um gemeinsam Sport zu treiben, damit die vielen Süßigkeiten nicht zu sehr ansetzen. Wir joggen im Schneckentempo nebeneinanderher, schwitzen trotzdem ordentlich dabei und haben Spaß. Ich halte auch losen Kontakt zu Carola, der netten Tierärztin, die Findus damals verarztet hat. Mit der regelmäßigen geselligen Frauenrunde hat es allerdings nicht funktioniert. Ich war einmal dabei, fühlte mich aber unwohl, da Julia, Martins Schwester, sich mir gegenüber kühl und abweisend verhalten hat. Katharina und ich waren wohl früher nicht sehr nett zu ihr, und sie scheint nachtragend zu sein. Ich kann mich daran zwar nicht erinnern, aber Julia gab mir unmissverständlich zu verstehen, dass wir sie als Kinder ausgeschlossen hätten. Aus irgendeinem Grund hat sie das bis heute nicht vergessen. Sie ist zwar immer höflich zu mir, aber ich kann ihre Ablehnung ganz deutlich spüren. Die letzten Monate war ich allerdings so sehr mit der Hausrenovierung beschäftigt, dass ich mir darüber keine weiteren Gedanken gemacht habe. Vielleicht sollte ich sie auch noch mal in Ruhe darauf ansprechen. Aber jetzt muss ich erst mal den Keller wieder trocken bekommen.

Eine Stunde später stehe ich neben Martin auf der Kellertreppe, so wie gestern Abend mit Roman. Die Pumpe tuckert vor sich hin, der Wasserpegel sinkt langsam.

»Die Pumpe schafft das Gröbste, aber du musst nachher noch mit einer Menge Lappen ran«, sagt Martin. »Das Problem ist der schwimmende Estrich, der hier verbaut wurde. Wenn Wasser durch die Randfugen unter den Estrich in die Dämmung eingedrungen ist, kann es von alleine nicht mehr raus. Wird es nicht fachgerecht getrocknet, könnte sich Schimmel unter dem Estrich ausbreiten und der Fußboden müsste komplett erneuert werden. Wenn zudem die Wände feucht sind, müsste der Putz abgeschlagen und die Oberfläche neu aufgebaut werden. Hast du eigentlich schon deiner Versicherung Bescheid gegeben? Rohrbruch ist in der Gebäudeversicherung abgedeckt. Die übernehmen bestimmt einen Teil der Kosten.«

»Das hatte ich vor, habe es dann aber in der Aufregung

total verschwitzt. Meinst du, man kann den Keller auch um diese Jahreszeit trockenlegen lassen? Ich wollte eigentlich noch bis zum Frühjahr damit warten.«

»Wirst du wohl müssen. Es wäre zumindest die sinnvollste Lösung. Und wenn du schon mal dran bist, könntest du es auch gleich vernünftig machen lassen.«

»Auch wenn die Versicherung einen Teil der Kosten übernimmt, wird ein dicker Batzen an mir hängen bleiben. Außerdem wird Anfang des Jahres die Erbschaftssteuer fällig, die ich vorsorglich vom Kredit zurückgehalten habe. Aber ich kann jetzt nicht damit die Kellersanierung finanzieren – das macht die Bank bestimmt nicht mit.«

»Ich könnte dir problemlos finanziell aushelfen.«

»Nein, das möchte ich auf keinen Fall. Aber es ist sehr nett von dir, dass du es mir anbietest.«

»Das tue ich doch gerne.« Ich freue mich, Martin wieder lächeln zu sehen.

»Wie sieht es mit unserem Spaziergang aus?«, frage ich und schaue auf die Uhr.

»Lass ihn uns verschieben. Du hast alle Hände voll zu tun, und ich muss jetzt auch wieder runter zum Hof.«

»In Ordnung, wie du meinst.« Es ist tatsächlich vernünftig, wenn ich mich jetzt um das Chaos hier kümmere.

Oben an der Eingangstür stehe ich unschlüssig neben Martin. Ich weiß nicht, wie ich mich verhalten soll. Ich würde ihn gerne zum Abschied drücken und mich bei ihm bedanken, aber auf einmal kommt es mir falsch vor.

»Überleg es dir doch mit Samstag noch einmal, ja? Wir sind eine größere Runde, und es wird bestimmt nett.« Warum ziert er sich so? Wegen Katharina? Martin ist mein bester Freund, und der Exfreund meiner Schwester. Die beiden waren zwar noch sehr jung, aber Katharina war Martins erste große Liebe. Das hat er mehrmals betont. Und Katharina hat immer noch Interesse an ihm, das konnte man ganz deutlich sehen. Sie hat jedesmal heftig mit Martin geflirtet, wenn sie hier war. Er kommt für mich nicht infrage, aber trotzdem verhalte ich mich momentan sehr merkwürdig.

»Ich überleg es mir noch.« Martin kommt einen Schritt auf mich zu und küsst mich sanft auf die Stirn. Dann dreht er sich um und geht.

Ich bleibe verwirrt in der Tür stehen und schaue ihm nach. Als ich Schritte im Flur höre, drehe ich mich um. Josefine hat sich seit dem Frühstück nicht mehr blicken lassen, aber jetzt kommt sie die Treppe herunter.

»Das habe ich kommen sehen! Ihr seid ein schönes Paar.«

»Fang du nicht auch noch damit an! Ich habe momentan echt andere Sorgen.« Mit einem Rumms schließe ich die Haustüre.

»Du meinst, es gibt wichtigere Dinge im Leben? Das habe ich schon mal gehört. Und es ist nicht gut gegangen, wie du weißt.«

»Curt und Hannah haben sich geliebt – wir sind nur gute Freunde«, sage ich, genervt von ihren Anspielungen.

»Ich habe jedenfalls schon mal die anderen beiden Zimmer fertig gemacht.«

»Für wen denn?«

»Für Katharina und die andere Frau.«

»Das ist nett, aber einen weiteren Gast erwarte ich eigentlich nicht. Du, warte mal, ich wollte dir noch etwas erzählen. Ich habe mit Roman gesprochen, die Investoren bauen keine neue Ferienanlage mitten in die Landschaft, sie wollen eine bereits bestehende umbauen.«

»Ich weiß, das hat er mir gerade auch erzählt. Und dass er gerne hier übernachten und das Haus auf dem Nachbargrundstück wieder aufbauen will.«

»Er will es tatsächlich wieder aufbauen? Gestern hat er noch behauptet, er sehe das Grundstück als Kapitalanlage. Bist du dir sicher?«

»Ich bin mir zumindest sicher, dass er es genau so gesagt hat.«

»Hast du keine Vorahnung? Ich meine, du weißt doch in der Regel schon vorher, ob jemand kommt – oder bleibt.«

»Das geschieht nicht auf Knopfdruck. Außerdem solltest du auf dein Gefühl hören, und nicht auf meins.«

»Wie meinst du das?«

Josefine seufzt. »Hast du den neuen Hühnergott schon gesehen? Er hängt neben dem ersten, direkt an der Haustür. Darüber solltest du dir mal Gedanken machen.«

Fragend sehe ich sie an.

»Heute Morgen war er ganz bestimmt noch nicht da. Und bevor du wieder auf die Idee kommst, mich danach zu fragen: Nein, ich weiß nicht, wer hier ständig ums Haus schleicht, um dich mit irgendwelchen Steinamuletten zu beschützen. Obwohl …« Josefine stutzt plötzlich. »Vielleicht solltest du doch noch mal Martin fragen.«

»Ich glaube nicht, dass sie von ihm sind. Es sind ja sogar welche aufgetaucht, als er hier bei mir war.«

»Es hat trotzdem irgendetwas mit ihm zu tun. Aber es ist nur eine Ahnung …« Josefine zeigt mir ihr schiefes Lächeln. »Ich kann mich auch mal irren.«

24.

Fast so was wie Cousin und Cousine

Es ist erst zehn Uhr abends, und ich war so müde, dass ich schon im Bett liege. Es ist ein schönes Gefühl, Julian und Roman oben in den Zimmern zu wissen. Sie haben sich noch auf eine Runde Kartenspielen verabredet. Das Haus ist wie geschaffen für Gäste, denke ich. Und die Mieteinnahmen werde ich brauchen, um die Kellersanierung bezahlen zu können. Roman hat wie versprochen die Baupläne für das Feriendorf mitgebracht. Ich habe sie mir vorhin angesehen und spontan beschlossen, bei dem Projekt mitzuarbeiten. Und wenn ich mich selbstständig mache, bekomme ich eine feste Projektzusage für ein halbes Jahr. In der Zeit werde ich auch ordentlich verdienen, und zwar wesentlich mehr als jetzt bei Martin. Aber kann ich nach Ablauf der vereinbarten Frist einfach wieder so zurück zum Biohof? Möchte ich das überhaupt? Ich habe doch immer wieder mal darüber nachgedacht, auf mein eigenes Konto zu arbeiten. Die Sache mit der Apfelplantage war nur eine Träumerei, aber Romans Angebot ist eine realistische Möglichkeit, mir eine eigene Existenz aufzubauen. Es wäre zumindest ein Anfang … Ich soll auf mein Gefühl hören, das hat Josefine mir vorhin mit auf den Weg gegeben. Und das sagt mir, dass es mir guttun wird, in meinem Beruf zu arbeiten.

Ich stehe noch einmal auf und schaue aus dem Fenster. Heute ist der erste November. Es ist kalt draußen und auch ein bisschen windig, aber der Himmel ist nahezu wolkenlos. Mein Blick geht zu den Buchen, aber es ist weit und breit kein Reh in Sicht. Auch Dwalin lässt sich nicht blicken. In der Ferne kann ich den Leuchtturm von Kap Arkona blinken sehen. Es ist wunderschön hier, das stelle ich immer wieder aufs Neue fest. Und ich bin glücklich, hier sein zu dürfen.

Mit diesen Gedanken lege ich mich wieder hin und lausche dem Klang des Meeres. Er hat eine wahnsinnig beruhigende Wirkung auf mich, und so dämmere ich schließlich tief und fest ein.

Es ist gerade mal sechs, wie ich feststelle, als ich viel zu früh am Morgen aufwache. Und an Einschlafen ist nicht mehr zu denken. Ein Mann spukt in meinem Kopf herum. Aber es ist nicht Roman, sondern Martin. Ich denke die ganze Zeit darüber nach, was das alles zu bedeuten hat. Mir ist zwar klar, dass er mir besser gefällt, als ich mir selbst gegenüber eingestehen wollte. Aber im Lauf der Monate habe ich mir keine Gedanken darüber gemacht, ob er mich nur als Freundin oder vielleicht auch als Frau sehen könnte. Und dann macht Julian eine einzige Bemerkung und weckt damit meine weiblichen Sinne, und jetzt habe ich plötzlich ein Problem. Und was ist mit Roman? Er ist nicht in festen Händen, das heißt für mich, ich kann mit ihm herumalbern und auch ein bisschen flirten. Vielleicht hilft es mir sogar, meine Gedanken und Gefühle Martin gegenüber wieder in die richtige Bahn zu lenken. Morgen kommt Katharina. Ob ich mit ihr darüber reden soll? Eins ist klar, Katharina ist für mich die wichtigste Person auf der Welt. Und ich will sie auf keinen Fall verletzen.

Ich wälze mich noch eine halbe Stunde im Bett hin und her, dann stehe ich auf und gehe in die Küche. Ich koche mir eine Tasse Kaffee und setze mich an den Tisch. Mein Handy liegt noch von gestern Abend dort. Martin hat noch eine SMS geschickt. Mit klopfendem Herzen lese ich:

Ich komme nicht am Samstag, da ich mich mit Julia treffe. Bitte nicht böse sein, und lass uns nächste Woche in Ruhe reden.

Merkwürdig, denke ich. Er sieht seine Schwester doch regelmäßig. Schiebt er sie jetzt nur vor? Hier besteht auf jeden Fall Klärungsbedarf. Einem ersten Impuls folgend möchte ich mich sofort auf den Weg zu ihm machen. Doch dann tippe ich nur ein kurzes *Schade* ins Handy.

Ich brauche frische Luft, um wieder zu klarem Verstand zu kommen. Es ist sieben Uhr, hell genug für einen Spaziergang. Ich ziehe schnell eine Jogginghose über meinen Pyjama, schlüpfe in Stiefel und Mantel und gehe nach draußen. Die Luft ist kalt und klar. Ich atme tief ein, dann marschiere ich in großen Schritten den Weg entlang, der heute Morgen noch von dem umgekippten Baum versperrt war. Ich möchte runter ans Wasser, aber den direkten Weg den Hügel hinunter zu nehmen wäre zu gefährlich. In Baumnähe grasen ein paar Rehe. Sie verharren reglos, als sie mich bemerken. Ich beobachte sie eine Weile, da bemerke ich eine Gestalt, die quer über die Felder auf mein Haus zugelaufen kommt. Martin, denke ich im ersten Moment, doch die Person ist zu klein und sieht nach einer Frau aus. Der gute Geist, schießt es mir durch den Kopf, und ich verstecke mich schnell hinter einem Baum, um das weitere Geschehen beobachten zu können. Als sie mir den Rücken zudreht, folge ich ihr unbemerkt in gewissem

Abstand. Ich sehe, wie sie etwas auf die Hausbank legt, kann aber nicht erkennen, was es ist. Ob es wieder ein Hühnergott ist? Beherzt laufe ich auf die Gestalt zu. Es ist eine mir unbekannte Frau, die sich überrascht zu mir umdreht, als ich sie anspreche.

»Guten Morgen«, sage ich, und sie sieht mich mit großen Augen an. Sie trägt eine Wollmütze, unter der graue Haare hervorblitzen. Mein Blick fällt auf ihr Mitbringsel. »Danke. Wie komme ich denn zu der Ehre?«, frage ich sie.

»Ich wollte nicht, dass das passiert.« Die Frau spricht leise, ich kann sie kaum verstehen.

»Wollen wir uns nicht setzen?«, frage ich.

Sie nickt, und wir lassen uns schweigend nieder. Über dem Boden hat sich Nebel gebildet, der über den Hügel zieht. Ich lasse das schöne Bild einen Moment auf mich wirken, dann wende ich mich der Frau zu. Ich kann ihr Alter schlecht einschätzen, siebzig, vielleicht auch älter. Sie ist in einen dicken Mantel gehüllt und trägt Stiefel mit groben Sohlen. Ihre Hände stecken in grauen Handschuhen.

»Dass was passiert?«, frage ich sie.

»Deine Mutter und Curt, ich habe sie auseinandergebracht. Aber ich wusste zu dem Zeitpunkt nicht, dass sie ein Kind von ihm erwartet, das wusste ich wirklich nicht.« Sie schüttelt voller Bedauern den Kopf. »Ich habe ihn geliebt. Es tut mir wirklich leid, das musst du mir glauben.«

Damit habe ich nicht gerechnet. Ich bin überrascht, mir fehlen die Worte, aber ich weiß intuitiv, dass ich jetzt sehr behutsam vorgehen muss, um noch mehr von ihr zu erfahren. Aufmunternd lächle ich sie an.

»Hannah war sehr intelligent, und schön. Sie war mit mir in dem geheimen Leseclub. Nichts Verwerfliches, aber eben damals verboten. Und Curt war Wissenschaftler und dadurch interessant für den Staat. Hannah lernte ihn durch mich kennen, und er hatte nur noch Augen für sie. Ich war von da an nicht mehr gut genug.« Traurig sieht sie mich an. »Ich habe sie gemeldet, und sie haben Hannah unter Druck gesetzt, die Affäre zu beenden. Curt wollte seine Karriere für sie aufgeben. Er hätte alles für sie gegeben. Aber sie haben ihr gedroht, ihr die Kinder wegzunehmen. Sie war damals mit dir schwanger. Hannah wusste, dass sie es wirklich tun würden. Also hat sie sich von ihm getrennt, und er ist nach Russland gegangen. Danach ist die ganze Familie auseinandergebrochen. Deine Oma bekam Streit mit meiner Schwester – alles wegen mir. Deine Tanten haben Hannah vorgeworfen, die Familie in Gefahr gebracht zu haben. Die Stasi arbeitete gründlich. Sie haben wohl eure ganze Familie unter Druck gesetzt. Als Hannah mitbekam, dass ihre Schwestern sogar als Informantinnen für sie arbeiteten, ist eine Welt für deine Mutter zusammengebrochen. Eine deiner beiden Tanten hat damals angeboten, euch Kinder aufzunehmen, falls Hannah sich nicht von Curt trennen und deswegen verhaftet werden würde.«

Ich schnappe entsetzt nach Luft. »Meine Tanten wollten uns Mutti wegnehmen?«

»Soviel ich mitbekommen habe, ja. Aber deine Oma hat sich wohl eingemischt. Sie hat außerdem gedacht, dass meine Schwester hinter der ganzen Sache steckt. Die beiden haben sich ganz heftig deswegen in der Wolle gehabt.«

Moment mal, meine Oma hatte früher Streit mit Frau Krüger, Martins Mutter.

»Sind Sie Martins Tante?«, frage ich und suche fieberhaft nach ihrem Namen.

Sie nickt. »Ja, ich bin die Schwester seiner Mutter, Waltraud. Er wird mich hassen, wenn er es erfährt.«

»Nein, das wird er nicht«, sage ich sanft. »Ich kenne Martin. Außerdem ist es schon so lange her. Er hat selbst gesagt, dass die alten Geschichten langsam ruhen sollten.« Die alte Frau sitzt wie ein Häufchen Elend neben mir. Ich stelle überrascht fest, dass ich keinerlei Groll gegen sie empfinde. Ich weiß natürlich nicht, ob sich das noch ändert, aber im Moment bin ich einfach nur sehr erstaunt darüber, wie es zu dem Ende zwischen Curt und meiner Mutter gekommen ist. Der Schmerz der unerfüllten Sehnsucht einer anderen Frau beendete ihr gemeinsames Glück. Langsam baut sich Stück um Stück ein Bild dessen zusammen, was damals geschehen ist. Es erleichtert mich, denn ich erfahre immer mehr, kann verstehen, was geschehen ist, kann auch meine Mutter verstehen. Sie hat sich für uns Kinder entschieden, für unser Wohl, und dafür den Preis ihrer großen Liebe gezahlt. Warum hat sie uns nur nie etwas davon erzählt?

Es muss Martins Tante viel Überwindung gekostet haben, mir all das anzuvertrauen. Und der Verrat scheint ihr wirklich leidzutun. Dass sie versucht, es durch die Hühnergötter wiedergutzumachen, ist irgendwie anrührend.

»Ich freue mich jedes Mal sehr, wenn ich einen neuen Glücksbringer finde«, sage ich versöhnlich. »Ich glaube, sie beschützen mich wirklich. Es geht mir gut hier. Ist der Korb mit dem Brot und dem Salz auch von dir?«

Martins Tante nickt.

Erst jetzt greife ich nach dem Stein und halte überrascht den Atem an. Er ist groß, unförmig, aber es ist kein Feuerstein, sondern ein Bernstein. »Wie schön er ist!«

»Martin hat mir erzählt, dass du schon als Kind nach Bernsteinen gesucht hast. Du musst weiter Richtung Lohme gehen. Da ist eine Stelle, an der nach einem Sturm immer besonders viel Algenzeug herangespült wird. Dort musst du suchen.«

»Das werde ich tun.« Ich halte Waltraud den Stein hin.

»Nein, er ist für dich«, sagt sie.

»Er ist zu wertvoll – den kann ich nicht annehmen.«

»Doch, das kannst du. Im Sassnitz gibt es eine gute Bernsteinschleiferin. Dort würde ich ihn an deiner Stelle bearbeiten lassen. Vielleicht hast du Glück, und es befindet sich ein schöner Einschluss darin.«

»Danke«, sage ich und umschließe den honiggelben Stein mit beiden Händen. »Darf ich dich demnächst mal besuchen kommen? Ich habe noch so viele Fragen. Ich weiß wenig über meinen Vater und auch kaum etwas über die Vergangenheit meiner Mutter.«

»Gerne – ich würde mich freuen. Ich wohne mit meinem Mann in Nardevitz, ganz in der Nähe von Marianne. Du kannst jederzeit gerne vorbeikommen.«

»Du bist verheiratet?« Ich habe angenommen, sie hätte ihr Leben lang Curt hinterhergetrauert.

Sie nickt. »Schon lange. Ich habe Curt einst geliebt, aber das heißt nicht, dass ich später nicht offen war für eine neue Liebe.«

»Curt hat ja auch noch mal geheiratet.«

»Regina hat sich an ihn rangeschmissen. Liebe war da meines Wissens keine im Spiel.« Sie seufzt. »Ich muss jetzt zurück, sonst macht Adalbert sich Sorgen. Er weiß nicht, dass ich hier bin.«

»Soll ich dich bringen? Ich kann dich bis unten zur Straße fahren, dann kannst du das letzte Stück zurücklaufen.«

»Nein, danke, meine Beine funktionieren noch ganz gut.« Waltraud steht auf. Da fällt mir noch etwas ein.

»Eine Frage hätte ich noch. Du hast gesagt, meine Mutter hätte Curt durch dich kennengelernt. Ich dachte aber, er habe sie im Rahmen seiner Forschungsarbeit über Zwillinge getroffen.«

»Das war später, und ein großer Zufall. Die beiden kannten sich längst.« Sie lächelt versonnen. »Das Schicksal wollte wohl auf jeden Fall, dass sie sich finden. Und jetzt weiß ich auch, warum. Ich habe leider keine Kinder bekommen.«

Ich bleibe noch eine Weile auf der Bank sitzen und schaue Martins Tante nach. Josefine hat wieder recht gehabt. Die Medaillons standen in Verbindung mit Martin. Wie auf Kommando geht die Haustür auf. Zuerst springt Findus auf die Bank, dann lässt sich Josefine neben mir nieder.

»Sie hat mir einen Bernstein geschenkt«, sage ich.

»Das ist ja auch das Mindeste.« Josefine streckt mir die Hand hin und wiegt ihn abschätzend. »Das sind bestimmt 300 Gramm, ein schöner Notgroschen.«

»Wusstest du, wer es ist, Josefine?«

»Nein, ich hatte, ehrlich gesagt, Martins Mutter in Verdacht. Ich habe Waltraud vorhin erst gehen sehen.«

»Hattest du eine Ahnung davon, dass sie damals in Curt verliebt war?«

»Nein. Oder sagen wir mal so, Curt war sehr begehrt, sie war nicht die einzige Frau, die ihm schöne Augen gemacht hat.«

»Er war ein Herzensbrecher?«

»Ja, und das bis zum Ende!« Josefine lacht. »Die Wissenschaftlerin, die ihn hier besuchte, hatte garantiert ein Auge auf ihn geworfen. Und dabei war sie gut zwanzig Jahre jünger als er. Curt hatte Charisma, so wie du.«

»Ich habe Charisma? Das ist mir neu.«

»Da kommt ein Auto.« Josefine deutet mit dem Kopf zur Straße hin.

»So früh am Morgen, wer kann das sein?« Es ist gerade mal acht Uhr. Ob es vielleicht Martin ist? Mit Erstaunen bemerke ich, dass sich ein Ziehen in meiner Bauchgegend breitmacht.

Kurze Zeit später hält ein Audi mit Hamburger Kennzeichen vor dem Haus.

»Regina«, sagt Josefine abfällig und will aufstehen.

»Kannst du bitte bei mir bleiben?«, frage ich und halte sie zurück.

Regina steigt mit einem Brief in der Hand aus. Ob sie behauptet, ich hätte ihren Sohn entführt und würde ihn hier gefangen halten? Zutrauen würde ich es ihr.

»Ist Julian noch hier?« Warum fragt sie? Sie muss sein Auto auf dem Parkplatz doch gesehen haben.

»Guten Tag erst mal. Er schläft noch«, sage ich.

Sie nickt zum Gruß. »Gut. Können wir reden? Nur du und ich?«

Josefine steht sofort auf. »Ich bin in der Küche, wenn du mich brauchst.« Bevor sie geht, wirft sie Regina noch einen strengen Blick zu.

Ich überlege, ob ich Regina hereinbitte oder sie einfach hier draußen stehen lasse. Aber immerhin ist sie Julians Mutter. Und ich habe jetzt lange genug hier draußen gesessen. Aus meinem Morgenspaziergang wird nun eh nichts mehr.

»Möchtest du einen Kaffee?«, frage ich, und wir gehen ins Haus.

Regina sieht sich in der Küche um. »Es ist nett geworden, freundlich und hell.«

Dass sie etwas Positives sagt, wundert mich. Ich habe mit

Vorwürfen und Beschuldigungen gerechnet. Ob es berechnend ist? Bestimmt will sie etwas von mir. Einen Besuch ohne Hintergedanken traue ich ihr dann doch nicht zu.

Als wir am Tisch sitzen, schiebt sie mir kommentarlos den Brief zu. Da er an Julian adressiert ist, lasse ich ihn vor mir liegen. Der Briefumschlag ist aber schon geöffnet, so viel kann ich erkennen. Julian hat also wesentlich mehr Anstand als seine Mutter. Er hat ihre Briefe nicht angerührt.

»Julian hat die Zulassung für sein Psychologiestudium erhalten, im Nachrückverfahren. Allerdings an der Uni in Greifswald.«

»Oh, da wird er sich aber freuen!«, entfährt es mir spontan. »Er will den Platz unbedingt. Bestimmt ist ihm der Standort egal.« Greifswald liegt nur etwa eine Stunde von hier, da könnte ich Julian bestimmt auch ab und an mal besuchen, aber das behalte ich lieber für mich. Gespannt warte ich auf Reginas Reaktion.

»Ja, ich weiß. Er wird ganz aus dem Häuschen sein. Es ist nur so ...« Aha, wusste ich es doch, dass sie noch etwas Unangenehmes in der Hinterhand hält. Regina rutscht nervös auf dem Stuhl herum. »Wir können uns das Studium eigentlich nicht leisten. Und an das Erbe kommt Julian erst in zwei Jahren ran. Er bräuchte eine Wohnung oder wenigstens ein Zimmer in Greifswald, und Unterhalt.«

»Was willst du damit sagen?« Sie ist doch nicht tatsächlich so dreist und verlangt, dass ich Julians Studium finanziere!

»Ich möchte dir einen Vorschlag machen. Du forderst als Tochter dein Erbe ein. Dir steht doch die Hälfte der Erbmasse zu. Das Haus würde natürlich verrechnet werden, aber du würdest noch ein hübsches Sümmchen erhalten. Und davon könntest du dann Julian unter die Arme greifen.«

Ich bin sprachlos. Mein Gehirn versucht zu verarbeiten, was sie da gerade vorgeschlagen hat. Die Idee kommt mir nicht so verkehrt vor, aber bestimmt gibt es einen Haken.

»Die Finanzierung hätte auch Vorteile für dich. Du müsstest nämlich keine Erbschaftssteuer zahlen. Der Freibetrag für Kinder ist erheblich höher. Du hättest absolut keine Nachteile dadurch.«

»Und das Geld würde Julian bekommen?«

Sie nickt.

»Ich muss das erst prüfen lassen. Wenn dadurch weder mir noch Julian Nachteile entstehen, können wir das so machen. Vorausgesetzt, Julian ist damit einverstanden. Aber das musst du mit ihm klären. Ich halte mich da raus.« Mir kommt das alles zu glatt vor, Regina ist zu freundlich. Ich bin mir sicher, dass da noch mehr dahintersteckt. Aber ich sehe momentan nicht, was es sein könnte. Auf jeden Fall hole ich mir rechtlichen Rat ein. Ein geschickter Schachzug ist es aber so oder so. Julian würde einen Teil seines Erbes bekommen, und ich würde mir die Erbschaftssteuer sparen. Das klingt zu gut, um wahr zu sein.

»Gut.« Regina versucht ein Lächeln aufzusetzen, aber es gelingt ihr nicht ganz. »Er hat immer nur deine Mutter geliebt. Als ich es herausgefunden habe, bin ich fast wahnsinnig geworden. Ich war tatsächlich nur eine schlechte Kopie von Hannah. Er hat eine Ähnlichkeit zwischen uns entdeckt, sich aber nie wirklich für mich interessiert. Das war kein schönes Gefühl.«

Reginas Offenheit überrascht mich. Die Ähnlichkeit mit meiner Mutter ist mir damals auch aufgefallen. »Aber es war doch vorbei, als du ihn geheiratet hast.«

»Das war ja das Schlimme. Ich habe gegen eine Erinnerung

gekämpft. Und dann hat er mir noch vorgeworfen, ich hätte ihre Liebe zerstört. Dabei wusste ich zu diesem Zeitpunkt gar nichts von den beiden.«

Martins Tante fällt mir wieder ein, aber ich behalte ihr Geheimnis für mich, auch wenn es Klarheit und Regina Seelenfrieden gebracht hätte.

»Wir beide, Julian und ich, hätten gerne unseren Vater kennengelernt. Wir können die Zeit nicht mehr zurückdrehen, aber ich bin froh, dass ich einen kleinen Bruder habe. Und wenn ich ihm helfen kann, dann mach ich das wirklich gerne.«

»Halbbruder«, stellt Regina klar. »Wo schläft er denn?«

»Oben, im Gästezimmer. Möchtest du ihn wecken?«

»Ja, ich will das gleich klären. Es muss ja alles schnell gehen, wenn er den Studienplatz annehmen will. Das Semester hat schon angefangen.«

Julian wird wahrscheinlich in Ohnmacht fallen, wenn seine Mutter jetzt gleich bei ihm am Bett steht. Hoffentlich hat er die Tür von innen abgeschlossen, sodass sie anklopfen muss.

»Es ist das erste Zimmer auf der linken Seite.«

Mir fällt Heike ein. Ich könnte sicher auch den hiesigen Notar fragen, aber er schien mir schon beim letzten Mal nicht wirklich vorbereitet zu sein, sonst hätte uns Regina nicht so mit ihrem Widerspruch überrascht. Es ist halb neun, sie dürfte also schon im Büro sein.

Heike geht sofort ran. »Marina, ist was passiert?«

»Nein, nichts Schlimmes, aber ich brauche deinen Rat.« Ich erkläre ihr kurz Reginas Vorschlag.

»Weißt du was?«, sagt sie. »Katharina kommt doch morgen zu dir, und ich habe sie schon so lange nicht mehr gesehen.

Was hältst du davon, wenn ich mich auch auf den Weg zu euch mache, dann können wir alles in Ruhe besprechen? Ich brauche sowieso mal eine Auszeit, und du vermietest doch. Uwe geht mir ganz gewaltig auf den Keks. Er engt mich total ein. Ich würde gleich abklären, ob ich spontan ein paar Tage Urlaub bekomme. Ich denke, es wird kein Problem werden. Ich habe auch noch Resturlaub und einen ganzen Haufen Überstunden.«

Da klärt sich das Ganze, das zweite Zimmer für »die andere Frau«. Josefines Weitsicht ist echt der Hammer!

»Dein Gästezimmer ist schon bezugsfertig«, sage ich und höre plötzlich eine Tür zuknallen, dann laute Schritte auf der Treppe.

Schnell beende ich das Gespräch.

Julian rennt draußen über den Hof auf sein Auto zu, Regina läuft hinter ihm her. Die beiden scheinen sich nicht gerade einig zu sein. Mist, hoffentlich haut er jetzt nicht einfach ab. Ich hätte ihn vorwarnen müssen und seine Mutter nicht zu ihm hochlassen sollen. Ich weiß doch, dass er nicht gut auf sie zu sprechen ist.

Aber es ist Regina, die in ihr Auto steigt und davonbraust. Julian sieht ihr kopfschüttelnd hinterher, dann kommt er ins Haus zurück. Die Tür fliegt zu, dann stapft er nach oben.

Josefine streckt ihren Kopf in die Küche.

»Brauchst du Hilfe?«, fragt sie.

»Nein, aber ich sehe mal besser nach Julian.«

Ich klopfe an seine Tür, und als er mürrisch »Ja« sagt, gehe ich hinein. Julian liegt auf dem Bett, die Arme hinter dem Kopf verschränkt.

»Willst du reden?«, frage ich.

»Nein.«

»Aber ich.« Ich setze mich unaufgefordert zu ihm aufs Bett. »Bist du auch sauer auf mich?«

»Quatsch, warum sollte ich? Dieser Arsch hat doch tatsächlich unser ganzes Geld verspekuliert, und sie hält trotzdem noch zu ihm. Sie will ihn nicht verlassen. Und dann schlägt sie auch noch kackendreist mit diesem Vorschlag hier auf.«

»Ich will deine Mutter ganz bestimmt nicht verteidigen und kenne ihren Mann auch gar nicht, aber ich glaube, es hat sie ganz schön viel Überwindung gekostet, hierherzukommen. Ich glaube wirklich, dass sie es nur gut gemeint hat.«

»Was soll gut daran sein, mit einem Teil meines Erbes die Schulden von *ihm* zu bezahlen?«

»Das ist nicht wahr, oder?« Ich wusste doch, dass irgendwas an der Sache faul ist. »Mir hat sie gesagt, wir sollen damit dein Studium finanzieren.«

»Ja, damit wollte sie mich auch ködern.«

»Willst du denn den Studienplatz in Greifswald? Das ist nur eine Autostunde entfernt von hier. Die Strecke könntest du am Anfang sogar jeden Tag fahren. Zumindest, bis du dort ein Zimmer gefunden hast.«

»So nah ist das? Ich dachte, es wäre weiter.« Julian richtet sich auf und überlegt einen Moment. »Das wär schon cool.«

Ich lächle ihn an. »Ich finde, die Idee deiner Mutter ist eigentlich gar nicht so schlecht. Wir sollten das auf jeden Fall prüfen lassen. Mir wäre damit auch geholfen. Und vielleicht können wir es irgendwie so regeln, dass du einfach monatlich einen gewissen Betrag erhältst, der dann aber auch für dein Studium genutzt wird. Und den Rest bekommst du später, wie es gedacht war. Wie findest du das?«

»Hm, gar nicht so schlecht.« Julian grinst mich an.

»Lass es erst mal sacken. Ich bin unten, wenn du mich suchst.«

»Was ist denn hier los?« Roman steckt den Kopf aus der Tür. »Da habe ich mir heute extra den Tag freigeschaufelt und mich aufs Ausschlafen gefreut, und dann so was. Der erste Streit unter Geschwistern?«

»Nein, es war nur seine Mutter hier. Ich war brav, ich habe nichts gemacht.« Ich lächle ihn an. »Kaffee?«

»Gerne.«

»Hier ist was los«, sage ich unten in der Küche zu Findus, und im selben Moment piept mein Handy.

Alles klar, Urlaub abgesegnet, morgen Nachmittag bin ich da. Sag Katharina nichts, soll eine Überraschung sein. Freu mich, Heike

Wenn das wirklich mit der Erbschaft so einfach funktionieren sollte, dann hätte ich ein Problem weniger und könnte den Keller sofort auf Vordermann bringen lassen. Und nicht nur das. Es würde bestimmt noch etwas übrig bleiben, um die Erbschaftssteuer zu begleichen.

Ich halte dicht, freu mich auch! tippe ich ins Handy, da erscheint Roman in der Küche.

»Morgen kommt eine Freundin aus Frankfurt. Und meine Schwester wird auch da sein. Außerdem habe ich Hilda und Florian eingeladen, Freunde aus Nardevitz. Josefine hat Chorprobe. Es wird aber auf jeden Fall nett.«

»Was machst du heute?«

»Ich muss einkaufen, ansonsten habe ich nichts vor. Die Trockenheizung im Keller arbeitet von alleine. Wieso?«

»Der Freund von meinem Kollegen hat ein kleines Flugzeug. Was hältst du von einem Rundflug über die Insel heute Nachmittag? Es sind noch zwei Plätze frei.«

»Wahnsinn, ich bin sofort dabei! Die Einkäufe kann ich vorher erledigen. Magst du Geflügel? Ich habe überlegt, eine Gans in den Ofen zu schieben. Und dazu gibt es so richtig leckere Klöße und Rotkohl. Es ist ja die Zeit dafür. Außerdem mag ich es, wenn das Federvieh im Ofen richtig braun wird. Ich weiß, das hört sich merkwürdig an, aber ich setze mich gerne vor den Ofen und schaue zu, wie der Braten immer knuspriger wird.«

»Mir läuft jetzt schon das Wasser im Mund zusammen. Du bist wirklich eine gute Partie.« Roman lächelt mich an. »Versteh mich nicht falsch, wir sind schließlich fast so was wie Cousin und Cousine, nicht wahr?«

»Das könnte man so definieren«, sage ich lächelnd.

25.

Von oben sieht alles traumhaft schön aus

Martin hat sich tatsächlich nicht mehr gemeldet. Er hat weder angerufen noch eine Nachricht geschickt. Das trübt ein wenig meine Stimmung, die ansonsten voller Vorfreude ist.

Ich hatte gestern Nachmittag einen fantastischen Rundflug über die Insel, mit guter Sicht und netten Passagieren. Es war wirklich ein einmaliges Erlebnis. Den Piloten kannte ich witzigerweise. Es war Gregor, der Journalist, den ich gleich zu Beginn kennengelernt hatte. Er hatte mir damals beim Italiener seine Karte gegeben. Ich habe immer mal wieder an ihn gedacht und mich auch bei ihm melden wollen, und gestern steht er auf einmal grinsend vor mir. Das war eine schöne Überraschung! Roman hat sich ordentlich ins Zeug gelegt und mir ein unvergessliches Erlebnis beschert. Von oben sieht alles traumhaft schön aus. Wir sind sogar über mein Haus geflogen, ich habe es ganz deutlich sehen können. Da ich Gregor spontan eingeladen habe, sind wir heute Abend acht Leute. Ich habe eine riesige Gans besorgt, die schon seit vier Stunden im Ofen auf niedriger Temperatur vor sich hin schmort.

Ein Auto fährt vor, aus dem sich nun lange, schlanke Beine

schälen. Heike ist da. Sie wuchtet einen riesigen roten Koffer heraus und zieht ihn hinter sich her. Als sie mich aus dem Fenster schauen sieht, winkt sie. Ich laufe ihr entgegen und falle ihr um den Hals. Es ist Katharinas beste Freundin, aber irgendwie ist es auch meine. Ich freue mich wahnsinnig, dass sie hier ist.

»Wunderschön, so ein tolles Haus! Ich hab ja schon Fotos gesehen, aber in echt sieht es noch viel schöner aus. Jetzt kann ich dich noch besser verstehen. Es ist traumhaft schön hier!«

Jetzt fehlt nur noch Katharina. Sie hat einen Direktflug von Neapel nach Hamburg genommen. Von dort aus kommt sie mit dem Zug, dann mit dem Taxi. Ich wollte sie vom Bahnhof abholen, aber sie meinte, ich solle mich lieber um meine Gäste kümmern, sie würde schon pünktlich auftauchen. Für in zwei Stunden hat sie sich angekündigt.

Ich zeige Heike das Gästezimmer, in dem sie die Woche über wohnen wird, und führe sie kurz durchs Haus. Dann setzen wir uns in die Küche und sprechen über das Testament und die Erbschaft. Ich habe Julian dazugerufen. Es geht jetzt erst einmal nur darum, ob Reginas Vorschlag akzeptabel und durchführbar ist. Alles andere erledigen wir im Anschluss in Ruhe. Julian wird den Studienplatz auf jeden Fall annehmen, auch wenn das mit der Erbschaft aus irgendeinem Grund nicht klappen sollte. Notfalls pendelt er dann jeden Tag von hier aus. Aber Heike zerstreut schnell unsere Bedenken.

»Ich würde euch empfehlen, einen Vertrag miteinander zu machen. Auch wenn ihr Geschwister seid, oder vielleicht gerade deswegen. Das ist auf jeden Fall besser, für euch beide. Ich würde dann am Montag ein paar Zeilen aufsetzen. Bis dahin habe ich auch alles noch mal genau durchdacht. Wie findet ihr das?«

»Klingt gut! Das machen wir, nicht wahr?«

Julian nickt zustimmend.

»Lasst uns darauf trinken. Ich habe Sekt kalt gestellt.« Ich öffne gerade die Flasche, als ich merke, wie Findus um meine Beine streicht. Da steckt Josefine ihren Kopf zur Tür rein. »Was macht dein Vogel? Wird er noch gar?« Ich muss lachen. Dass die Gans bei hundert Grad im Ofen durchbrät und knusprig wird, will sie nicht glauben. Am liebsten würde sie den Steinofen im Garten anheizen und den Braten noch einmal ordentlich erhitzen. Sie hat sogar vorgeschlagen, den Ofen schon mal vorsorglich anzufeuern, nur so für alle Fälle. »Es riecht jedenfalls schon ganz gut.« Josefine wirft einen prüfenden Blick in den Ofen und hebt den Deckel des großen Topfes auf dem Herd hoch.

»Den Rotkohl habe ich heute Morgen schon gekocht, der Kloßteig ist auch fertig. Die Gäste kommen in einer Stunde«, sage ich. »Und jetzt stoßen wir erst einmal an. Julian und ich, wir haben etwas zu feiern. Und du, Josefine, musst unbedingt dabei sein.«

Ich fülle die Gläser. »Auf Curt Grünberger, denn ohne ihn wären wir jetzt nicht hier.« Wir stoßen miteinander an. »Weißt du was, Josefine, ich glaube, du kannst heute unmöglich zur Chorprobe gehen.«

»Warum denn nicht?«

»Ist nur so eine Ahnung«, sage ich grinsend. »Ich befürchte, dass die Gans ohne dich nicht schmecken wird.«

»Dann muss ich eben hierbleiben.« Josefine sieht noch mal hinter die Ofenscheibe. »Begießt du den Geier auch regelmäßig mit dem austretenden Fett? Er wird sonst trocken.«

»Ich habe alles im Griff.« Jetzt fehlt nur noch Martin, denke ich. Ob ich ihn noch mal anrufen soll?

»Ich muss kurz telefonieren«, sage ich und verschwinde im Wohnzimmer. Ich stelle mich ans geöffnete Fenster und schließe die Augen. Genau in diesem Moment bekomme ich eine SMS. Mein Herz macht einen kleinen Hüpfer. Gedankenübertragung? Nein, wie ich gleich feststellen muss.

Ich denke an dich. Die Nachricht ist von Philipp. Was soll das denn jetzt? Erst lässt er wochenlang nichts von sich hören, und nun kommt er mir so gefühlsduselig? Prompt geht die nächste Nachricht von ihm ein. *Was machst du gerade?*

Mit Freunden feiern, tippe ich. *Es gibt Gans.*

Lecker. Ich bin krank, Grippe. Aber Gans hört sich trotzdem gut an.

Daher weht der Wind. Ihm geht es nicht gut, deswegen hat er sich an mich erinnert. Ich habe früher immer, wenn Philipp krank war, ganz klassisch eine reichhaltige Hühnerbrühe gekocht und ihn ordentlich bemitleidet. Wahrscheinlich fehlt ihm das jetzt.

Gute Besserung! Damit lasse ich es bewenden.

Danach bleibt mein Handy still. Eigentlich wollte ich ja Martin anrufen, aber ich kann mich nicht mehr dazu durchringen. Mein Vater hat jahrelang ohne Frau hier in diesem Haus gelebt. Ob ich das auch könnte? So lange alleine leben? Mir hat die letzten Monate kein Mann gefehlt. Es ging mir gut. Aber wenn ich ehrlich bin, war Martin auch sehr oft hier bei mir. Er hat mir an vielen Ecken geholfen, hat Möbel geschleppt und gerückt, mich getröstet, wenn ich einen Durchhänger hatte, ist mit mir am Ufer spazieren gegangen, hat meine gesammelten Fundstücke gebührend, wenn auch mit einem Lächeln, bewundert … Aber ich habe mir nie darüber Gedanken gemacht, wie es ihm geht. Ich habe seinen Beistand und sein Dasein als selbstverständlich angesehen. Und jetzt stelle ich fest, dass er mir fehlt. Und dabei habe ich ihn gerade mal zwei Tage nicht gesehen.

Ich atme noch einmal tief durch und schließe das Fenster. Die Küche hat sich mittlerweile gefüllt. Der Holztisch ist ausgezogen, sodass locker acht Personen daran Platz haben. Auch Josefine kommt noch unter. Wir decken gemeinsam den Tisch, scherzen und trinken dabei das erste Gläschen Wein. Auf einmal steht Katharina in der Tür. Die Zeit ist wie im Flug vergangen.

»Was ist denn hier für ein Trubel?«, fragt meine Schwester lachend. »Heike? Das gibt es ja gar nicht!«

Katharina sieht toll aus. Die leichte Bräune steht ihr. Ihre Augen leuchten, und sie hat ein bisschen zugenommen. Das fällt den anderen wahrscheinlich nicht auf, aber ich sehe es sofort. Ich falle ihr in die Arme. »Wie schön, dass du endlich da bist! Du siehst gesund aus.« Ich grinse meine Schwester an. Das hat Oma immer zu uns gesagt, wenn wir ein Pfund mehr auf den Rippen hatten.

»Es war die Pasta«, sagt Katharina leise. »Aber du siehst auch sehr gut aus.«

»Also das ist meine Schwester, Katharina.« Ich lege ihr den Arm um die Schultern. »Und das ist Julian, auf den ich sehr stolz bin. Und das ist Roman, der jetzt auch irgendwie zur Familie gehört. Und Josefine kennst du natürlich schon.«

Nach der Begrüßung lässt sich Katharina auf einen Stuhl fallen, und ich stelle ihr ein Glas Wein hin. »Oder möchtest du erst hoch auf dein Zimmer?« Der Flug und die Zugfahrt waren bestimmt anstrengend. Doch Katharina schüttelt den Kopf. »Hier geht es fast genauso zu wie in Neapel. Das gefällt mir.«

Hilda und Florian treffen ein, nur zehn Minuten später Gregor. Um halb acht sitzen wir gemeinsam um den Tisch, und ich stelle feierlich den riesigen Bräter mit der köstlich duftenden Gans in die Mitte. Es ist einen Moment lang andächtig still. »Schön, dass ihr alle da seid«, sage ich und lächle in die Runde. Dann beginne ich den Vogel zu tranchieren.

»Wo ist eigentlich Martin?«, fragt mich Katharina, als die Teller beladen sind und die Gäste genüsslich anfangen zu essen. »Das wollte ich dich die ganze Zeit schon fragen.«

Ich seufze auf. »Er trifft sich mit Julia. Hat keine Zeit.«

»Quatsch!« Katharina sieht mich prüfend an. Das konnte sie schon immer gut. Ihr kann ich ganz schlecht etwas vormachen. »Der lässt sich doch nicht einfach so einen Gänsebraten entgehen! Das hat doch bestimmt andere Gründe.«

»Ehrlich gesagt, weiß ich es nicht so genau. Lass uns später darüber reden, ja? Ich muss dir sowieso noch einiges erzählen.«

»Nach dem Essen, versprochen. Ich platze sonst – vor Neugierde!«

Wir haben tatsächlich aufgegessen. Ich hätte nie gedacht, dass wir den ganzen Braten vertilgen, aber die Servierplatte ist leer. Es gibt noch zwei einsame Klöße und ganz wenig Rotkohl.

»Und jetzt ein Verdauungslikörchen«, verkündet Josefine, holt ihre Flasche hervor und schüttet allen ein Glas Wildkräuterschnaps ein. »Hilft besonders bei fettigem Essen.«

Katharina greift unser Gespräch von eben wieder auf. Alle unterhalten sich so angeregt, dass wir ein paar Takte miteinander reden können. »Ich wusste es doch, dass Roman genau dein Typ ist. Und Martin ist eifersüchtig, stimmt doch, oder?«

Überrascht halte ich inne. Katharina scheint nicht gerade entsetzt darüber zu sein, dass Martin von Eifersucht geplagt sein könnte.

»Was hast du?«, fragt sie und sieht mich mit großen Augen an. »Es war ja wohl von Anfang an klar, dass das irgendwann passiert. Es tut mir nur leid für Martin.« Katharina deutet mit dem Kopf auf Roman. »Er ist wirklich süß«, flüstert sie.

Roman sitzt neben Heike und scheint sich prächtig mit ihr zu verstehen. Sie kichert die ganze Zeit. Als Roman mitbekommt, dass wir über ihn reden, zwinkert er mir zu. Er erinnert mich in seiner Leichtigkeit wirklich ein bisschen an Philipp. Aber ist es das, was ich will? Wieder einen Mann für die guten Zeiten?

»Hast du Interesse an Martin?« Ich schaue Katharina direkt in die Augen und warte auf ihre Reaktion.

»Nein«, sagt sie und lächelt mich an. »Du und Martin also?«

»Ja, nein, ich weiß es nicht. Hättest du wirklich kein Problem damit?«

»Ganz ehrlich, ich würde mich wahnsinnig darüber freuen. Dann wüsste ich dich hier in guten Händen.« Auf einmal grinst Katharina. »Ist ja irre. Du stehst auf dunkle Typen und landest bei einem Blonden. Und bei mir ist es umgekehrt.«

Ich verstehe erst nicht, was sie meint, aber dann dämmert es mir. »Wie heißt er, der Italiener?«

»Marcello. Er ist unglaublich. Ich bin so dermaßen verliebt, das kannst du dir nicht vorstellen.«

»Was tuschelt ihr beiden denn da die ganze Zeit?«, ruft Heike über den Tisch. Katharina setzt wieder ihr breites Honigkuchenpferdgegrinse auf.

»Nein! Wie heißt er?«, fragt Heike. »Erzähl schon!«

»Na also gut, dann mache ich es jetzt offiziell«, sagt Katharina. »Ich habe einen Mann kennengelernt.«

Alle am Tisch freuen sich, auch ich. Da sehe ich über Romans Schulter hinweg die Lichtkegel zweier Autoscheinwerfer den Hügel hinaufkriechen.

Nur wenig später steht Julia vor der Tür.

»Ist Martin vielleicht bei dir?«, fragt sie.

»Nein, wieso? Er ist doch mit dir verabredet, oder?«

»Er ist vor zwei Stunden weggegangen, aber nicht wieder auf dem Hof aufgetaucht. Ich hatte gehofft, er könnte vielleicht bei dir sein. Lauras Geburtstag ist immer sehr schwer für ihn. Außerdem war er die ganzen letzten Tage schon so komisch. Hattet ihr vielleicht Streit?«

»Nein, wie kommst du denn darauf?« Tränen schießen mir in die Augen. Heute ist Lauras Geburtstag. Das habe ich nicht gewusst. Martin hat mich gebeten, den Tag mit ihm zu verbringen. Und ich habe stattdessen einen Rundflug genossen und ihn zu einer Feier eingeladen.

»Er ist bestimmt unten am Wasser. Vielleicht möchte er lieber alleine sein.« Ich war in meiner Trauer um meine Mutter auch gerne mal ganz alleine für mich. Dann konnte ich noch nicht einmal Katharina um mich herum ertragen.

»Er wollte nur eine halbe Stunde Luft schnappen. Und jetzt geht er nicht ans Handy. Ich mach mir Sorgen, Marina. Am Ufer kann doch immer mal was passieren.«

Das hätte sie nicht sagen dürfen. Sofort fällt mir der Unfalltod meines Vaters wieder ein. Vielleicht hat Curt den Sturz vom Hochufer provoziert, so wie Josefine vermutet. Vielleicht war er tatsächlich nur unvorsichtig gewesen. Josefine hat eben doch nicht auf alles eine Antwort.

In dem Moment erscheint sie im Flur. »Marina, ist alles in Ordnung?«

»Heute ist Lauras Geburtstag. Und ich bin nicht für Martin

da gewesen. Ich muss wenigstens jetzt nach ihm sehen. Kümmerst du dich mit Katharina so lange um die Gäste?«

»Warte!« Josefine greift hinter sich an die Garderobe. »Hier, die kannst du vielleicht brauchen.« Die Taschenlampe stand ganz sicher vorher noch nicht hier bei mir im Flur.

»Ich glaube, er ist unten am Findling.«

Julia fährt bis runter auf den Parkplatz, wo Julian erst genächtigt hat. Ich möchte sofort aus dem Wagen springen, aber sie hält mich zurück. »Ich wollte dir noch etwas sagen. Laura war meine beste Freundin, und sie fehlt mir wahnsinnig. Aber ich möchte, dass Martin glücklich ist. Tu ihm bitte nicht weh. Das hat er nicht verdient.«

»Ich mag ihn, sehr sogar«, sage ich.

»Das ist gut.«

Wir steigen aus und gehen schweigend am Ufer entlang. Die Taschenlampe brauchen wir nicht – der Mond leuchtet hell genug.

Ich hatte recht. Martin sitzt oben auf dem großen Stein. Trotz der Dunkelheit kann ich seine Silhouette schon von Weitem sehen. Erleichtert atme ich auf.

»Martin!«, ruft Julia.

»Was macht ihr denn hier?« Martin steht auf und kommt auf uns zu. Ich merke auf einmal, wie ich am ganzen Leib zittere. Ich bin nur mit Jeans und meiner weißen Tunika bekleidet. Es ist kalt und windig. Dazu kommt die ganze Aufregung …

»Mensch, ich hab mir solche Sorgen gemacht«, sagt Julia und umarmt ihren Bruder.

»Ich wollte nur einen Moment alleine sein, dann habe ich die Zeit vergessen. Mir gehen momentan so viele Dinge durch den Kopf.« Martin sieht mich über Julia hinweg an. Dann kommt er langsam auf mich zu. »Du zitterst ja. Warum hast du keine Jacke an?« Er zieht seinen Parka aus und legt ihn über meine Schultern.

»Warum hast du mir nicht gesagt, dass heute ein schwerer Tag für dich ist? Wenn ich das gewusst hätte, wäre ich nie auf die Idee gekommen, Gäste einzuladen.«

»Und genau das wollte ich nicht. Du warst so glücklich, dass du deinen Bruder gefunden hast, und wolltest die Freude teilen. Es war schön, dich lachen zu sehen. Ich wollte dir den Spaß nicht verderben.«

»Vielleicht möchtet ihr lieber unter vier Augen weiterreden?«, mischt sich Julia ein. »Ich will ja nicht drängeln, aber mir wird auch so langsam kalt.«

Wir brechen auf, und Julia fährt uns bis vor die Tür.

»Fahr schon mal voraus. Ich komme später nach«, sagt Martin, doch Julia sieht ihren Bruder skeptisch an.

»Willst du nicht auch mit reinkommen?«, frage ich sie. »Ich würde mich freuen. Allerdings geht es dem Lärm nach recht heiter zu. Josefine serviert bestimmt immer noch ihre Schnapskreationen.« Auf einmal ist mir die gute Laune der anderen unangenehm.

»Schnaps wärmt von innen«, sagt Julia und schließt sich uns an. »Ich komme gerne mit.«

Während Martin ins Wohnzimmer geht, bleibt Julia vor der Küchentür stehen. »Ich wollte dir noch etwas sagen, Marina. Es ist nicht so, dass ich dich nicht mag. Aber ich hatte Probleme mit dir, weil mir der Gedanke unerträglich erschien, eine andere Frau könnte Lauras Rolle einnehmen. Sie war, wie gesagt, meine beste Freundin.«

»Es tut mir so leid, was mit Laura passiert ist.«

»Ja, aber das Leben geht weiter, wie man immer so schön sagt. Martin mag dich, und das ist gut so. Ich freu mich darüber. Ich meine nur, falls das irgendeine Rolle für dich spielen sollte.«

Spontan umarme ich Julia. Ich bin ihr für diese Worte dankbar. Dass sie sich so sehr um Martin sorgt, macht sie mir sympathisch. »Lass uns noch mal in Ruhe über alles reden, ja? Ich möchte jetzt gerne zu ihm.«

Im Wohnzimmer ist es mollig warm. Ich bin froh, vorhin daran gedacht zu haben, den Kamin anzuheizen.

Martin steht vor dem Fenster, so wie ich immer. Mein Herz klopft laut, als ich auf ihn zugehe. Wie er wohl reagieren wird? Immerhin ist er heute besonders traurig, und auf einmal kommt es mir seltsam vor, dass ich ihm ausgerechnet heute meine Gefühle eingestehen will. Aber genau das habe ich vor.

Ich berühre ihn am Arm, und er dreht sich zu mir.

»Wahrscheinlich ist es total unpassend …«, beginne ich unbeholfen, »aber …« Auf einmal fehlt mir der Mut.

»Ist schon okay.« Martin sieht wieder nach draußen. »Wir sind Freunde, und daran wird sich nichts ändern. Ich möchte dich nicht verlieren.«

»Ich weiß nicht, ob das noch möglich ist«, sage ich. »Zwar will ich dich auch nicht als Freund verlieren, aber meine Gefühle für dich haben sich geändert. Es ist schleichend passiert, und ich wollte es erst gar nicht wahrhaben. Aber ich bin dabei, mich in dich zu verlieben. Und das sage ich dir ausgerechnet heute. Es tut mir so leid …« Ich fange an zu weinen.

Martin streicht mir eine Haarsträhne hinters Ohr. »Du kannst dir nicht vorstellen, wie glücklich du mich gerade gemacht hast«, sagt er und umfasst mit beiden Händen mein Gesicht. Dann küsst er mich.

Er schmeckt überhaupt nicht nach Kaugummi, denke ich, eher angenehm salzig wie das Meer.

Danksagung

Lieben Dank an Anne Tente,
die das Buch mit sehr viel Geduld inhaltlich lektoriert hat.
Lieben Dank an Eva Philippon,
die das Buch redigiert hat und wunderbar am nötigen Feinschliff feilte.
Lieben Dank an Andreas Küstermann,
der mir viele Tipps auf und um Rügen gegeben hat.
Lieben Dank an Jutta Machule,
in deren schönem Haus auf dem Hügel ich wohnen und schreiben durfte.